Dick & Felix Francis

Verwettet

Roman

Aus dem Englischen von
Malte Krutzsch

Diogenes

Die Originalausgabe
erschien 2009 bei Michael Joseph, London,
unter dem Titel ›Even Money‹

*Der Übersetzer dankt
Herrn David Conolly-Smith, München,
für seine Erklärungen zum englischen
und deutschen Wettsystem*

www.diogenes.ch
100/11/52/1
ISBN 978 3 257 06775 0

Für unsere
Enkelsöhne bzw. Söhne

MATTHEW
anlässlich seiner Heirat mit Anna

und

WILLIAM
zum Abschluss der
Königlichen Militärakademie Sandhurst

voller Stolz auf sie beide

mit Dank an

NICK BENNETT
Buchmacherassistent

MALCOLM PALMER
Coral Bookmakers

und den

Hanging Rock Racing Club
Victoria, Australien

1

Ich versank noch tiefer in meiner Depression, als das begeisterte Publikum in Ascot den nächsten haushohen Favoriten ins Ziel jubelte. Na gut, eine klinische Depression war es nicht – damit kannte ich mich aus –, aber aufs Gemüt schlug es mir trotzdem.

Wieder einmal fragte ich mich, was ich hier sollte. Eigentlich war ich noch nie gern nach Ascot gekommen, schon gar nicht an diesen fünf Tagen im Juni. Meistens war es viel zu heiß, um im Cutaway herumzustehen, oder es regnete, und ich wurde klatschnass. Mir waren meine üblichen Reviere lieber, die kleineren Rennbahnen der Midlands, wo es lockerer zuging. Aber mein Großvater, der Gründer des Familienunternehmens, hatte immer groß damit geworben, dass wir in Royal Ascot standen. Seiner Meinung nach verlieh uns das ein gewisses Ansehen, und danach hatte er schon immer gestrebt.

Wir waren Buchmacher. Parias der Rennwelt. Bei allen unbeliebt, von vielen regelrecht gehasst, auch von einer Menge Leuten, deren Lebensunterhalt vom Wetten abhing. Ich hatte im Lauf der Jahre festgestellt, dass meine Kunden niemals meine Freunde waren. Zwischen Anlegern und ihren Maklern konnte durchaus eine nicht nur geschäftliche Beziehung entstehen, aber Wetter wollten nie privat mit ihren Buchmachern zu tun haben. Die meisten meiner Stammkunden wussten nicht mal, wie ich hieß, und es interessierte sie auch nicht. Nun gut, ich kannte ihre Namen meistens auch nicht. Wir waren einfach Partner in einem Geschäft, bei dem einer den andern ruinieren wollte. Eine solche Situation ist vermutlich nicht dazu angetan, gegenseitigen Respekt zu wecken.

»Zwanni auf die Sieben«, sagte ein schlanker junger Zylinderträger und hielt mir einen Geldschein hin. Ich schaute auf unserer Anzeige nach der Quote für Pferd Nummer sieben.

»Zwanzig Sieg auf die Sieben, elf zu zwo.« Damit steckte ich seinen Schein zu dem Bündel in meiner Linken.

Ein kleiner Drucker vor mir surrte und spie ein Ticket aus, das ich dem Mann reichte. Er schnappte es sich und verschwand rasch im Gedränge, als wollte er nicht beim Fraternisieren mit dem Feind gesehen werden. Statt seiner stand gleich darauf ein beleibter kleiner Herr vor mir, dessen farbenfrohe Weste einen aussichtslosen Kampf gegen seinen umfangreichen Bauch führte. Er gehörte zu meinen Royal-Ascot-Stammkunden. Ich kannte ihn lediglich als AJ und hatte keine Ahnung, wofür die Initialen standen.

»Hundert Sieg auf Silverstone«, keuchte er und hielt mir die gefalteten Scheine mit seinen Wurstfingern hin.

»Hundert auf die Zwo zu pari.« Ich nahm sein Geld und zählte nach. Wie durch Zauberei kam der nächste Wettschein aus dem kleinen Drucker, und ich händigte ihn aus. »Viel Glück, AJ«, sagte ich, ohne es ihm wirklich zu wünschen.

»Hm?«, machte er etwas überrascht.

»Viel Glück«, wiederholte ich.

»Danke«, schnaufte er und ging.

In der guten alten Zeit, als die Buchmacherei noch eher eine Kunst als eine Wissenschaft war, trug ein Assistent jede abgeschlossene Wette in »das Buch« ein. Heutzutage wurde wie in vielen anderen Bereichen alles auf dem Computer festgehalten, und die Wettscheine wurden ausgedruckt.

Der Computer registrierte nicht nur sämtliche Wetten, die wir annahmen, sondern rechnete auch laufend unsere Gewinne und Verluste für jedes mögliche Rennergebnis durch. Vorbei die Zeiten, als noch das Bauchgefühl des Buchmachers darüber entschied, wann und wie die Quoten auf der schicken elektronischen Anzeigetafel geändert wurden. Jetzt entschied der Computer. Buch gemacht wurde nicht mehr nach Gefühl, sondern nach Bruchteilen.

Als ich bei meinem Großvater anfing, war ich sein »Springer« gewesen. Das hieß, wenn er hohe Wetten auf ein Pferd angenommen hatte, musste ich mit seinem Geld bei anderen Buchmachern auf ebendieses Pferd setzen, um das Risiko für ihn zu verringern. Wurde das Pferd geschlagen, verdiente er dann zwar weniger, wenn es aber siegte, verlor er nicht so viel. Auch das erledigte jetzt der Computer, indem er an den Internetbörsen Wetten anlegte und abwarf, sogar noch während des Rennens. Der Spaß und das Abenteuer waren dabei auf der Strecke geblieben.

Wie das Handy den Zeichengeber des Buchmachers überflüssig gemacht hatte, so starben jetzt langsam die Buchmacher aus, die sich etwas auf ihr Gespür zugute hielten. Und ich war mir keineswegs sicher, ob das gut für die Wetter und für den Rennsport war.

»Zwanzig Pfund, Pferd zwo«, wagte der nächste Kunde den Sprung.

»Zwanzig auf die Zwo zu pari«, wiederholte ich, weniger für den Mann vor mir als für meinen Assistenten Luca Mandini, damit er die Wette in seinen Computer eingab.

Luca war mein Magier, der Internet-Zampano mit dem messerscharfen Rechnerhirn, der hinter mir stand. Seine Finger glitten über die Tastatur, und schon sprang der Wettschein aus dem Drucker.

Ohne Luca hätte ich inzwischen bestimmt aufgegeben, mich zermürben lassen von den gnadenlosen Raubrittermethoden der großen Wettbüros, die alles daransetzten, die unabhängigen kleinen Buchmacher um ihren Gewinn zu bringen. Es war das Gleiche wie im Lebensmittelhandel, wo die großen Supermärkte den kleinen Einzelhändlern das Wasser abgruben. Sie machten das nicht unbedingt mit Absicht; ihnen ging es nur immer darum, Zahlen zu schreiben, die eine gesichtslose Riege von Aktionären zufriedenstellten. Meine Firma gehörte mir allein, und ich spürte den Druck nur zu deutlich.

Tag für Tag befürchtete ich, Luca könnte von einem anderen Buchmacher weggelockt werden, von einer der großen Firmen vielleicht, die in ihrer Gier nach mehr Anteilen am Wettmarkt nichts unversucht ließen, um Leute wie mich aus dem Geschäft zu drängen.

Ich nahm den Schein aus dem Drucker und gab ihn dem Mann, der geduldig vor mir stand.

»Sind Sie Teddy Talbot?«, fragte er.

»Und wer möchte das wissen?«, fragte ich zurück, während ich nach dem nächsten Kunden Ausschau hielt.

»Ich kenne Ihren Großvater«, sagte der Mann, ohne auf meine Frage zu antworten.

Mein Großvater hieß tatsächlich Teddy Talbot, und sein Name prangte immer noch über der Quotenanzeige neben mir. Genau genommen stand da TRUST TEDDY TALBOT, als könnte der um Vertrauen werbende Zusatz die Wettlustigen animieren, zu uns zu kommen statt zu unserem Nebenmann zu gehen.

»Mein Großvater ist tot«, sagte ich, während ich immer noch an ihm vorbeischaute und hoffte, er würde verschwinden. Er war schlecht fürs Geschäft.

»Oh«, sagte er. »Wann ist er denn gestorben?«

Ich sah von der Warte eines dreißig Zentimeter hohen Metallpodests auf ihn hinunter. Er hatte graue Haare, war Ende fünfzig oder Anfang sechzig und trug einen cremefarbenen Leinenanzug über einem hellblauen Hemd mit offenem Kragen. Ich beneidete ihn um die luftige Kleidung.

»Hören Sie«, sagte ich. »Ich habe zu tun. Wenn Sie sich unterhalten möchten, kommen Sie bitte später noch mal – nach dem letzten Rennen. Und jetzt gehen Sie bitte zur Seite.«

»Oh«, sagte er erneut. »Entschuldigung.«

Er zog sich zurück, aber nur ein Stück weit, dann blieb er stehen und beobachtete mich. Das war mir ziemlich unangenehm.

»Die Waage ist geschlossen«, verkündete jemand über die Lautsprecher.

Eine Dame mit Strohhut kam herbei und hielt mir einen Wettschein hin. Oben quer stand, wie auf all unseren Wettscheinen, TRUST TEDDY TALBOT. Es war ein Siegticket aus dem letzten Rennen, das erste von viel zu vielen. Heutzutage muss der mögliche Wettgewinn auf dem Schein angegeben sein, also sah ich nach, zahlte ihr den Betrag aus, riss den

Schein durch und warf die Schnipsel in den Papierkorb zu meiner Linken. Die Transaktion lief stumm ab – Worte waren hier überflüssig.

Eine Schlange von Siegtickethaltern bildete sich vor mir.

Lucas Freundin Betsy kam und stellte sich links neben mich. Sie zahlte die Gewinne aus, von denen ich einen Teil für Wetten auf das nächste Rennen wieder entgegennahm. Luca blickte auf den Bildschirm und passte die Quoten auf unserer Anzeige den Wetten an, die ich entgegennahm, und auch denjenigen, die er über die Internet-Wettbörsen auf dem Computer hinter mir einging und ablegte. Das war eine Art Balanceakt – potentielle Gewinne und Verluste abgleichen und beides nach Möglichkeit im Rahmen halten.

Mein Nachname stand auf dem Schild, und durch meine Finger ging das Geld der Wetter, aber der eigentliche Buchmacher war bei uns Luca mit seinem Computer, der online wettete und unsere Quoten immer so auszurichten versuchte, dass sein Bildschirm unseren voraussichtlichen Gewinn mit über hundert Prozent bezifferte. Alles, was über hundert lag, die sogenannte »Overround«, stellte Gewinn dar, alles unter hundert bedeutete Verlust. Wir zielten immer auf etwa neun Prozent plus, und um dahin zu kommen, mussten die angenommenen Wetten im richtigen Verhältnis zu unseren Quoten stehen, die wir deshalb laufend anpassten. Da sich die Wetter jedoch nicht immer unseren Plänen fügten, half Luca durch Wetten und Ablegen im Internet nach.

Der Computer war zugleich unser bester Freund und unser schlimmster Feind. Wir gefielen uns in der Vorstellung, dass er unser Sklave sei, ein Sklave, der die ihm übertragenen

Aufgaben schneller und besser erledigte, als wir es selber konnten. Doch in Wirklichkeit war der Computer unser Herr und wir die Sklaven. Seine Analyse und die Zahlen auf dem Bildschirm bestimmten ganz klar unsere Entscheidungen. Technik statt Durchblick war jetzt der Abgott, dem wir dienten.

Der Tag nahm seinen Lauf. Über und unter dem Kragen wurde mir immer wärmer, als die Sonne durch den Wolkenschleier brach und vielgetippte, »kurz« stehende Sieger den Wettern einen tollen Tag bescherten, uns aber in die roten Zahlen drückten.

Ich musste meinen schweren Cutaway nicht unbedingt tragen, da sich unser Stand außerhalb der Royal Enclosure befand. Aber wir standen nah am Zaun, in hervorragender Position, und viele meiner Kunden trugen die begehrten Namensschilder derjenigen, die Zugang zum Allerheiligsten hatten. Außerdem war mein Großvater bei diesem Anlass immer festlich gekleidet gewesen, und seit ich achtzehn war, hatte er das auch von mir verlangt. Immerhin hatte er uns den Zylinder erlassen.

Um eine Zugangsberechtigung zur Royal Enclosure hatte ich mich nie bemüht, da es auf der anderen Seite des Zauns keine Buchmacherstände gab. Manchmal fragte ich mich allerdings, ob Buchmacher generell vom Zugang ausgeschlossen waren, wie ehedem Geschiedene.

Auch das fünfte Rennen gewann unter Riesenbeifall von den prall gefüllten Rängen ein Favorit. Ich seufzte vernehmlich.

»Halb so schlimm«, sagte mir Luca ins Ohr. »Das hab ich weitgehend gedeckt.«

»Gut«, sagte ich über meine Schulter hinweg.

Die Serie siegreicher Favoriten hatte uns gezwungen, die Quoten auf unserer Anzeige nach unten anzupassen. Wetter schauten immer nach den höchsten Quoten, weil die bei einem Sieg des gewetteten Pferdes höhere Gewinne bedeuteten. Mit niedrigen Quoten machten wir also weniger Umsatz. Selbst unsere Stammkunden gingen woandershin, wenn dort minimal bessere Quoten geboten wurden – Loyalität war Zockern fremd.

Der Mann in dem Leinenanzug stand immer noch fünf Meter entfernt und sah zu uns herüber.

»Halt mal die Stellung«, sagte ich zu Betsy. »Ich muss kurz pinkeln.«

»Okay«, sagte sie.

Ich ging zu dem Mann.

»Was wollen Sie eigentlich?«, fragte ich.

»Nichts«, verteidigte er sich. »Ich hab nur zugesehen.«

»Warum?«, fragte ich noch einmal.

»Nur so.«

»Dann könnten Sie doch auch jemand anderem zusehen«, sagte ich nachdrücklich.

»Ich tu doch keinem was«, jammerte er.

»Mag sein, aber es gefällt mir nicht«, sagte ich. »Also verschwinden Sie. Los.«

Ich ging an ihm vorbei zu den Toiletten unter der Tribüne.

Als ich wiederkam, war er weg.

»Danke«, sagte ich zu Betsy, als ich sie auf dem Podest wieder ablöste.

»Herrschaften«, rief ich den paar Leuten vor mir zu. »Wer

wagt eine Wette?« Ich sah auf die Anzeige: »Elf zu vier das Feld.«

Einige bissen an, aber es tat sich wenig. Da jedes Rennen aus unserer Sicht schlecht lief, war es vermutlich besser so. Hätten wir mehr Wetten angenommen, hätten wir nur noch mehr Verlust gemacht.

Da war es dann doch ein kleiner Trost, dass das letzte Rennen des Tages ein Zwanzig-zu-eins-Außenseiter gewann, weil der Favorit zu lange an den Rails eingekeilt gewesen war.

»Das hat uns den Tag gerettet«, sagte Luca mit einem breiten Grinsen.

»Dir den Job, meinst du.« Ich erwiderte sein Grinsen.

»Träum weiter«, sagte er nur.

Lieber nicht, dachte ich.

»Was haben wir denn eingenommen?«, fragte ich ihn.

In der guten alten Zeit hatte sich unser Erfolg leicht am Umfang des Geldscheinbündels in meiner Tasche ablesen lassen, aber heutzutage wollte unser Kontostand bei den Internetbörsen mit berücksichtigt sein.

»Minus fünfzehnhundertzweiundsechzig«, sagte er mit Gewissheit nach einem Blick auf den Computer.

»Könnte schlimmer sein«, meinte ich, obwohl ich mich nicht erinnern konnte, dass wir am ersten Tag in Royal Ascot jemals draufgezahlt hätten.

»Und ob!«, sagte er. »Wenn der Favorit im letzten Lauf gesiegt hätte, wären wir noch mal tausend losgewesen, aber mindestens.«

Ich zog die Brauen hoch, und er grinste. »Ich hab an den Börsen nicht so viel auf den Favoriten ablegen können, wie ich wollte. Die verdammte Internetverbindung ist ausgefallen.«

»Nur bei uns oder bei allen?«, fragte ich ernst.

»Keine Ahnung«, antwortete er nachdenklich. »Ich hör mich mal um.«

Luca und ich fingen an, unsere Sachen zusammenzupacken, während Betsy noch den einen oder anderen Gewinn auszahlte. Die meisten Rennbahnbesucher strömten schon zu den Ausgängen, um nicht in den Stau zu kommen; zweifellos würden viele ihre Siegtickets vom letzten Rennen erst morgen einlösen.

Wir registrierten alle angenommenen Wetten per Computer, gewonnene wie verlorene, und ich wunderte mich immer wieder, wie viele Siegtickets nie eingelöst wurden. Einige gingen vielleicht verloren, und manchem angeheiterten Wetter war vielleicht nicht klar, dass er gewonnen hatte, jedenfalls gab es fast täglich zwei oder drei Siegwetten, die niemand zu Geld machte. Sie waren so etwas wie eine Zusatzprämie für uns. Auf die wir uns allerdings nie ganz verlassen konnten. Unsere Wettscheine verfielen nicht; gestern erst hatte ich einen solchen Schein vom letztjährigen Royal Ascot einlösen müssen. Vielleicht hatte er sich zwölf Monate tief in einer Cutawaytasche versteckt oder im Hutband eines Zylinders und still darauf gewartet, dass man ihn wiederfand und zu Bargeld machte.

Die Zuschauer waren größtenteils zu den Parkplätzen abgewandert, als wir unsere Ausrüstung endlich mehr oder weniger zusammengeräumt und auf den kleinen Handkarren verladen hatten, der uns während der Veranstaltungen als Computertisch diente. Der Buchmacherring war verlassen bis auf die anderen Bookies, die wie wir zusammenpackten, ohne auf den Abfall ringsherum zu achten: weggeworfene Zeitungen, zerrissene Wettscheine, zerdrückte Kaffeebecher und halb gegessene Sandwiches.

»Lust auf ein Bier?«, fragte Luca, als ich einen Spanngurt über unsere Ausrüstung zog.

»Lust schon, aber ich kann nicht.« Ich sah zu ihm auf. »Ich muss zu Sophie.«

Er nickte verständnisvoll. »Dann ein andermal. Betsy und ich gönnen uns ein Glas, wenn's dir nichts ausmacht. Wir nehmen dann den Zug in die Stadt, weil wir noch auf die Party im Park wollen.«

»Gut«, sagte ich. »Tut das. Den Rest packe ich allein zusammen.«

»Kommst du zurecht?«, fragte er.

Er kannte die Antwort. Ich packte oft genug allein. Aber so ließ er mich wissen, dass er das nicht für ganz und gar selbstverständlich hielt.

Ich lächelte ihn an. »Kein Problem«, sagte ich und entließ die beiden mit einer Handbewegung. »Geht schon. Bis morgen früh dann. Gleiche Zeit wie immer.«

»Okay«, sagte Luca. »Danke.«

Luca und Betsy gingen gemeinsam davon und ließen mich allein neben dem mit einer Plane abgedeckten Karren zurück. Ich schaute ihnen nach, Betsy Hand in Hand mit ihrem Freund. Einmal blieben sie stehen und umarmten sich, ehe sie im Tribünenhaus verschwanden. Ein glückliches Pärchen auf dem Weg zur Bar im Musikpavillon, nahm ich an, wo nach den Rennen immer fröhlich gezecht wurde.

Ich seufzte.

Sicher war auch ich mal so glücklich gewesen. Aber das war lange her. Wo waren die schönen Zeiten nur geblieben? Hatte das Glück mich für immer verlassen?

Ich wischte mir mit dem Jackenärmel über die Stirn und dachte daran, wie herrlich jetzt ein kühles Bier wäre. Am liebsten hätte ich umdisponiert und mich den beiden angeschlossen, aber ich wusste, dass das mehr Ärger als sonst was nach sich gezogen hätte. So war es immer.

Ich seufzte noch einmal und lud die letzten Kartons mit unserer Ausrüstung auf den Karren, dann zurrte ich die restlichen Gurte über der grünen Plane fest. Ich packte den Griff und löste die Radbremse. Es stimmte zwar, dass ich den Karren alleine ziehen konnte, aber zu zweit war es einfacher, besonders die Betonrampe zur Tribünenpassage hinauf. Ich legte mich ins Zeug.

»Soll ich mit anfassen?«, rief eine Stimme von hinten.

Ich blieb stehen und drehte mich um. Es war der Mann im cremefarbenen Leinenanzug. Er lehnte etwa fünfzehn Meter entfernt an dem Metallzaun zwischen Buchmacherring und Royal Enclosure. Ich hatte ihn beim Zusammenpacken nicht bemerkt und fragte mich, wie lange er mich schon beobachtete.

»Wer sind Sie?«, rief ich ihm zu.

»Ich kannte Ihren Großvater«, meinte er nur wieder und kam auf mich zu.

»Das sagten Sie schon«, gab ich zurück.

Aber meinen Großvater hatten viele Leute gekannt, und kaum einer hatte ihn gemocht. Er war ein typisch streitlustiger Bookie gewesen, der Kunden und Kollegen mit fast der gleichen Geringschätzung behandelt hatte wie sie ihn. Viele hätten ihn vielleicht als Original bezeichnet, schon weil er noch in einem Alter, wo andere in Rente gingen und die Füße hochlegten, bei jedem Wetter auf der Rennbahn stand und Wetten anbot. Ja, meinen Großvater kannten eine Menge Leute, aber er hatte herzlich wenig Freunde gehabt.

»Wann ist er gestorben?«, fragte der Mann und packte eine Seite des Wagengriffs.

Schweigend zogen wir den Karren die Rampe hinauf und blieben oben stehen. Ich wandte mich meinem Helfer zu und sah ihn an. Das Grau seiner Haare wurde durch die tiefe Bräune seines Gesichts noch hervorgehoben. Nach englischer Sonnenbräune sah mir das nicht aus.

»Vor sieben Jahren«, sagte ich.

»Und woran?«, fragte er. Ich hörte einen leichten Akzent in seiner Aussprache, konnte ihn aber nicht recht einordnen.

»An nichts Bestimmtem«, sagte ich. »Altersschwäche.« Und Dickköpfigkeit, dachte ich bei mir. Es war, als ginge er davon aus, dass die ihm zugemessenen Tage auf dieser Welt vorbei waren und es Zeit für den Eintritt in die nächste wurde. Er war an einem Freitag von der Rennbahn in Cheltenham nach Hause gekommen, hatte innerlich bereits offenbar abgeschaltet und war am Sonntagabend entschlafen. Der Pathologe, der ihn obduziert hatte, konnte nicht sagen, woran er gestorben war. Seine Organe hatten alle noch gut funktioniert, und er war bei klarem Verstand gewesen. Meiner Ansicht nach hatte er einfach tot sein wollen.

»So alt war er doch noch gar nicht«, sagte der Mann.

»Achtundsiebzig«, erwiderte ich. »Und zwei Tage.«

»Das ist kein Alter. Heutzutage nicht.«

»Ihm war es genug.«

Der Mann sah mich fragend an.

»Mein Großvater fand, dass seine Zeit abgelaufen war, und hat sich sterben gelegt.«

»Machen Sie Witze?«, fragte er.

»Nein. Das ist mein voller Ernst.«

»So ein blöder Hund«, sagte er wie zu sich selbst.

»Wie gut kannten Sie denn meinen Großvater?«, fragte ich ihn.

»Ich bin sein Sohn«, erwiderte er.

Ich starrte ihn mit offenem Mund an.

»Dann müssen Sie mein Onkel sein«, sagte ich.

»Nein.« Er starrte zurück. »Ich bin dein Vater.«

2

Sie können nicht mein Vater sein!«, sagte ich verblüfft.

»Doch«, entgegnete er. »Genau der bin ich.«

»Mein Vater ist tot«, sagte ich.

»Und woher willst du das wissen? Hast du ihn sterben sehen?«

»Das nicht«, entgegnete ich. »Ich … ich weiß es eben. Meine Eltern sind bei einem Autounfall ums Leben gekommen.«

»Hat dein Großvater dir das erzählt?«

Meine Beine schienen mir nicht mehr zu gehorchen. Ich war siebenunddreißig und hatte mich, seit ich denken konnte, als vaterlos betrachtet. Und mutterlos. Als Waise. Ich war bei meinen Großeltern aufgewachsen, die mir gesagt hatten, meine Eltern seien ums Leben gekommen, als ich noch ein Baby war. Warum hätten sie lügen sollen?

»Aber ich habe ein Foto gesehen«, sagte ich.

»Wovon?«, fragte er.

»Von meinen Eltern.«

»Du erkennst mich also?«

»Nein«, sagte ich.

Aber das Foto war winzig und mindestens siebenunddreißig Jahre alt, wie hätte ich ihn da jetzt wiedererkennen sollen?

»Hör mal«, sagte er, »können wir uns vielleicht irgendwo in Ruhe unterhalten?«

So kam ich doch noch zu meinem Bier.

In der Bar am Führring erzählte mir der Mann im cremefarbenen Leinenanzug, wer ich war.

Ich wusste nicht, was ich glauben sollte. Einerseits konnte ich mir nicht vorstellen, warum meine Großeltern mich hätten anlügen sollen, andererseits auch nicht, warum dieser plötzlich aufgetauchte Fremde mich anlügen sollte. Das ergab alles keinen Sinn.

»Deine Mutter und ich sind mit dem Auto verunglückt«, erzählte er mir. Er senkte den Blick. »Dabei ist sie gestorben.« Er machte eine lange Pause, als überlegte er, ob er weiterreden sollte.

Ich sah ihn schweigend an. Mehr als alles andere war ich verwirrt.

»Warum?«, fragte ich.

»Warum was?«

»Warum sind Sie heute hierhergekommen und erzählen mir das?« Langsam ärgerte es mich doch, dass er einfach so mein Leben durcheinanderbrachte. »Warum sind Sie nicht geblieben, wo Sie waren?« Ich wurde laut. »Wieso kommen Sie nach siebenunddreißig Jahren plötzlich bei mir an?«

»Weil ich dich sehen wollte«, sagte er. »Du bist mein Sohn.«

»Bin ich nicht«, schrie ich ihn an.

Ein paar Leute, die vor der Heimfahrt in der Bar noch etwas tranken, sahen zu uns herüber.

»Doch«, sagte er leise. »Auch wenn es dir nicht gefällt.«

»Woher wollen Sie das so genau wissen?« Ich klammerte mich an Strohhalme.

»Sei nicht albern, Edward«, sagte er und knibbelte an seinen Fingern. Es war das erste Mal, dass er meinen Namen aussprach, und es hörte sich komisch an. Ich war zwar auf den Namen Edward getauft, wurde aber von jeher Ned genannt. Nicht mal mein Großvater hatte Edward zu mir gesagt, außer, wenn er sauer auf mich war, oder früher, wenn ich als Kind etwas angestellt hatte.

»Wie heißen Sie?«, fragte ich ihn.

»Peter«, sagte er. »Peter James Talbot.«

Mein Vater hieß tatsächlich Peter James Talbot. So stand es in grüner Tinte auf seiner und meiner Geburtsurkunde. Diese beiden Dokumente kannte ich in- und auswendig. In all den Jahren waren die handgeschriebenen Angaben darin für mich die einzige greifbare Verbindung zu meinen Eltern gewesen, sie und das verknitterte und verblasste kleine Foto, das ich immer bei mir trug.

Ich nahm meine Brieftasche heraus und zeigte es ihm.

»Blackpool«, sagte er mit Bestimmtheit, als er es sich ansah. »Das ist in Blackpool aufgenommen worden. Da waren wir im November wegen des Feuerwerks. Tricia, deine Mutter, war im dritten Monat schwanger. Mit dir.«

Ich nahm das Foto wieder an mich und betrachtete wie schon viele hundert Mal den jungen Mann, der da neben einem dunkelgrünen Ford Cortina stand. Mein Blick ging zu dem Mann mir gegenüber und kehrte zu dem Bild zurück. Ich konnte zwar nicht mit Sicherheit sagen, dass sie ein und dieselbe Person waren, aber ausschließen konnte ich es ebenso wenig.

»Glaub mir, das bin ich«, sagte er. »Der Ford war mein erster Wagen. Auf dem Foto bin ich neunzehn.«

»Und wie alt war meine Mutter?«, fragte ich.

»Siebzehn, glaube ich. Ja, sie war gerade siebzehn geworden. Auf der Tour wollte ich ihr das Fahren beibringen.«

»Ihr habt früh angefangen.«

»Na ja.« Er wirkte verlegen. »Du warst nicht so direkt geplant. Eher eine Überraschung.«

»Oh, danke«, meinte ich ironisch. »Wart ihr verheiratet?«

»Als die Aufnahme entstand, noch nicht.«

»Und bei meiner Geburt?« Ich war mir nicht sicher, ob ich das wirklich wissen wollte.

»Aber ja«, sagte er entschieden. »Da schon.«

Seltsamerweise war ich erleichtert darüber, nicht unehelich geboren zu sein. Spielte das wirklich eine Rolle? Für mich schon. Es bedeutete, dass meine Eltern zueinander gestanden und sich vielleicht sogar geliebt hatten. Sie waren sich nicht gleichgültig gewesen, zumindest damals nicht.

»Warum bist du weggegangen?«, wollte ich wissen. Das war die große Frage.

»Aus Scham, nehme ich an«, sagte er schließlich. »Nach dem Tod deiner Mutter, allein mit dem Baby und ohne Frau – damit kam ich nicht zurecht. Also bin ich davongelaufen.«

»Wohin?«, fragte ich.

»Nach Australien«, sagte er. »Auf Umwegen. Zuerst habe ich in Liverpool auf einem Frachter unter liberianischer Flagge angeheuert. Bin eine Zeitlang um die Welt gefahren. Irgendwann bin ich dann in Melbourne an Land gegangen und dageblieben.«

»Und wieso bist du jetzt wiedergekommen?«

»Ich dachte, es wäre eine gute Idee.«

Das war es nicht!

»Was hast du denn erwartet?«, fragte ich. »Dass ich dich nach all der Zeit mit offenen Armen empfange? Ich dachte, du wärst tot.« Ich sah ihm ins Gesicht. »Vielleicht wäre das sogar besser für mich.«

Traurig erwiderte er meinen Blick. Vielleicht war ich etwas zu hart gewesen.

»Na ja«, sagte ich, »jedenfalls wärst du besser nicht wiedergekommen.«

»Ich wollte dich aber sehen«, erwiderte er.

»Wieso?«, herrschte ich ihn an. »Siebenunddreißig Jahre lang hattest du kein Verlangen danach.«

»Sechsunddreißig«, meinte er.

Ich warf frustriert die Hände in die Luft. »Umso schlimmer«, sagte ich. »Dann hast du mich im Stich gelassen, als ich ein Jahr alt war. Wie bringt ein Vater so was fertig?« Wieder packte mich der Zorn. Bisher hatte ich selbst zwar keine Kinder, aber das lag nicht daran, dass ich keine gewollt hätte.

»Tut mir leid«, sagte er.

Als wäre es damit getan.

»Weshalb wolltest du mich jetzt also sehen?«, fragte ich. »Das war doch sicher kein spontaner Entschluss nach so langer Zeit.« Er schwieg mich an. »Du wusstest ja noch nicht mal, dass dein Vater tot ist. Und deine Mutter, was ist mit ihr? Nach der hast du gar nicht gefragt.«

»Ich wollte nur dich sehen«, sagte er.

»Aber wieso gerade jetzt?«

»Ich habe schon länger daran gedacht.«

»Sag bloß, du hast Gewissensbisse bekommen nach all den Jahren«, meinte ich spöttisch und lachte ironisch.

»Edward«, sagte er streng, »den Sarkasmus solltest du dir sparen.«

Das Lachen blieb mir im Hals stecken. »Du hast mir nicht zu sagen, was sich gehört«, gab ich ebenso streng zurück. »Das Recht dazu hast du verwirkt, als du fortgegangen bist.« Er senkte den Blick wie eine gescholtene Katze. »Was willst du also?«, fragte ich ihn. »Ich hab kein Geld.«

Sofort hob er den Kopf wieder. »Ich will kein Geld von dir«, sagte er.

»Sondern? Erwarte bloß keine Liebe von mir.«

»Bist du glücklich?«, fragte er unvermittelt.

»Irrsinnig glücklich«, log ich. »Jeden Morgen erwache ich mit Freude im Herzen und genieße das Wunder des neuen Tags.«

»Bist du verheiratet?«, fragte er.

»Ja«, sagte ich, ohne das näher auszuführen. »Du auch?«

»Nein«, antwortete er. »Jetzt nicht mehr. Aber ich war es. Zweimal – dreimal, wenn man deine Mutter mitzählt.«

Für mich zählte sie irgendwie schon.

»Zweimal verwitwet, einmal geschieden«, sagte er und lächelte schief. »In dieser Reihenfolge.«

»Kinder?«, fragte ich. »Außer mir?«

»Zwei. Zwei Mädchen.«

Ich hatte Schwestern. Halbschwestern jedenfalls.

»Wie alt sind sie?«

»Beide Mitte zwanzig – Ende zwanzig vielmehr. Ich habe sie, ach Gott, schon fünfzehn Jahre nicht gesehen.«

»Anscheinend hast du es dir angewöhnt, deine Kinder im Stich zu lassen.«

»Ja«, meinte er ernst. »Sieht so aus.«

»Warum hast du mich nicht in Ruhe gelassen und dich auf die Suche nach ihnen gemacht?«

»Ich weiß, wo sie leben«, antwortete er. »Sie wollen keinen Kontakt mit mir, nicht umgekehrt. Sie lasten mir den Tod ihrer Mutter an.«

»Ist sie auch tödlich verunglückt?«, fragte ich mit einer gewissen Brutalität.

»Nein«, erwiderte er ruhig. »Maureen hat sich das Leben genommen.« Er schwieg, und ich beobachtete ihn. »Nachdem ich bankrottgegangen war, nahm sie Tabletten in einer Dosis, die ein Pferd umgebracht hätte. Ich kam vom Gericht nach Hause, da warteten die Gerichtsvollzieher schon in der Einfahrt, und meine Frau lag tot im Haus.«

Ein Leben wie eine Seifenoper, dachte ich. Kummer und Unglück waren seine ständigen Begleiter gewesen.

»Wieso hast du Bankrott gemacht?«

»Wegen Spielschulden.«

»Spielschulden! Als Buchmachersohn!«

»Von der Buchmacherei kam ja der ganze Ärger«, sagte er. »Offensichtlich hatte ich an der Seite meines Vaters nicht genug gelernt. Ich war ein schlechter Buchmacher.«

»Ich dachte, Spielschulden können nicht gerichtlich eingeklagt werden.«

»Vielleicht nicht direkt, aber ich hatte Kredite aufgenommen und konnte sie nicht bedienen. Hab alles verloren. Wirklich alles, auch die Mädchen, die sind dann bei ihrer Tante aufgewachsen. Ich hab sie nie mehr gesehen.«

»Bist du immer noch bankrott?«, fragte ich.

»Aber nein. Das liegt Jahre zurück. Inzwischen läuft es wieder gut.«

»Was denn?«

»Geschäfte eben«, sagte er wenig entgegenkommend. »Meine Geschäfte.«

Eine Bedienung in weißem Hemd und schwarzer Hose kam zu uns herüber.

»Entschuldigen Sie, wir schließen«, sagte er. »Wenn Sie bitte austrinken könnten.«

Ich sah auf meine Uhr. Nach sechs schon. Ich stand auf und leerte mein Glas.

»Können wir uns noch irgendwo weiter unterhalten?«, fragte mein Vater.

Ich dachte an Sophie. Ich hatte versprochen, nach den Rennen gleich zu ihr zu kommen.

»Ich muss zu meiner Frau«, sagte ich.

»Hat das nicht Zeit?«, fragte er. »Ruf sie an. Vielleicht kann ich ja auch mitkommen.«

»Nein«, sagte ich etwas zu schnell.

»Wieso nicht?«, fasste er nach. »Sie ist doch meine Schwiegertochter.«

»Nein«, sagte ich entschieden. »Ich muss mich an das Ganze erst gewöhnen.«

»Okay«, meinte er. »Aber ruf sie an und sag ihr, dass du aufgehalten worden bist und später nach Hause kommst.«

Ich dachte wieder an meine Frau Sophie. Sie war nicht zu Hause. Wahrscheinlich saß sie jetzt in ihrem Zimmer vor dem Fernseher und schaute wie jeden Tag um sechs die Nachrichten. Dass sie da war, wusste ich, denn sie durfte nicht weg.

Sophies Zimmer war von außen abgesperrt.

Sophie Talbot war gemäß dem Gesetz über Schutzmaßnahmen bei psychischen Krankheiten von 1983 in eine Klinik eingewiesen worden und dort seit fünf Monaten auf einer geschlossenen Station untergebracht. Kein Gefängnis zwar, sondern ein Haus für nicht sonderlich gefährdete Patienten, und doch saß sie dort gefangen. Es war nicht das erste Mal. Insgesamt hatte meine Frau über die Hälfte der vergangenen zehn Jahre in psychiatrischen Einrichtungen zugebracht. Und trotz Pflege und Therapie hatte ihr Zustand sich stetig verschlechtert. Die Zukunft war völlig ungewiss.

»Gehen wir ins Pub?«, unterbrach mein Vater mich in meinen Gedanken.

Spätestens um neun musste ich in der Klinik sein. Ich sah auf die Uhr.

»Höchstens eine Stunde«, sagte ich. »Dann muss ich los.«

»In Ordnung.«

»Hast du einen Wagen?«

»Nein«, sagte er. »Bin von Waterloo mit dem Zug gekommen.«

»Wo wohnst du denn?«, fragte ich.

»In einem schäbigen kleinen Hotel in Sussex Gardens. Einer Pension eigentlich. Nähe Paddington Station.«

»Gut.« Ich kam zu einem Entschluss. »Wir fahren irgendwohin, was trinken, dann setz ich dich in Maidenhead am Bahnhof ab und du fährst mit dem Zug zurück nach London.«

»Prima«, meinte er lächelnd.

»Dann komm.«

Gemeinsam zogen wir den Karren zum Hauptausgang der Rennbahn hinaus und über die belebte Straße.

»Was machst du denn jetzt beruflich?«, fragte ich ihn, als wir unsere Fracht über den Kiesbelag der Parkplatzeinfahrt bugsierten.

»Dies und das«, sagte er.

»Pferdewetten?«, hakte ich nach.

»Manchmal. Aber meistens nicht.«

Offenbar wollte er nicht näher darauf eingehen.

»Ist es legal?«, fragte ich.

»Manchmal«, sagte er wieder.

»Aber meistens nicht?«, griff ich seine vorherige Antwort auf.

Er lächelte mich nur an und zog fester am Karren.

»Gehst du nach Australien zurück?«, fragte ich, um das Thema zu wechseln.

»Wahrscheinlich. Aber erst will ich mich mal eine Weile versteckt halten.«

»Warum?«

Wieder lächelte er nur. Vielleicht ist es besser, wenn ich nichts darüber weiß, dachte ich.

Ich hatte meinen treuen zwölf Jahre alten Volvo 940 Kombi hinten auf Parkplatz 2 abgestellt, hinter dem Bereich für Trainer und Besitzer. Wie immer hatte ich fürs Parken bezahlen müssen. Die Rennvereine schenken den Buchmachern keinen Penny.

Früher wurden Buchmacherstandplätze nach dem Senioritätsprinzip vergeben, wie es in Irland noch heute der Fall ist. In England werden sie inzwischen zum Kauf angeboten, und ein Standplatz bleibt im Besitz des Buchmachers, der ihn erwirbt, oder kann von ihm weiterverkauft werden. Der Inhaber von Standnummer eins darf seinen Platz im Buchmacherring frei wählen, danach dann Nummer zwei und so weiter. Ich besaß die Nummer acht, die meinen Großvater vor zwanzig Jahren enorm viel Geld gekostet hatte. Ich stand zwar nicht am besten Platz, aber immer noch recht gut.

Die Buchmachergebühr, die ich der Rennbahn zahlte, um mich an Renntagen aufstellen zu dürfen, betrug das Fünffache des normalen Eintrittspreises. Zahlten die Rennbahnbesucher also wie in Ascot £40 pro Tag, um zu den Buchmachern zu gelangen, musste ich £200 hinblättern. Und natürlich den normalen Eintritt für Betsy und Luca. In Royal Ascot war ich jeden Tag Hunderte im Minus, bevor ich überhaupt die erste Wette annahm.

Es gab umstrittene Pläne, das alte System über Bord zu werfen und ab 2012 die Standplätze auf Englands Rennbahnen gegen Höchstgebot zu versteigern. Die Buchmacher sahen das als Diebstahl ihres angestammten Eigentums an und hielten die Rennvereine für geldgierig, alle anderen sahen es genau umgekehrt.

Der mit Füßen getretene Bookie, der so gern gehasst wird. »Es gibt keine armen Buchmacher«, sagen die Leute immer etwas abschätzig. Das liegt aber daran, dass arme Buchmacher schnell aus dem Rennen sind. Einen armen Anwalt findet man ebenso wenig. Und auch die Anwälte sind allseits verhasst.

»Wie lange bleibst du?«, fragte ich meinen Vater.

»Eine Weile«, meinte er nur.

Wenn er so weitermachte, hatte es wenig Sinn, mit ihm ins

Pub zu gehen. Dann nahm ich mir lieber mehr Zeit für Sophie.

»Hör mal«, sagte ich. »Vielleicht ist es besser, wenn du jetzt gleich zurück nach London fährst. Es hat keinen Zweck, etwas trinken zu gehen, wenn du dauernd meinen Fragen ausweichst.«

»Ich möchte über die Vergangenheit reden, nicht über die Zukunft«, sagte er.

»Ich aber nicht.«

Wir zogen den Karren gerade durch eine Lücke in der Hecke am Parkplatz 2, als wir plötzlich schnelle Schritte hinter uns hörten. Ich drehte mich um und sah jemanden direkt auf mich zurennen. Ohne abzubremsen, sprang er auf den mit einer Plane abgedeckten Karren und trat mir voll ins Gesicht.

Mist, dachte ich, als ich zu Boden ging, jetzt werde ich ausgeraubt.

Wusste dieser Schwachkopf nicht, was für ein mieser Tag es für die Buchmacherzunft gewesen war? Es gab herzlich wenig zu stehlen. Da hätte er mich besser heute Morgen abgepasst, als ich ein paar Tausender in bar mit zur Rennbahn gebracht hatte.

Ich war zu Boden gegangen, stützte mich auf Hände und Knie und ließ den Kopf hängen. Ich spürte warmes, frisches Blut im Gesicht und sah es in einem knallroten Rinnsal vom Kinn auf die Erde laufen, wo es im Gras versickerte.

Halb rechnete ich mit einem weiteren Tritt vor den Kopf oder in den Magen. Meine Arme wollten mir nicht ganz gehorchen, aber ich schaffte es, mit der rechten Hand in meiner Hosentasche nach dem Umschlag mit dem mir verbliebenen kleinen Bündel Banknoten zu tasten. Aus Erfahrung wusste ich, dass es am besten war, sich schnell von seinem Geld zu trennen, denn wer sich erst zusammenschlagen ließ, bekam es am Ende doch abgenommen.

Ich zog den Umschlag aus der Tasche und warf ihn ins Gras.

»Mehr hab ich nicht.« Beim Sprechen schmeckte ich das Blut im Mund.

Ich wälzte mich auf die Seite. Ich wollte nicht unbedingt das Gesicht meines Angreifers sehen, denn aus Erfahrung wusste ich auch, dass eine mögliche Identifizierung weitere Prügel nach sich ziehen konnte. Darüber hätte ich mir aber keine Gedanken zu machen brauchen. Der junge Mann – und bei seiner Kraft und Wendigkeit war er mit Sicherheit jung – trug einen Schal ums Gesicht und hatte sich die Kapuze seines dunkelgrauen Sweatshirts über den Kopf gezogen. Selbst wenn ich ihm direkt gegenübergestanden hätte, wäre er nicht zu erkennen gewesen. Ich sah ihn aber nur im Halbprofil vor meinem Vater stehen.

»Hier«, rief ich ihm zu. »Stecken Sie's ein und lassen Sie uns in Ruhe.«

Er blickte kurz zu mir herüber und wandte sich dann wieder meinem Vater zu.

»Wo ist das Geld?«, zischte er ihn an.

»Da.« Ich zeigte auf den Umschlag.

Der Mann beachtete mich nicht.

»Geh zum Teufel«, sagte mein Vater, holte mit dem Fuß aus und trat ihn in den Unterleib.

»Du Drecksau«, zischte der Mann wütend.

Es sah aus, als ob er meinen Vater zweimal schnell hintereinander in den Magen boxte.

»Wo ist das Scheißgeld?«, fauchte unser Angreifer noch einmal.

Diesmal antwortete mein Vater nicht. Er ließ sich lediglich schwer zu Boden gleiten, den Rücken an die Hecke gelehnt.

»Lassen Sie ihn«, rief ich dem Kapuzenmann zu, »hier ist es doch.« Noch einmal zeigte ich auf den weißen Umschlag im Gras. Da mich der Mann immer noch nicht beachtete und wieder auf meinen Vater losging, schrie ich aus Leibeskräften: »Hilfe! Hilfe! Hilfe!«

Parkplatz 2 war weitgehend verlassen, aber im Trainer- und Besitzerbereich wurden vereinzelt noch Rennergebnisse gefeiert. Man drehte sich nach uns um, und drei oder vier Unerschrockene kamen ein paar Schritte auf uns zu. Bestimmt würden sie mit Hand anlegen, wenn sie wüssten, dass da ein Buchmacher Prügel bekam, dachte ich ironisch.

Der Mann warf einen Blick auf die Herankommenden und lief zwischen den verbliebenen Autos davon, um mit einem Satz über den Holzzaun auf der anderen Seite des Parkplatzes zu verschwinden. Ich saß im Gras und schaute ihm nach. Er drehte sich nicht ein einziges Mal um.

Der Umschlag mit dem Geld lag noch neben mir im Gras. Komischer Dieb, dachte ich bei mir. Ich beugte mich vor, hob den Umschlag auf und steckte ihn wieder tief in meine Tasche. Dann rappelte ich mich auf und schimpfte über die grünen Grasflecke, die sich auf den Knien meiner Hose abzeichneten.

Zwei der feiernden Westenträger, das Champagnerglas noch in der Hand, standen vor mir.

»Alles in Ordnung?«, fragte der eine. »Ihr Gesicht hat ganz schön was abbekommen.«

Ich spürte noch das Blut, es lief mir jetzt am Hals runter.

»Es geht schon«, sagte ich. »Vielen Dank. Wir sind überfallen worden, aber er hat nichts mitgenommen.« Ich ging ein paar Schritte auf meinen Vater zu. »Alles klar … Dad?« Die Anrede klang in meinen Ohren seltsam.

Er sah mich aus erschrockenen Augen an.

»Was ist denn?«, fragte ich rasch und ging näher zu ihm hin.

Er hielt sich den Bauch, und jetzt nahm er die Hand weg. Das cremefarbene Leinenjackett darunter war knallrot verfärbt. Der junge Mann hatte meinen Vater nicht in den Magen geboxt, sondern auf ihn eingestochen.

Es dauerte ewig, bis der Krankenwagen kam. Ich versuchte auf meinem Handy die 999 zu wählen, aber vor Panik gehorchten mir die Finger nicht, und ich vertippte mich dauernd. Schließlich nahm einer der Champagnertrinker mir das Telefon aus der Hand und machte den Notruf, während ich mich neben meinem Vater ins Gras kniete.

Sein ganzer Bauch war jetzt blutüberströmt, das Gesicht aschfahl.

»Legen Sie ihn hin«, sagte jemand. »Der Kopf muss tiefer liegen als das Herz.«

Von den diversen Parkplatzpartys waren ziemlich viele Leute herbeigeströmt. Irgendwie absurd, wie sie da herumstanden und Champagner tranken, während mein Vater nach Atem rang.

»Du schaffst das«, redete ich ihm zu. »Bald kommt Hilfe.«

Er nickte kaum merklich und wollte dann etwas sagen.

»Nicht sprechen«, wies ich ihn an. »Spar dir deine Kräfte.« Aber er versuchte es trotzdem.

»Nimm dich in Acht«, sagte er leise, aber deutlich.

»Vor wem denn?«, fragte ich.

»Vor allen«, flüsterte er.

Er hustete, und Blut trat ihm auf die Lippen.

»Wo bleibt der verdammte Krankenwagen?«, rief ich an niemand Bestimmten gewandt.

Aber die Polizei traf zuerst ein. Zwei Beamte zu Fuß. Sie kannten sich wahrscheinlich eher mit dem Verkehr an Renntagen aus als mit Messerattacken am helllichten Tag, und einer von ihnen forderte sofort über Funk Verstärkung an. Der andere kniete sich neben mich und kümmerte sich um meinen Vater, indem er ihm die große verkehrsregelnde Hand auf die Wunde legte und zudrückte.

Mein Vater stöhnte.

»Tut mir leid, Mann«, sagte der Polizist. »Druck ist in diesem Fall das Beste.«

Schließlich kam dann auch der Krankenwagen, dessen Fahrer sich für die Verspätung entschuldigte. »Rennbahnverkehr«, erklärte er. »Ein Stau nach dem anderen, und jede zweite Straße war für den Verkehr in unserer Richtung gesperrt.«

Rasch wurde mein Vater untersucht und mit einer Sauerstoffmaske und einer intravenösen Infusion versorgt. Vorsichtig legten sie ihn auf eine Trage und hoben ihn in den Wagen, ohne den Druck auf seinen Bauch zu verringern.

Ich wollte mitfahren, aber einer der Polizisten hielt mich auf.

»Sie bleiben bitte hier, Sir«, sagte er.

»Aber er ist doch mein Vater«, gab ich zurück.

»Wir bringen Sie gleich ins Krankenhaus«, sagte er. »Die Wunde an Ihrem Kopf sieht sowieso aus, als müsste sie genäht werden.«

Die Rettungssanitäter schlossen die Tür des Krankenwagens und fuhren mit meinem Vater davon, gerade als in zwei Wagen mit Blaulicht die Polizeiverstärkung eintraf.

Ich verbrachte den Abend weitgehend im Krankenhaus, aber nicht dort, wo ich eigentlich sein wollte.

Mein Vater war noch am Leben gewesen, als sie ihn von der Rennbahn abtransportierten, ich hatte ihn husten hören, und einer Krankenschwester zufolge hatte er auch bei der Ankunft in der Klinik noch gelebt. Aber bis zum OP hatte er es nicht mehr geschafft. Er war im Empfangsbereich der Notaufnahme an schwerem Schock und inneren Blutungen gestorben. Man habe leider nichts mehr für ihn tun können, hieß es.

Ich saß auf einem Stahlrohrstuhl mit grauem Plastiksitz in einer durch einen Vorhang abgetrennten Kabine neben meinem toten Vater, einem Vater, von dessen Existenz ich erst drei Stunden zuvor erfahren hatte, und fragte mich, wie das Leben so grausam sein konnte.

Ich war wie betäubt. Als ich acht war und alt genug, um zu begreifen, was mir ohne ihn entging, hatte ich um meinen Vater getrauert. Daran erinnerte ich mich noch genau. Ich hatte meine Schulkameraden mit ihren jungen Müttern und Vätern gesehen und so überhaupt erst gemerkt, dass meine Großeltern anders waren. Ich erinnerte mich, wie sehr ich mir gewünscht hatte, meine Eltern wären am Leben und könnten bei mir sein.

Ja, ich wollte einen Vater, der immer dabei war, einen Vater, wie die anderen ihn hatten, der uns bei den Spielen der Schulmannschaft von der Seitenlinie aus anfeuerte, mich auf den Schultern trug, wenn wir siegten, und mich tröstete und mir die Tränen aus dem Gesicht wischte, wenn wir verloren.

Ich hatte meine Mannschaftskameraden mit Phantasiegeschichten darüber unterhalten, wie mein mutiger Vater mich vor dem Ertrinken, vor Feinden oder vor Ungeheuern rettete und dabei selbst ums Leben kam. Jetzt musste ich feststellen, dass sogar die Geschichte, die man mir erzählt und die ich unbesehen geglaubt hatte, erlogen war.

Ich betrachtete die auf dem Rücken liegende stumme Gestalt vor mir und schlug das frische weiße Tuch, das sie bedeckte, auf die Brust zurück. Sein Gesicht sah aus, als ob er schliefe, friedlich, die Augen geschlossen, als könnte er von meiner Berührung erwachen. Ich legte ihm die Hand auf die Schulter. Sein Körper kühlte bereits ab, ein Erwachen würde es nicht mehr geben. Zum ersten und letzten Mal in meinem Leben strich ich ihm über die sonnengebräunte Stirn und dachte daran, was hätte sein können.

Ich sollte ihm böse sein, dachte ich. Ihm übelnehmen, dass er mich damals im Stich gelassen hatte. Dass er erst nach so langer Zeit wiedergekommen war. Dass ich seit fast dreißig Jahren Schwestern hatte, die ich noch gar nicht kannte. Und auch, dass er mit seiner Rückkehr dann mein ohnehin nicht einfaches Leben noch komplizierter gemacht hatte.

Aber ich fand schon immer, dass Zorn dazu da ist, zum Ausdruck gebracht zu werden – dass man ihn in gebotener

Schärfe herauslassen muss, damit andere darauf reagieren oder sich verletzt fühlen können. Dem Leichnam meines toten Vaters böse zu sein erschien mir irgendwie sinnlos, reine Energieverschwendung.

Ich nahm mir vor, meinen Zorn für den jungen Mann aufzusparen, der mich so abrupt um die Möglichkeit gebracht hatte, etwas von dem, was mir früher entgangen war, nachzuholen. Ich trauerte weniger um meinen Vater als um die verpasste Gelegenheit, die so zum Greifen nah gewesen war.

Ich stand auf und deckte sein Gesicht wieder zu.

Ein Mann in einem hellbraunen Anzug trat hinter mir in die abgeteilte Kabine.

»Mr. Talbot?«, fragte er.

»Ja.« Ich drehte mich um.

»Ich bin Detektivsergeant Murray«, sagte er und zeigte mir seinen Dienstausweis. »Thames Valley Police.« Stumm blickte er auf die leblose Gestalt unter dem weißen Tuch. »Das mit Ihrem Vater tut mir leid, aber wir müssen Ihnen trotz allem ein paar Fragen stellen.«

»Ja, natürlich«, sagte ich. »Sollen wir dazu woanders hingehen?«

Er wirkte erleichtert. »Ja, gern.«

Eine Krankenschwester führte uns in einen kleinen Raum für Angehörige – für Hinterbliebene wohl eher –, und ein zweiter Kriminalbeamter stieß zu uns. Wir setzten uns auf die Stahlrohrstühle mit den grauen Plastiksitzen.

»Kommissar Walton«, stellte Sergeant Murray seinen Kollegen vor. »Also, was können Sie uns denn nun über den Zwischenfall auf dem Parkplatz in Ascot sagen?«

»Einen Zwischenfall würde ich das nicht nennen«, erwiderte ich. »Ich wurde angegriffen, und mein Vater ist erstochen worden.«

»Zur Bestimmung der Todesursache müssen wir die Obduktion abwarten, Sir«, meinte der Sergeant steif.

»Ich habe aber doch gesehen, wie auf ihn eingestochen wurde«, beharrte ich.

»Dann haben Sie also auch den Angreifer gesehen?«, fragte er.

»Ja. Allerdings weiß ich nicht, ob ich ihn wiedererkennen würde. Er war vermummt. Ich konnte nur seine Augen sehen, und auch die nur für den Bruchteil einer Sekunde.«

»Aber es war ganz sicher ein Mann?«

»Bestimmt. Er hatte die Statur eines Mannes.«

»Und das heißt?«

»Dünn, geschmeidig und agil«, sagte ich. »Er lief direkt auf mich zu, sprang auf meinen Karren und trat mir ins Gesicht.« Unwillkürlich fasste ich an die inzwischen genähte Wunde an meiner linken Augenbraue.

»Ein Weißer?«, fragte er.

»Ich glaube schon.« In Gedanken ging ich die Szene noch einmal durch. »Ja, er war weiß«, sagte ich mit einiger Sicherheit. »Er hatte weiße Hände.«

»Könnte er auch helle Handschuhe getragen haben?«, fragte der Sergeant.

An Handschuhe hatte ich nicht gedacht. »Möglich«, sagte ich. »Ich glaube trotzdem, dass er weiß war. Er hatte die Augen eines Weißen.« Ich entsann mich, dass die Augen für mich etwas Fieses, Verschlagenes gehabt hatten, weil sie zu eng zusammenstanden.

»Können Sie seine Kleidung beschreiben?«, fragte der Sergeant.

»Blaue Jeans und ein dunkelgraues Kapuzenshirt, schwarzer Schal um die untere Gesichtshälfte«, antwortete ich. »Und schwarze Stiefel, wie Springerstiefel mit schweren Profilsohlen, mit einem davon hab ich nähere Bekanntschaft geschlossen.« Der Kommissar schrieb alles in sein Notizbuch.

»Groß oder klein?«, fragte der Sergeant.

»Mittel eigentlich. Etwa so groß wie mein Vater.«

»Erzählen Sie uns von Ihrem Vater«, griff er das Stichwort auf. »Können Sie sich vorstellen, wieso ihm jemand nach dem Leben getrachtet hat?«

»Nach dem Leben getrachtet?«, wiederholte ich. »Das war doch wohl nur ein missglückter Raubüberfall.«

»Wie kommen Sie darauf?«, fragte er.

»Davon bin ich ausgegangen«, sagte ich. »Es wäre jedenfalls nicht das erste Mal, dass ein Buchmacher auf dem Rennbahnparkplatz überfallen wird. Auch für mich selber nicht.«

Die beiden Kriminalbeamten zogen vereint die Brauen hoch.

»Vor ungefähr fünf Jahren«, erklärte ich. »In Newbury, Ende November. Ich wollte nach den Rennen im Dunkeln zu meinem Wagen. Da wartete eine ganze Bande auf mich, nicht wie heute nur ein Einzelner.«

Ich erinnerte mich noch an den Schmerz in den Rippen, die sie mir mit ihren Fußtritten gebrochen hatten, als ich mich weigerte, den Batzen Bargeld herauszurücken, den mir dieser für die Wettgemeinde besonders ungünstige Tag eingebracht hatte. Und ich erinnerte mich, wie wenig sich die Polizei von Newbury für diesen Überfall auf einen Buchmacher interessiert hatte. Einer der Beamten meinte damals sogar, ich sei selber schuld, wenn ich solche Summen mit mir herumtrüge. Soweit ich wusste, hatte man nie ernsthaft versucht, die Täter zu fassen.

»Buchmacher werden ständig überfallen«, sagte ich. »Einigen Leuten ist jedes Mittel recht, um sich ihr Geld wiederzuholen.«

»Aber im vorliegenden Fall sind Sie ja nicht beraubt worden.«

»Nein«, gab ich zu und tastete nach dem Umschlag, der noch in meiner Hosentasche steckte. »Ich nehme aber an, dass sich der Täter wegen der Zuschauer gestört fühlte und deshalb verschwand.«

»Noch mal zu Ihrem Vater«, sagte er. »Wie hieß er mit vollem Namen?«

»Peter James Talbot«, sagte ich. Der Kommissar notierte es.

»Und die Anschrift?«

»Die genaue Anschrift kenne ich nicht«, sagte ich, »aber ich glaube, er hat in Melbourne in Australien gewohnt.«

»Wie kommt es dann, Mr. Talbot«, sagte der Detektivsergeant, »dass der Mann, den Sie als Ihren Vater bezeichnen, eine Kreditkarte und einen Führerschein bei sich trug, die auf den Namen Alan Charles Grady lauten?«

3

Wollen Sie uns erzählen, Sie haben nichts von der Existenz Ihres Vaters gewusst?«, fragte der Chefinspektor.

»Hm …«, sagte ich langsam. »Ja und nein.«

»Was denn nun?«

»Ich wusste natürlich, dass er vor siebenunddreißig Jahren gelebt hat, aber dass es ihn immer noch gibt, wusste ich bis heute nicht.« Es war verwirrend. Jetzt gab es ihn ja nicht mehr, jedenfalls nicht lebend.

Ich unterhielt mich noch immer mit Detektivsergeant Murray und Kommissar Walton, aber wir waren vom Wexham Park Hospital zur Polizeistation Windsor gefahren und hatten den Aufenthaltsraum für Hinterbliebene gegen das kahle, fensterlose Verhörzimmer der Polizei getauscht. Die Stühle hätten vom selben Hersteller sein können.

Zu uns gestoßen war Chefinspektor Llewellyn, der es nicht für nötig hielt, mir sein Beileid zum Tod meines Vaters auszudrücken. Ich mochte ihn nicht besonders, und er hielt von mir ganz offensichtlich auch nicht viel.

»Buchmacher, was?«, hatte er mich mit gekräuselter Lippe begrüßt. Wie viele andere auch war er offensichtlich der Meinung, alle Buchmacher seien Schurken bis zum Beweis des Gegenteils, und selbst dann seien noch Zweifel angebracht.

»Sind Sie absolut sicher, dass dieser Mann Ihr Vater war?« Er tippte mit dem Zeigefinger auf das Schwarzweißfoto in dem vor mir liegenden Führerschein, das eindeutig den Mann zeigte, den ich in der Klinik unter dem weißen Tuch tot zurückgelassen hatte.

»Nein.« Ich sah den Chefinspektor an. »Absolut sicher bin ich nicht. Ich glaube aber schon, dass er es war. Nicht so sehr wegen seines Aussehens oder dem, was er gesagt hat, sondern wegen seiner Eigenheiten und seines Auftretens. Er hat an seinen Fingern geknibbelt, wie ich es zigtausendmal bei meinem Großvater gesehen habe, und sein hüpfender Gang hat mich irgendwie an meinen eigenen erinnert.«

»Wieso ist dann der Führerschein auf den Namen Alan Grady ausgestellt?«, fragte er.

»Ich habe keine Ahnung«, sagte ich. »Ist er denn echt?«

»Das prüfen wir gerade.«

»Nun, ich glaube trotzdem, dass der Mann auf dem Foto mein Vater ist.«

Der Chefinspektor teilte offensichtlich meine Überzeugung nicht. »Darüber wird uns die DNA Gewissheit geben«, meinte er. In der Klinik war ich gebeten worden, eine DNA-Probe abzugeben, und hatte eingewilligt. »Er hat also seit rund dreißig Jahren in Australien gelebt?«

»Das hat er mir erzählt, ja.«

»Und Sie haben ihm geglaubt?«

»Ja.«

»Wieso?«

»Wieso nicht?«, sagte ich. »Warum hätte er mich anlügen sollen?«

»Mr. Talbot«, meinte er, »meiner Erfahrung nach lügen

die Menschen immerzu.« Er beugte sich vor und sah mir in die Augen. »Ich halte es sogar für möglich, dass Sie mich jetzt gerade anlügen.«

»Ganz wie Sie meinen«, sagte ich. »Aber Sie irren sich.«

»Wir werden sehen«, sagte er, stand unvermittelt auf und ging aus dem Zimmer.

»Chefinspektor Llewellyn hat den Raum verlassen«, teilte der Sergeant dem Aufzeichnungsgerät mit, das links von mir auf dem Tisch stand.

»Darf ich jetzt gehen?«, fragte ich.

»Mr. Talbot«, sagte der Sergeant. »Sie dürfen jederzeit gehen. Sie stehen nicht unter Arrest.«

Mag sein, dachte ich, aber ich war vor der Befragung über meine Rechte belehrt worden.

»Dann möchte ich gern nach Hause«, sagte ich. »Morgen früh um halb elf muss ich wieder in Ascot auf der Bahn sein.«

»Befragung beendet«, sagte der Sergeant mit einem Blick auf die Uhr an der Wand, »um 22 Uhr 45.« Er drückte auf die Stopptaste des Recorders.

»Haben Sie mit den anderen Leuten gesprochen, die da auf dem Parkplatz waren?«, fragte ich ihn.

»Wir ermitteln noch«, antwortete er ausweichend.

»Kann ich bitte eine Kopie von dem Führerschein haben?«, bat ich ihn.

»Wozu?«

»Wegen des Fotos. Das einzige Foto, das ich von meinem Vater habe, stammt von vor meiner Geburt. Ich hätte gern noch ein anderes.«

»Ähm.« Der Sergeant drehte sich nach Kommissar Walton um. »Ich weiß nicht, ob das geht.«

»Bitte«, sagte ich so nett, wie ich konnte.

Kommissar Walton zuckte die Achseln.

»Okay«, meinte der Sergeant. »Aber sagen Sie dem Chefinspektor nichts davon.«

»Bestimmt nicht«, versicherte ich ihm. Dem hätte ich nicht mal Bescheid gesagt, wenn sein Hosenstall offen gestanden hätte.

Sergeant Murray verschwand kurz und kam mit einer vergrößerten Kopie des Führerscheins wieder, die ich dankbar zusammenfaltete und zu dem Geldumschlag steckte.

»Vielen Dank«, sagte ich.

»Schon gut«, meinte er wehmütig. »Ich habe auch meinen Dad verloren, vor etwa drei Monaten.«

»Das tut mir leid.«

»Danke«, erwiderte er. »Krebs.«

Er brachte mich zur Tür der Polizeistation, wo wir einander herzlich die Hand gaben, zwei Männer, deren Väter vor kurzem gestorben waren.

»Wie komme ich denn jetzt nach Hause?« Ich stellte den Kragen meines Cutaways auf, denn es war frisch an diesem englischen Juniabend.

»Wo steht Ihr Wagen?«, fragte er.

»Auf dem Parkplatz in Ascot, nehme ich an. Da habe ich ihn stehen lassen.« Die Standausrüstung war hoffentlich noch drin. Die Polizisten hatten mir geholfen, alles einzuladen, bevor sie mich ins Krankenhaus gebracht hatten. »Das muss sein«, meinten sie. »Es kann sein, dass Sie von dem Tritt eine Gehirnerschütterung haben. Vorsicht ist die Mutter der Porzellankiste.«

So stand ich nun ohne fahrbaren Untersatz um elf Uhr

abends mitten in Windsor, und rings um Ascot war während der Renntage natürlich auch kein Hotelzimmer zu bekommen.

»Wo wohnen Sie denn?«, fragte der Sergeant.

»Kenilworth. In Warwickshire.«

»Nicht mehr unser Bereich«, sagte Sergeant Murray.

»Heißt das, Sie lassen mich nicht mit einem Streifenwagen nach Hause bringen?«, fragte ich ihn.

»Ähm.« Er schien unschlüssig. »Nein, Sie werden sich ein Taxi nehmen müssen.«

»Haben Sie eine Ahnung, was ein Taxi nach Kenilworth kosten würde?«, fragte ich verärgert. »Zumal um diese Zeit?«

»Ich könnte schauen, dass Sie jemand nach Ascot zu Ihrem Wagen bringt.«

»Der wird auf dem Parkplatz eingeschlossen sein«, sagte ich. »Falls er nicht abgeschleppt worden ist.«

»Tut mir leid, Sir«, sagte er förmlich. »Mehr kann ich nicht für Sie tun.«

»Hätten Sie keine freie Zelle für mich?«, fragte ich.

»Wir können unsere Zellen ja wohl nicht als Hotelzimmer anbieten«, meinte er sarkastisch.

»Wieso nicht? Wäre ich wegen Trunkenheit und Ordnungswidrigkeiten aufgefallen, würden Sie mich ja auch über Nacht in eine Zelle stecken.«

»Sind Sie aber nicht.«

»Es wäre aber doch denkbar.« Ich grinste ihn an. »Für mich wäre das billiger als ein Taxi nach Kenilworth.« Und morgen wieder zurück, dachte ich. Viel billiger, selbst mit Bußgeld, und auch bequemer, als in meinem Wagen zu schlafen.

»Ich schau mal. Warten Sie.«

Er verschwand für ein paar Minuten im Gebäude.

»Okay«, sagte er. »Aber nur aus Gründen des Mitgefühls. Ich musste sagen, Sie seien über den Tod Ihres Vaters so erschüttert, dass man Sie in dem Zustand nicht nach Hause lassen dürfe. Und sagen Sie um Gottes willen Chefinspektor Llewellyn nichts davon. Er glaubt, Sie haben gewaltig Dreck am Stecken.«

»Na, dann weiß er ja, wo er mich findet.«

Ich schlief nicht allzu gut, aber das lag wohl eher an meinen pochenden Kopfschmerzen als an der spartanischen Umgebung. Verständlicherweise war meine Unterkunft nicht die bequemste, aber der Sergeant vom Nachtdienst hatte mir freundlicherweise eine zweite mit blauem Plastik bezogene Matratze aus der freien Nachbarzelle zur Verfügung gestellt. So ließ es sich auf der betonierten Schlafstelle dann beinah aushalten.

»Heute Abend ist nicht so viel los bei uns«, erklärte er. »Nur ein paar betrunkene Autofahrer von der Rennbahn. Etwas zu viel gefeiert, die Dummköpfe.« Er verdrehte die Augen. »Freitag- und samstagabends haben wir Hochbetrieb. Da geht's manchmal nicht ohne Feldbetten, und zwei, drei Mann müssen sich eine Zelle teilen.«

Ich hatte es besser als meine beiden Mitinsassen, da ich ohne Licht und bei unverschlossener Tür schlief. Und trotz der serienmäßigen sanitären Einrichtungen in meiner Zellenecke durfte ich am Morgen den einladenderen Personalwaschraum am Ende des Flurs benutzen, wo ich Dusche, Shampoo und einen Einmalrasierer fand.

Ich musterte mich im Waschraumspiegel. Kein schöner Anblick. Mein linkes Auge war angeschwollen und blaurot verfärbt, mein weißes Hemd dagegen unverkennbar rosa um den Kragen, wo ich am Abend versucht hatte, das Blut auszuwaschen. Muss auch so gehen, dachte ich. Wen interessiert schon, was sein Buchmacher anhat? Das rosa Hemd passte auch gut zu den grünen Flecken auf den Knien meiner Hose.

Sogar Frühstück bekam ich von meinen Gastgebern.

»Da wir den Ausgenüchterten etwas zu essen geben müssen, ehe sie vor dem Richter erscheinen, habe ich Ihnen gleich was mitbestellt«, meinte der Wachhabende.

»Vielen Dank.« Ich nahm ihm das Tablett mit Cornflakes, Toast und einer Tasse Tee mit Milch und Zucker ab. »Sie hätten nicht zufällig noch eine Ausgabe der *Racing Post*?«

»Wir wollen's mal nicht übertreiben, Mr. Talbot«, sagte er grinsend.

Die Polizei war um Etliches in meiner Achtung gestiegen, ausgenommen Chefinspektor Llewellyn. Glücklicherweise ließ er sich nicht blicken, als ich mich für die gastfreundliche Aufnahme in der Polizeidienststelle bedankte und mit dem Taxi zur Rennbahn fuhr.

Um zehn vor acht betrat ich den immer noch geschlossenen Parkplatz 2 und fand meinen alten Volvo genau so vor, wie ich ihn zurückgelassen hatte. Er stand allein auf dem Rasen, nicht weit von der Lücke in der Hecke, wo jetzt ein von blauweißem Absperrband umspanntes weißes Zelt aufgestellt war. Ein gelangweilt wirkender Polizist hielt auf der einen Seite des Zelts Wache, auf der anderen postierte sich gerade ein dreiköpfiges Fernsehteam – zweifelsohne zu einer Lifeaufnahme für die Frühnachrichten.

Ich band ihnen nicht auf die Nase, dass ich der Hauptzeuge des Verbrechens war. Stattdessen ging ich zu meinem Wagen, ließ den Motor warmlaufen und lud am Zigarettenanzünderanschluss mein Handy auf.

Dann rief ich Luca an.

»Tut mir leid«, sagte ich, »heute kann ich Betsy und dich nicht abholen. Könnt ihr den Zug nehmen?«

»Kein Problem«, sagte er schläfrig. »Bis dann.« Er legte auf.

Ich saß da hinterm Steuer und überdachte die Lage.

Am Nachmittag zuvor hatte ich herausgefunden, dass ich nicht mein Lebtag eine Waise gewesen war, nur um eine knappe Stunde später dann doch gewaltsam zur Waise gemacht zu werden. Aber stimmte das überhaupt? War der Mann in dem Leinenanzug wirklich mein Vater gewesen? Chefinspektor Llewellyn hatte ich erklärt, ich sei davon überzeugt, aber war ich das im kalten Licht des neuen Tages immer noch? Hatte ich wirklich zwei Schwestern in Australien? Wenn ja, sollte ihnen dann nicht jemand mitteilen, dass ihr Vater ermordet worden war? Würde sie das kümmern? Wussten sie von mir? Und hießen sie Talbot oder Grady? Oder ganz anders?

Ich zog die Führerscheinkopie aus der Tasche und betrachtete das Schwarzweißfoto meines Vaters. Er hatte direkt in die Kamera geschaut, und es war, als blicke er mir in die Seele. Alan Charles Grady, stand in dem Führerschein, 312 Macpherson Street, Carlton North, Victoria 3054. Ich fragte mich, wie es bei ihm zu Hause aussah. Es gab so vieles, was ich nicht wusste.

Ich fragte mich auch, wie schon in der schlaflosen Nacht

in der Zelle, ob der Sergeant recht damit hatte, dass der Überfall speziell meinem Vater und nicht meinem Geld gegolten habe. Da ich an ihn immer noch als meinen Vater dachte, war zumindest eine meiner Fragen beantwortet. Aber warum hätte ihn jemand verletzen, ja ihn umbringen sollen?

»Wo ist das Geld?«, hatte ihn der Mörder angeherrscht. Zuerst dachte ich, er meine die Buchmachereinnahmen. Aber stimmte das? Besaß mein Vater irgendwelches anderes Geld? Hatte er Schulden? Die Polizei hatte mir den Inhalt seiner Taschen gezeigt. Neben dem Führerschein und den Kreditkarten auf den Namen Grady war da nur noch eine Rückfahrkarte von Waterloo nach Ascot gewesen, eine Tüte Bonbons, der TRAUT-TEDDY-TALBOT-Wettschein, den ich ihm selbst gegeben hatte, und etwa dreißig Pfund Bargeld. Das reichte doch wohl nicht für einen Mord?

»Nimm dich in Acht«, hatte mein Vater zu mir gesagt, als er sterbend im Gras lag, dort, wo jetzt das weiße Zelt stand. »Vor allen.«

Aber vor wem besonders, überlegte ich. Ich blickte mich um, als könnte sich jemand an mich heranschleichen. Doch ich war immer noch allein auf dem Parkplatz bis auf den Wachposten am Zelt und die Fernsehleute, die nach getaner Arbeit jetzt zusammenpackten.

Ich rief Sophie an. Oder vielmehr, ich versuchte es, denn sie nahm nicht ab. Sie war mir böse. Das hatte sie mir ausführlich dargelegt, als ich sie vom Krankenhaus aus angerufen hatte, um ihr mitzuteilen, dass ich nicht käme. Mit Bedacht hatte ich ihr nichts davon gesagt, dass plötzlich ein lebender Vater in mein Leben getreten und ebenso plötzlich wieder für immer daraus verschwunden war. Stress durch unvorhergesehene Situationen tat ihr nicht gut und konnte schwere Depressionen bei ihr auslösen. Jetzt war sie gerade auf dem Weg der Besserung, und ich hoffte, dass sie bald nach Hause kam, bis zum nächsten Vorfall.

Sophies Leben war eine Achterbahnfahrt mit manischen Höhenflügen und Abgründen tiefster Verzweiflung, wobei jeder neue Zyklus sie höher hinauf und tiefer hinunter zu bringen schien als je zuvor. Zwischen den Extremen lagen normalerweise Phasen der Ausgeglichenheit und Vernunft. Das waren die guten Zeiten, in denen wir eine ganz normale Ehe führen konnten. Leider wurden diese Phasen immer seltener und kürzer.

»Hast du wieder getrunken?«, hatte sie vorwurfsvoll gefragt.

Ich war kein Alkoholiker. Im Gegenteil, ich hatte noch nie übermäßig getrunken, höchstens zu viel Cola light. Aber in ihrem Wahn konnte nichts Sophie von der Überzeugung abbringen, dass ich dem Trunk verfallen war. Wahrscheinlich kam diese fixe Idee sogar meiner Gesundheit zugute, denn inzwischen rührte ich das Zeug kaum noch an. Um des Friedens willen.

Ich hatte vier Stunden zuvor gerade mal ein Bier getrunken und versicherte ihr, ich hätte keinen Tropfen angerührt. Sie glaubte mir nicht.

»Du trinkst doch dauernd«, rief sie in voller Lautstärke durch die Leitung. »Du kommst mich nicht besuchen, weil du blau bist. Gib es doch zu.«

Da war ich drauf und dran, ihr zu sagen, dass mein Vater umgebracht worden war und ich sie nicht besuchen konnte, weil mich die Polizei befragte. Aber dann hätte sie womöglich noch geglaubt, ich sei ein Mörder, und das hätte sie von neuem in den Abgrund stürzen können, aus dem sie gerade erst mühsam hervorkletterte. Lieber ein Trunkenbold als ein Mörder.

»Es tut mir leid«, sagte ich, ohne etwas zuzugeben. »Ich besuch dich morgen.«

»Morgen bin ich vielleicht nicht mehr da«, hatte sie ruhig geantwortet. Das war ihre Art, mir mitzuteilen, dass sie eines Tages Selbstmord begehen würde. Nur damit ich nicht vergaß, dass sie, wie sie glaubte, Herrin der Lage war. Dieses Spiel spielten wir jetzt schon seit mindestens zehn Jahren. Ich zweifelte nicht daran, dass sie selbst davon überzeugt war. Für mich sah das inzwischen etwas anders aus. Nur wenn sie ihre manischen Phasen hatte und sich einbildete, übermenschliche Kräfte zu besitzen, hielt ich es für möglich, dass sie sich etwas antun würde. Eines Tages wäre vielleicht niemand da, der sie zurückhalten konnte, wenn sie das Fenster aufstieß und in dem Glauben, fliegen zu können, hinaussprang. Das wäre dann kein Selbstmord, sondern eher ein Unfall oder Unglücksfall.

Ich hatte dieses Kummerdasein mittlerweile gründlich satt. In düsteren Momenten hatte ich mich manchmal schon gefragt, ob Selbstmord auch für mich die einzige Möglichkeit war, dem zu entkommen.

Der zweite Tag in Ascot war nicht ganz so aufregend wie der erste. Mord auf dem Parkplatz hieß das große Thema, und die Verschwörungstheorien jagten sich rund um die Rennbahn.

»Der Ermordete soll was mit Doping zu tun gehabt haben«, hörte ich jemanden zu seinem Gegenüber sagen.

»Wirklich?«, kam die Antwort. »Man weiß doch einfach nie, was vor der eigenen Nase passiert.«

Vielleicht hatten sie sogar recht. Die Polizei hielt sich mit Auskünften sehr zurück. Wahrscheinlich, weil die Identität des Opfers nicht hinreichend geklärt war, vom Täter ganz abgesehen.

Luca und Betsy interessierten sich erstaunlich wenig dafür, wo mein blaues Auge herkam. Allerdings zeigten sie Mitgefühl, und das war mehr, als sich von meinen Buchmacherkollegen und meinen Kunden sagen ließ.

»Morgen, Ned«, meinte Larry Porter, der Bookie vom Nachbarstand. »Stammt das von deiner Alten?« Offensichtlich amüsierte ihn mein Veilchen.

»Guten Morgen, Larry«, gab ich zurück. »Nein, ich habe eine Tür an den Kopf bekommen.«

»Ja, klar. Sonst noch was?«

Mir taten die Leute leid, die wirklich eine Tür an den Kopf bekamen. Sicher nahm ihnen das nie jemand ab.

»Okay, ich bin überfallen worden«, sagte ich.

»Sind wir gestern alle«, meinte er und lachte herzhaft über seinen kleinen Scherz. »Die Wetter kamen an wie die Heuschrecken.«

»Dieser Wetter«, ich legte mir die Hand ans Auge, »wollte wohl mehr.«

Das Lächeln verschwand aus seinem Gesicht. »Du bist also ausgeraubt worden?«, fragte er. Bei Raub hörte in unserer Branche der Spaß auf.

»Nein«, sagte ich und überlegte schnell. Ich wollte nun

wirklich nicht erzählen, dass es dem Räuber eher um Mord als um Raub gegangen sein könnte. »Anscheinend hat er Angst bekommen.«

»Vor deiner Statur aber wohl nicht«, meinte Larry und lachte wieder.

Ich lächelte ihn nur an und beließ es dabei. Er wog gut und gern hundert, hundertzwanzig Kilo und hatte einen Bauch, auf den jeder Sumoringer stolz gewesen wäre. Dagegen war ich schlank, rank und drahtig, wenn auch vielleicht eher mager als schlank. Irgendwie hatte ich nie Zeit zu essen oder Lust zu kochen in meinem trotz Ehe oft solitären Leben.

Glücklicherweise brachten weder Luca noch Betsy noch Larry oder sonst jemand den Parkplatzmord mit meinem blauen Auge in Verbindung, und im Lauf des Nachmittags nutzte sich das Thema langsam ab.

»War das nur bei uns so, oder konnte keiner mehr ins Internet?«, fragte ich Luca in der Flaute nach dem dritten Rennen.

»Bitte?« Er war mit Tippen beschäftigt.

»Gestern vor dem letzten Rennen«, sagte ich. »Konnten nur wir nicht ins Internet oder auch sonst keiner?«

»Ach so. Anscheinend ist das ganze System knapp fünf Minuten ausgefallen. Und weißt du, was noch komisch war?«

»Was denn?«

»Die Telefone waren auch blockiert.«

»Was für Telefone?«

»Handys. Sämtliche. Netzwerkübergreifend. Nichts ging mehr.«

»Das ist doch unmöglich«, sagte ich.

»Ich weiß«, meinte er. »Aber so war's. Alle haben mir bestätigt, dass ihre Handys rund fünf Minuten keine Verbindung hatten. Die Jungs von den großen Läden sind fast durchgedreht.«

Mit den »großen Läden« meinte Luca die vier oder fünf Unternehmen, die Wettbüros im ganzen Land unterhielten. Jede dieser Firmen hatte einen oder zwei Leute vor Ort, die bei den Buchmachern auf der Bahn für sie Wetten anlegten, um die Eventualquoten zu beeinflussen.

Die von den Buchmachern auf der Bahn angebotenen Quoten ändern sich oft vor dem Start. Wird ein Pferd viel getippt, gehen sie mit seiner Quote runter und bieten zum Ausgleich bessere Quoten für die anderen Pferde an. Die sogenannte Eventualquote entspricht in etwa dem Durchschnitt der bei den Buchmachern vor Ort zu Beginn des Rennens angebotenen Quoten.

In den städtischen Wettbüros werden die großen Siegwetten meist zum geltenden Schlusskurs abgerechnet. Wenn also jemand in der Wettfiliale viel Geld auf ein bestimmtes Pferd setzt, lässt die Firma bei den Buchmachern vor Ort Geld auf dieses Pferd setzen, damit die bei ihnen angezeigte Quote fällt und folglich die Eventualquote runtergeht.

Nimmt beispielsweise ein Wettbüro für hunderttausend Pfund Wetten auf ein Pferd an, das 10 zu 1 notiert, kostet ein Sieg des Pferdes das Büro zehn Millionen Pfund. Also lässt die Firma bei den Buchmachern auf der Rennbahn bar auf dieses Pferd setzen, worauf die Buchmacher die Quote verkürzen. Sinkt die Eventualquote auf beispielsweise 5 : 1 und das Pferd siegt, muss das Wettbüro nur noch halb so viel auszahlen.

Wenn in den fünf Minuten vor dem Rennen sowohl das

Internet wie auch die Handys ausgefallen waren, hatten die Wettbüroketten keine Möglichkeit gehabt, durch Wettabschlüsse ihrer Leute auf der Bahn an den Eventualquoten zu drehen.

»Schon gehört, ob es einen erwischt hat?«, fragte ich Luca.

»Nein«, sagte er. »Alles mucksmäuschenstill.«

Ein Kunde streckte mir einen Zwanziger hin, und ich gab ihm dankend einen ausgedruckten Wettschein dafür.

»Dann will es wohl jemand nicht zugeben«, sagte ich, »oder es war bloß eine kleine Panne im System.«

Normalerweise sprach es sich schnell herum, wenn eine der großen Firmen sich reingelegt fühlte. Sie stöhnten dann endlos über ihr Leid und zahlten die Gewinne nicht aus. Wettgewinne und Wettverluste sind bekanntlich nur schwer vor Gericht einzuklagen.

Die Großen hielten es für ihr gottgegebenes Recht, die Eventualquoten zu steuern, und wenn ihnen jemand einen Strich durch die Rechnung machte, war das ihrer Meinung nach unfair. Die meisten anderen fanden es hingegen unfair, dass die großen Wettbüroketten so einfach die Quoten auf der Bahn ändern konnten, oft mit nur einem Bruchteil der vielen tausend Pfund, die in ihren Filialen über die Theke gingen.

Ich zuckte die Achseln und nahm die nächste Wette entgegen. Luca tippte sie ein, und der Drucker spuckte den Wettschein aus.

»Wenigstens sind unser Computer und der Drucker nicht auch noch ausgefallen«, meinte ich über die Schulter zu ihm.

»Können sie auch nicht«, versicherte er. »Nur wenn die Batterie leer ist.«

Unser System wurde wie das aller anderen Buchmacher auch von einer 12-Volt-Autobatterie gespeist, die unter dem Podest des Stands verborgen war. Die Batterien bekamen wir täglich frisch aufgeladen vom IT-Zentrum der Rennbahn, das auch den Internetzugang bereitstellte – gegen Gebühr natürlich. Die Batterie speiste auch die roten Lichtfelder, die die Pferdenamen und die Quoten auf unserer Tafel anzeigten. Wenn die Batterie ausfiel, würden wir das schnell merken. Weil dann bei uns das Licht ausging.

Das Licht blieb an, und wir holten die Verluste vom Vortag fast wieder rein, da in den ersten fünf Rennen jeweils der Favorit verlor. Der Tag gefiel mir immer besser, bis auf einmal Chefinspektor Llewellyn mit Kommissar Walton im Schlepptau vor mir auftauchte.

»Wette gefällig, Chefinspektor?«, fragte ich lächelnd von meiner hohen Warte aus.

Offenbar fand er das gar nicht lustig. »Wir müssen reden«, sagte er. »Jetzt gleich.«

»Geht das nicht später? Ich habe zu tun.«

»Nein«, erwiderte er barsch. »Ich muss Ihnen noch ein paar Fragen stellen, sofort.« Das sagte er mit solchem Nachdruck, dass Betsy mich fragend ansah.

Ich lächelte ihr zu. »Kannst du ein paar Minuten die Stellung halten?«

»Klar, kein Problem«, meinte sie.

Ich stieg vom Podest und suchte mir mit den Beamten eine ruhige Ecke.

»Was ist denn nun so verdammt dringend?«, fragte ich, um gar nicht erst in die Defensive zu gehen. »Ich muss hier einen Laden schmeißen.«

»Und ich muss einen Mord aufklären«, erwiderte der Chefinspektor ungerührt. »Darf ich Sie daran erinnern, Mr. Talbot, dass Sie immer noch formell einvernommen werden und dass alles, was Sie sagen, von uns aufgezeichnet wird.«

»Wo ist denn Ihr Recorder?«, fragte ich.

»Kommissar Walton wird mitschreiben.«

Kommissar Walton schrieb bereits.

»Wenn es Ihnen lieber ist«, meinte er wider besseres Wissen, »können Sie uns auch zu einer förmlichen Befragung aufs Revier begleiten.«

»Es geht auch hier.«

»Das dachte ich mir«, sagte er beinah selbstgefällig. »Also, Mr. Talbot, haben Sie Ihrer Schilderung des Vorfalls auf dem Parkplatz gestern Abend, bei dem ein Mensch zu Tode kam, irgendetwas hinzuzufügen?«

»Nein«, sagte ich.

»Und glauben Sie immer noch, dass der Getötete Ihr Vater war?«

»Ja, das tue ich.«

»Damit könnten Sie recht haben«, sagte er langsam. »Der DNA-Befund deutet darauf hin, dass Sie und der Verstorbene eng miteinander verwandt sind. Hundertprozentig sicher ist das zwar keineswegs, aber für eine Vaterschaftsklage würde es allemal reichen.«

Zumindest da hatte mein Vater also die Wahrheit gesagt.

»Die DNA-Auswertung«, fuhr er fort, »hat allerdings noch etwas anderes ergeben.« Er machte eine Kunstpause. »Ihr Vater wurde wegen Mordes in einem sechsunddreißig Jahre zurückliegenden Fall gesucht.«

»Was?« Das ging mir jetzt zu schnell. »Sind Sie sicher?«

»Ja«, sagte er. »Die DNA stimmt hundertprozentig überein.«

»Und wen hat er ermordet?«, fragte ich fast wie in Trance.

»Patricia Jane Talbot. Seine Frau.«

Meine Mutter.

4

Sophie war mir zwar immer noch böse, als ich zu ihr kam, redete aber wenigstens mit mir, wenn sie auch ihren Ärger kaum verhehlte.

Erst nach acht traf ich in der Klinik in der Nähe von Hemel Hempstead ein.

»Ich dachte, du kämst wieder nicht«, sagte sie vorwurfsvoll.

»Ich hab's dir doch versprochen«, sagte ich lächelnd in dem Bemühen, die Stimmung aufzuhellen, »und hier bin ich, mein Schatz.«

»Was hast du denn mit deinem Auge gemacht?«, wollte sie wissen.

»Wirklich zu dumm«, sagte ich. »Ich hab mich an der Ecke vom Küchenschrank gestoßen, überm Eisschrank, du weißt schon.« Das war uns beiden schon öfter passiert, wenn wir uns dabei auch nie verletzt hatten.

»Warst du betrunken?«, fragte sie.

»Nein. Ich wollte mir Tee machen. Besser gesagt, ich wollte die Milch rausholen.«

Ich beugte mich vor, um ihr einen Kuss zu geben, und sie roch betont an meinem Atem. Als sie keine Fahne feststellen konnte, entspannte sie sich etwas und lächelte mich sogar an.

»Du musst besser aufpassen«, sagte sie.

»Ich werd's versuchen.« Ich lächelte zurück.

»Ist es heute gut gelaufen bei dir?«

»Ja, sehr gut sogar. Alle sechs Favoriten haben verloren, und wir haben die Verluste von gestern komplett wettgemacht und noch was dazuverdient.« Dass ich Besuch von einem Chefinspektor der Kripo bekommen und erfahren hatte, dass meine Mutter durch die Hand meines Vaters gestorben war, erzählte ich ihr lieber nicht.

»Schön.« Sie schien sich wirklich zu freuen.

Wir setzten uns in zwei Sessel vor dem Fernseher, und es hätte eine ganz normale häusliche Szene sein können, wären nicht das vielfach verstellbare Krankenbett in der Ecke und der weiß gekleidete Pfleger gewesen, der uns ein Tablett mit Kaffee und Sophies Medikamenten brachte.

»Guten Abend, Mr. Talbot«, begrüßte er mich. »Schön, dass Sie's heute geschafft haben. Gestern war Ihre Frau sehr enttäuscht, wie wir alle.«

Das hörte sich nach einer Rüge seitens der Klinik an und war wohl auch so gemeint. Sophies Behandlung beruhte in hohem Maße auf gleichbleibenden, überraschungsfreien Abläufen.

»Guten Abend, Jason«, antwortete ich lächelnd und widerstand der Versuchung, mich zu rechtfertigen. Das war jetzt weder die Zeit noch der Ort dafür.

»Herrje, was haben Sie denn gemacht?«, sagte er mit einem Blick in mein Gesicht.

»Ich hab mir am Küchenschrank den Kopf gestoßen.«

Jason zog in einem stummen *Ja, klar. Sonst noch was?* die Brauen hoch.

»Das passiert uns dauernd«, kam mir Sophie zu Hilfe. »Wir sollten den Schrank woanders anbringen.«

Jason entspannte sich und schien jetzt überzeugt, dass mein blaues Auge von einem Unfall herrührte.

»Das Gästezimmer steht Ihnen zur Verfügung, falls Sie bleiben möchten«, sagte er lächelnd. Die Ermahnung wegen gestern war offensichtlich vom Tisch.

»Danke, aber das geht leider nicht. Ich muss nach Hause und mich umziehen.« Dass ich seit gestern in denselben Sachen herumlief und wieso, erklärte ich lieber auch nicht. »Aber ich kann noch ein bisschen bleiben.«

Sophie und ich schauten zusammen die Nachrichten, bevor ich mich verabschiedete und in der Dunkelheit heim nach Kenilworth fuhr.

Wir wohnten in einer Doppelhaushälfte mit drei Zimmern in der Station Road, die immer noch so hieß, obwohl die dazugehörige Bahnstation in den Sechzigerjahren stillgelegt worden war. Das Haus selbst stammte aus den Fünfzigern, und die früheren Besitzer hatten den handtuchgroßen Vorgarten in einen Parkplatz verwandelt, auf dem ich zehn Minuten vor Mitternacht dankbar meinen Volvo abstellte.

Wie gewohnt war es kalt und einsam im Haus. Selbst mitten im Sommer konnte man es kaum einmal als warm und gemütlich bezeichnen. Es war, als spürten die Mauersteine und der Mörtel die alltägliche Traurigkeit und Verzweiflung der Hausbewohner.

Sophie und ich hatten bis kurz nach der Hochzeit in einer 1-Zimmer-Mietwohnung über einem Laden gewohnt, dann waren wir hierher gezogen. Ihre Eltern waren gegen die Verbindung gewesen. Für sie als gläubige Methodisten waren Buchmacher Sendboten des Teufels. So hatten wir uns beide als Waise gefühlt, aber das scherte uns nicht. Wir waren verliebt und genügten einander.

Das Haus in der Station Road war unser erstes Eigenheim, und wir wussten, wir würden dafür kämpfen müssen. Wir hatten eine Höchstbetragshypothek aufgenommen, und am Anfang hatte Sophie abends hinterm Tresen eines Pubs gearbeitet, um bei der Tilgung mitzuhelfen. Ich schuftete sechs Tage die Woche auf den Rennbahnen Mittelenglands, und relativ schnell konnten wir die Hypothek so weit abbezahlen, dass uns wieder mehr Zeit füreinander blieb.

Da ich mir schon immer Kinder gewünscht hatte, dauerte es nicht lange, bis das kleinste unserer drei Zimmer in meinem Kopf zum Kinderzimmer wurde. Vielleicht war meine weitgehend einsame und unglückliche Kindheit die Erklärung dafür, dass mir so viel daran lag, selbst Nachwuchs aufzuziehen. Nicht, dass meine Großeltern es an Zuneigung und Liebe hätten fehlen lassen. Aber sie waren auch irgendwie zurückhaltend und verschlossen gewesen. Jetzt wusste ich, warum.

»Wie konnte der liebe Gott nur Mami und Papi zu sich in den Himmel holen?«, hatte ich meine Großmutter immer wieder gefragt und natürlich keine Antwort bekommen. Jetzt musste ich erfahren, dass nicht Gott, sondern mein Vater für den Tod meiner Mutter verantwortlich war und dass er keineswegs in den Himmel gekommen, sondern nach Australien gegangen war. Die Geschichte von dem Autounfall war nur eine Ausflucht und eine Lüge gewesen.

Obwohl auch Sophie sich ein Kind wünschte, zwang uns ihre Krankheit bald, unsere Familienpläne auf Eis zu legen. Alles schien in Ordnung, bis ich eines Nachts allein in unserem Bett aufwachte. Es war früh um halb vier, und da ich sie unten irgendwo laut singen hörte, ging ich nachsehen.

Sie war in der Küche, und das offenbar schon länger. Sämtliche Schränke und Regale waren leergeräumt, ihr Inhalt auf dem Küchentisch und dem Fußboden gestapelt, und sie hatte geputzt.

Sie hatte mich hereinkommen sehen, aber nur umso lauter gesungen. Sie konnte einfach nicht aufhören. Und so ging es die ganze Nacht bis zum nächsten Tag. Ich konnte kein vernünftiges Wort mit ihr reden. Aus Angst und Verzweiflung rief ich schließlich den Arzt.

Dieser manische Zustand hielt fast eine Woche an, wobei sie die meiste Zeit stark sediert im Bett lag und schlief. Wenn sie wach war, redete und sang sie in einem fort und duldete keine Unterbrechung.

Danach fiel sie fast ebenso schnell in eine tiefe Depression, weigerte sich zu essen und machte sich für alles Elend der Welt verantwortlich. Es war zwanghaft und widersinnig, aber sie glaubte felsenfest daran. Statt Tranquilizern bekam sie Antidepressiva, und eine Zeitlang wussten wir nicht, ob es mit ihr bergauf oder bergab ging.

Psychische Störungen können beängstigend sein, und ich war hellauf entsetzt. Körperliche Krankheit äußert sich gewöhnlich in sichtbaren Symptomen: Ausschlag, Fieber, eine Schwellung. Und fast immer gibt es einen Schmerz oder ein Unbehagen, auf das der Patient verweisen kann.

Eine psychische Krankheit hingegen ist nicht so leicht an

äußeren Anzeichen zu erkennen. Die Betroffenen wirken auf uns genauso wie vor dem Beginn der Störung und merken – wie Sophie – selbst nicht, dass sie krank sind. Ihnen erscheint ihr Verhalten ganz normal und logisch. Verrückt sind die anderen, sonst kämen sie nicht auf die Idee, dass man psychiatrische Hilfe braucht.

Die auf Eis gelegte Familienplanung war inzwischen völlig abgehakt. Das kleine Zimmer, das uns seit langem als Büro und Abstellraum diente, würde wohl niemals ein Kinderbett und Teddys beherbergen, zumindest nicht, solange das Haus Sophie und mir gehörte.

Sophie war zu oft krank, als dass sie sich um ein Kind hätte kümmern können, vor allem aber bestand die Gefahr, dass sie, wenn die Schwangerschaft ihre Hormone durcheinanderbrachte, endgültig in eine Leere stürzte, aus der sie nie wieder herausfand. Postnatale Depressionen konnten selbst der stabilsten Mutter gewaltig zusetzen – was würden sie dann erst mit Sophie machen? Und ein Psychiatrieprofessor hatte uns zwar gesagt, es sei unwahrscheinlich, aber es gab doch Hinweise darauf, dass eine bipolare Störung vererbt werden konnte. Ein manisch-depressives Kind wollte ich nun wirklich nicht in die Welt setzen. Seit zehn Jahren erlebte ich die innere Zerstörung einer einst quirligen, aufgeweckten und lebenslustigen Frau mit. Die Vorstellung, auch meinen Kindern könnte es so ergehen, gefiel mir ganz und gar nicht.

Wahrscheinlich liebte ich Sophie immer noch, aber nach fünf Monaten erzwungener Trennung kamen mir manchmal Zweifel. Wir hatten zwar auch schöne Momente in dieser Zeit erlebt, nur eben selten, und vorwiegend war es ein

Schwebezustand, eine Pause, als warteten wir darauf, dass jemand die Play-Taste drückte, sobald Besserung eintrat.

Das Leben meinte es wirklich nicht gut mit uns. Sophies Eltern hatten mich natürlich lautstark für die Krankheit ihrer Tochter verantwortlich gemacht, und ich gab im Stillen den Schwarzen Peter an sie zurück, weil sie sich wegen Sophies Partnerwahl von ihr abgewandt hatten. Die Ärzte sahen darin zwar nicht ausdrücklich einen Auslöser für ihre Krankheit, aber gutgetan hatte es ihr sicher nicht.

Sophies jüngere Schwester Alice meinte immer wieder, ich sei ein Heiliger, weil ich all die Jahre zu ihr hielt. Aber was sollte ich anderes tun? Sie konnte ja nichts dafür, dass sie krank war. Welcher Mann ließ denn seine Frau im Stich, wenn sie ihn brauchte? »In guten wie in schlechten Zeiten«, hatten wir gelobt, »bis dass der Tod uns scheidet.« Vielleicht war der Tod wirklich der einzige Ausweg aus diesem Alptraum.

Ich schüttelte die morbiden Gedanken ab, schloss die Haustür auf und ging sofort zu Bett.

Der Donnerstag ist der Gold-Cup-Tag in Ascot. Man nennt ihn auch den Damentag, weil unsere weiblichen Artgenossen sich dann in ihren feinsten Kleidern zeigen und mit den ausgefallensten Hüten auf dem Kopf, die sie anderswo nie und nimmer tragen würden.

An diesem Donnerstag beschloss die Sonne mitzuspielen und strahlte hell am klaren blauen Himmel. Der Champagner floss, und ganze Schiffsladungen Meeresfrüchte wurden zu Mittag verzehrt. Alles war bereit für einen spektakulären Renntag. Auch ich, der zynische Buchmacher, freute mich darauf und erhoffte mir wieder einen Schwung hoch notierter Sieger.

»Diesmal keine Tür vor den Kopf gekriegt?«, fragte Larry Porter, als er seinen Stand neben uns aufbaute.

»Nein. Türenfreier Parkplatz gestern Abend.«

Er grinste mich an. »Und das bei so viel Knete.« Er rieb sich die Hände. »Da wirst du am Dienstag überfallen, wo du blank warst, und gestern, mit den Taschen voller Geld, bleibst du verschont. Wahnsinn.«

»Ja«, meinte ich nur und fragte mich im Stillen einmal mehr, ob das wirklich ein versuchter Raubüberfall gewesen war.

»Hoffen wir, dass es auch heute wieder volle Taschen gibt.« Larry grinste nach wie vor.

»Ja«, sagte ich erneut, mit den Gedanken immer noch woanders.

Larry Porter und mich konnte man schwerlich als Freunde bezeichnen. Tatsächlich hatte ich überhaupt keine Freunde unter meinen Buchmacherkollegen. Wir waren Konkurrenten. Viele Wetter glaubten, zwischen ihnen und den Buchmachern herrsche ein Dauerkrieg, aber den brutalsten Krieg fochten die Buchmacher untereinander aus. Wir kämpften nicht nur um die Kundschaft, sondern mit harten Bandagen und allen Tricks jeder gegen jeden, Wette für Wette, Abwurf für Abwurf, und taten unser Möglichstes, um den Kollegen eins auszuwischen. Wir hatten wenig füreinander übrig, und wenn Larry sich wegen des Überfalls auf mich ernstlich besorgt zeigte, dann eher, weil er dachte, auch ihm könne so etwas passieren, und nicht so sehr aus Mitgefühl für mich als den Verletzten oder Geschädigten.

Viele im Rennsport sahen privat wie öffentlich die Buchmacher als ihre »Feinde« an. Man hielt uns vor, wir seien die, die im Rennsport absahnten. Aber wir verdienten nur unseren Lebensunterhalt, genau wie alle anderen. Auch sie kauften sich tolle Schlitten und machten Urlaub im Ausland, war das etwa kein Absahnen? Die großen Buchmacherfirmen waren zwar nicht meine Freunde, aber sie steckten Millionen aus ihren Gewinnen ins Sponsoring, und wir alle zahlten Zusatzsteuern auf unsere Wettgewinne neben den Abgaben, die der Horserace Betting Levy Board ohnehin von den Buchmachern erhob und in den Rennsport steckte.

Von diesen Wettsteuern wurden über die Hälfte der Preisgelder im Land finanziert, ein Teil der Kosten für die Doping-Tests, die Kontrollkameras und die Zielfotografie. Viele Trainer verabscheuten die Buchmacher von ganzem Herzen, schlossen aber trotzdem Wetten bei ihnen ab und verstanden offenbar nicht, dass die Zukunft des Rennsports und damit auch ihre eigene ganz davon abhing, dass das Publikum weiterhin auf die Pferde wettete.

»Larry«, sagte ich, »ist unmittelbar vor dem letzten Rennen am Dienstag deine Internetverbindung abgerissen?«

»Glaube schon. Aber das passiert doch ständig.«

»Ja, aber weißt du, dass gleichzeitig auch alle Handys ausgefallen sind?«

»Ist das wahr?«, fragte er. »Hat's jemanden erwischt?«

»Nicht dass ich wüsste.«

»Da war bestimmt eine ganz schöne Schlange vor der Telefonzelle an der Straße«, meinte er lachend. Draußen vor der Rennbahn stand ein Telefonhäuschen, eins der wenigen verbliebenen, jetzt wo alle Welt ein Handy hat.

»Das kann ich mir vorstellen«, stimmte ich belustigt bei.

Der Laden brummte vor dem ersten Rennen. Wie immer bei den großen Veranstaltungen legten die Leute sämtliche Wetten des Tages möglichst schon vor dem Auftakt an, damit sie zwischen den Rennen ihren Guckposten nicht aufzugeben brauchten. Plätze im Schaubereich der Royal Enclosure im vierten Stock der Haupttribüne waren so schwer zu bekommen wie klare Antworten von Politikern, wenn man sie nach ihren Spesen fragte. Hatte man so einen Platz ergattert, gab man ihn nicht so schnell wieder her.

Also nahmen wir Wetten auf sämtliche Rennen an, zu Quoten, die sich nach den Totoseiten im Internet richteten, wo den ganzen Morgen schon gewettet wurde. Wieder schmiss der Computer das Ganze, und wir Menschen tanzten nach seiner Pfeife.

»Was wollte denn die Kripo gestern?«, fragte mich Betsy.

»Es ging nur noch mal um den Überfall am Dienstag«, antwortete ich sachlich. Eigentlich hatte ich Betsy ja nur gebeten, mich ein paar Minuten zu vertreten, aber dann hatte ich ihr und Luca das letzte Rennen allein überlassen. Sie hatten auch allein zusammenpacken müssen, da ich weit über eine Stunde mit Chefinspektor Llewellyn gesprochen hatte. Aber wann erfährt man auch schon mal, dass der eigene Vater die eigene Mutter ermordet hat?

Ich dachte an das Gespräch mit dem Chefinspektor zurück.

»Ihre Mutter ist erwürgt worden«, sagte er. Mir wurde eiskalt an einem der heißesten Tage des Jahres.

»Aber woher wissen Sie, dass mein Vater der Täter war?«, fragte ich.

»Na ja, den Verdacht gab es wohl damals schon, als Ihr Vater plötzlich verschwand. Den Akten zufolge dachten einige Leute, er müsse auch sich selbst umgebracht haben, nur dass eben keine Leiche gefunden wurde. Aber der DNA-Abgleich liefert jetzt den Beweis.«

»Inwiefern?«, fragte ich, obwohl mir vor der Antwort bange war.

»Ihre Mutter hat den Angreifer offenbar gekratzt, und Hautpartikel von ihm hafteten unter ihren Fingernägeln. Damals gab es zwar noch keine DNA-Tests, aber die Beweisspuren wurden aufbewahrt. Bei einer Aufarbeitung ungeklärter Fälle vor fünf Jahren wurde ein DNA-Profil des Täters erstellt und in die Landesdatenbank aufgenommen. Wie wir jetzt festgestellt haben, stimmt es genau mit dem Profil Ihres Vaters überein.« Das sagte er ganz trocken, als ahnte er nicht, was für Qualen er mit dieser Auskunft bei mir auslöste.

In einem Zeitraum von nicht einmal vierundzwanzig Stunden hatte ich meinen Vater kennengelernt und herausgefunden, dass ich mich seit siebenunddreißig Jahren fälschlich für eine Waise hielt, hatte hilflos mitansehen müssen, wie mein frisch entdeckter Vater erstochen wurde, und hatte zu guter Letzt erfahren, dass er nichts als ein kaltblütiger Mörder, der Mörder meiner Mutter war. Nicht das Leben meines Vaters, sondern mein eigenes glich einer Seifenoper.

»Haben die einen Verdacht, wer es war?«, fragte Betsy und riss mich damit abrupt aus meinem Tagtraum.

»Was denn?«

»Das mit dem Überfall natürlich.«

»Ach so«, sagte ich. »Nein, ich glaube nicht. Sie haben mir jedenfalls nichts gesagt.«

»Wahrscheinlich ein paar Jugendliche«, meinte sie. Sie war selbst noch fast ein Kind. »Aus Blödsinn.«

Ich fand zwar, dass Mord nicht gerade unter Blödsinn fiel, behielt das aber für mich. Familiengeheimnisse blieben am besten – geheim.

Der Nachmittag lief so ziemlich an mir vorbei. Luca musste mich immer wieder ermahnen, auf die Wünsche unserer Kunden zu achten.

»Herrgott, Ned«, rief er mir ins Ohr. »Pass doch mal auf!« Er tauschte den nächsten falschen Schein um. »Was ist denn heute mit dir los?«

»Gar nichts«, antwortete ich. Aber ich fühlte mich mies und war mit den Gedanken woanders.

»Dass ich nicht lache«, meinte er. »Du vertust dich doch sonst nicht.«

Ich machte auch sonst Fehler, aber normalerweise konnte ich sie besser kaschieren.

»Sophie geht's nicht gut«, sagte ich. Es war die einfachste Ausrede. Luca wusste über Sophie Bescheid. Ich hätte ihren Zustand zwar auch vor ihm gern geheim gehalten, aber im Lauf der Jahre erwies sich das als unmöglich. Zu oft musste ich mir tagelang freinehmen, um bei ihr sein zu können. Luca Mandini war selbständiger lizenzierter Buchmacher und hatte mich schon häufig vertreten, zuerst mit einem Freund zusammen und neuerdings mit Betsy, die kaum verhehlen konnte, dass ihr das Ganze ohne mich viel lieber war.

»Tut mir leid«, sagte Luca. Nach Einzelheiten fragte er nie. Es schien ihm fast peinlich zu sein. »Verdammt!«, rief er plötzlich.

»Was ist denn?«, fragte ich erschrocken.

»Das Internet ist wieder weg«, sagte er und hackte auf seiner Tastatur herum.

Ich sah auf meine Uhr. Knapp fünf Minuten noch bis zum Start des Gold Cup.

»Und die Telefone?«, fragte ich ihn.

Er drückte bereits die Tasten seines Handys.

»Nichts«, sagte er und sah mich an. »Kein Empfang. Wie gehabt.«

Ich drehte mich zu den anderen Buchmachern im Ring um, besonders nach rechts zu denen an der Royal Enclosure. Nach außen hin war keine Unruhe zu erkennen. Alles lief wie gewohnt. Ein paar Jungs von den großen Läden hantierten erfolglos mit ihren Handys. Einer oder zwei flitzten davon, um auf anderem Weg Kontakt mit ihrer Zentrale aufzunehmen, und der Mann vom Presseverband, der für die Notierung der Eventualquoten zuständig war, hatte sich von seinem Platz im Ring erhoben, um sich die Buchmacheranzeigen anzusehen. Ohne Internetverbindung erschienen die nötigen Informationen nicht mehr direkt auf seinem Bildschirm.

»Zwei Monkeys, Nummer sechs«, sagte ein Wettkunde zu mir.

Monkey, Affe, war das Zockerwort für £ 500, zwei Monkeys gleich tausend Pfund oder ein Riese. Ein ganz ordentlicher Betrag zwar, hoher Einsatz, aber da wir übers Jahr eine Menge Wetten zu tausend Pfund oder auch mehr annahmen, fand ich das nicht gar so ungewöhnlich. Trotzdem sah ich mir den Kunden gut an. War es ein Zufall, dass die höchste Wette des Tages bei uns Sekunden nach dem Ausfall von Telefon und Internet angelegt wurde?

Nichts an dem Mann erschien mir suspekt. Ein normaler Rennbahnbesucher in weißem Hemd mit offenem Kragen und Khakihose. Er sah mir nicht so aus, als ob er von einem der großen Läden käme, aber für alle Fälle prägte ich mir sein Gesicht ein.

Ich blickte auf unsere Anzeige, als ich ihm das Bündel Fünfziger abnahm, das er mir hinhielt. Pferd Nummer sechs, Lifejacket, stand vier zu eins.

»Viertausend zu eintausend auf Nummer sechs«, sagte ich über die Schulter hinweg. »Gebongt, Luca?«

Luca befragte seinen digitalen Freund.

»Sieben für zwei bieten wir«, antwortete er schließlich.

»Sieben zu zwo«, sagte ich zu dem Mann im weißen Hemd und der Khakihose.

»Okay«, meinte er. Die Quotenänderung schien ihn nicht zu stören.

»Tausend auf die Sechs, sieben zu zwo«, sagte ich.

Luca tippte, und der Schein sprang aus dem Drucker. Ich gab ihn dem Mann, und der ging zu Larry Porter hinüber, um dort anscheinend noch einmal zu wetten.

»Tausend auf die Sechs, vier zu eins«, rief Luca. Er warf die Wette bei Norman Joyner ab, einem Buchmacher aus der Standreihe hinter uns, und er versuchte es zu einer besseren Quote als der, die wir gerade dem Mann im weißen Hemd geboten hatten. Aber Norman war im Bilde.

»Hundert zu dreißig«, rief Norman zurück. Die Quote für Pferd Nummer sechs ging rapide runter.

»Okay«, sagte Luca. »Nehmen wir.«

Kein Geld, kein Schein ging über den Tisch. Norman Joyner war Stammgast auf den Bahnen Mittelenglands, wo wir hauptsächlich agierten, und unter Buchmachern galt, auch wenn wir keine Freunde waren, wie eh und je das Wort.

»Immer noch kein Internet?«, fragte ich über die Schulter hinweg.

»Nein«, sagte Luca.

Im Ring machten sich erste Anzeichen von Panik bemerkbar. Techniker der Firma, die die Internetverbindung stellte, rannten im Kreis und wussten anscheinend nicht, wo sie nach einer Lösung suchen sollten. Die Sorgenfalten der Leute von den großen Wettbüroketten ließen erkennen, dass sie Schlimmes befürchteten.

»Fünfzig Pfund auf Brent Crude«, sagte eine Stimme vor mir.

Ich senkte den Blick. »Hallo, AJ«, begrüßte ich den Mann in der ausgefallenen blau-gelben Weste. »Bitte, was sagten Sie?«

»Fünfzig auf Brent Crude«, wiederholte AJ.

»Fünfzig Sieg auf Nummer eins«, rief ich über die Schulter und blickte auf unsere Anzeige, »Kurs fünfzehn zu acht.« Eine Quote, über die ich hörbar staunte.

»Boxen auf. Das Rennen ist gestartet«, verkündete der Kommentator über die Lautsprecher.

»Die Verbindung ist wieder da«, sagte Luca. »Na, so ein Zufall.«

»Die Telefone auch?«

»Ja.« Er drückte wiederholt die Tasten.

Ganz bestimmt kein Zufall.

Lifejacket, Pferd Nummer sechs, endete als Dritter knapp hinter dem Zweiten, beide zehn Längen hinter der Nummer eins, dem Sieger und Favoriten Brent Crude mit der erstaunlich hohen Quote fünfzehn zu acht, also praktisch zwei zu eins. Brent Crude war das herausragende Pferd in dem Feld gewesen, hochgelobt von den Zeitungen und TV-Experten. Man hätte erwartet, dass er höchstens pari, eher noch unter pari notierte.

»Da scheint mir aber jemand die Schlusskurse manipuliert zu haben«, meinte Luca mit einem breiten Grinsen. »Geschieht ihnen recht.«

»Wem denn?«, fragte Betsy.

»Den Wettbüroketten«, erklärte ich ihr.

Luca nickte und lachte. »Anscheinend hat jemand sie mit ihren eigenen Waffen geschlagen.«

»Inwiefern?«, fragte Betsy.

»Jemand hat verhindert, dass die großen Firmen mit ihren Leuten auf der Rennbahn Kontakt aufnehmen können, damit sie bei uns wetten.«

»Ja, und?« Sie war offensichtlich nicht klüger als zuvor.

»Jemand hat also ziemlich große Wetten auf mehrere Pferde abgeschlossen, um ihre Quoten zu verkürzen«, sagte ich, »damit die Quote für den Favoriten steigt.«

»Kapier ich immer noch nicht«, meinte Betsy.

»Nimm mal an«, sagte ich, »dass in den Wettbüros richtig hoch auf Brent Crude gewettet wurde, und zwar zur Eventualquote, dann hatten die Büros keine Möglichkeit, sich an ihre Leute zu wenden, damit sie vor Ort auf ihn wetten und die Quote verkürzen.«

»Die mussten in den Läden hilflos mit ansehen, wie die Quote raufgegangen ist«, sagte Luca, »wo sie sie doch drücken wollten. Die ganzen dicken Wetten, ob ehrlich oder nicht, sind bei ihnen zum Schlusskurs abgewickelt worden.«

»Ist das nicht illegal?«, fragte Betsy.

»Wahrscheinlich«, antwortete ich. »Aber die großen Firmen steuern ja ständig die Kurse. Jetzt haben sie das mal heimgezahlt bekommen.«

»Die Kommunikation zu unterbinden ist bestimmt nicht erlaubt«, meinte Luca. »Aber ich find's genial.«

»Und wie machen die das?«, fragte Betsy.

»Was denn?«, sagte ich.

»Dass die Telefone ausfallen.«

»Das geht schon«, antwortete Luca. »Hab ich mal im Fernsehen gesehen. Da haben sie einen Störsender benutzt. Die Polizei kann das auch. Als in Aintree damals die Bombendrohung kam, haben sie alle Telefonnetze lahmgelegt, keiner kam mehr durch. Vielleicht ist das hier ja auch so ein Fall, aber wohl eher nicht. Sonst würde inzwischen die Rennbahn evakuiert.«

»Wie haben sich in den letzten Minuten vorm Start denn die Quoten entwickelt?«, fragte ich ihn.

Er befragte seinen prozessorgesteuerten Freund.

»Lifejacket ging von vier zu eins runter auf zwo zu eins. Auch fünf andere Pferde haben vor dem Start angezogen, aber Brent Crude ist von pari auf fünfzehn zu acht geschlittert. Um ein Haar wäre er noch nicht mal mehr Favorit gewesen.«

»Donnerwetter«, sagte ich.

»Ja«, meinte Luca, »aber hier war zu hören, dass er auf dem Sattelplatz schwer geschwitzt hätte. Sogar von Kolik war die Rede.«

Das hatte ich mitbekommen. »War da was dran?«

»Keine Ahnung«, antwortete er und grinste wieder. »Ich bezweifle es.«

5

Ungewöhnlich gute Laune herrschte unter den Buchmachern im Ring, die alle gern gewusst hätten, wer da übers Ohr gehauen worden war. Weniger gut gelaunt waren die auf der Bahn vertretenen Leute der großen Wettbüros, die ebenso im Dunkeln getappt waren wie wir und denen blühte, für etwas verantwortlich gemacht zu werden, wofür sie nichts konnten.

Die Gerüchte jagten sich, an den meisten war nichts dran, aber gegen Feierabend sah es ganz so aus, als wären alle großen Läden bis zu einem gewissen Grad betroffen. Wenn sie denn zahlten. Buchmacher im Allgemeinen und die Wettbüros im Besonderen verloren ungern und konnten im Handumdrehen die Auszahlung verweigern. Anscheinend waren sie der Meinung, es sei ihr gutes Recht, die Eventualquoten zu bestimmen, und niemand anders dürfe das.

Was uns betraf, so hatte es nicht allzu viel geändert. Ich hatte zwei große Tausenderwetten angenommen und ziemlich viele kleine von Wettern auf der Jagd nach dem großen Geld. Drei Viertel davon hatte Luca bei anderen Buchmachern abgelegt, als deren Quoten purzelten, und ein bisschen hatte er im Internet noch abgeworfen, als das Rennen schon lief. Die beiden bei uns hoch gewetteten Pferde hatten natürlich verloren, und neben den Fünfzig auf Sieg von AJ hatten wir nur sehr wenige Last-Minute-Wetten auf den Favoriten angenommen, die wir auszahlen mussten. Die meisten Wetten auf Brent Crude waren bei uns früher am Tag angelegt worden, als er pari stand und nicht 15 : 8. Im Gegensatz zu den Wettbüros zahlten wir immer nach der bei Wettabschluss geltenden Quote aus, nicht nach der Eventualquote. Ein rundum befriedigendes Ergebnis, fand ich. Und obendrein eine blutige Nase für die Großen. Das war das Beste daran.

Luca, Betsy und ich waren immer noch guter Dinge, als wir nach dem letzten Rennen Feierabend machten. Es hatte zwar keine weiteren Turbulenzen im Ring gegeben, aber die Aufregung von zuvor wirkte noch nach.

»Ein großer Tag für den kleinen Mann«, befand Larry Porter.

»Die werden Betrug schreien«, meinte Norman Joyner von hinten.

»Kann schon sein«, stimmte Larry bei. »Aber im Moment sind sie verunsichert, und das ist doch erst mal schön.«

»Vielleicht wollen sie jetzt das System ändern«, warf ich ein.

»Bestimmt nicht«, sagte Norman. »Im jetzigen System können sie doch beliebig an den Quoten drehen. Nur heute ging es nicht. Jetzt verlangen sie wahrscheinlich mehr Schutz für ihren Nachrichtenaustausch.«

»Sie können ja Brieftauben nehmen«, meinte ich und lachte.

»Dann knallen die Gauner sie mit der Flinte ab«, sagte Larry. »Wo ein Wille ist, ist auch ein Weg.«

In Kriegsberichten aus dem Ersten Weltkrieg wurden britische Soldaten, die feindliche Brieftauben abgeschossen hatten, lobend erwähnt. Zuverlässige Kommunikationswege waren schon immer ein Schlüssel zum Erfolg, so oder so.

Luca und ich zogen den Karren zur Tribüne hinauf und raus auf die Straße. Betsy trug unseren Herrn und Meister, den Computer, in seiner schwarzen Tasche.

»Geht ihr heute nicht im Musikpavillon was trinken?«, fragte ich sie.

»Nein«, sagte Luca. »Wir fahren von hier direkt zu einer Geburtstagsparty.«

»Einer von euch etwa …?«, fragte ich in der Befürchtung, ein Datum vergessen zu haben.

»Nein«, antwortete er lächelnd. »Betsy hat im März, und mein Geburtstag war vorige Woche.«

Ich hatte ihn also doch vergessen. »Tut mir leid«, sagte ich.

»Macht nichts. Ich weiß ja auch nicht, wann du Geburtstag hast.«

Stimmt, dachte ich. So etwas posaunte ich nicht hinaus. An sich gab es keinen Grund dafür, aber mein Privatleben war eben privat.

»Meine kleine Schwester Millie wird heute einundzwanzig«, sagte Betsy. »Große Familienfete.«

»Dann wünsche ich euch viel Spaß«, sagte ich. »Und Millie einen schönen Einundzwanzigsten von mir.«

»Danke«, sagte sie erfreut. »Richte ich aus.«

Ich musste an meine jüngeren Schwestern in Australien denken und fragte mich, ob ihnen schon jemand mitgeteilt hatte, dass ihr Vater tot war.

Luca, Betsy und ich gelangten unbehelligt zum Parkplatz und verstauten unsere Ausrüstung in meinem geräumigen Volvo Kombi. Dann schickten sie sich an, wegzugehen.

»Soll ich euch nicht mitnehmen?«

»Nein, danke«, sagte Luca. »Heute Abend nicht. Wir fahren mit dem Zug nach Richmond. Da steigt die Party.«

»Hör mal«, meinte ich zu ihm, »ich würde morgen gern blaumachen. Einen Tag aussetzen. Was hältst du davon? Du und Betsy, ihr könnt gern arbeiten, wenn ihr wollt.«

Ich bezahlte ihn und Betsy zwar als meine Assistenten, aber wenn wir Gewinn machten, konnten sie ohne weiteres das Gleiche noch mal dazuverdienen. In den letzten Tagen hatten wir die Verluste vom Dienstag längst wieder herausgeholt, und die Renntage in Ascot zählten trotz der hohen Kosten für uns zu den besten der Saison.

»Was ist mit der Ausrüstung?« Er deutete mit einer Kopfbewegung zum Wagen hin. »Wir wollten heute bei Millie übernachten. In Wimbledon.«

Luca und Betsy wohnten irgendwo zwischen High Wycombe und Beaconsfield in Buckinghamshire. Heute Morgen hatte ich sie wie so oft auf einem Rastplatz an der Anschlussstelle 3 der M40 aufgelesen.

»Steht dein Wagen nicht auf dem Rastplatz?«, fragte ich. Manchmal luden wir die Sachen da in seinen Wagen um.

»Nein. Heute Morgen hat uns Betsys Mum mitgenommen.«

Mist, dachte ich. Wenn ich Luca und Betsy nicht um ihren Tag in Ascot bringen wollte, musste ich wohl morgen wieder herkommen.

»Okay«, sagte ich schicksalsergeben. »Dann komm ich

eben. Aber die Kostümierung bin ich leid. Morgen geh ich in Hemdsärmeln.«

Luca grinste breit. Ich wusste, dass ihm der Rausch und die Aufregung der großen Renntage gefielen. Immer wieder sagte ich mir, dass ich ihn verlieren würde, wenn ich mich zu sehr auf die kleinen Bahnen fixierte und Ascot im Juni, Cheltenham im März oder Aintree im April ausließ.

»Prima«, meinte Luca, immer noch grinsend. »So einen Tag wie heute möchtest du ja auch nicht verpassen, oder?«

»Einen Tag wie heute wird's nicht noch mal geben, weiß Gott«, sagte ich. »Aber wenn, dann möchte ich ihn nicht verpassen, nein.«

»Wir müssen uns beeilen«, sagte Luca. »Bis morgen dann. Gleiche Zeit wie immer?«

»Ja. Viel Spaß heute Abend.«

Sie verschwanden in Richtung Bahnhof durch die Lücke in der Hecke, wo jetzt kein Polizeizelt mehr stand – dort, wo mein Vater erstochen worden war.

Ich schaute ihnen nach. Ich wusste gar nicht mehr, wann ich zuletzt auf einer Geburtstagsparty gewesen war.

Jason der Pfleger war nicht gerade erfreut gewesen, als ich angerufen hatte, um ihm zu sagen, dass ich erst später in die Klinik käme. Ich müsse etwas erledigen. Ich hätte es gern auf den nächsten Tag verschoben, aber leider ...

Ich sah noch einmal auf die Uhr. Halb neun. Ich hatte Jason versprochen, rechtzeitig da zu sein, um mit Sophie die 10-Uhr-Nachrichten zu schauen. Die Hoffnung, dass ich das schaffte, hatte ich zwar immer noch, aber es lief nicht alles wie geplant.

Ohne Cutaway, Weste und Binder, die ich im Wagen gelassen hatte, durchstreifte ich Sussex Gardens in London auf der Suche nach einem bestimmten schäbigen Hotel oder einer Pension. Das Problem war nicht, dass dergleichen nicht zu finden gewesen wäre – im Gegenteil. Wohin ich auch schaute, sah ich schäbige kleine Hotels und Pensionen. Es gab so viele, dass ich keinen Schimmer hatte, welches das gesuchte war.

»Nähe Paddington Station«, hatte mein Vater gesagt.

Ich nahm an, dass er nach dem langen Flug von Australien in Paddington mit seinem Gepäck aus dem Heathrow Express gestiegen war und sich im erstbesten Laden mit freiem Zimmer einquartiert hatte. Also hatte ich direkt am Bahnhof angefangen und mich nach außen vorgearbeitet. Bis jetzt war alles Fehlanzeige, und nach anderthalb Stunden verließ mich langsam der Mut.

»Haben oder hatten Sie diese Woche einen Gast namens Talbot?«, fragte ich ohne viel Zuversicht im nächsten kleinen Hotel. »Oder namens Grady?«

Ich zog die inzwischen ziemlich zerknitterte Führerscheinkopie heraus, die Sergeant Murray für mich gemacht hatte. Die junge Frau am Empfang blickte von dem Foto zu mir auf.

»Wer will wissen?«, fragte sie mit starkem osteuropäischem Akzent. »Sie Polizei?«, fügte sie beunruhigt hinzu.

»Nein«, versicherte ich ihr. »Keine Polizei.«

»Wen Sie suchen?«

»Mr. Talbot oder Mr. Grady«, wiederholte ich geduldig.

»Sie müssen fragen Freddie«, sagte sie.

»Und wo ist Freddie?« Ich blickte mich in der leeren Lobby um.

»In Pub.«

»In welchem Pub?«, fragte ich geduldig.

»Ich nicht wissen«, meinte sie verärgert. »Pub hier, Pub da. Immer Pub.«

So kam ich nicht weiter. »Vielen Dank auch«, sagte ich höflich und ging.

Selbst wenn mein Vater dort abgestiegen war, würde ich es nicht herausbekommen. Mir wurde klar, wie blödsinnig das Ganze war. Ich dachte, wenn ich herausfände, wo er gewohnt hatte, und sein Gepäck mitnähme, könnte ich in Erfahrung bringen, warum er wirklich zurück nach England gekommen war. Dafür musste es einen triftigeren Grund geben als den Wunsch, mich nach sechsunddreißigjähriger Abwesenheit wiederzusehen. Schließlich hatte er eine Festnahme wegen Mordes riskiert.

Da Chefinspektor Llewellyn nicht gefragt hatte, ob ich wisse, wo mein Vater sich in England aufgehalten habe, hatte ich es ihm nicht gesagt. Warum, wusste ich nicht genau. Im Allgemeinen war ich ein gesetzestreuer Bürger, und unter normalen Umständen hätte ich der Polizei geholfen, wo ich konnte. Aber die Umstände waren nicht normal, und der Chefinspektor war nicht gerade nett zu mir gewesen. Er hatte mir auf den Kopf zugesagt, ich würde ihn anlügen, was nicht der Fall war, aber jetzt wurde mir klar, dass ich ihm auch nicht die ganze Wahrheit gesagt hatte.

Die Suche erschien mir aussichtslos. Die Hälfte der Hotels und Pensionen, die ich abgeklappert hatte, führten kein ordentliches Register oder enthielten es mir vor.

Zwei noch, entschied ich, dann musste ich mich auf den Weg nach Hemel Hempstead machen.

Viele Gebäude in Sussex Gardens stammten aus einer Zeit, als normale Haushalte noch Diener hatten. Die großen Säulenportale waren nur für Familienmitglieder gedacht, das Dienstvolk gelangte von außen über eine steile Treppe ins eisenvergitterte Untergeschoss.

Das Royal Sovereign Hotel war so ein Haus, nur war sein Name mittlerweile das Großartigste an ihm. Das Eisengitter war angerostet, von den Stucksäulen beiderseits des schwach beleuchteten Eingangs blätterte weiße Farbe ab. Und die Türmatte sah aus, als hätte sie seit mindestens fünfzig Jahren unermüdlich Straßenstaub und Hundedreck von den Schuhen der Reisenden geschluckt.

»Haben oder hatten Sie diese Woche einen Mr. Talbot oder Mr. Grady zu Gast?«, fragte ich einmal mehr, legte die Führerscheinkopie auf den Empfangstresen des Royal Sovereign und schob sie der dicken Frau in mittleren Jahren hin, die dahinter stand. Sie sah sich das Foto genau an.

»Wolln Sie seine Sachen holen?«

»Ja«, sagte ich aufgeregt und konnte mein Glück kaum fassen.

»Gut. Sind mir nämlich im Büro im Weg. Er hat nur für zwei Nächte im Voraus bezahlt, deshalb mussten die Sachen heute Morgen raus. Ich brauchte das Zimmer.«

»Verstehe.« Ich nickte ihr zu. »Das ist in Ordnung. Danke.«

»Aber er war allein hier«, sagte sie und sah noch einmal auf das Foto. »Sonst keiner. Und er hieß weder Talbot noch Grady. Van sowieso. Südafrikaner, sagte er. Aber er war's mit Sicherheit.« Sie legte entschieden den Finger auf das Bild.

»Genau«, sagte ich. »Es ist nur einer, aber er tritt manchmal unter anderem Namen auf.« Sie sah mich zweifelnd an. »Das eine ist sein richtiger, das andere sind Künstlernamen«, sagte ich. Damit war sie so klug wie zuvor, und ich erläuterte es nicht.

»Wo isser denn?«, fragte sie und wies erneut auf das Foto.

Was sollte ich sagen?

»Im Krankenhaus.« Genau genommen stimmte das.

»Hat 'n Unfall gehabt, was?«, fragte sie.

»So in der Art, ja.«

»Sie anscheinend auch«, meinte die Frau und fasste sich ans Auge.

Mein linkes Auge war nach wie vor geschwollen und hässlich blaurot mit orangen Streifen. Ich gewöhnte mich allmählich daran, aber für das Empfangspersonal in den ganzen Hotels und Pensionen war es sicher ein seltsamer Anblick.

»Derselbe Unfall.« Ich tastete nach meinem Gesicht. »Ich bin sein Sohn.«

»Ach so. Gut, dann kommen Sie mal mit.« Sie verschwand durch einen Vorhang. Sorgfältig steckte ich die Fotokopie wieder ein, ging um den Tresen herum und folgte ihr durch den Vorhang.

Als Büro konnte man den Raum kaum bezeichnen. Es handelte sich um eine fensterlose Nische von zweieinhalb mal zweieinhalb Metern mit einem schmalen Tisch an der Seite, auf dem sich Papiere stapelten, und einem billigen gelben Drehstuhl, der schon mal bessere Zeiten gesehen hatte; weißer Schaumstoff quoll aus dem Vinylbezug hervor. Auf dem Boden türmten sich Berge von riesigen Packungen mit weißem Toilettenpapier.

»Gab's im Angebot«, erklärte die Frau.

Bestimmt sehr günstig, dachte ich. Der Vorrat hätte für ein ganzes Heer im Einsatz gereicht.

»Da.« Sie zeigte mit dem Finger. »Das sind seine Sachen. Waschzeug und so hab ich zusammengepackt, denn wie gesagt, er hat nur für zwei Nächte bezahlt.«

Es waren zwei Gepäckstücke. Ein schwarzroter Rucksack und ein kleiner Rollkoffer mit ausziehbarem Griff, wie sie bei Stewardessen beliebt sind. Ich fand die Vorstellung merkwürdig, dass mein Vater einen Rucksack getragen hatte, aber in Australien war manches anders.

»Vielen Dank«, sagte ich lächelnd zu der Frau. »Jetzt haben Sie wieder Platz.« Ich nahm den Rucksack und hängte ihn mir über die Schulter.

»Müssten Sie mir nicht was unterschreiben?«, fragte sie.

»Was denn?«

Sie kramte auf dem Tisch nach einem leeren Blatt Papier und nahm schließlich die Rückseite eines gebrauchten Briefumschlags.

»Nur, dass ich Ihren Namen und Ihre Unterschrift habe«, meinte sie und hielt mir einen Stift hin. »Sie wissen schon. Zur Sicherheit. Und bitte auch eine Telefonnummer.«

»Gern«, sagte ich und nahm Stift und Umschlag entgegen. Van sowieso hatte mein Vater sich genannt. Ich notierte in Blockschrift Dick van Dyke als meinen Namen und setzte den entsprechenden Schnörkel darunter. Die Telefonnummer, die ich angab, konnte von sonstwo sein. Sie war erfunden. Ich wollte wirklich nicht auf einmal Chefinspektor Llewellyn in der Leitung haben und knifflige Fragen gestellt bekommen.

»Danke«, sagte die Frau und schob das Kuvert unter

einen Stapel Zeugs auf ihrem Tisch. »Er hat nur für zwei Nächte bezahlt«, wiederholte sie einmal mehr. »Seine Sachen sind jetzt schon fast drei Tage da.«

Endlich begriff ich, worauf sie hinauswollte.

»Hier«, sagte ich und hielt ihr einen 20-Pfund-Schein hin. »Als kleiner Lohn für Ihre Mühe.«

»Danke.« Rasch nahm sie das Geld und stopfte es in ihre Rocktasche.

»Dann bin ich mal wieder weg.« Rückwärts schob ich mich mit den beiden Gepäckstücken aus dem engen Kabuff. »Vielen Dank noch mal.«

»Ich hoffe, es geht ihm bald besser«, sagte sie. »Grüßen Sie ihn von mir.«

Ich versprach es und machte, dass ich wegkam. Wenn sie gewusst hätte, dass ihr einstiger Gast tot war, hätte sie mir seine Sachen vielleicht nicht gegeben. Und ganz bestimmt nicht, wenn sie gewusst hätte, dass er ermordet worden war. Aber sie konnte nicht ahnen, dass das Royal Sovereign so ungefähr das zwanzigste Hotel war, in dem ich an diesem Abend meine Frage gestellt hatte. Sie musste annehmen, mein Vater habe mich direkt zu ihr geschickt, damit ich seine Habseligkeiten abhole.

Vom Hotel ging ich rasch durch Sussex Gardens Richtung Lancaster Gate, wo ich an der U-Bahn-Station meinen Wagen abgestellt hatte. Ich wollte weg von hier, bevor die Frau sich anders besann und hinter mir herkam.

Ich sah auf die Uhr. Fünf nach neun. Wenn ich rechtzeitig zu den 22-Uhr-Nachrichten bei Sophie sein wollte, musste ich einen Zahn zulegen.

Ich schaute immer noch auf meine Armbanduhr, als ein

Mann aus dem Gebäude zu meiner Rechten kam und direkt gegen den Rollkoffer lief, den ich hinter mir herzog. »Entschuldigung«, sagte ich unwillkürlich. Der Mann antwortete nicht, sondern eilte weiter, ohne mich überhaupt zu beachten. Ich hatte ihm in die Augen gesehen, und plötzlich lief es mir kalt den Rücken runter. Mir wurde klar, dass ich diese Augen schon mal gesehen hatte. Es waren die dicht zusammenstehenden »fiesen« Augen, die ich am Dienstagabend auf Parkplatz 2 in Ascot gesehen hatte, als der Mann, dem sie gehörten, meinem Vater zweimal sein Messer in Bauch und Lunge stieß. Ich blieb nicht stehen. Im Gegenteil, ich ging schneller und zwang mich dazu, mich nicht umzudrehen. Ich betete, dass er mich nicht gesehen oder mich mit dem verquollenen blauen Auge zumindest nicht erkannt hatte.

Erst nach gut zwanzig weiteren schnellen Schritten trat ich in einen Säuleneingang und wagte einen Blick zurück. Er war nicht mehr zu sehen. Anscheinend hatte ich aufgehört zu atmen, als er mir über den Weg gelaufen war, denn jetzt schnappte ich nach Luft, während mir das Herz in der Brust klopfte wie ein Presslufthammer.

Ich spähte hinter der Säule hervor und sah, wie er aus einem der Hotels kam und gleich wieder im nächsten verschwand. Es sah aus, als wäre er in gleicher Sache in Sussex Gardens unterwegs wie ich.

Mit Bestürzung sah ich, dass er, wenn er auf derselben Straßenseite blieb, als Nächstes zum Royal Sovereign kommen würde. Höchste Zeit, mich aus dem Staub zu machen.

Ich überzeugte mich, dass er noch im Haus und außer Sicht war, eilte den Gehsteig entlang und bog an der nächsten Ecke rechts ab. Das war zwar nicht der direkte Weg zu meinem

Wagen, aber ich wollte aus dem Blickfeld des Royal Sovereign sein. In Gedanken hörte ich die dicke Frau am Empfang mit dem Mann reden. Ja genau, sein Sohn war grad hier. Der hat das Gepäck mitgenommen. Grad eben. Knatschblaues Auge hat er. Den kriegen Sie bestimmt noch, wenn Sie sich beeilen.

Nicht, wenn es nach mir ging.

Erstaunlicherweise gelangte ich zu meinem Volvo, ohne gegen irgendwelche Laternenpfähle zu rennen, obwohl ich mich dauernd umsah. Ich warf das Gepäck meines Vaters auf den Rücksitz und stieg rasch ein. Meine Finger zitterten derart, dass ich den Schlüssel nicht ins Zündschloss bekam. Ich hielt mich am Lenkrad fest und atmete ein paarmal tief durch, um mich zu beruhigen. Das klappte auch ganz gut, bis ich den Mann auf einmal wiedersah. Er kam im Laufschritt die Straße entlang und hielt genau auf mich zu. Mein Puls schoss in schwindelnde Höhen.

Wieder versuchte ich den Schlüssel einzuführen, aber das verflixte Ding ging nicht rein. Ich lehnte mich nach rechts, um besser sehen zu können, und war noch immer mit Schlüssel und Schloss beschäftigt, als ich hörte, wie der Mann an mir vorbeilief und in den Wagen hinter mir stieg. Ich ließ mich noch tiefer in den Sitz gleiten, um unbemerkt zu bleiben. Im Seitenspiegel sah ich gerade noch sein Wagendach.

Es verging eine gefühlte Ewigkeit, bis er endlich den Motor anließ und davonfuhr. Ich fing wieder an zu atmen. Ich überlegte zwar ernsthaft, ob ich ihm nachfahren sollte, befürchtete aber, dass ich ihm in meinem jetzigen Zustand hinten drauffahren könnte, wenn er an einer Ampel hielt.

Luca sei Dank, dachte ich, dass ich mit meiner Detektivarbeit nicht noch einen Tag gewartet hatte. Das Gepäck meines Vaters wäre längst weg gewesen. Dafür hätte ich mir allerdings einigen Stress erspart.

Gut fünf bis zehn Minuten saß ich da im Wagen und fragte mich, ob ich nicht sofort zu Chefinspektor Llewellyn gehen und ihm von meiner Beobachtung erzählen sollte. In meiner Angst, von dem Mann gesehen zu werden, wenn er an mir vorbeifuhr, hatte ich mich beinah waagerecht in den Sitz gedrückt. So hatte ich weder die Marke noch die Farbe seines Wagens gesehen, geschweige denn das Kennzeichen. Zum Detektiv taugte ich wohl nicht besonders, ich hätte wenig zu erzählen gehabt. Vor allem versetzte mich der Gedanke, dem Chefinspektor erklären zu müssen, warum ich ihm nicht schon früher etwas von einem Hotel oder einer Penne in Sussex Gardens gesagt hatte, nicht gerade in Begeisterung. Daher entschloss ich mich, mir zuerst einmal das Gepäck anzusehen. Die Polizei konnte ich dann immer noch verständigen.

Da meine Atmung und mein Puls sich endlich wieder normalisiert hatten, ließ ich den Volvo an und machte mich auf den Weg zur Klinik in Hemel Hempstead.

Inmitten der Sachen meines Vaters saß ich in meinem Wohnzimmer in Kenilworth und fragte mich, worum es dem Mörder wohl gegangen war, dass er so intensiv nach dem Gepäck gesucht hatte.

Ich war noch früh genug in die Klinik gekommen, um mir die zweite Hälfte der Nachrichten gemeinsam mit Sophie anzusehen. Jason hatte mir bei der Ankunft einen strengen Blick zugeworfen und auf seine Uhr getippt. Was hätte ich ihm sagen sollen? Entschuldigen Sie die Verspätung, ich musste mich in Westlondon vor einem Mörder verstecken? Sophie störte mein Zuspätkommen glücklicherweise gar nicht, und sie gab mir einen zärtlichen Kuss auf die Wange, ohne auch nur zu schnuppern, ob ich dem Dämon Alkohol zugesprochen hatte. Sie monierte noch nicht einmal, dass ich mich bald schon wieder verabschiedete. Ich hatte zu tun.

So saß ich nun hier kurz vor Mitternacht zwischen den Kleidern meines Vaters.

Sonst enthielt das Gepäck nicht viel. An Waschzeug nur das Nötigste – Zahnbürste und eine halbvolle Tube Zahnpasta in einem billigen, durchsichtigen Plastiketui mit weißem Reißverschluss. Er war anscheinend nicht auf Medikamente angewiesen, wenn auch eine halbe Packung Schmerztabletten lose in dem kleinen Koffer lag.

Offensichtlich hatte er eine Vorliebe für blaue Hemden gehabt, ein halbes Dutzend lagen da, säuberlich zusammengefaltet, aber nicht sehr gut gebügelt, und er hatte sich lieber elektrisch als nass rasiert und lieber Boxershorts getragen als Slips. Die sorgfältig zusammengeknäuelten Wollsocken waren vorwiegend dunkel, und er hatte ein Faible für große Taschentücher mit weißen Punkten auf dunklem Grund gehabt.

Aber ich fand nichts Bemerkenswertes, schon gar nichts, was einen Mord wert gewesen wäre.

»Wo ist das Geld?«, hatte der Mann auf dem Parkplatz in Ascot zu meinem Vater gesagt.

Welches Geld?, fragte ich mich. Ich musste etwas übersehen haben. Noch einmal ging ich alles durch, auch die Taschen seiner beiden Jacketts, und nahm sogar den Kopf seines Elektrorasierers ab für den Fall, dass in dem kleinen Hohlraum darunter ein Schließfachschlüssel versteckt war. Nichts dergleichen.

Das Einzige, was mein Interesse erregte, waren sein Reisepass, ein Handy und ein paar Schlüssel. Das alles hatte ich in einer Seitentasche des Rucksacks gefunden.

Nichts tat sich, als ich die Tasten des Mobiltelefons drückte. Entweder war es kaputt, oder die Batterie war leer. Ich suchte vergebens nach einem Ladegerät, legte das Handy beiseite und griff zu den Schlüsseln. Drei Stück an einem kleinen Schlüsselring. Hausschlüssel, dachte ich – ohne Haus nicht besonders spannend.

Der Pass war aufschlussreicher. Es war ein australischer Pass, ausgestellt auf den Namen Alan Charles Grady, auf den auch die zwischen den Seiten steckende E-Ticket-Quittung der British Airways und die Bordkarte lauteten. Interessiert stellte ich fest, dass er laut Ticket schon zehn Tage zuvor in Heathrow gelandet war. Wo hatte er sich also in der ersten Woche seines Englandbesuchs aufgehalten? Die Dame vom Royal Sovereign Hotel hatte eindeutig gesagt, er habe nur für zwei Tage im Voraus bezahlt, und am Donnerstagmorgen hatte sie seine Sachen weggeräumt. Demnach war er am Dienstag dort abgestiegen, dem Tag, an dem er auch zu mir nach Ascot gekommen war, oder eventuell am Montag, falls sie sein Gepäck nicht gleich aus dem Zimmer genommen hatte. Damit blieben mindestens sechs Tage offen. Meine Annahme, er sei vom Flughafen gleich mit dem Heathrow Express in die Stadt gekommen und im erstbesten Hotel abgestiegen, war offensichtlich falsch. Es sei denn, er war erst noch woandershin geflogen. Ich sah mir den Flugschein noch mal an, doch der einzige sonst noch aufgeführte Flug war der Rückflug über Hongkong nach Melbourne am Sonntag in zwei Wochen. Den würde er nun nicht mehr antreten.

Ich holte noch einmal die Führerscheinkopie heraus und sah mir die Anschrift an: 312 Macpherson Street, Carlton North im australischen Bundesstaat Victoria.

Wo genau lag Carlton North?

Ich setzte mich oben in mein Büro, das niemals Wirklichkeit gewordene Kinderzimmer, und ging ins Internet. Google Earth lieferte eine schöne Großaufnahme von Carlton North. Es war eine Vorstadtwohngegend von Melbourne, vier oder fünf Kilometer nördlich des Stadtzentrums. Der Adresse eines Toten angemessen zog sich die Macpherson Street am Nordrand eines riesigen Friedhofs entlang, der sich mehrere Blocks weit in beide Richtungen erstreckte. Ich drehte die Schlüssel am Ring zwischen den Fingern und fragte mich, für welches Gebäude auf dem Bildschirm sie bestimmt waren.

Ich war noch nie in Australien gewesen und konnte mir anhand der Bilder auf dem Schirm die auf den Kopf gestellte Welt von Melbourne nur schwer vorstellen. Ich betrachtete die Aufnahmen und hätte gern gewusst, ob meine Schwestern in einem dieser so mit Häusern vollgepackten, durch relativ breite, baumbestandene Straßen getrennten Karrees oder Rechtecke wohnten.

Soweit ich wusste, waren meine Eltern beide Einzelkinder gewesen, so dass ich ohne Tanten und Onkel aufgewachsen war und also auch keine Cousins oder Cousinen besaß. Die Eltern meiner Mutter waren vor meiner Geburt gestorben, das jedenfalls hatte mir meine Großmutter väterlicherseits erzählt, aber jetzt fragte ich mich, ob ich ihr das noch glauben konnte. Teddy Talbot, der Vater meines Vaters, war mit Sicherheit tot – ich hatte, wie bei meinem Vater, seinen erkaltenden Körper gesehen –, aber meine Großmutter väterlicherseits war noch am Leben, wenn auch heutzutage mehr physisch als geistig. Sie lebte, wenn man es so nennen konnte, in einem Pflegeheim in Warwick. Ich besuchte sie gelegentlich, doch Alter und Alzheimer hatten ihren Tribut gefordert, und sie war nicht mehr die Frau, die mich großgezogen und die ich so lange gekannt hatte. Zum Glück haderte sie nicht mit ihrem Schicksal, sondern schwebte meist in Sphären, die unsereins nicht kennt.

Ungeachtet ihrer Probleme hatte ich Sophie immer darum beneidet, dass sie mehrere Geschwister und jede Menge Cousins hatte. Der Bruch mit den Eltern wegen ihrer Partnerwahl hatte sie nicht daran gehindert, den anderen Angehörigen ihrer großen Familie so eng verbunden zu bleiben, wie ihre Krankheit es zuließ. Ich hingegen hatte niemanden außer meiner demenzkranken Großmutter, die mich mitunter nicht mal erkannte.

Jetzt allerdings wusste ich, dass auch ich Angehörige hatte: zwei Halbschwestern in Australien. Das Problem war nur, dass ich nicht wusste, wie sie hießen und wo sie wohnten, und dass sie wiederum wohl keine Ahnung von meiner Existenz hatten. Ich konnte mir nicht vorstellen, dass mein Vater seiner neuen Familie von dem bereits vorhandenen Sohn erzählt hatte oder von dessen Mutter, die er erwürgt hatte, bevor er mit dem Schiff ans andere Ende der Welt geflohen war.

Ich ging wieder hinunter ins Wohnzimmer.

Noch einmal kämmte ich die traurigen Stapel Hemden, Unterwäsche und Taschentücher durch, als könnte dabei etwas bisher Übersehenes ans Licht kommen. Aber da war nichts.

Ich sah mir den schwarzroten Segeltuchrucksack an. Ein Gepäckanhänger der Fluglinie mit dem fetten Aufdruck LHR und dem kleiner gedruckten Namen GRADY neben dem Strichcode hing an einem der Tragriemen, doch es gab keinen Hinweis darauf, wo der Anhänger angebracht worden war. Erneut schaute ich in den Rucksack, als könnte mir irgendwie etwas entgangen sein. Er sah zwar völlig leer aus, aber dennoch stellte ich das ganze Ding auf den Kopf und schüttelte es gut durch. Dahinter steckte eher Frust als die Hoffnung, noch fündig zu werden.

Als ich ihn umdrehte, merkte ich, dass sich im Innern etwas bewegte.

Ich stellte ihn auf den Fußboden und spähte noch einmal hinein.

Der Rucksack hatte einen wasserdichten Einsatz mit einem Kordelzug an der Oberseite. Dahinter war ein Schlitz, und ich steckte die Hand zwischen den Einsatz und das Segeltuch. Am Boden des Rucksacks, unter dem Einsatz, befand sich ein fünf Zentimeter breiter Zwischenraum, der über die ganze Unterseite ging, und dort fand ich den Schatz, nach dem der Mann auf dem Parkplatz in Ascot offenbar gesucht hatte.

Ich zog drei Päckchen in blauer Plastikfolie heraus und schnitt sie mit der Haushaltsschere vorsichtig an einem Ende auf. Sie enthielten ansehnliche Bündel Banknoten mit großem Nennwert, zweimal britische Pfund und einmal australische Dollar. Ich zählte die Packen durch und überschlug das Ganze im Kopf.

Mein Vater war mit rund dreißigtausend Pfund Bargeld in einem schäbigen 1-Sterne-Hotel in Sussex Gardens abgestiegen.

Das Geld hatte ihn das Leben gekostet.

6

Außer dem Geld fand ich noch fünf andere Sachen in dem Versteck.

Erstens einen südafrikanischen Pass auf den Namen Willem van Buren.

Zweitens eine kleine Plastiktüte mit, wie ich zunächst dachte, zehn Reiskörnern, die sich bei genauem Hinsehen jedoch eindeutig als etwas Künstliches erwiesen. Sie sahen aus wie Milchglas.

Dazu kamen zwei 15 mal 20 Zentimeter große fotokopierte Hefte mit der Aufschrift IDENTITÄTSDOKUMENT auf dem Titelblatt.

Und das fünfte war ein 15 Zentimeter langes, 5 Zentimeter breites, flaches schwarzes Kästchen mit mehreren Tasten. Zuerst dachte ich, es sei eine TV-Fernbedienung, doch es hatte weder Lautstärkeregler noch Tasten für die Senderwahl, nur die Ziffern von 0 bis 9 und eine Entertaste. Ich tippte sie durch. Nichts passierte. Ich drehte das Gerät um. Auf der Rückseite befand sich ein Batteriefach, und da es leer war, ging ich in die Küche und setzte die Batterie aus der Küchenuhr ein.

Ich drückte die Tasten erneut, und diesmal leuchtete rechts oben in der Ecke kurz ein rotes Licht auf. Mehr passierte nicht. Ich richtete das Ding auf den Fernseher und drückte noch einmal. Wie nicht anders zu erwarten, blinkte lediglich das rote Licht wieder auf.

Von Elektronik generell verstand ich wenig, ebenso wenig von Fernbedienungen, aber ich wusste, dass sie richtig programmiert sein mussten.

Ich würde Luca das Ding zeigen. Er war nicht nur ein Ass am Computer, er kannte sich auch mit dessen Innenleben aus. Luca hatte sogar als Elektrotechniker gearbeitet, kurz bevor er zum Rennsport gekommen war, während mein Technikverstand nur dazu reichte, einem Apparat, der nicht wollte, wie er sollte, eins aufs Gehäuse zu geben.

Ich steckte die Batterie wieder in die Küchenuhr und stellte die Zeit richtig ein: zwanzig vor eins. Um neun musste ich wieder los.

Plötzlich hatte ich großen Hunger. Seit der Schale Müsli und der Scheibe Toast zum Frühstück vor sechzehn Stunden hatte ich nichts mehr gegessen. Ich war einfach nicht dazu gekommen. Ich sah in den Kühlschrank. Viel war nicht drin. Normalerweise fuhr ich sonntags immer zum Supermarkt, um das Nötigste einzukaufen wie Milch, Brot und Fertigmahlzeiten, die ich nur in die Mikrowelle zu schieben brauchte. Aber letztes Wochenende hatte ich das irgendwie vergessen. Ich schüttelte die Milchflasche. Es war gerade noch genug da für ein Schälchen Müsli und vielleicht eine Tasse Kaffee am Morgen. Vom Brot waren nur noch ein paar Scheiben übrig, und die sahen mit den grünen Schimmelflecken an den Rändern aus, als hätten sie ihre beste Zeit hinter sich.

Da ich im Schrank eine Dose Baked Beans fand, machte ich mir Bohnen auf Toast, wobei ich den Schimmel sorgfältig entfernte, bevor ich das Brot in den Toaster steckte.

Ich legte die Sachen aus dem Geheimfach des Rucksacks vor mich auf den Küchentisch und sah sie mir genauer an, während ich aß.

Zuerst die Hefte mit der Aufschrift IDENTITÄTSDOKUMENT. Von Nahem hatte ich so etwas noch nicht gesehen, aber ich wusste, was es war. Pferdepässe, wenn ich nicht irrte. Jedes aktive Rennpferd brauchte einen Pferdepass. Darin waren alle Abzeichen und Fellwirbel des Pferdes genau festgehalten. Ein auf der Rennbahn präsentiertes Pferd musste der Beschreibung im Pass entsprechen, damit gewährleistet war, dass nicht ein anderes an seiner Stelle lief. Früher hatten skrupellose Trainer durchaus einmal vertauschte Pferde laufen lassen. Meistens war der Stellvertreter wesentlich besser als das Pferd, das eigentlich laufen sollte, und trat unter Quoten an, wie er sie nie bekommen hätte, wenn seine wahre Identität bekannt gewesen wäre. Mit dieser Masche war vor der Einführung des detaillierten Pferdepasses viel Geld gescheffelt worden.

Die beiden, die ich vor mir hatte, waren jedoch Fotokopien, keine Originale, und man hätte sie auch nicht dafür halten können. Ich schaute sie durch, konnte aber nichts Ungewöhnliches darin entdecken.

Als Nächstes nahm ich mir den Pass von Willem van Buren aus Südafrika vor und sah mir das Foto an. Das war ganz sicher nicht der Mann, den ich in Sussex Gardens gesehen hatte, denn das Gesicht, das mir aus dem Pass entgegenblickte, war das meines Vaters. Offenbar war er unter dem Namen van Buren im Royal Sovereign Hotel abgestiegen.

Hatte ich womöglich noch mehr Geschwister in Kapstadt oder Johannesburg?

Auch die Tüte mit den reisartigen Körnchen faszinierte mich. Ich nahm eins heraus und drehte es zwischen Daumen und Zeigefinger. Es war genau genommen etwas größer als ein Reiskorn, etwa einen Zentimeter lang und drei Millimeter im Durchmesser. Ich hielt es gegen das Licht, aber es war undurchsichtig. Ich schüttelte es neben meinem Ohr, konnte aber nichts hören.

Wozu verwahrt man Milchglassplitter im Geheimfach?, fragte ich mich. Dahinter musste etwas stecken, was mit bloßem Auge und Ohr nicht zu erkennen war.

Ich nahm mein Messer, an dem noch Tomatensauce klebte, und zerdrückte das Korn geradewegs auf dem Tisch. Es zerbrach erstaunlich leicht. Jetzt sah ich, dass das Korn nicht aus massivem Glas bestand, sondern hohl war und einen winzigen Schaltkreis im Inneren barg.

Ich sah mir die neun, die noch in der Tüte waren, genau an. Sie hatten außen keine Zugänge, keinerlei Anschlüsse. Auch danach würde ich Luca fragen. Wenn jemand wusste, was für Dinger das waren, dann er. Ich schob das zerdrückte Korn wieder in die Tüte und legte sie auf den Tisch.

Und das Geld war natürlich auch noch da.

Was sollte ich mit dem ganzen Zeug bloß anfangen?

Klar, sagte ich mir, eigentlich sollte ich es Chefinspektor Llewellyn übergeben. Aber konnte ich das? Er würde alles andere als erfreut sein, dass ich ihm nicht schon eher von dem Gepäck meines Vaters erzählt hatte. Wenn er mir nicht sogar wieder vorhielt, ich sei irgendwie in seine Ermordung verwickelt.

Allmählich wünschte ich, ich hätte ihm gleich von dem schäbigen Hotel in Sussex Gardens erzählt. Dann wäre alles einfacher gewesen, und ich hätte auch nicht den Schreck meines Lebens bekommen. Mir brach immer noch der kalte Schweiß aus, wenn ich daran dachte, was passiert wäre, wenn mich der Mann erkannt hätte.

Was sollte ich tun?

Ich entschloss mich, drüber zu schlafen, und ging ins Bett.

Der Freitag in Ascot war nass durch eine von Westen kommende atlantische Wetterfront, die einen Temperatursturz von zehn Grad mit sich brachte. Typisch, dass ich ausgerechnet an diesem Tag von meinem sonst zu warmen Cutaway auf einen leichten ungefütterten Blazer umgestiegen war. Ich suchte Schutz unter unserem großen TRUST-TEDDY-TALBOT-Schirm und bibberte in der auffrischenden Bö.

»Schön gefeiert?«, fragte ich Luca und Betsy.

Sie waren beim Aufbauen des Stands ungewöhnlich still gewesen.

»Super«, sagte Betsy nicht ganz überzeugend.

»Spät geworden?«, fragte ich gut aufgelegt.

»Allerdings«, antwortete sie.

»Wunderbar«, sagte ich. »Die beste Party währt am längsten.«

»Ja«, meinte sie, »aber auf die Uneingeladenen und die Polizei hätten wir verzichten können.«

»Die Polizei?«

»Meine Tante hat die Polizei gerufen«, sagte sie sichtlich ungehalten.

»Warum das denn?«, fragte ich.

»Rund hundert ungeladene Gäste haben ihr Haus gestürmt«, antwortete sie. »Da stieg die Party.«

»Rowdys, meinst du wohl«, sagte Luca mit einer Bitterkeit, wie ich sie bei ihm noch nicht erlebt hatte. »Dein dummes Schwesterherz. Hat ihre eigene Party kaputtgemacht.«

»Sie hat sie nicht kaputtgemacht«, entgegnete Betsy genervt.

Fast wünschte ich mir, ich hätte nicht gefragt.

»Na, wie kann man denn Leute auf Facebook zu einer Party einladen?«, meinte er. »Kein Wunder, dass da lauter Irre auftauchen und die Laube kurz und klein schlagen.«

»Du warst auch keine große Hilfe«, sagte Betsy eisig.

»Was heißt denn das jetzt wieder?«, wollte Luca wissen.

»Hört mal«, schob ich ein, »mir tut's leid, dass ich davon angefangen habe. Beruhigt euch. Wir haben zu tun.«

Beide verstummten, doch ihre Körpersprache sagte genug; die wortlose Unterhaltung war weit entfernt von dem Bild zweier Verliebter, das sie am Dienstag geboten hatten, als sie Hand in Hand zum Musikpavillon gegangen waren, um etwas zu trinken.

Herrje, dachte ich. Nicht nur das Wetter war abgekühlt.

Der Nachmittag verlief ohne die Aufregungen des Vortags. Der pausenlose Regen hielt verständlicherweise viele Wetter vom Buchmacherring fern. Sie hatten es lieber trocken und warm wie in den Bars und Restaurants auf der Tribüne und wetteten bei den Totoangestellten, die zu ihnen kamen, statt auf sie zu warten.

Ich durfte zwar – gegen eine stattliche Gebühr – meinen Geschäften als Buchmacher nachkommen, aber nur von meinem Stand aus. Durch die Gaststätten zu streifen und Wettlustige um ihr Bares zu erleichtern, während sie zu Tisch saßen oder ihren Sekt tranken, war mir nicht erlaubt.

Weder Internet noch Handys fielen aus, noch sausten die Quoten in letzter Minute davon. Alles war so vorhersehbar wie langweilig. Die Favoriten gewannen drei der sechs Rennen, doch ein paar krasse Außenseiter entschädigten uns Buchmacher dafür.

Alles in allem war es ein wahrhaft wenig bemerkenswerter Tag. Außer der abgekühlten Beziehung zwischen meinen Mitarbeitern war das einzig Denkwürdige das Aufgebot an Technikern sowohl des Internetproviders als auch der Mobilfunknetze, die herumstanden und vergebens darauf warteten, dass ihr System zusammenbrach. Offensichtlich hatten die gestrigen Ereignisse irgendwen empfindlich getroffen.

»Soll ich euch mitnehmen, ihr Streitbolde?«, fragte ich, als wir in eisigem Schweigen zusammenpackten. Beide sagten kein Wort. »Herrgott noch mal«, fuhr ich auf, »will einer von euch vielleicht trotz allem weiterleben?«

Darauf trat ein Grinsen in Lucas Gesicht. Ein kleines Grinsen, das so schnell verschwand, wie es gekommen war.

»Der Teddy-Talbot-Bus fährt in fünf Minuten Richtung High Wycombe ab, ob ihr dann drinsitzt oder nicht«, sagte ich mit einer gewissen Gereiztheit.

Immer noch nichts.

»Darf ich das so verstehen, dass wir uns morgen hier nicht wiedersehen?«, fragte ich, als wir, ohne überfallen zu werden, zum Parkplatz gelangten. Auch Räuber mögen den Regen nicht.

Der Samstag in Ascot gehörte für uns zu den einträglichsten Tagen des Jahres.

»Ich bin dabei«, sagte Luca.

Gespannt blickte ich zu Betsy.

»Okay«, gab sie widerwillig nach. »Ich auch.«

»Gut«, sagte ich. »Und darf man auf Tauwetter im kalten Krieg hoffen?«

Keiner von beiden antwortete.

Langsam war ich das Spielchen leid.

»Okay«, sagte ich. »Neue Regel Nummer eins: Wer nicht redet, fährt nicht mit.«

»Entschuldige«, sagte Luca.

»Schon gut«, erwiderte ich.

»Nicht du, Ned«, sagte er ungehalten. »Bei Betsy wollte ich mich entschuldigen.« Er wandte sich zu ihr.

»Ach …« Betsy brach in Tränen aus, wobei sie heftig nach Luft schnappte.

Sie und Luca fielen einander in die Arme, dann standen sie eng umschlungen da und ließen sich nass regnen wie in einer romantischen Filmszene.

»Du lieber Gott«, sagte ich, »setzt euch hinten rein, ihr Turteltauben.«

Ich war froh, dass sich Luca dann doch nicht mit Betsy auf die Rückbank setzte, sondern nach vorn neben mich. Bis nach High Wycombe hätte ich das Liebesgeflüster schwerlich ertragen.

»Was meinst du, was das ist?«, fragte ich ihn. Ich reichte ihm das einer Fernbedienung ähnelnde schwarze Plastikding, das ich am Morgen ins Türfach meines Volvos gesteckt hatte.

Er drehte das Gerät hin und her. Dann nahm er den Deckel vom Batteriefach.

»Hier«, sagte ich und gab ihm einen Satz Batterien, die ich auf dem Weg zur Rennbahn gekauft hatte.

Er legte die Batterie ein und wurde dann genau wie ich bei jedem Tastendruck mit einem Aufleuchten des roten Lichts belohnt.

»Das Licht bleibt etwas länger an, wenn man auf ›Enter‹ drückt«, sagte ich. Er probierte es aus. »Meinst du, das ist eine Fernbedienung für irgendwas?«

»Keine Ahnung.« Er drehte das Gerät immer noch in den Händen. »Für Fernsehen oder Radio kann es offensichtlich nicht sein, es hat keinen Lautstärkeregler. Für ein Garagentor oder so was vielleicht?«

»Wozu dann die Ziffern? Garagentüröffner haben doch wohl nur einen Knopf?«

»Und wenn er per Code funktioniert? Vielleicht muss man 1066 oder so was eingeben.«

»Möglich.« Ich reichte ihm die kleine Plastiktüte mit den unversehrten Körnern und dem einen, das ich zerdrückt hatte. »Was sagst du dazu?«

Er schüttete die winzigen Teilchen aus der Tüte in seine Hand und hielt das kaputte dann zwischen Daumen und Zeigefinger hoch.

»Ich nehme an, das war so wie die anderen, bevor du es zertreten hast?«

»Mit dem Messer zerdrückt hab ich's. Ja, es war genau so eins. Die sind leicht kaputtzukriegen.«

»Das ist eindeutig was Elektronisches.«

»Das seh sogar ich«, erwiderte ich sarkastisch. »Aber was macht man damit? Sie scheinen keine Anschlüsse zu haben, und ich weiß, dass Glas ein schlechter Leiter ist – wie funktionieren sie also?«

»Eine Batterie passt auch nicht rein.«

»Wie also?«

»Wenn ich ihren Verwendungszweck wüsste, könnte ich mir wahrscheinlich denken, wie sie funktionieren.« Er inspizierte weiter den kleinen Schaltkreis. »Passive Elektronik«, meinte er leise, wie zu sich selbst.

»Bitte?«

»Passive Elektronik«, wiederholte er.

»Und für den Laien heißt das?«

Er lachte. »Es sind Geräte, die nichts verstärken«, sagte er. »Passive Elektronikkomponenten oder Passivgeräte nennt man die.«

»Aha?« Ich war genauso schlau wie vorher.

»Transistoren etwa dienen als Verstärker«, führte er aus. »Sie können ein Signal so verstärken, dass der Lautsprecher eines Radios damit angesteuert werden kann. Das Signal, das die Antenne empfängt, ist winzig, deshalb muss es einfach gesagt durch eine Reihe von Transistoren verstärkt werden, um den Lautsprecher so zu aktivieren, dass man die Musik hört.«

»Je höher die Lautstärke, desto größer die Verstärkung?«, fragte ich.

»Genau. Aber Transistoren müssen mit Strom versorgt werden, entweder über eine Batterie oder über die Steckdose, sonst funktionieren sie nicht. Der Spatz hier kann also keine Transistoren haben.« Er hielt den winzigen Schaltkreis aus dem zerbrochenen Korn hoch.

»Passive Elektronik«, sagte ich.

»So ist es«, meinte er lächelnd.

»Wovon redet ihr beiden?«, fragte Betsy plötzlich vom Rücksitz her.

»Davon«, sagte Luca und gab ihr vorsichtig eins der ganzen Körner.

»Ach, was das ist, weiß ich«, meinte sie ziemlich herablassend.

»Was denn?«, fragten Luca und ich gleichzeitig.

»Ein Chip für Hunde«, antwortete sie. »So einen haben wir unserem Irish Setter voriges Jahr einpflanzen lassen.«

»Und wozu sind die gut?«, fragte ich nach hinten.

»Sie dienen der Identifizierung. Man setzt sie mit einer Spritze unter die Haut. Unser Hund hat einen bekommen, damit Mum und Dad ihn mit nach Frankreich nehmen konnten, ohne ihn bei der Rückkehr in Quarantäne stecken zu müssen. Der Zoll brauchte ihn nur zu scannen, um zu sehen, ob es der richtige Hund mit den richtigen Impfungen war.«

»Wie bei Pferden«, sagte ich.

»Hm?«, fragte Luca.

»Bei Pferden gibt's die auch«, erklärte ich. »So kann man prüfen, ob es wirklich die vom Besitzer angegebenen Tiere sind. Nur Pferde mit eingepflanzten Chips dürfen Rennen laufen. Das hab ich vor Jahren in der *Racing Post* gelesen. Ich wusste nur nicht, wie die Chips aussehen. Keine Ahnung, wieso, aber ich hatte irgendwie gedacht, sie wären größer, rechteckig und flach.«

Luca sah sich noch einmal den winzigen Schaltkreis an.

»Das dürfte dann ein passiver Arfid-Transponder sein«, sagte er. »Die kleine Spule da ist die Antenne.«

»Okay. Und was bedeutet Arfid?«

»Radio-Frequenz-Identifizierung, R-F-I-D, gesprochen Arfid«, sagte er langsam, wie zu einem Kind. »Man hält ein Lesegerät daran, das eine elektromagnetische Welle aussendet. Die Welle wird von der kleinen Antenne empfangen und versorgt den Transponder gerade mit so viel Energie, dass er eine Kennziffer zurücksenden kann.«

»Hört sich kompliziert an.«

»Eigentlich nicht«, erwiderte Luca. »Diese Chips gibt's überall. Der Diebstahlalarm in Geschäften, der losgeht, wenn man, ohne zu bezahlen, verschwinden will, basiert darauf. Sie haben RFID-Tags an den Sachen, und die Lesegeräte sind die senkrechten Dinger an den Türen, zwischen denen man durchläuft. Auch die Oyster Cards für Bus und U-Bahn in London arbeiten damit. Man zieht die Karte über das Lesegerät, und es prüft, ob genügend Fahrgeld auf der Karte ist. Ein sehr kluges System.«

»Sieht so aus«, meinte ich.

»Allseits beliebt sind die Chips trotzdem nicht«, fuhr er fort. »Für manche Leute sind es ›Schnüffelchips‹, weil man damit Menschen ohne ihr Wissen orten kann. Aber sie werden wohl bald überall dran sein. Statt des Strichcodes. Die Supermärkte probieren das schon aus. Man braucht dann nur noch an dem Lesegerät vorbeizugehen, und alles wird automatisch erfasst, ohne dass man es aus dem Einkaufswagen nehmen muss. Irgendwann werden die Kreditkarten auch so gelesen, der Gesamtbetrag wird vom Bankkonto abgezogen, und schon kann man den Kram ins Auto laden und losfahren.«

»Erstaunlich.«

»Ja. Das Dumme ist nur, dass die Chips theoretisch auch so programmiert werden können, dass sie der Polizei verraten, ob man auf der Heimfahrt vom Laden zu schnell gefahren ist.«

»Ach was«, sagte ich.

»Doch, doch. Vielerorts werden RFIDs in Autos schon zum Bezahlen von Mautgebühren eingesetzt, beim E-ZPass in New York zum Beispiel. Da ist es nur noch ein kleiner Schritt, bis sie deine Durchschnittsgeschwindigkeit zwischen zwei Punkten berechnen und dir ein Knöllchen zukommen lassen können, wenn du zu schnell gefahren bist. Big Brother hat uns definitiv im Visier – wenn noch nicht jetzt, dann demnächst.«

»Woher weißt du so viel über RFID-Chips?«, fragte ich ihn.

»Vom Studium her und aus Elektronikzeitschriften. Aber so kleine hab ich noch nie gesehen.« Er hielt eins der winzigen Glaskörner hoch.

Und wieso hatte nun mein Vater zehn solche Chips im Gepäck gehabt? Vielleicht, dachte ich, hatten sie etwas mit den kopierten Pferdepässen zu tun.

»Ist die schwarze ›Fernbedienung‹ ein Lesegerät?«, fragte ich.

Luca richtete sie auf den Chip und drückte auf Enter. Wie zuvor blinkte kurz das rote Licht auf und ging wieder aus.

»Ich glaube eher nicht, weil es keine Anzeige hat«, sagte Luca. »Wenn du möchtest, frag ich mal in meinem Elektronikclub.«

»Elektronikclub?«

»Ja. Vorwiegend Teenager«, erklärte er. »Die bauen Roboter, funkgesteuerte Autos und so weiter. Treffen sich jeden Freitagabend im Jugendzentrum von Wycombe. Meistens helfe ich da ein bisschen.«

Ich überlegte, ob ich ihm das Gerät mitgeben oder es zur Polizei bringen sollte, zusammen mit dem Geld.

»Okay«, entschied ich. »Frag mal in deinem Club, ob jemand weiß, wofür das ist. Nimm die Glaskörner auch mit, falls da ein Zusammenhang besteht.«

»Gut.« Er grinste. »Wir tüfteln gern. Dürfen wir es auseinandernehmen?«

»Von mir aus. Dass ihr es dann aber auch wieder zusammensetzt.«

»Gut«, sagte er nochmals. »Ich nehm es heute Abend mit. Morgen früh sag ich dir, ob dabei was rausgekommen ist.«

Ich setzte Luca und Betsy in High Wycombe ab und fuhr dann meine Großmutter besuchen.

Ihr Zimmer in dem Pflegeheim in Warwick war ein Mikrokosmos meiner Kindheitserinnerungen. An der Wand über ihrem Bett hing ein Aquarell aus dem 19. Jahrhundert – ein Kind beim Hühnerfüttern –, das früher daheim im Wohnzimmer über dem Kaminsims gehangen hatte. Auf ihrer alten Kommode standen silbergerahmte Fotos neben kleinen Porzellantöpfen und anderen Nippsachen, genau wie einst im Schlafzimmer meiner Großeltern. Neben einem gerahmten Wandteppich mit der Queen in ihrer Krönungskutsche hing der handbemalte Teller, den ich ihnen zum vierzigsten Hochzeitstag geschenkt hatte.

Alles war mir so vertraut. Fremd war mir nur meine Großmutter selbst. So fremd, wie ich ihr mitunter war.

»Tag, Oma«, begrüßte ich sie, beugte mich vor und gab ihr einen Kuss auf die Stirn.

Sie blickte kurz auf, als ob sie mich halbwegs erkennte,

sagte aber nichts. Dem Pflegepersonal zufolge plauderte sie an manchen Tagen noch munter drauflos, während sie an anderen nur schwieg, und ich hatte nun schon mehrere Wochen kein Wort von ihr gehört.

»Wie geht es dir?«, fragte ich sie. »Hast du dir im Fernsehen die Rennen angesehen? Und die Queen?«

Es kam keine Antwort, nichts ließ erkennen, dass sie mich verstanden hatte. Offensichtlich hatte sie keinen guten Tag.

Die Entscheidung, sie in einem Pflegeheim unterzubringen, war schwierig gewesen und doch wieder einfach. Mir war seit längerem aufgefallen, dass ihr Gedächtnis nachließ, aber ich hatte das einfach dem Alter zugeschrieben. Erst nachdem die Polizei sie in rosa Nachthemd und Pantoffeln auf der Straße aufgegriffen hatte, war ich mit ihr zum Arzt gegangen. Nach einer Reihe von Untersuchungen und Terminen bei mehreren Neurologen wurde schließlich die Diagnose Alzheimer bestätigt. Da Sophie es wegen ihrer eigenen Probleme verständlicherweise ablehnte, die Pflege zu übernehmen, besorgte ich meiner Großmutter eine Ganztagspflegerin, die bei ihr im Haus wohnte. Ich wollte nicht, dass sie in ein Pflegeheim voll alter Leute kam, die immer nur im Kreis saßen und auf den Boden starrten.

Eines Abends, als ich sie besuchte, geriet sie dann in einen sehr erregten und verwirrten Zustand. Sie schien nicht zu wissen, wer ich war, und hielt mir immer wieder vor, ich hätte ihren Ehering gestohlen. Für mich war das schlimmer als für sie, aber am meisten nahm es ihre Pflegerin mit.

Die Ärmste brach unter der zunehmenden Arbeitslast förmlich zusammen und war am Ende ihrer Kräfte. Unter Tränen erzählte sie mir, wie es im Leben meiner Großmutter wirklich aussah. Vor allem war sie einsam. Im Grunde war niemandem damit gedient, dass man sie in ihren eigenen vier Wänden wohnen ließ, ihr selbst am allerwenigsten. Am nächsten Tag besorgte ich meiner Großmutter einen Platz in einem Pflegeheim und verkaufte, um das finanzieren zu können, bald darauf ihr Haus.

Das war jetzt zweieinhalb Jahre her, und allmählich ging das Geld zur Neige. Was wäre, wenn sie noch lange lebte, daran dachte ich lieber nicht.

Wie jeden Abend saß sie bei voller Festbeleuchtung in ihrem Zimmer. Sie mochte die Dunkelheit nicht und bestand darauf, dass das Licht Tag und Nacht brannte. An diesem Mittsommertag schien die Sonne zwar noch hell in ihr Fenster auf der Westseite, aber das tat ihrem Wunsch nach möglichst viel künstlicher Beleuchtung keinen Abbruch.

Ich setzte mich ihr gegenüber auf einen Stuhl und nahm ihre Hand in meine. Sie starrte mir aus leeren Augen ins Gesicht. Ich streichelte ihre Hand und lächelte sie an. Insgeheim dachte ich, den Besuch hätte ich mir sparen können.

»Oma«, sagte ich langsam zu ihr, »ich wollte dich nach Peter fragen. Erinnerst du dich an deinen Sohn Peter?«

Sie sah mich weiter an, ohne zu erkennen zu geben, dass sie mich gehört hatte.

»Dein Sohn Peter«, wiederholte ich. »Er hat ein Mädchen namens Tricia geheiratet. Erinnerst du dich? Sie hatten einen kleinen Sohn namens Ned. Erinnerst du dich an Ned? Um den hast du dich gekümmert.«

Ich dachte, sie hätte gar nichts mitbekommen, doch auf einmal lächelte sie und sagte leise, aber deutlich: »Ned. Mein kleiner Ned.«

Ihre Stimme war unverändert, und ich merkte, wie Rührung in mir aufstieg.

»Ja«, sagte ich. »Dein kleiner Ned, Oma. Hier bin ich.«

Ihre Augen konzentrierten sich auf mein Gesicht.

»Ned«, wiederholte sie. Ich war mir nicht sicher, ob sie an früher dachte oder ob sie mich erkannte.

»Oma«, sagte ich. »Erinnerst du dich an Peter? Deinen Sohn Peter?«

»Tot«, sagte sie.

»Erinnerst du dich an seine Frau – Tricia?«, fragte ich sie sanft.

»Tot«, sagte sie wieder.

»Ja. Aber weißt du, wie sie gestorben ist?«

Meine Großmutter sah mich nur mit einem verwirrten Gesichtsausdruck an.

Schließlich sagte sie: »Geheimnis«, und legte einen ihrer langen, dünnen Finger an die Lippen.

»Und Peter?«, sagte ich. »Wo ist Peter hin?«

»Tot«, wiederholte sie.

»Nein«, sagte ich. »Peter war nicht tot. Tricia war tot. Wo ist Peter?«

Sie schwieg, und ihre Augen starrten wieder ins Leere.

Geheimnis, hatte sie gesagt. Sie wusste also Bescheid.

Ich holte die Fotokopie des Fotos meines Vaters hervor und legte sie ihr auf den Schoß. Ihr Blick richtete sich darauf. Ich legte das kleine Foto von meiner Mutter und meinem Vater in Blackpool dazu.

Sie blickte eine Zeitlang darauf hinunter, bis ich schließlich dachte, sie sei eingenickt, und die Fotos wieder wegnahm.

Ich stand auf, um zu gehen, doch als ich mich vorbeugte, um ihr einen Kuss auf die Stirn zu geben, richtete sie sich plötzlich in ihrem Sessel auf.

»Mörder«, sagte sie leise, aber ganz deutlich.

»Wer war ein Mörder?«, fragte ich und kniete mich hin, so dass mein Gesicht nah an ihrem war.

»Mörder«, wiederholte sie.

»Ja«, sagte ich. »Aber wer war ein Mörder?«

»Mörder«, antwortete sie noch einmal.

»Wer wurde ermordet?«, versuchte ich es anders. Die Antwort kannte ich schon.

»Er hat Tricia ermordet«, sagte sie. Sie fing an zu weinen, und ich gab ihr ein Papiertaschentuch aus der Schachtel neben ihrem Bett. Sie putzte sich die Nase, dann drehte sie sich zu mir um, ihr Blick in diesem Moment klar.

»Und er hat ihr Baby ermordet.«

7

Es sendet ein Funksignal«, sagte Luca am Samstagmorgen auf der Fahrt nach Ascot. Er hielt das fernbedienungsähnliche schwarze Ding mit den Tasten in der Hand. »Du kannst von Glück sagen, dass es nicht geklaut worden ist«, setzte er hinzu.

»Warum hätte es geklaut werden sollen?«, fragte ich ihn.

»Weil die Teenager im Elektronikclub ein wüster Haufen sind«, antwortete er. »Die meisten kommen da nur hin, weil das Gericht sie dazu zwingt. Damit sie freitagabends von der Straße sind. Das soll helfen, sie wieder in die Gesellschaft einzugliedern. Schön wär's. Die meisten da wären nicht mal durch ein Jahr beim Militär wieder einzugliedern.«

»Was ist nun damit?« Ich wies auf das Gerät.

»Einer der Saukerle hatte es schon eingesteckt. Weiß der Himmel, was er damit wollte. Es gefiel ihm, also hat er's kassiert. Die sind wie die Elstern. Wenn's blinkt, nehmen sie's mit.«

»Du sagst, es sendet ein Funksignal. Was denn für eins?«

»Niedrige Wellenlänge«, sagte er. »Aber ziemlich stark. Einer vom Clubpersonal konnte es mit einem Oszilloskop sichtbar machen.«

»Was ist ein Oszilloskop?«, fragte ich.

»So was wie die Geräte im Krankenhaus, die die Pulsfrequenz anzeigen«, sagte er. »Man sieht eine Kurve auf einem Monitor.«

»Und wofür ist das Ding?«

»Ich weiß nicht genau, aber möglicherweise lassen sich damit Informationen auf die RFIDs schreiben.«

»Auf die Glaskörner?«

»Ja. Das hintere Ende von dem Gerät kann man abziehen.« Er zeigte es mir, während ich fuhr. »Und in das Loch da passt genau ein Korn.« Er wies mit dem Finger darauf. »Wenn man auf Enter drückt, sendet es ein Signal. Ich glaube, so wird der Chip auf die Ziffern programmiert, die man eingibt, bevor man auf Enter drückt.«

»Geht das wirklich?«, fragte ich. »Es hat ja keine Anschlüsse.«

»Das ist ganz einfach«, sagte er, »auf RFID-Chips wird ständig und überall geschrieben. Wenn jemand seine Oyster Card an der U-Bahn über so ein rundes gelbes Pad zieht, wird die Karte gelesen und ermittelt, wie viel Geld drauf ist, dann wird der Fahrpreis abgezogen und der neue Kontostand auf der Karte verbucht. Bei Bussen genauso. Das läuft über elektromagnetische Wellen. Steckdosen braucht man da nicht.«

Ich war ein wenig enttäuscht. Irgendwie hatte ich gehofft, wir hätten es mit etwas Aufregenderem zu tun als einem Gerät, mit dem jeder Londoner Bus ausgestattet war. Warum hatte mein Vater es dann aber für nötig gehalten, es in seinem Rucksack zu verstecken?

Ich gähnte. Nach dem Besuch bei meiner Großmutter war an Schlaf erst einmal nicht zu denken gewesen. Stundenlang hatte ich wach gelegen und über das nachgedacht, was sie mir gesagt hatte, und auch darüber, wie das so lang gehütete Geheimnis sie innerlich verzehrt haben musste. Was sollte man tun, wenn man herausfand, dass der eigene Sohn ein Mörder war? Oder aus meiner Sicht, was tun, wenn man herausfand, dass der eigene Vater ein Mörder war?

Ich dachte daran zurück, wie ich nach dem Tod meines Vaters im Krankenhaus neben seinem Leichnam gesessen hatte. War das wirklich erst vier Tage her? Es kam mir vor wie ein halbes Leben.

Ich hatte um das getrauert, was hätte sein können, um die Jahre der verpassten Gelegenheiten. Irgendwie fühlte ich mich trotz allem, was ich inzwischen erfahren hatte, dem Mann verbunden, der jetzt stumm in irgendeiner Leichenhalle in der Kühlung lag. Aber was hatte er getan? Hatte er mich nicht nur seiner selbst beraubt, sondern mich auch um meine Mutter und einen Bruder oder eine Schwester gebracht?

Ich hatte versucht, Detektivsergeant Murray von der Polizeistation Windsor zu erreichen, doch man sagte mir, er sei außer Haus oder nicht im Dienst. Ich hatte ihm eine Nachricht hinterlassen, bis jetzt aber keinen Rückruf erhalten.

»Heute ist das Wokingham«, meinte Luca händereibend und riss mich damit aus meinen Gedanken.

»Allerdings«, sagte ich.

Das Wokingham Stakes war das vierte Samstagsrennen in Royal Ascot, und für uns Buchmacher gehörte es zu den einträglichsten Rennen der ganzen Veranstaltung. Auch bei den Trainern war es beliebt, da es keine Teilnahmebeschränkung gab außer der Anzahl der Startboxen, die nebeneinander auf die Bahn passten.

Doch es war nicht nur ein Geldesel für die Bookies, sondern machte auch Spaß. Zwar wurden vorwiegend kleinere Wetten abgeschlossen als bei den Gruppenrennen, aber dafür umso mehr, und es war ein vergnügliches Rennen, bei dem sich niemand zu Einsätzen verstieg, die er sich nicht leisten konnte.

Betsy schlief auf der Rückbank ein, und Luca sah die *Racing Post* durch, während ich fuhr.

»Wieder dreißig Starter heute«, sagte er. »Und sie nehmen an, dass Burton Bank als Favorit mit sechs oder sieben zu eins antritt.«

»Wer trainiert ihn?«, fragte ich.

»George Wiley«, erwiderte Luca.

»Wiley sitzt doch in Cumbria, oder? Das ist ganz schön weit weg. Da scheint er sich ja gute Chancen auszurechnen. Wer sind die anderen?«

Luca sah in die Zeitung. »Zehn mit einer reellen Chance, würde ich sagen, aber das Wokingham hat ja immer was von einer Lotterie.« Er grinste.

»Und das Golden Jubilee?«, fragte ich. Das Golden Jubilee Stakes war das Hauptereignis des Tages. Wie das Wokingham ging es über 1200 Meter auf der Geraden und war ein Wettkampf für Dreijährige und ältere Pferde.

»Achtzehn Starter dieses Jahr«, sagte er. »Pulpit Reader wird wohl Favorit, aber auch das Jubi ist ja so ein Rennen für alle. Immer dasselbe bei den Sprints.«

Wir unterhielten uns noch eine Zeitlang über die Rennen und Pferde des Tages. Das Unvorhersehbare am Wokingham und Golden Jubilee konnte uns nach den ersten beiden Rennen heute nur recht sein, fand ich. Das Chesham Stakes und das Hardwicke Stakes waren bekannt dafür, dass sie von Favoriten gewonnen wurden, was eher den Wettern zugute kam.

Der Regen vom Vortag hatte sich gen Osten zur Nordsee verzogen, und die Sonne schien wieder, so dass die Zuschauer bereits in Scharen auf die Rennbahn strömten, als wir endlich die Staus überwunden hatten und den Wagen abstellten. Es sah wieder ganz nach Hochbetrieb aus.

Chefinspektor Llewellyn und Sergeant Murray erwarteten mich im Buchmacherring.

»Das ging ja schnell«, meinte ich zum Sergeant, ehe einer der beiden den Mund auftun konnte.

»Was ging schnell?«, fragte er.

»Haben Sie meine Nachricht nicht bekommen?«

»Nein«, antwortete er verständnislos.

»Ach so. Ich hatte Ihren Kollegen in Windsor gebeten, Ihnen was auszurichten.«

»Nämlich?«

»Nur, dass Sie mich zurückrufen sollen.«

»Und worüber wollten Sie mit meinem Sergeant sprechen?«, fragte der Chefinspektor vorwurfsvoll.

»Nichts weiter«, erwiderte ich. »Vergessen Sie's.«

Ich hatte mich bei Sergeant Murray nach Einzelheiten zum Tod meiner Mutter erkundigen wollen, aber seinen Chef mochte ich danach nicht fragen. Ich wollte ihm nicht die Freude machen, mir die Auskunft zu verweigern, und das hätte er bestimmt getan.

»Wir müssen Ihnen noch ein paar Fragen stellen«, sagte er.

Ich hoffte, dass es sich dabei nicht um gebündeltes Bares in einem verschollenen Rucksack drehte.

»Um was geht's denn? Hat das nicht bis nach Feierabend Zeit?«

»Nein«, antwortete er rundheraus.

»Tut mir leid, Luca«, sagte ich. »Kannst du mit Betsy allein aufbauen?«

»Kein Problem«, erwiderte Luca.

Die Kriminalbeamten und ich suchten uns einen ruhigeren Bereich abseits der Tribüne.

»Also, Chefinspektor«, sagte ich, »was kann ich heute für Sie tun?«

»Hatte Ihr Vater Ihnen gesagt, in welchem Hotel er in London abgestiegen war?«

»Nein«, antwortete ich wahrheitsgemäß.

»Wir konnten kein Hotel finden, in dem ein Talbot oder Grady angemeldet war.«

»Er sagte mir, er sei erst kürzlich aus Australien gekommen, nannte aber kein Datum. Vielleicht ist er ja an dem Morgen angekommen und gleich nach Ascot gefahren.«

»Nein, Sir«, widersprach der Chefinspektor. »British Airways hat bestätigt, dass er mit einem ihrer Flüge aus Australien gekommen ist, aber das war in der vergangenen Woche.«

»Tut mir leid«, sagte ich. »Mit mir hat er erst am Tag seines Todes Kontakt aufgenommen.«

»Nach Auskunft der Fluggesellschaft hatte er bei der Ankunft in Heathrow Gepäck bei sich«, sagte er. »Das haben wir nicht finden können. Hat er Ihnen etwas gegeben? Einen Gepäckschein vielleicht?«

»Nein. Leider nicht. Er hat mir nichts gegeben.«

Warum sagte ich ihnen nicht einfach, dass ich das Gepäck hatte? Und das Geld und die anderen Sachen? Irgendetwas hielt mich davon ab. Vielleicht war es die Hoffnung, dass mein Vater doch nicht der Mörder war, für den ihn anscheinend alle hielten, und die Möglichkeit, dass ich über den Rucksack mit seinem dubiosen Inhalt der Wahrheit auf die Spur kommen könnte. Vielleicht war es aber auch nur meine natürliche Abneigung gegen die Polizei im Allgemeinen und Chefinspektor Llewellyn im Besonderen.

»Ist Ihnen noch etwas zu der Person eingefallen, die Sie überfallen hat?«, fragte er.

»Nicht direkt. Aber ich bin sicher, dass es ein Weißer Mitte oder Ende dreißig in einem anthrazitfarbenen Kapuzenshirt mit dunklem Schal war. Und er trug Kampfstiefel.«

»Was für eine Hose?«

»Blaue Jeans«, sagte ich.

»Auffallender Gürtel oder Gürtelschnalle?«

»Tut mir leid, habe ich nicht gesehen.«

»Irgendwelche besonderen Kennzeichen, Narben oder so?«

»Soweit ich weiß, nicht«, sagte ich wieder wahrheitsgemäß. »Ich glaube, er hatte ziemlich helle Haare.«

»Woher wollen Sie das wissen, wenn er die Kapuze aufhatte?«, fragte der Chefinspektor.

»Ich meine, ich habe sie unter der Kapuze gesehen.«

»Lang oder kurz?«

»Kurz«, sagte ich mit Bestimmtheit.

»Hmm«, meinte er. »Davon haben Sie am Dienstagabend nichts gesagt.«

»Da hatte ich mich noch nicht daran erinnert.« Und es auch noch nicht gesehen, dachte ich.

»Könnten Sie uns ein e-fit liefern?«, fragte er.

»Ein e-fit?«

»Ein am Computer erstelltes Phantombild des Mörders«, erklärte er.

»Er hat also tatsächlich meinen Vater umgebracht?«, sagte ich mit leisem Sarkasmus. »Dann ist wohl das Obduktionsergebnis da?«

»Ja«, erwiderte er. »Dem Rechtsmediziner zufolge ist Ihr Vater an zwei Stichwunden im Bauch gestorben, eine links und eine rechts vom Nabel. Die Stiche waren nach oben gerichtet, so dass sie das Zwerchfell und beide Lungenflügel durchstoßen haben. Sehr professionell gemacht.« Für mich hörte sich das fast so an, als ob der Chefinspektor die angewandte Technik bewunderte. Bedauern darüber, dass sie meinen Vater das Leben gekostet hatte, war ihm jedenfalls nicht anzumerken. Aus seiner Sicht hatte wohl ein gewalttätiger Schurke nach sechsunddreißig Jahren Flucht bekommen, was er verdiente.

»Und wie geht's jetzt weiter?«, fragte ich.

»Womit?«

»Mit meinem Vater. Darf er bestattet werden? Und wie sieht es mit etwaigen Angehörigen in Australien aus? Sind die benachrichtigt worden?«

»Soviel ich weiß, war die Polizei Melbourne bei ihm zu Hause. Es war niemand dort. Anscheinend lebte Ihr Vater allein, unter dem Namen Alan Grady.«

»Mir hat er aber von zwei Töchtern aus einer anderen Ehe erzählt«, erklärte ich. »Hat sie jemand verständigt?«

»Nicht, dass ich wüsste.« Seinem Tonfall nach fand er das völlig belanglos. Und da mochte er sogar recht haben. Nach eigenem Bekunden hatte mein Vater seine Töchter seit fünfzehn Jahren nicht gesehen. Sie konnten überall und nirgends sein.

»Was ist mit der Bestattung?«

»Das muss der Coroner entscheiden«, sagte er. »Die Untersuchung zur Feststellung der Todesursache wird am Montag eröffnet. Eigentlich müssten Sie dafür eine Vorladung bekommen haben.«

Ich dachte an den Stapel ungeöffneter Briefe auf dem Tisch bei mir im Flur. Dass ich die Post liegen ließ, war noch so eine Schwäche von mir. Die Post nicht zu lesen und nie vernünftig zu essen.

»Wozu werde ich da gebraucht?«

»Zur Identifizierung. Sie sind der nächste Angehörige des Verstorbenen.«

Stimmt, dachte ich. Schon seltsam, der nächste Angehörige zu sein, nachdem ich mein Leben lang davon ausgegangen war, keine Angehörigen zu haben außer meinen alten Großeltern.

»Ist es denn für die Untersuchung nicht noch etwas früh?«, fragte ich.

»Sie wird nur zur ordnungsgemäßen Identifizierung des Verstorbenen eröffnet und dann auf einen späteren Zeitpunkt vertagt«, antwortete der Chefinspektor. »Vielleicht stellt der Coroner einen Begräbnisschein aus. Aber das liegt bei ihm.«

Diese ordnungsgemäße Identifizierung konnte interessant werden, dachte ich. Talbot, Grady oder van Buren?

»Habe ich als nächster Angehöriger für die Bestattung zu sorgen?«, fragte ich.

»Das liegt bei Ihnen. Es ist zwar üblich, aber Sie sind nicht dazu verpflichtet.«

»Gut.« Ich sah auf meine Uhr. »Sonst noch was?«

»Im Augenblick nicht, Mr. Talbot«, sagte der Chefinspektor. »Aber verreisen Sie besser nicht.«

»Ist das eine amtliche Aufforderung?«, fragte ich.

»Damit Sie's wissen, irgendwas an Ihnen gefällt mir nicht«, meinte er.

»Vielleicht mögen Sie auch einfach keine Buchmacher«, gab ich zurück.

»Da haben Sie ganz recht. Aber bei Ihnen kommt noch etwas anderes dazu.« Er bohrte mir den Finger in die Brust.

Ich dachte, er wollte mich einschüchtern oder mich dazu verleiten, etwas zu sagen, das ich bereuen würde. Also lächelte ich ihn bloß an.

»Ich kann auch nicht behaupten, dass Sie mir sonderlich sympathisch wären, Chefinspektor«, sagte ich ihm ins Gesicht. »Aber den sachlichen Umgang zwischen uns wird das doch wohl nicht beeinträchtigen, oder?«

Und ob, dachte ich. Von meiner Seite aus bestimmt.

Er gab keine Antwort auf die Frage, sondern drehte sich auf dem Absatz um und marschierte los. Aber schon nach drei Schritten kam er zurück.

»Legen Sie sich nicht mit mir an, Mr. Talbot«, sagte er, sein Gesicht eine Handbreit vor meinem. »Sonst ziehen Sie den Kürzeren.«

Schweigen schien mir in diesem Fall das Beste zu sein.

Schließlich drehte er sich wieder um und ging davon.

»Seien Sie vorsichtig, Mr. Talbot«, sagte der Sergeant in freundlicherem Ton zu mir. »Er mag es nicht, wenn man ihn ärgert.«

»Er hat angefangen«, verteidigte ich mich lahm.

»Nehmen Sie meinen Rat einfach an«, sagte er ernst.

»In Ordnung. Danke, Sergeant.«

»Sie sollten auch sonst auf der Hut sein.«

»So bösartig ist Chefinspektor Llewellyn doch wohl auch wieder nicht«, meinte ich scherzhaft.

»Nicht ganz.« Er lächelte. »Ich dachte eher an den Mann, der Ihren Vater umgebracht hat. Vergessen Sie nicht, dass Sie Zeuge dabei waren. Da würde ich abends nicht allein durch dunkle Gassen spazieren, das ist alles. Mordzeugen leben gefährlich.« Das Lächeln war aus seinem Gesicht verschwunden. Er meinte es todernst.

»Danke, Sergeant«, sagte ich noch einmal. »Auch diese Warnung werde ich beherzigen.«

Er nickte und heftete sich an die Fersen des Chefinspektors.

»Moment noch«, rief ich hinter ihm her. »Wissen Sie zufällig, wo meine Mutter ermordet worden ist?«

Er blieb stehen und kam zurück. »Wo?«

»Ja. Wo ist sie gestorben? Und wann?«

»Vor sechsunddreißig Jahren«, sagte er.

»Ja, aber wann genau? Welches Datum? Und hat man sie gefunden?«

»Ich schau mal nach. Versprechen kann ich nichts, aber ich sehe mir die Akte an.«

»Danke«, sagte ich.

Er ging rasch davon, um seinen Chef einzuholen, während ich mich fragte, ob der Mörder meines Vaters wusste, wer ich war und wo er mich finden konnte.

»Worum ging es denn?«, fragte Luca, als ich zu unserem Stand zurückkam.

»Dienstag«, antwortete ich.

»Was war denn nun am Dienstag?«

»Da bin ich überfallen worden«, blieb ich bei meiner Geschichte.

»Die beiden Cops waren jetzt schon zweimal hier«, sagte er. »So verausgaben die sich nicht, weil ein Bookie überfallen worden ist. Also was noch?«

»Na ja«, sagte ich. »Hast du von dem Mord auf dem Parkplatz gehört?«

»Klar«, antwortete er. »Natürlich.« Es war noch in aller Munde.

»Sieht so aus, als könnte der Mann, der mich überfallen hat, der Mörder sein.«

»Ach so«, sagte er. »Dann ist ja gut.« Er schien erleichtert.

»Was soll denn daran bitte gut sein?«, fuhr ich ihn an. »Er hätte mich auch umbringen können.«

»Klar. Hat er aber nicht.« Er lächelte. »Betsy und ich dachten schon, du hättest irgendwelchen Ärger mit der Polizei.«

»Oh, danke«, meinte ich ironisch. »Das nenne ich Vertrauen in euren Arbeitgeber.«

Wie vorausgesagt wurden die beiden ersten Rennen, das Chesham und das Hardwicke Stakes, vom jeweiligen Favoriten gewonnen.

»Das ist prima für uns«, sagte mir Luca nach dem zweiten Lauf ins Ohr. »Wir haben die Wetten zu besseren Quoten abgelegt, also haben uns die Favoriten zur Abwechslung einen Gefallen getan.«

»Gut gemacht«, entgegnete ich. »Und jetzt zu Spaß und Spiel.«

Auf das Golden Jubilee Stakes wurde munter gewettet; der Strom der Zuschauer, die mir ihr Geld in die Hand drücken wollten, riss nicht ab. Pulpit Reader führte, wie von Luca erwartet, den Markt an, aber mit einer Quote von vier zu eins oder besser. Das Rennen war völlig offen, und das spiegelte sich in den Wetten wider.

»Fünfzig auf Pulpit«, sagte der Mann vor mir.

»Fünfzig auf die Fünf, Kurs vier«, sagte ich zu Luca, der in die Tasten hieb. Ich nahm den Schein aus dem Drucker und gab ihn dem Mann.

»Wie steht die Sechzehn?«, fragte AJ, der Nächste in der Reihe, heute einmal mit einer eher konservativen grauen Weste unter dem ausladenden schwarzen Jackett.

Auf unsere elektronische Anzeige passten nicht alle Starter gleichzeitig.

»Nummer sechzehn?«, gab ich an Luca weiter.

»Dreiunddreißig zu eins«, antwortete er.

»Zehn Pfund Sieg und Platz«, sagte AJ und hielt mir einen Zwanziger hin.

Schon kam das Ticket aus dem Drucker.

Und so ging es weiter. Vorwiegend kleine Wetten zu zehn oder zwanzig Pfund. Aufs Jubilee setzte man eher, weil's schön war, als um ans große Geld zu kommen.

Auch nach dem Start des Rennens nahmen wir noch Wetten an. Die letzte Kundin, eine junge Frau in einem schwarzweißen Kleid und mit dazu passendem breitkrempigen Hut, hielt mir einen Zehner hin, als die Pferde soeben die 1000-Meter-Marke passiert hatten: »Zehn Pfund auf Sieg, Pferd Nummer fünf«, bat sie atemlos unter dem ausladenden Kopfputz hervor. Ich nahm das Geld entgegen und gab ihr den Schein.

»Keine Wetten mehr«, rief ich, aber es war auch niemand mehr da. Alle sahen sich das Rennen an, die meisten auf den Großbildschirmen gegenüber der Tribüne.

Das Golden Jubilee ist der britische Ableger des Global Sprint Challenge und zieht folglich auch Pferde aus Übersee an. Diesmal setzte sich ein amerikanisches Pferd auf den letzten zweihundert Metern vom Pulk ab und siegte mit über einer Länge Vorsprung. Das Publikum war ungewöhnlich still. Pulpit Reader, die Nummer fünf, wurde nur Vierter. Die junge Frau in Schwarzweiß hatte nicht mal eine Minute Galopp zu sehen bekommen für ihr Geld, das jetzt schön in meiner Tasche bleiben würde.

Die Leute wetten aus vielerlei Gründen, aber immer ist es der Gewinn, der ihnen das begehrte Hochgefühl verschafft. Die Profizocker, die wenigen, die vom Wetten auf Pferde leben können, würden sagen, es geht um den langfristigen Gewinn, nicht um kurze Glücksmomente, aber auch sie müssten wohl zugeben, dass ihnen bei einem knappen Einlauf unter Beteiligung ihrer Kandidaten ein zusätzlicher Adrenalinstoß durch die Adern fährt.

Für die Mehrheit ist das Wetten eher ein Zeitvertreib als eine Erwerbsquelle. Es trägt zu ihrem Vergnügen am Rennbahnbesuch bei. Einige meiner Kunden waren hochzufrieden, wenn sie einen oder zwei Sieger tippten, auch wenn ihre anderen Wetten sie mehr kosteten, als sie gewinnen konnten. Die Freude am Gewinn verdrängte die Erinnerung an die Verluste.

Buchmacher muss man vermutlich zu den »Profizockern« zählen. Die Buchmacherei ist ein Geschäft, und stabile, regelmäßige Gewinne interessieren dabei mehr als Höchst- und Tiefstwerte. Trotzdem fand ich es klasse, die zehn Pfund der jungen Frau behalten zu können, zumal sie die Wette erst angelegt hatte, als die Pferde schon aus den Startboxen waren. Ehrlich gesagt glaube ich, dass keiner Buchmacher wird, der nicht ein wenig zur Schadenfreude neigt. Im Gegensatz zu Börsenmaklern und Anlageberatern wurde ich ja durch das Pech meiner Kunden reicher.

Als Nächstes kam das Wokingham Stakes, und das war mit seinen dreißig Startern noch mehr ein Lotteriespiel als das Golden Jubilee.

Das Rennen hatte immer etwas von einem Kavallerieangriff. 1200 Meter in gestrecktem Galopp geradeaus von der Startmaschine bis ins Ziel. Außerdem gehört es zu den Ausgleichsrennen, das heißt, die besser eingeschätzten Pferde müssen das meiste Gewicht tragen, festgelegt vom »Ausgleicher«, dessen Ziel und Traum es ist, dass sämtliche Starter in einem Riesenklump genau gleichzeitig einlaufen. Favoritensiege sind dabei rar, und oft machen krasse Außenseiter das Rennen.

Wieder wurde munter gewettet, wobei sich die Einsätze ziemlich gleichmäßig auf die niedrig notierten Favoriten und die Außenseiter verteilten. Aus der Vergangenheit konnten selbst scharfsichtige Wetter kaum hilfreiche Schlüsse für dieses Rennen ziehen. Bei Fliegerrennen sieht es oft so aus, als ob eine Seite der Bahn mehr Sieger bringt als die andere, so dass der ausgeloste Startplatz eines Pferdes durchaus ein Anhaltspunkt für seine Chancen sein kann. Für die Fliegerrennen in Ascot hatte sich das im Lauf der Jahre aber nicht bestätigt – die Sieger des Wokingham Stakes kamen aus allen Ecken der Bahn.

Fast jeder Wetter hat irgendein System, auf das er schwört, und sei es, dass er mit geschlossenen Augen eine Nadel in die Starterliste im Rennprogramm steckt. Manche setzen in einem Rennen mit Hengsten auf der Allwetterbahn niemals auf Stuten, andere meiden niedrig notierte Favoriten in Ausgleichsrennen. Manche halten sich an einen bestimmten Jockey oder einen bewährten Trainer, andere vertrauen ihr Bares nur Pferden an, die innerhalb der letzten sieben Tage gelaufen und ins Geld gekommen sind.

Im Allgemeinen fahren diejenigen Wetter am besten, die Disziplin haben und die Formen studieren. Disziplin in dem Sinn, dass sie alles bedenken, sich nicht von irgendwelchen Vorahnungen beeinflussen lassen und nicht bei der nächsten Pechsträhne, die mit Sicherheit kommt, den Kopf verlieren.

Am erfolgreichsten sind diejenigen, die über praktisch jedes Pferd in Training Bescheid wissen. Sie studieren täglich die Rennen. Mit der Zeit finden sie heraus, welche Pferde eine beständige Leistung bringen und welche nicht. Sie lernen, welches Pferd besser auf Rechtskursen ist und welches auf Linkskursen, welche Springer einen langen und welche einen kurzen Einlauf vorziehen und ob sie eher den Einlauf am Berg oder den flachen gewinnen. Sie wissen, ob ein Pferd auf festem oder weichem Boden gut läuft oder unterm Schnitt bleibt, und auch, welches Gewicht einem bestimmten Pferd liegt oder ob sie bei Ausgleichsrennen besser die Finger von ihm lassen, wenn es zu hoch eingeschätzt wird. Sie wissen, wo ein jedes Pferd trainiert wird, ob lange Reisen im Transporter es beeinträchtigen, und sogar, ob ein Pferd eher bei Regen oder Sonnenschein seine Rivalen übertreffen kann.

Zu viele Informationen, könnte man meinen, aber der gewiefte Wetter lernt bald, auf welche Steine des Puzzles es ankommt. Pferderennen sind zwar keine Wissenschaft, und Überraschungen wird es immer geben, doch genau wie Leistungssportler mit zwei Beinen laufen gute Pferde auf lange Sicht gut und schlechte Pferde nicht.

Wenn man beim Wetten auf Pferde verdienen will, muss man die Gelegenheiten abpassen, wo die auf den Sieg eines Pferdes gebotenen Quoten gemessen an der Wahrscheinlichkeit seines Sieges zu gut sind. Wenn also ein informierter Wetter die Siegchancen eines Pferdes in einem bestimmten Rennen mit beispielsweise fifty-fifty ansetzt und die Quoten eines Buchmachers über pari liegen, dann heißt es zugreifen.

1873 gelang es Joseph Jagger, die Spielbank von Monte Carlo zu sprengen, nachdem ihm aufgefallen war, dass das Rouletterad des Casinos bei manchen Zahlen öfter Treffer brachte als bei anderen. Heute jedoch kann man die Chance, den Lotto-Jackpot zu knacken, nicht wesentlich dadurch erhöhen, dass man sich ansieht, wie oft der Apparat schon welche nummerierten Bälle ausgespuckt hat, weil alles Erdenkliche getan wird, um die Zufälligkeit und Unvorhersagbarkeit des Ziehungsergebnisses zu gewährleisten. Wäre hingegen beim Pferderennen die bisherige Form kein verlässlicher Anhaltspunkt für künftige Leistungen, gäbe es keine Buchmacher und vermutlich keine Rennen. Zumindest gäbe es nicht den britischen Galopprennsport, wie wir ihn kennen, mit über fünf Millionen Rennbahnbesuchern jährlich und rund siebzehntausend Rennpferden in Training.

»Zehn Sieg und Platz auf Burton Bank«, sagte der Mann vor mir.

»Zehn Pfund Sieg und Platz auf die Zwo, Kurs sieben zu eins«, rief ich Luca über die Schulter zu.

Ich nahm den Zwanziger des Mannes entgegen und gab ihm dafür den Wettschein. »Zehn Sieg und Platz« hieß, zehn Pfund auf den Sieg des Pferdes und zehn darauf, dass es sich platzierte, in diesem Fall – einem Ausgleich mit über sechzehn Startern – also unter die ersten Vier kam.

Die Nächste in der Schlange war die junge Frau mit dem schwarzweißen Kleid und dem breitkrempigen Hut.

»Zehn Pfund Sieg und Platz auf die Elf«, sagte sie und legte den Kopf schräg, damit sie mich sehen konnte und ich sie. Sie war bildhübsch.

»Zehn Sieg und Platz auf die Elf, sechzehn zu eins«, rief ich Luca zu.

Der Schein kam, und ich gab ihn ihr. »Hoffentlich haben Sie diesmal mehr Glück«, sagte ich.

Sie schien verblüfft darüber, dass ich sie angesprochen hatte, und wurde sogar ein wenig rot, so dass ihre Wangen über dem Schwarzweiß glühten. »Danke«, sagte sie und eilte mit dem Schein davon. Ich blickte ihr nach.

»Nehmen Sie auch Zweierwetten an?«, brachte mich der Nächste in der Reihe wieder in den Ring zurück.

»Nein«, sagte ich. »Nur Sieg oder Sieg und Platz.«

Er wandte sich ab. Bei Zweierwetten musste man die zwei Erstplatzierten tippen, bei einer besonderen Variante zudem den Ersten und Zweiten in der richtigen Reihenfolge. Diese Art der Zweierwette hieß in den USA »Exacta«. Es gibt jede Menge Mehrfachwetten, von der Schiebewette über zwei oder drei Pferde, bei der alle Tipps gewinnen müssen, bis zu solchen mit ausgefallenen Namen wie Trixie, Yankee, Canadian, Patent oder Lucky 15, die mehrfache Einzel- und Schiebewetten auf drei, vier oder fünf in verschiedenen Rennen startende Pferde enthalten können. Derlei Wetten nahmen wir nicht an, weil es zu kompliziert und zu zeitaufwendig war. Wir überließen sie den Wettbüros und den großen Läden. Luca hätte sie zwar gern dazugenommen, aber die Stammkunden würden uns davonlaufen, wenn wir sie länger warten ließen als die Konkurrenz.

Je näher das Rennen rückte, desto heftiger wurde der Andrang. Eine Wette aufs Wokingham wollte sich offenbar niemand entgehen lassen. Die Aussicht auf einen hoch notierten Sieger war verlockend, und in den Minuten vorm Start wurde das Bündel Banknoten in meiner Hand dicker und dicker.

Burton Bank behauptete so eben noch seinen Favoritenstatus mit sieben zu eins, allerdings war die Quote von zwei anderen Pferden heruntergegangen auf fünfzehn zu zwei.

»Zwanzig Pfund auf Sieg für Burton Bank«, sagte mein nächster Kunde, ein junger Mann in schwarzem Cutaway und gestreifter Hose.

»Zwanzig auf Sieg Nummer zwo, sieben zu eins«, sagte ich über die Schulter hinweg zu Luca.

»Verdammt noch mal«, antwortete er. »Das Internet ist wieder weg.«

8

Die Telefonverbindung auch?«

Luca drückte hastig einige Tasten auf seinem Handy. Er nickte. »Wie gehabt.«

Die Wirkung war verblüffend. Plötzlich liefen überall Männer mit Sprechfunkgeräten und überm Hemdkragen sichtbaren Spiralkabeln herum, die vermutlich zu eingestöpselten Ohrhörern führten. Sie suchten die Anzeigetafeln der Buchmacher nach plötzlichen Quotenänderungen ab.

»Zwanzig Pfund auf Sieg für Burton Bank«, wiederholte der junge Mann vor mir etwas ungehalten über die Verzögerung.

»Pardon«, sagte ich zu ihm. »Zwanzig Sieg Nummer zwo, sieben zu eins«, rief ich Luca erneut zu. Er sah mich achselzuckend an, dann tippte er es ein, und der Schein sprang aus dem Drucker. Der junge Mann riss ihn mir förmlich aus der Hand.

»Zehn Sieg und Platz auf die Vier«, sagte der nächste Wetter, ein dicker Mann in einem blaugestreiften Hemd mit roter Krawatte.

Ich warf einen Blick auf unsere Quotentafel.

»Zehn Pfund Sieg und Platz, Nummer vier, fünfzehn zu eins«, sagte ich, und der nächste Schein kam.

Zehn Pfund Sieg und Platz wirken sich auf die Quoten nicht weiter aus, dachte ich, nicht mal bei einem relativen Außenseiter.

Es tat sich wenig, wenn ich auch sah, dass ein Teil der ohrbestöpselten Männer weiter unten an den Buchmacherständen Wetten abschlossen und die Quoten im Auge behielten.

Bei mir versuchte niemand, quotenverschiebende Wetten anzulegen, und auf unserer Anzeige änderte sich in den fünf, sechs Minuten vor dem Rennen kaum etwas. Das hielt jedoch die Jungs mit den Ohrhörern nicht davon ab, vor mir hin und her zu rennen und sich sowohl direkt als auch über Sprechfunk anzuschreien.

»Wieso denn besetzt?«, rief einer von ihnen in sein Walkie-Talkie.

Die Antwort hörte ich nicht, da sie ihm offenbar direkt ins Ohr ging.

»Dann holt sie da raus!«, schrie er. Und an einen seiner Kollegen gewandt: »In der Zelle steht ein Weib und telefoniert!«

Es war beinah lustig.

Nachbar Larry Porter fand es offensichtlich richtig lustig – er hielt sich den gewaltigen Bauch vor Lachen.

»Jetzt geht's wieder«, sagte Luca, als die Startboxen hochklappten und der Angriff der Kavallerie begann.

»Wer hätte das gedacht«, sagte ich.

Ich verfolgte den Ablauf des Rennens auf einem der Großbildschirme. Wie meistens beim Wokingham teilte sich das Feld der dreißig Starter in zwei dicht an den Innen- und Außenrails gehende Pulks auf, wie es sich für den herkömmlichen Alptraum eines Rennkommentators gehört.

Der Ausgleicher-Traum vom gleichzeitigen Einlauf aller ging hingegen nicht ganz in Erfüllung, aber insgesamt war es doch ein sehr knapper Einlauf, mit leichten Vorteilen für die Starter auf der Außenseite.

»Sieger die Nummer vier«, verkündete die Lautsprecheransage. »Zweiter Nummer elf. Dritter Nummer sechsundzwanzig. Auf dem vierten Rang Pferd Nummer zwo.«

Burton Bank, Pferd Nummer zwei, war also Vierter geworden. Da er wieder einmal klarer Favorit gewesen war, mit einer Eventualquote von fünf zu eins, hatten die Ohrhörertypen wohl versucht, mit Ablagen seine Quote zu verkürzen. Im Goldcup am Donnerstag war der Favorit Bent Crude während des Internetausfalls so kräftig raufgegangen, dass die Jungs von den großen Läden heute vor allem auf den Favoriten gesetzt hatten, um seine Quote zu drücken. Viel gebracht hatte es ihnen nicht.

Der Sieger hatte einen Schlusskurs von fünfzehn zu eins gezahlt. Daran war aber nichts verdächtig. Die Eventualquote des Siegers im Wokingham Stakes lag regelmäßig bei zwanzig zu eins oder darüber.

»Was war denn da los?«, fragte ich Luca.

»Keine Ahnung«, erwiderte er. »Anscheinend ist nicht viel passiert.«

»Nein. Aber lustig war's trotzdem.«

»Wo kamen die Typen auf einmal alle her? Die hatten sich wohl auf den Rängen versteckt.«

»Kleine Überreaktion, wenn du mich fragst«, meinte ich.

»Die müssen letztes Mal eine Menge Geld verloren haben.«

»Aber heute haben sie auch draufgezahlt«, sagte ich mit einem Grinsen. »Und das gefällt ihnen nicht.« Ich lachte.

»Geschieht ihnen ganz recht«, sagte Luca und stimmte in mein Lachen ein. Ich fand, das tat es wirklich. Die großen Läden hatten keinerlei Mitleid mit den unabhängigen Buchmachern, denen sie das Lebensblut aussaugten, da konnten sie von uns nicht viel Mitleid erwarten, wenn sie unter die Räder kamen. Im Gegenteil, wir waren hellauf begeistert.

»Die Waage ist geschlossen«, ertönte es über die Lautsprecher.

Die Erste, die ihren Gewinn holen kam, war die bildhübsche Frau in Schwarzweiß. »Gratuliere«, sagte ich fröhlich und gab ihr fünfzig Pfund für ihre 10-Pfund-Platzwette auf Nummer elf.

»Danke«, erwiderte sie, auch diesmal leicht errötend. »Mein erster Treffer heute.«

»Möchten Sie damit noch mal wetten?«, fragte ich und wies auf das Geld in ihrer Hand.

»Aber nein!«, antwortete sie in gespielter Entrüstung. »Mein Freund sagt, Gewinne soll ich immer behalten.«

»Guter Rat«, meinte ich zähneknirschend.

Verdammter Freund!

Die letzten beiden Samstagsrennen in Ascot haben eindeutig etwas von »Abschiedsstimmung« an sich. Die allerletzte Konkurrenz, das Queen Alexandra Stakes, ist mit über 4000 Metern das längste Flachrennen des Vereinigten Königreichs und zieht oft Pferde an, die sonst über die Sprünge gehen. Nach der Aufregung des Golden Jubilee und des Wokingham Stakes, hektischen Sprints über 1200 Meter, empfand ich das mäßigere Tempo der längeren Läufe immer als einen etwas enttäuschenden Ausklang des Meetings.

Auch gewettet wurde weniger, da die Kunden abwanderten, sei es, um vor dem großen Aufbruch wegzukommen, sich einen Tee mit Brötchen zu gönnen oder in den Bars noch ein letztes Glas Sekt zu trinken. Der Buchmacherring war zwar nicht direkt menschenleer, doch die Männer mit den Ohrhörern machten jetzt einen beträchtlichen Teil der noch Anwesenden aus. Ziellos liefen sie umher und warteten darauf, dass etwas Ungehöriges geschah.

Sie warteten umsonst.

Der Tag verplätscherte. Die Queen fuhr heim nach Schloss Windsor, und Royal Ascot war wieder für ein Jahr vorbei.

Vielleicht würde ich nächstes Jahr nicht wiederkommen. Vielleicht doch.

Den Sonntag verbrachte ich größtenteils mit Sophie.

Es war ein herrlicher Sommertag, und wir gingen auf dem Klinikgelände spazieren. Ihr Zustand hatte sich in den vergangenen fünf, sechs Wochen so sehr gebessert, dass ich wirklich hoffte, sie würde schon bald nach Hause kommen können.

»Ein paar Wochen noch«, hatte der Arzt mir bei meiner Ankunft gesagt.

Immer hieß es bei ihnen »ein paar Wochen noch«. Als hätten sie Angst, sie nach Hause zu schicken, weil man ihnen bei einem Rückfall dann vorwerfen könnte, sie hätten sie zu früh entlassen.

Wir gingen um einen kleinen Teich unter den überhängenden Ästen einer großen Eiche herum. Die Nervenklinik war aus einer kleinen Villa entstanden, die jemand anstelle von Erbschaftssteuer dem Staat vermacht hatte. Das Gebäude hatte durch den Umbau viel von seiner einstigen Pracht eingebüßt, doch das Anwesen war immer noch ziemlich beeindruckend, auch wenn die klassischen Blumenbeete längst in schlichten Rasen umgewandelt waren, der sich leichter mit Traktor und Mäher bearbeiten ließ. Die ruhige Abgeschiedenheit der Gärten sollte den Patienten guttun, und der angeblich ausbruchssichere hohe Drahtzaun, der das Ganze umgab, war unsichtbar hinter Bäumen verborgen. Wobei der Zweck des Zauns eher darin bestand, den Anwohnern ein Gefühl von Sicherheit zu geben, als die Patienten einzusperren. Die Patienten in dieser Einrichtung waren zu ihrem eigenen Schutz hier untergebracht und nicht, weil sie eine Gefahr für andere darstellten.

Es war keine Klinik für psychisch kranke Straftäter.

»Hattest du eine gute Woche in Ascot?«, fragte Sophie, als wir uns auf eine Bank am Teich setzten.

»Ja«, sagte ich. »Sehr gut sogar.«

Von den Ereignissen am Dienstag zuvor hatte ich ihr immer noch nichts gesagt und würde es vielleicht auch nie tun.

»Gestern gab es jede Menge Aufregung«, sagte ich. »Irgendjemand hat das Internet und die Handys lahmgelegt. Die Großbuchmacher hat der Schlag getroffen.«

»Das wundert mich nicht«, meinte sie und schmunzelte im Gedanken daran. Sophie kannte sich mit der Buchmacherei aus. Vor unserer Heirat und noch weit danach hatte sie meinem Großvater und mir am Stand assistiert.

Wenn Sophie lächelte, ging in meinem Herzen immer noch die Sonne auf.

Ich griff nach ihrer Hand.

»Ach, Ned«, sagte sie. »Ich hasse es, so zu leben. Ich mag

nicht hier sein. Die anderen Bewohner sind alle verrückt, und für mein Gefühl gehöre ich nicht hierher.« Ihre Augen füllten sich mit Tränen. »Wann kann ich nach Hause?«

»Bald, meine Liebe, das verspreche ich dir. Die Ärzte sagen, nur ein paar Wochen noch.«

»Das sagen sie ja immer«, meinte sie resigniert.

»Du willst aber doch auch nicht zu früh nach Hause und dann wiederkommen müssen, oder?« Ich drückte ihre Hand.

»Ich will überhaupt nicht mehr hierher«, sagte sie rundheraus. »Ich bin felsenfest entschlossen, jetzt nicht wieder krank zu werden.«

Das hatte sie schon mal gesagt. Schon viele Male. Wenn Gesundheit lediglich eine Frage der Willenskraft wäre, hätte Sophie nie mehr Probleme gehabt. Manische Depression ließ sich vom Willen so wenig aufhalten wie ein führerloser Zug von einem Bogen Reispapier.

»Ich weiß«, sagte ich ruhig. »Ich möchte auch nicht, dass du noch mal hierhermusst.«

Es war ein großer Schritt nach vorn für sie, überhaupt einzusehen, dass sie krank war. Mit das Schlimmste an ihrem Zustand war für mich, dass sie in der manischen Hochphase und der tiefen Depression an dem bizarren und mitunter befremdlichen Verhalten, das damit einherging, gar nichts ungewöhnlich fand.

»Komm«, durchbrach ich die düstere Stimmung, »essen wir mal zu Mittag.«

Hand in Hand spazierten wir über die weite Rasenfläche zum Haus zurück.

»Ich liebe dich«, sagte Sophie.

»Schön«, erwiderte ich etwas verlegen.

»Nein, ich meine das ernst«, sagte sie. »Die meisten Männer wären längst davongelaufen.«

Mensch, dachte ich, es geht ihr wirklich wieder besser. Fürs Erste jedenfalls.

»Eine gute Frau bin ich dir nicht, was?«

»Unsinn«, sagte ich. »Du bist die beste Frau, die ich je hatte.«

Sie lachte. Wir lachten beide.

»Diesmal werde ich mir wirklich Mühe geben«, sagte sie.

Das wusste ich. Sie bemühte sich wirklich immer. Aber ein chemisches Ungleichgewicht im Gehirn lässt sich allein damit nicht beheben.

»Sie haben ja jetzt neue Medikamente«, sagte ich. »Wir müssen eben sehen, wie es damit läuft.«

»Ich hasse das Zeug. Mir wird schlecht davon.«

»Ich weiß, meine Liebe. Aber vorübergehend ein bisschen Übelkeit ist allemal besser, als wenn du wieder hierhermusst.«

Schweigend überquerten wir die kiesbestreute Terrasse, wobei unsere Schritte in der Stille unnatürlich laut klangen.

»Und ich werde dick davon«, setzte sie hinzu.

Wir betraten das Gebäude durch die Verandatür des Aufenthaltsraums für die Patienten. Das einstige Prunkzimmer, ein großer Salon, den man sich noch mit Kronleuchtern und bedeutenden Kunstwerken ausgestattet vorstellen konnte, war jetzt ein ziemlich öder Nutzraum mit blauem PVC-Fußboden. Die Einheitsmöbel des staatlichen Gesundheitsdienstes waren zweckmäßig, aber phantasielos, und von der wunderbar gearbeiteten, hohen Stuckdecke hingen reihenweise Leuchtröhren an staubigen Ketten. Welch ein Frevel.

Sophie und ich setzten uns an einen der kleinen quadratischen Tische, auf Stühle, die nur ein Folterknecht im Ruhestand erfunden haben konnte.

Das Personal insgesamt ging sehr freundlich mit den Familienangehörigen der Patienten um und lud sie ein, möglichst viel Zeit in der Klinik zu verbringen. Es gab sogar eine Gästesuite für Angehörige, die über Nacht bleiben wollten, und Sophie und ich waren nicht die Einzigen, die im Tagesraum bei Roastbeef und Yorkshire-Pudding zusammensaßen. Nur die Stühle, dachte ich, hätten bequemer sein können.

»Kann ich nächstes Wochenende bitte nach Hause kommen?«, fragte sie mich.

»Du weißt, dass das bei den Ärzten liegt, Liebling. Aber ich frag sie nachher. Versprochen.«

Wir aßen ohne viel Worte.

Sophie wollte nur übers Nachhausekommen reden, und das hatte ich gerade abgeblockt. Aber es lag wirklich bei den Ärzten und nicht bei mir. Psychiatriepatienten, die in einer geschlossenen Abteilung untergebracht waren, konnten nur mit Zustimmung eines unabhängigen Gutachters wieder in die Allgemeinheit entlassen werden und im Rahmen eines Heil- und Pflegeplans, der mit dem zuständigen Amtsarzt und einem Sozialarbeiter abgesprochen werden musste. Wenn sie meinten, sie brauche noch vierzehn Tage auf der geschlossenen Station, dann hieß es noch vierzehn Tage warten, wie sehr ich mir auch wünschte, sie gleich mit nach Hause zu nehmen.

Die Medikamente waren das Problem.

Unter anderem hatten es die Ärzte mit Elektroschockbehandlung versucht, aber das hatte alles nur noch schlimmer gemacht, und so blieb Sophie nichts anderes übrig, als täglich ihren Cocktail an bunten Tabletten einzunehmen. Es waren teils Antipsychotika, teils Antidepressiva, doch alle wurden als Stimmungsstabilisatoren bezeichnet. Zusammen halfen sie zwar meistens gut gegen Sophies Symptome, aber alle hatten irgendwelche Nebenwirkungen. Nicht nur, dass ihr davon übel wurde – sie verringerten auch die Aktivität ihrer Schilddrüse und verstärkten ihren Appetit auf Kohlehydrate. Insofern konnten sie sie wirklich dick machen, und das wiederum war schlecht für Sophies seelische Verfassung, besonders in Bezug auf ihre Depressionen.

Das Problematischste aber war, dass die Medikamente ihr das Gefühl gaben, frei von jeglicher Psychose zu sein, und Sophie dann auf die Idee kommen konnte, sie nicht mehr zu brauchen. Die Tabletten und ihre Nebenwirkungen erschienen ihr dann als das Problem, nicht als die Lösung, so dass sie weniger aus Vorsatz als aus Nachlässigkeit aufhörte, sie einzunehmen, und der ganze elende Kreislauf von neuem anfing.

Manche Betroffenen vermissen das manische »Hochgefühl« und setzen ihre Medikamente deshalb bewusst ab. Die Hochphase kann bei einigen sehr kreativ sein. Einer gängigen Theorie zufolge war van Gogh ein Manisch-Depressiver, der in seinen Hochphasen einige der größten Kunstwerke der Menschheit schuf, sich in den depressiven Phasen aber zunächst ein Ohr abgeschnitten und sich schließlich erschossen hatte.

Vielen großen Schriftstellern und Künstlern, die einst als »geplagte Seelen« galten, würde man mittlerweile eine psychische Erkrankung bescheinigen. Der manischen Depression könnten wir mehr verdanken, als uns klar ist. Heute wird sie als »bipolare Störung« bezeichnet und scheint unter den jungen Literaten geradezu in Mode zu sein.

»Möchten Sie eine Portion Obstsalat mit Eis?«, fragte die Pflegerin, die unsere Teller abräumte.

»Ja, gern«, antwortete ich. »Du auch, Sophie?«

»Ja«, sagte sie leise. »Sehr gern.«

»Alles in Ordnung?«, fragte ich.

»Bestens«, sagte sie, doch ihr Blick war abwesend.

Die Ärzte hatten recht, dachte ich. Vielleicht dauerte es doch noch zwei Wochen oder länger, bis sie auf die neuen Medikamente richtig eingestellt war.

Wir beendeten das Mittagessen und gingen in ihr Zimmer hinauf. Nachmittags machte sie regelmäßig ein Nickerchen, und so hoffte ich, dass sie nur aus Müdigkeit vorhin etwas abwesend gewirkt hatte, dass sich damit aber keine neue, nach innen gerichtete depressive Phase ankündigte.

Wir machten es uns in den Sesseln bequem und sahen uns einen alten Kriegsfilm in Schwarzweiß an. Sophie schlief ein, während ich ihre Zeitung las, vor allem die Rennsportbeilage. Häuslicher Alltag.

Die gerichtliche Untersuchung zum Tod meines Vaters wurde Montag früh am Geschworenengericht in Maidenhead eröffnet und anschließend vertagt.

Die Verhandlung dauerte genau vierzehn Minuten.

Chefinspektor Llewellyn wurde als Erster aufgerufen und teilte dem Coroner mit, dass es am Abend des 16. Juni, Dienstag vergangener Woche gegen 18 Uhr 20, auf dem

Parkplatz der Rennbahn in Ascot zu einem Überfall gekommen sei, der den Tod eines Mannes im Wexham Park Hospital in Slough zur Folge gehabt habe. Der Tod sei am selben Tag um 19 Uhr 30 eingetreten.

Dann wurde der Obduktionsbericht verlesen, der hypoxämische Hypoxie als die unmittelbare Todesursache nannte – mangelhafte Sauerstoffversorgung der Körperorgane. Die Hypoxie war eingetreten durch Blutansammlung in den Lungen infolge eines links- und eines rechtsseitigen Stiches in den Bauch mit einer spitzen Klinge von etwa zwölf Zentimeter Länge und etwas mehr als zwei Zentimeter Breite. Die Klinge war bei beiden Stößen schräg nach oben geführt worden und hatte jeweils das Zwerchfell und einen Lungenflügel durchstoßen. Die Hypoxie hatte eine Azidose des Blutplasmas bewirkt, die wiederum zu Herzstillstand, zerebraler Ischämie und schließlich zum Tod führte.

Oder für den Laien ausgedrückt: Mein Vater war an zwei Messerstichen in den Bauch gestorben. Durch die Verletzungen hatte seine Lunge sich mit Blut statt mit Sauerstoff gefüllt, so dass er erstickt war.

Faktisch war mein Vater daran gestorben, dass seinem Gehirn nicht genügend sauerstoffhaltiges Blut zugeführt wurde.

Genau wie meine Mutter. Nur aus anderer Ursache.

Ich wurde vom Coroner zur Identifizierung des Toten aufgerufen. Die Vorladung hatte ich am Samstagabend tatsächlich in meinem Stapel ungeöffneter Post gefunden. Unter anderem konnte ich ihr entnehmen, welche bösen Folgen es für mich hätte, wenn ich der Verhandlung fernbliebe.

Der Gerichtsdiener forderte mich auf, meinen Namen und meine vollständige Adresse anzugeben, und drückte mir eine Bibel in die rechte Hand. Ich las die Eidesformel von einer Karte ab. »Ich schwöre bei Gott dem Allmächtigen, dass ich die Wahrheit aussagen werde und nichts als die Wahrheit.«

»Sind Sie der Sohn des Verstorbenen?«, fragte der Coroner. Er war ein kleiner Mann mit angehender Glatze; die wenigen verbliebenen Haare trug er quer über den Kopf gekämmt. Die ganze Verhandlung hindurch hatte er sich in einem Spiralblock eifrig Notizen gemacht, und jetzt sah er mich erwartungsvoll über seine Lesebrille hinweg an.

»Ja«, sagte ich. Ich befand mich im Zeugenstand des Gerichts.

»Wie lautet der vollständige Name Ihres Vaters?«

»Peter James Talbot.«

»Und sein Geburtsdatum?«

Ich nannte es. Die Geburtsurkunde meines Vaters kannte ich so gut wie meine eigene. Der Coroner schrieb das Datum in seinen Block.

»Und sein letzter ständiger Wohnsitz?«, fragte er, ohne aufzusehen.

Ich nahm die Führerscheinkopie aus der Tasche und schaute nach. »In 312 Macpherson Street in Carlton North, einem Vorort von Melbourne in Australien, hat er gewohnt.«

»Und wann haben Sie Ihren Vater zuletzt lebend gesehen?«, fragte er.

»Als er auf der Rennbahn von Ascot in einen Krankenwagen verladen wurde.«

Er schrieb grimmig in seinen Notizblock.

»Sie waren also zum Zeitpunkt des Überfalls anwesend?«

»Ja.«

Er notierte es.

»Stammt daher auch die Verletzung an Ihrem Auge?«, fragte er.

»Ja.«

Der Coroner blickte, wie mir schien, kurz zu Chefinspektor Llewellyn hinüber, der auf einer Bank zu seiner Rechten saß.

»Weiß die Polizei von Ihrer Anwesenheit zum Zeitpunkt des Überfalls?«, fragte mich der Coroner.

»Ja.«

Er nickte, als hätte er damit seinen Teil zur Ermittlungsarbeit beigetragen, und schrieb wieder etwas in seinen Block.

»Haben Sie den Leichnam des Verstorbenen nach seinem Tod im Wexham Park Hospital gesehen?«

»Ja«, sagte ich einmal mehr.

»Können Sie vor Gericht beschwören – und ich darf Sie daran erinnern, Sie stehen unter Eid, Mr. Talbot –, dass der Leichnam, den Sie damals vor sich hatten, der Ihres Vaters war?«

»Ich glaube, es war mein Vater, ja.«

Der Coroner hörte auf zu schreiben und sah mich an. »Das klingt nicht sehr überzeugend, Mr. Talbot«, meinte er.

»Bis zum Tag seines Todes«, sagte ich, »hatte ich meinen Vater sechsunddreißig Jahre lang nicht gesehen und noch nicht einmal gewusst, dass es ihn gab.«

Der Coroner legte seinen Stift hin.

»Und wie alt sind Sie, Mr. Talbot?«, fragte er.

»Siebenunddreißig.«

»Woher nehmen Sie denn die Gewissheit, dass der Verstorbene Ihr Vater war, wenn Sie ihn seit Ihrem ersten Lebensjahr nicht gesehen haben?«

»Er hat es mir gesagt«, antwortete ich.

Der Coroner schien verblüfft. »Und das haben Sie ihm geglaubt?«

»Ja. Wir hatten uns vor dem Überfall auf dem Parkplatz in Ascot länger über Familienangelegenheiten unterhalten, und ich war zu der Überzeugung gelangt, dass er tatsächlich wie behauptet mein Vater war. Außerdem hat mir die Polizei vergangenen Donnerstag mitgeteilt, dass die DNA-Analyse es bestätigt.«

»Aha.« Er wandte sich Chefinspektor Llewellyn zu. »Ist das korrekt, Chefinspektor?«

»Ja, Sir. Die DNA deutet darauf hin, dass Mr. Talbot und der Verstorbene eng miteinander verwandt waren. Fast mit Sicherheit Vater und Sohn.«

Ich fragte mich einen Moment lang, warum die Polizei dem Büro des Coroners den DNA-Befund nicht vorab mitgeteilt hatte. Vielleicht hätte ich dann gar nicht erst erscheinen müssen.

Der Coroner schrieb etwa eine Minute lang wie wild in seinen Block, bevor er mich anschaute. »Danke, Mr. Talbot, das wäre alles.«

Kein Wort über Alan Charles Grady und, wenngleich mich das weniger überraschte, kein Wort über Willem van Buren. Der Verstorbene war offiziell als Peter James Talbot identifiziert.

»Kann ich die Bestattung in die Wege leiten?«, fragte ich den Coroner.

Wieder wandte er sich dem Chefinspektor zu. »Hat die Polizei Einwände gegen die Freigabe?«

Chefinspektor Llewellyn stand auf. »Uns wäre es lieber, Sir, wenn uns der Leichnam noch zu weiteren Untersuchungen zur Verfügung stünde.«

»Und weshalb?«, fragte ihn der Coroner.

»Wir haben Grund zu der Annahme, Sir, dass der Verstorbene mit weiteren Straftaten in Verbindung stehen könnte, und um das zu klären, könnten ergänzende DNA-Tests erforderlich sein.«

»Gibt es die nötigen Proben nicht schon?«, fragte ihn der Coroner.

»Wir brauchen vielleicht noch mehr«, antwortete der Chefinspektor.

»Nun gut.« Der Coroner wandte sich an mich. »Tut mir leid, Mr. Talbot, ich kann noch keinen Begräbnisschein ausstellen. Fragen Sie in acht Tagen in meinem Büro noch mal nach.«

»Danke, Sir«, sagte ich.

Ich betrachtete den Chefinspektor mit neuem Widerwillen. Für mich stand fest, dass er gegen die Bestattungsvorbereitungen nur Einspruch erhoben hatte, um mich zu ärgern.

»Die Verhandlung wird vertagt«, sagte der Coroner. »Nächster Fall bitte.«

Diejenigen, die nur im Zusammenhang mit dem Tod des jetzt amtlich identifizierten Peter James Talbot anwesend waren, standen auf und verließen den Saal. Außer Chefinspektor Llewellyn, Sergeant Murray und mir gingen noch drei andere Männer und eine junge Frau hinaus in die Lobby. Ich war froh, dass der Mann mit dem verschlagenen Blick, den ich auf dem Parkplatz und in Sussex Gardens gesehen hatte, nicht unter ihnen war. Nicht dass ich das erwartet hätte. Natürlich wäre es für ihn viel zu riskant gewesen, hier aufzutauchen, denn ich hätte ihn ja wiedererkennen und der Polizei melden können.

Trotzdem machte ich mir Gedanken, ob nicht einer der vier Unbekannten in seinem Auftrag hier war, und ich eilte hinaus, um sie mir genauer anzuschauen und zu sehen, was sie trieben.

Einer der Männer und die junge Frau standen bei Chefinspektor Llewellyn und befragten ihn offenbar, er mit einem Notizbuch, sie mit einem Recorder in der Hand. Zeitungsleute, dachte ich. Einer der beiden anderen Männer unterhielt sich mit Sergeant Murray, aber der Vierte war nirgends zu sehen. Ich lief hinaus auf die Straße, doch er schien sich in Luft aufgelöst zu haben. Ich stand da und schaute nach allen Seiten, aber er war weg.

Ich ging wieder die Treppe hinauf und zurück ins Gericht.

Die beiden Reporter entdeckten mich gleichzeitig und kamen herbeigestürzt.

»Wissen Sie, warum Ihr Vater ermordet wurde?«, fragte die junge Frau, eine Kopflänge schneller als der Mann.

»Nein«, sagte ich. »Sie?«

Sie überging meine Frage. »Haben Sie den Täter gesehen?«, fragte sie und hielt mir ihren Recorder vors Gesicht.

»Nein«, sagte ich.

»Würden Sie den Mörder wiedererkennen?«, fragte der Mann, indem er die Frau zur Seite schob und sich vor mich hinpflanzte.

»Nein«, sagte ich in der Hoffnung, dass er das drucken und der Mörder es lesen würde.

»War er das mit Ihrem Auge?« Die junge Frau versuchte sich wieder vor ihren Kollegen zu drängen.

»Ja«, sagte ich. »Er hat mich getreten. Deshalb konnte ich weder den Täter sehen noch, was überhaupt vor sich ging.«

»Aber weshalb wurde er umgebracht?«, hakte der Mann nach.

»Ich habe keine Ahnung«, antwortete ich. »Vor dem Tag, an dem er starb, hatte ich meinen Vater sechsunddreißig Jahre lang nicht gesehen.«

»Wieso nicht?«, fragte die junge Frau beinah vorwurfsvoll.

»Er ist nach Australien ausgewandert, als ich ein Jahr alt war«, sagte ich, »und meine Mutter und ich haben ihn nicht begleitet.«

Plötzlich verloren sie das Interesse an mir. Vielleicht hatten sie gemerkt, dass ich ihnen keine große Hilfe sein würde.

Sie hätten mich fragen sollen, warum meine Mutter nicht mit meinem Vater nach Australien gegangen war. Weil er sie umgebracht hatte, deshalb. Nicht, dass ich ihnen das gesagt hätte.

9

Am frühen Dienstagmorgen fuhr ich nach Süd-Devon und parkte bei einer langen Reihe bunter Badehäuschen hinter Preston Sands in Paignton. Um halb fünf war ich in Kenilworth losgefahren, um dem Stoßverkehr zu entgehen, und hatte es in etwas mehr als drei Stunden an die von Reisebüros so gepriesene englische Riviera geschafft.

Witzigerweise war ich direkt an der Rennbahn von Newton Abbot vorbeigefahren, wo später am Tag Rennen stattfanden. Aber ich war nicht beruflich hier. Luca und Betsy hatten die Ausrüstung und würden beim Abendmeeting in Newbury die Wetten annehmen. Ich hoffte, später zu ihnen stoßen zu können.

Ich schloss meinen alten Volvo ab, um am Meer spazieren zu gehen. Es war immer noch relativ früh; der Liegestuhlvermieter verteilte seine blau-weiß gestreifte Ware in Reihen auf dem Gras, damit die Touristen, wenn Paignton erst richtig zum Leben erwachte, sich darauf niederlassen konnten. Ein paar Leute führten ihre Hunde aus, einzelne Jogger trabten dahin, und ein Mann mit einem Metalldetektor buddelte im Sand.

Es war ein schöner Sommertag im Juni, sogar schon früh um acht, die Sonne stand bereits hoch im Osten, ihre Strahlen tanzten als Millionen Funken auf der See. Es wurde allmählich warm, und ich bereute, dass ich nicht in Shorts und Flipflops gekommen war statt in dunkler Hose und schwarzen Lederschuhen.

Ich dachte an die Gerichtsverhandlung vom Vortag zurück.

»Süd-Devon«, hatte Sergeant Murray in der Lobby des Gerichtsgebäudes leise zu mir gesagt.

»Bitte?«

»Süd-Devon«, wiederholte er. »Da wurde Ihre Mutter ermordet. In Paignton in Süd-Devon. Ihre Leiche wurde am Strand gefunden, unter dem Pier von Paignton.«

»Ach«, sagte ich nur hilflos.

»Am 4. August 1973.«

»Gut, danke.«

»Und sagen Sie dem Inspektor nicht, dass Sie das von mir haben«, meinte er mit einem Blick zur Herrentoilette, in der sein Chef verschwunden war.

»Natürlich nicht.«

Er wandte sich zum Gehen.

»Hatte sie ein Kind dabei, das ebenfalls ermordet wurde?«, fragte ich. »Ein Baby?«

»Davon stand nichts in der Akte«, erwiderte er rasch und eilte davon, da sich die Tür der Toilette öffnete.

Meine Großmutter war wohl verwirrt gewesen, dachte ich.

Ich zog Schuhe und Socken aus, krempelte mir die Hosenbeine hoch und ging am Strand von Paignton entlang.

Ganz sicher war ich mir nicht, wieso ich über dreihundert Kilometer gefahren war wegen etwas, das beinah sechsunddreißig Jahre zurücklag. Was versprach ich mir davon?

Am Abend zuvor hatte ich am Computer »Mord in Paignton« gegoogelt und gestaunt, dass es dafür mehr als zwanzigtausend Treffer im Netz gab. Paignton muss ja ein gefährliches Pflaster sein, dachte ich, bis mir aufging, dass sich fast alle Treffer auf Krimi-Wochenenden oder -Dinner in den Hotels am Ort bezogen. Dazwischen gab es zwar auch Berichte über wahre Morde am Meer, doch über den Mord an Patricia Jane Talbot im August 1973 konnte ich nichts finden. Das Internet reichte einfach nicht so weit zurück.

Und jetzt lief ich hier am Strand entlang, als könnte meine bloße Anwesenheit mir Einblick geben in das, was damals hier geschehen war, und warum.

Die Ebbe legte eine weite rote Sandfläche frei, in der das abfließende Wasser ein Geflecht von Rinnen und Rillen bildete. Ich stapfte entschlossen auf den Pier im Süden zu, vorbei an der imposanten grauen Kaimauer des Redcliffe Hotel; die Schuhe in der Hand, grub ich die nackten Zehen in den Sand. Einmal drehte ich mich um und betrachtete die lange Reihe von Fußabdrücken, die sich über den weichen Grund zog.

Ich wusste nicht mehr, wann ich zuletzt Fußspuren an so einem Strand hinterlassen hatte. Meine Großeltern waren ganz selten einmal mit mir ans Meer gefahren, als ich klein war, und dann hatten wir nie am Strand gesessen oder Spaziergänge gemacht. Mein Großvater war im Krieg in Afrika stationiert gewesen und hatte sich zwei Jahre lang quer durch die Wüste Ägyptens gekämpft. Davon hatte er eine Aversion gegen jede Art von Sand zurückbehalten.

»Das Dreckszeug setzt sich überall fest«, meinte er immer, und so hielten wir uns unter allen Umständen fern davon. Ein oder zweimal hatte ihn meine Großmutter zu Tagesausflügen von Surrey nach Brighton überredet, wo er dann auf den Kieseln saß, während ich im Wasser spielte, aber Ferien am Meer hatten wir nie gemacht. Überhaupt kaum Ferien, wenn ich so zurückdachte. Jeden Tag zum Pferderennen zu fahren, das war Urlaub genug für meinen Großvater, auch wenn es sein Beruf war.

Der Pier von Paignton war wie die Piers aller anderen englischen Seebäder in der zweiten Hälfte des neunzehnten Jahrhunderts gebaut worden, damit Ausflugsdampfer bei Ebbe und trockenem Hafen dort anlegen konnten. Dampfer voll mit Passagieren, die nach der damals neuesten Gesundheitsmode rund ums Kalenderjahr dem Baden in Salzwasser frönten. Dass die meisten dieser Piers noch stehen, nachdem die Menschen mehrheitlich längst zu dem Schluss gekommen sind, dass das Eintauchen ins eiskalte Meer ihrer Gesundheit eher abträglich ist, zeugt vom Können der viktorianischen Ingenieure.

Aber die Piers hatten überlebt, weil sie in Vergnügungszentren umgewandelt worden waren. So auch der Pier von Paignton; ich sah die Spielhallen, die sich auf ihm aneinanderreihten.

Ich blieb im Schatten des Piers stehen und stellte wieder einmal Mutmaßungen darüber an, was hier mit meiner Mutter wohl geschehen war. Ich fragte mich auch, wo ich damals gewesen war und ob meine Eltern mich an jenem verhängnisvollen Tag mit nach Paignton genommen hatten. War ich hier schon einmal gewesen, an dieser Stelle unterm Pier, als Kind von fünfzehn Monaten? War ich hier, als sie starb?

Viel zu sehen gab es nicht. Das hatte ich auch nicht erwartet. Vielleicht war es dumm gewesen, herzukommen, und das Bild von der Stelle, wo meine Mutter ihr schreckliches Ende gefunden hatte, würde mich auf immer verfolgen. Aber irgendwie hatte ich nicht anders gekonnt.

Ich zog meine Brieftasche hervor und nahm den zerknitterten Schnappschuss von meinen Eltern in Blackpool heraus. Mein Leben lang hatte ich dieses Foto betrachtet und mir gewünscht, bei meinem Vater sein zu können. Sein Bild hatte mein Leben eher bestimmt als das Bild meiner Mutter. Ich war bei den Eltern meines Vaters, nicht bei denen meiner Mutter aufgewachsen, und dass er nicht da war, hatte ich immer als den größeren Verlust empfunden.

Jetzt betrachtete ich meine Mutter, als hätte ich sie mir auf dem Bild noch nie richtig angesehen. Ich stand da und weinte um sie, weinte über das gewaltsame Schicksal, das meine so junge Mutter hier ereilt hatte.

»Alles in Ordnung, Junge?«, sagte eine Stimme hinter mir.

Ich drehte mich um. Ein weißhaariger, sonnengebräunter Mann in einem verwaschen blauen T-Shirt und weiten hellbraunen Shorts lehnte an einer der Pierstützen.

»Bestens«, krächzte ich und wischte mir mit dem Hemdsärmel die Tränen aus den Augen.

»Wir konnten Sie vom Laden aus sehen«, sagte der Mann und deutete auf einen beige gestrichenen Erfrischungsstand neben dem Pier. »Wir machen gerade auf. Lust auf einen Tee?«

»Ja, gern. Danke.«

»Dann kommen Sie. Geht aufs Haus.«

»Danke«, sagte ich noch einmal, und wir gingen zusammen zu seinem Stand.

»Geht ihm gut, Schatz«, rief der Mann, als wir näher kamen. Er wandte sich zu mir. »Meine Frau dachte, Sie wollten sich was antun. Sie wissen schon. Ins Meer hinausgehen und nicht wiederkommen.«

»Weit gefehlt«, sagte ich lächelnd zu ihm. »Das können Sie mir glauben.«

Er reichte mir eine große weiße Tasse Tee mit Milch und ließ sich von der fröhlichen kleinen Frau hinter der Theke selbst eine geben.

»Zucker?«, fragte er.

»Nein, danke.« Der erste Schluck von der dampfenden braunen Flüssigkeit tat gut. »Schönes Wetter heute.«

»So muss es aber auch bleiben«, meinte er. »Im Juli und August haben wir Hochsaison. Dann kommen die Familien. Im Juni meist nur Rentner. Jede Menge Tee und auch mal ein Eis, aber kaum was an Hamburgern. Wir brauchen den ganzen Sommer Sonne, um über die Runden zu kommen.«

»Haben Sie das ganze Jahr geöffnet?«

»Schön wär's. Von Mai bis September, wenn wir Glück haben. Im Winter arbeite ich normalerweise auf dem Bau. Wenn es Arbeit gibt. Dieses Jahr sieht das nicht gut aus, wo die Wirtschaft den Bach runtergeht. Na, machen die meisten Leute wenigstens nicht im Ausland Urlaub. Nicht bei dem schwachen Pfund. Zu teuer.«

Wir tranken eine Weile still unseren Tee.

»Ich muss los«, sagte der Mann. »Kann nicht den ganzen Tag hier rumstehen. Ich vermiete auch Tretboote und Surfbretter, und die stellen sich ja nicht von allein auf, was?«

»Kann ich mit anfassen?«

Er sah auf meine dunkle Hose und das weiße Hemd.

»Kriegt man wieder sauber«, sagte ich zu ihm.

Er sah mir ins Gesicht und grinste. »Dann mal los.«

»Ned Talbot.« Ich streckte ihm die Hand hin.

»Hugh Hanson.« Er schüttelte sie.

»Okay, Hugh«, sagte ich. »Wo sind die Tretboote?«

Die nächste Stunde verbrachte ich weitgehend damit, zusammen mit Hugh Tretboote und Surfbretter aus zwei riesengroßen Schiffscontainern herauszuziehen und sie zum Vermieten am Strand aufzustellen.

Meine Hose bekam von den Tretwerken ein paar Ölflecke ab, und von den scharfen Bügelfalten war an meinem weißen Hemd nichts mehr zu sehen, als Hugh und ich auf einen zweiten Tee zu dem beigefarbenen Stand zurückkehrten.

»Gute Arbeit«, meinte er mit einem breiten Grinsen. »Danke.«

»Ich danke Ihnen«, sagte ich, meinerseits grinsend. »Die beste Trauertherapie, die ich kenne.«

»Trauer?«, fragte er, plötzlich ernst.

»Ja. Um meine Mutter.«

»Das tut mir leid«, sagte er. »Wann ist sie gestorben?«

»Vor sechsunddreißig Jahren«, sagte ich.

Er war etwas verblüfft, was man ihm wohl nicht verdenken konnte. »Das ist aber eine lange Trauerzeit.«

»Ja«, stimmte ich bei. »Aber ich habe erst gestern erfahren, wo sie gestorben ist.«

»Wo?« Er schien überrascht. »Wieso kommt es darauf an, wo sie gestorben ist?«

»Weil es hier war«, sagte ich. »Gleich da drüben.« Ich zeigte hin. »Wo ich am Strand gestanden habe.«

Er schaute zu der Stelle unterm Pier hinüber, dann drehte er sich zu mir um.

»Ermordet worden ist sie aber nicht, oder?«

Ich sah ihn sprachlos an.

»Ach, das tut mir leid«, sagte er. »Ich dachte, sie wäre zu jung gewesen, um schon Mutter zu sein.«

»Sie war achtzehn. Im September wäre sie neunzehn geworden.«

»Es tut mir leid«, sagte er nochmals.

»Woher wussten Sie das?«

»Ich wusste es nicht. Aber der Mord an dem Mädchen hat hier großes Aufsehen erregt. Damals gehörte der Laden natürlich noch meinem Vater, aber ich war bei ihm angestellt. Da waren wir noch viel größer, ein Riesenbootsverleih. Kleine Motorboote und so Katamaransegler mit Paddeln. Wegen dem Mord mussten wir damals eine Woche dichtmachen, und der Saisonbetrieb hat sich erst nach Jahren wieder erholt.«

Ich blickte von dem betonierten Fußweg aus noch einmal zu der Stelle unterm Pier.

»Der Täter ist ja nie gefasst worden, nicht?«, sagte er. »Das hat uns allen hier das Genick gebrochen. Keiner fühlte sich mehr sicher, wo doch der Mörder frei herumlief. Jahrelang kam kein Mensch mehr nach Paignton. Dabei war der Mörder wahrscheinlich von außerhalb. Ihre Mom kam ja auch nicht von hier, oder?«

Ich schüttelte den Kopf. »Waren Sie an dem Tag hier, als sie gefunden wurde?«, fragte ich ihn.

»Und ob«, sagte er. »Mein Vater, der hat sie da unterm Pier liegen sehen und ist rüber, um sie aufzuwecken. Er war stinksauer. Schlafen am Strand ist verboten. Uns wird alles Mögliche kaputtgemacht von Leuten, die unsere Sachen als Unterkunft benutzen. Jedenfalls konnte er sie nicht wecken, weil sie tot war. Er ist ganz blass geworden. Als müsste er sich übergeben. Die Polizei hab dann ich gerufen. Von einer Telefonzelle aus, die da an der Ecke stand.« Er zeigte mir, wo.

»Sah sie wirklich aus, als ob sie schliefe?«, fragte ich.

»Ich nehme es an. Ich hab sie nicht von nahem gesehen.« Er klang verärgert. »Bis ich mit dem Notruf fertig war, hatte so ein übereifriger Sicherheitsmensch alles mit Band abgesperrt, um die Leute fernzuhalten.«

»War sie nackt?«, fragte ich.

»Nein. Ich glaube nicht.« Er überlegte. »Es ist lange her, aber ich meine, sie war vollständig angezogen. Sonst hätte Vater ja nicht gedacht, dass sie schläft, oder?«

»Lebt Ihr Dad noch?«

»Nein. Der alte Knabe ist vor etwa zehn Jahren gestorben.«

Schade, dachte ich.

»Hat sie sonst jemand gesehen, bevor alles abgesperrt wurde?«

»Ein paar andere Leute«, sagte er. »Aber die kannte ich nicht.«

Er muss mir meine Enttäuschung angesehen haben.

»Die Lokalzeitung war tage- und wochenlang voll davon. In der Stadtbücherei haben sie die Ausgaben sicher noch. Wenn jemand wusste, ob sie ordentlich angezogen war, dann die Reporter. Die waren ewig lange hier. Das Fernsehen auch.«

Ich sah auf meine Armbanduhr. Es war fast zehn. Die Bücherei war sicher schon geöffnet. »Und wo ist die Bücherei?«

»In der Courtland Road, gar nicht weit. Da lang.« Er zeigte mir die Richtung.

»Vielleicht geh ich da nachher mal hin«, sagte ich.

»Hätten Sie Lust auf ein Sandwich mit Ei und Speck?«, wechselte Hugh das Thema. »Ich esse jetzt nämlich eins.«

»Ja, gern«, sagte ich.

Wir setzten uns auf zwei der für die Kunden des Erfrischungsstands rausgestellten Stühle, und seine Frau brachte uns beiden eine Tasse frischen Tee und ein riesiges Sandwich, aus dem das Rührei und der Speck nur so herausquollen. Ich ließ es mir schmecken. Dass ich so hungrig war, hatte ich gar nicht bemerkt.

»Was schulde ich Ihnen dafür?« Ich wischte mir mit dem Handrücken über den Mund und trank meinen Tee aus.

»Seien Sie nicht albern«, meinte er. »Das haben Sie sich verdient.«

»Danke, Hugh«, sagte ich und stand auf. »Ich hoffe, die Sonne scheint den ganzen Sommer für Sie.«

»Danke.« Auch er stand auf, und wir gaben uns die Hand. »Wollen Sie das wirklich?«

»Was denn?«

»Herausfinden, wie Ihre Mutter gestorben ist.«

»Wie meinen Sie das?«, fragte ich.

»Manchmal ist es besser, wenn man schlafende Hunde nicht weckt«, antwortete er. »Sie könnten etwas herausfinden, das Ihnen nicht gefällt.«

Was könnte schlimmer sein, als zu erfahren, dass die eigene Mutter vom eigenen Vater ermordet worden war, dachte ich.

»Danke für Ihre Anteilnahme«, sagte ich. »Ich war bei ihrem Tod erst ein Jahr alt und habe keine Erinnerung an sie. Aber ich habe das Bedürfnis, mehr herauszufinden. Sie hat mich zu dem gemacht, was ich bin, und ich möchte unbedingt mehr über sie erfahren. Im Moment weiß ich so gut wie gar nichts. Ich kann nur hier ansetzen.«

Er nickte. »Wenn Sie Hilfe brauchen, melden Sie sich. Sie wissen, wo Sie mich finden.«

»Danke«, sagte ich gerührt.

Ich winkte seiner Frau, die hinter der Theke noch mit der Zubereitung von garnelengefüllten Baguetten und Krabbensandwiches beschäftigt war, und ging davon.

»Da lang«, rief Hugh mir hinterher. Er lief mir ein halbes Dutzend Schritte nach. »Die Lower Polsham Road rauf, unter der Bahn durch, die zweite links bis Polsham Park, dann ist die erste rechts die Courtland Road. Die Bücherei ist auf der linken Seite, Sie können sie nicht verfehlen.«

»Okay«, sagte ich und schlug die angegebene Richtung ein.

Die Stadtbücherei Paignton hatte zwar eine Zeitungsabteilung, aber nur Ausgaben der letzten sechs Wochen vorrätig.

»Da müssen Sie schon nach Torquay«, meinte die freundliche Dame hinter der Theke im bibliotheksüblichen gedämpften Ton. »Die haben sämtliche Jahrgänge der Lokalzeitungen auf Mikrofiche.«

»Mikrofiche?«

»Mikrofilmkarte«, erläuterte sie. »Die Zeitungsseiten werden abfotografiert und für die Karten stark verkleinert. Man braucht ein spezielles Lesegerät. Dafür spart man Berge von Zeitungspapier ein.«

»Und in der Bibliothek von Torquay gibt's die ganz bestimmt?«

»Auf jeden Fall. Die haben sämtliche Ausgaben des *Herald Express* und wahrscheinlich auch von der *Western Morning News*.«

»Sind das die Lokalblätter?«, fragte ich sie.

»Der *Herald Express* ist nur für Torbay, die *Western* für ganz Devon und Cornwall.«

»Danke«, sagte ich und kehrte zu meinem Wagen zurück.

Ich setzte mich in der Stadtbibliothek von Torquay in einem abgedunkelten Raum vor das Mikrofiche-Lesegerät und las, was im August 1973 über den Mord an der achtzehnjährigen Patricia Talbot, die tot unter dem Pier von Paignton aufgefunden worden war, im *Herald Express* stand.

Wie Hugh Hanson gesagt hatte, war tagelang ausführlich darüber berichtet worden. Noch eine Woche nach der Entdeckung der Leiche füllte die Story die Titelseite. Trotz der vielen Druckerschwärze waren Einzelheiten jedoch rar, und über den Fortgang der Ermittlungen erfuhr man nichts.

Allerdings fand ich heraus, dass sie nicht, wie befürchtet, nackt gewesen war und dass entgegen manchen Spekulationen nichts auf ein Sexualverbrechen hingedeutet hatte. Die Ortspolizei bestätigte, dass sie erwürgt worden und schon einige Zeit tot gewesen war, als ein Mr. Vincent Hanson sie früh um zwanzig nach sieben am Strand entdeckt hatte.

Hughs Vater, nahm ich an.

Die meisten Berichte kreisten um die Befürchtung, dass ein unaufgeklärter Mord am Strand sich verheerend auf den Fremdenverkehr der Gegend auswirken könnte, der bereits arg darunter litt, dass immer mehr Familien lieber Billigurlaub auf Mallorca machten als Ferien an Englands Meeresküste.

Über Patricia Talbot selbst gab es erstaunlich wenig Informationen. Kein Wort darüber, ob sie zum Urlaub in Paignton gewesen war oder dort gearbeitet hatte. In welchem Hotel sie gewohnt hatte, ob sie allein oder mit ihrem Mann dort gewesen war. Keine Silbe über einen fünfzehn Monate alten Jungen, der seine Mutter verloren hatte. Mein Vater wurde überhaupt nur einmal erwähnt oder vielmehr zitiert mit dem Ausspruch, dass er nichts zu sagen habe. Es gab kein Foto von ihm. Das Zitat im Wortlaut – *›Im Augenblick möchte ich mich dazu nicht äußern‹, sagte Mr. Talbot vor der Polizeiwache in Paignton* – hatte drei Tage nach dem Fund der Leiche in der Zeitung gestanden.

Er war also nicht sofort davongelaufen, dachte ich.

Nachdem ich mit dem *Herald Express* durch war, ging ich wieder nach vorn zur Ausleihe.

»Haben Sie auch die *Western Morning News*?«, fragte ich einen jungen Bibliotheksangestellten.

»Von wann?«

»August 1973.«

»Tut mir leid, die *Morning News* haben wir erst ab 1974«, sagte er. »Für ältere Jahrgänge müssten Sie nach Exeter, wenn nicht nach Plymouth.«

»Na gut«, meinte ich. »Danke trotzdem.« Ich wandte mich zum Gehen.

»Wir haben aber die *Paignton News* von dreiundsiebzig, wenn Ihnen das was nützt«, sagte er. »Die ist sechsundsiebzig eingegangen.«

Die *Paignton News* war ein Wochenblatt, und in der Mordwoche hatte sie nichts berichtet, was ich aus dem *Herald Express* nicht schon kannte. Beinah hätte ich es dabei belassen, aber aus irgendeinem Grund sah ich dann doch noch die Ausgabe der darauffolgenden Woche durch, und so erfuhr ich, was meine Großmutter gemeint hatte.

Auf Seite drei stand ein kurzer Bericht über die am Geschworenengericht von Süd-Devon eröffnete und sogleich vertagte Untersuchung des plötzlichen, gewaltsamen Todes einer Achtzehnjährigen namens Patricia Jane Talbot aus New Malden in Surrey.

Dem Blatt zufolge nannte der Obduktionsbericht als Haupttodesursache Ersticken durch Zusammendrücken des Halses mit Bruch des Zungenbeins, was auf manuelle Strangulation hindeute.

Der Artikel schloss mit der Feststellung, dass die Verstorbene zum Zeitpunkt ihres Todes schwanger gewesen sei und einen etwa achtzehn bis zwanzig Wochen alten weiblichen Fötus im Leib getragen habe.

Also hatte er tatsächlich auch ihr Baby umgebracht.

Meine Schwester.

10

Das Abendmeeting in Newbury ließ ich aus. Stattdessen fuhr ich geradewegs heim nach Kenilworth.

Ich war wütend.

Ich war sogar fuchsteufelswild.

Wie hatte mein Vater vor gerade mal einer Woche nach Ascot kommen und sich so normal und ungezwungen geben, so freundlich mit mir reden können, wo er doch meine Mutter samt ihrem ungeborenen Kind auf dem Gewissen hatte.

Das war abscheulich, und ich hasste ihn dafür.

Warum war er aus Australien zurückgekommen und hatte mein Leben durcheinandergebracht?

Hatte es mit den Glaskörner-Chips und dem Geld zu tun? Doch sicher nicht nur mit dem Wunsch, mich wiederzusehen?

Endlos lag ich wach, wälzte mich hin und her und versuchte mir über all das klarzuwerden, stieß aber nur auf immer neue Fragen und fand keine Antwort.

Wem gehörte das Geld in seinem Rucksack?

Hing das Geld mit den Chips und dem schwarzen Programmiergerät zusammen?

Hatte man ihn umgebracht, weil er das Geld nicht übergeben hatte, oder waren das schwarze Kästchen und die Glaskörner der Grund?

Wozu dienten sie?

Jeder Wetter hat eine Geschichte von betrügerischen Trainern oder Besitzern auf Lager, die ein vertauschtes Pferd in dieses oder jenes Rennen geschickt haben. Ein Double, das gesiegt hat, wo das Original chancenlos gewesen wäre. Überraschungssieger waren einigen Leuten schon immer suspekt, und in den alten Zeiten, als der Rennsport noch nicht so gut organisiert war, gingen so viele Gerüchte von vertauschten Pferden um, dass man von einem wahren Kern ausgehen darf.

Aber ein Pferd zu vertauschen war schon immer schwieriger, als die Leute meinen, zumal in einem großen, etablierten Rennstall, und das nicht nur, weil die Identifizierung von Pferden mit der Einführung der RFID-Chips leichter geworden ist. Vor seinem ersten Wettkampf wird jedes Pferd vom Tierarzt amtlich überprüft, danach stichprobenartig, und dazu kommt der detaillierte Pferdepass; aber Pferde zu vertauschen ist vor allem deshalb schwierig, weil es zu viele »Eingeweihte« gäbe.

Ein altes spanisches Sprichwort besagt: »Zweier Geheimnis ist Gottes Geheimnis; kennen es drei, kennt es jeder.«

Wer ein vertauschtes Pferd ins Rennen schickt, hat viel mehr als drei Mitwisser. Der Pfleger des Pferdes, der Transportfahrer, der Reisepfleger, der Jockey – sie wissen genauso Bescheid wie der Trainer und der Besitzer.

Vor ihnen allen ließe sich der Tausch unmöglich verbergen, da sie ganz einfach merken würden, dass sie ein anderes Tier vor sich haben. Leute, die täglich mit Pferden arbeiten, sehen sie als Individuen mit besonderen Merkmalen und Eigenschaften an, nicht bloß als »Pferde«. Ein Meistertrainer, hört man oft, muss die Eigenschaften seiner Pferde besser kennen als die von Frau und Kindern. Jockey Lester Piggott konnte angeblich jedes Pferd, das er geritten hatte, noch bei strömendem Regen von hinten erkennen.

Ob man es mit dem Doppelgänger eines Prominenten oder dem Prominenten selbst zu tun hat, merkt man relativ schnell, wenn nicht auf Anhieb, und genauso schnell erkennen Pferdeleute ein vertauschtes Pferd, wenn es nicht gerade weit weg von seiner heimischen Umgebung antritt. Und eine geheime Absprache, an der auch nur eine Handvoll Leute beteiligt sind, bliebe eben nicht lange geheim.

Was sollten überschreibbare RFID-Chips da schon ausrichten?

Während ich noch darüber grübelte, schlief ich endlich ein.

Mir war nicht klar, woher das Geräusch kam, das mich aufweckte, aber plötzlich lag ich hellwach im Dunkeln und wusste, dass etwas nicht stimmte.

Ich horchte angestrengt, während ich reglos auf dem Rücken lag und leise und flach atmete.

Wie immer im Sommer hatte ich ein Schlafzimmerfenster zum Lüften offen gelassen. Von draußen war jedoch nichts Ungewöhnliches zu hören. Nichts außer dem Wind, der in den Buchen an der Straße raschelte, und ab und zu das ferne Brummen eines Autos am Abbey Hill.

Ich dachte schon, ich müsse mich geirrt haben, da hörte ich das Geräusch erneut. Durch die geschlossene Schlafzimmertür war es etwas gedämpft, aber ich erkannte es sofort. Unten war jemand, und er machte sich an den Küchenschränken zu schaffen. Die Schranktüren hatten kleine magnetische Verschlüsse. Ich hörte das Geräusch, das beim Öffnen der Türen entstand.

Ich lag da und überlegte, was tun.

Sergeant Murray hatte mich gewarnt, dass Mordzeugen gefährlich leben; jetzt wünschte ich, ich hätte seine Warnung ein wenig ernster genommen.

Wollte der Eindringling mir ans Leben, oder genügte es ihm, wenn er unten herumstöbern konnte, während ich schlief?

Dummerweise konnte ich mir nicht vorstellen, dass da nur jemand meine Küchenschränke durchstöberte, um sich eine Tasse Tee oder Kaffee zu machen. Bestimmt war er hinter dem Rucksack meines Vaters samt verstecktem Inhalt her, und der war nicht unten in der Küche zu finden, sondern hier oben im hintersten Winkel meines Kleiderschranks. Es war nur eine Frage der Zeit, bis er heraufkam, und dann musste er damit rechnen, dass ich wach war.

Ich überlegte, ob ich mich lautstark bemerkbar machen sollte – runter in die Küche poltern und ihn fragen, was er in meinem Haus zu suchen hatte, in der Hoffnung, dass er dann die Flucht ergriff. Aber ich musste an die beiden tödlichen Stichwunden meines Vaters denken. War mein Besucher etwa der Mann mit den eng zusammenstehenden Augen vom Parkplatz in Ascot, und hatte er das Messer mit der zwölf Zentimeter langen Klinge dabei, um auch meinen Bauch in Hackfleisch zu verwandeln?

Ganz leise griff ich nach dem Telefon auf meinem Nachttisch, um die Polizei zu verständigen. Am Leben zu bleiben hatte etwas für sich, auch wenn es mich vor die schwierige

Aufgabe stellte, erklären zu müssen, wie dreißigtausend Pfund an fremdem Geld in meinen Kleiderschrank kamen. Lieber das, dachte ich, als in meinem eigenen Blut ertrinken.

Doch als ich den Hörer abnahm, kam kein Wählton. Dafür musste mein Gast unten gesorgt haben. Und mein Handy hatte ich wie immer im Wagen gelassen.

Was war Plan C?

Einfach liegen zu bleiben, bis er nach oben kam und mir das Messer in den Leib stieß, hatte keinen Sinn. Ich war mir sicher, dass er nicht einfach weggehen würde, wenn er das, was er suchte, unten nicht fand. Am liebsten wäre ihm offensichtlich gewesen, er wäre fündig geworden und hätte mit seiner Beute verschwinden können, ohne mich aus dem Schlummer zu reißen, sonst wäre er raufgekommen und hätte mich vorab erledigt. Aber ich bildete mir nicht ein, dass er aufgeben würde, bevor er alles durchsucht hatte, egal ob ich währenddessen schlief oder hellwach oder mausetot war.

Nicht, dass ich vorm Sterben sonderlich Angst gehabt hätte. Aber eigentlich wollte ich noch nicht tot sein, jetzt wo es mit Sophie so gut voranging. Und jetzt wo ich wusste, dass ich zwei mir unbekannte Schwestern in Australien hatte. Und schon gar nicht, bevor ich herausfand, was das alles sollte.

Vielleicht wollte ich auch einfach sterben, wenn ich so weit war, und es nicht der Laune eines Fremden überlassen.

Ich blickte mich in dem schwachen Schummerlicht um, das von der Straßenbeleuchtung durch die Vorhänge drang. Leider gab es in meinem Schlafzimmer nichts, was sich als Waffe geeignet hätte.

Leise schwang ich mich aus dem Bett und zog ein Paar

Boxershorts an. Falls ich mein Leben lassen musste, wollte ich wenigstens nicht völlig unbekleidet gefunden werden.

Vielleicht sollte ich das Geld und die anderen Sachen die Treppe runterwerfen und meinen Besucher damit ziehen lassen. Alles, solange er sie sich nur nicht selber holen kam, bereit, dafür zu morden.

Lautlos ging ich zum Kleiderschrank hinüber, doch ehe ich ihn öffnen konnte, hörte ich die dritte Treppenstufe knarren. Diese Stufe hatte ich schon vor Jahren ausbessern wollen, aber es war mir zu mühsam gewesen, den gesamten Treppenläufer dafür abzunehmen. Das Knarren war mir so auf die Nerven gegangen, dass ich mir angewöhnt hatte, die Stufe auszulassen und immer erst auf die nächste zu treten. Der Teppich sah an der Stelle inzwischen sogar weniger abgenutzt aus.

Mein Besucher hatte davon nichts gewusst und die weniger ausgetretene Teppichpartie im Dunkeln nicht bemerkt. Aber ich wusste, dass die Stufe bei jeder Belastung knarrte und auch jedes Mal, wenn sie entlastet wurde.

Reglos stand ich neben meinem Kleiderschrank und lauschte. Ich hielt die Luft an und hörte das Blut in meinen Ohren rauschen. Es hatte definitiv nur einmal geknarrt. Der Mann war auf der Treppe stehen geblieben und horchte jetzt zweifellos genauso angestrengt, ob ich mich rührte, wie ich auf einen Mucks von ihm.

Ich musste atmen.

Ich entschied mich, durch die Nase zu schnauben wie ein Schwein. Ich gab ein lautes Schnarchen von mir und stieß dann mit einem langen, schnarrenden Pfeifton die Luft aus. Ich schnarchte noch einmal und hörte ganz deutlich die dritte

Stufe erneut knarren, als mein nächtlicher Besucher das Gewicht von ihr nahm. Vermutlich, um den Aufstieg fortzusetzen, nicht, um wieder runterzugehen. Ich schnarchte ein drittes Mal und grunzte dann, als drehte ich mich im Bett auf die andere Seite.

Der Kleiderschrank stand hinter meiner Schlafzimmertür.

Ich drückte mich flach dagegen und starrte auf die Messing-Türklinke mit der Schnörkelverzierung am Ende. Mein Herz klopfte so heftig, dass ich sicher war, man könnte es bis auf den Flur hören.

Die Klinke ging nach unten, und ich bekam beinah Herzflattern. Langsam öffnete sich die Tür zu mir hin.

Angriff war noch immer die beste Verteidigung.

Als die Tür halb offen stand, warf ich mich mit voller Wucht dagegen in dem Versuch, sie wieder zu schließen. Aber ganz schloss sie sich nicht, weil der Arm meines Besuchers dazwischengeraten war. Seine behandschuhte Hand und ein Stück seines Unterarms ragten unübersehbar ins Schlafzimmer. Und jedes Mal, wenn ich mich erneut gegen die Tür warf, bekam ich ein erfreuliches Stöhnen zu hören.

»Verdammt, Sie haben mir den Arm gebrochen!«, schrie er.

Gut, dachte ich. Schade, dass er nicht ganz ab war.

»Was wollen Sie?«, rief ich durch die Tür, ohne den Druck von seinem eingequetschten Arm zu nehmen.

»Schnauze!«, schrie er zurück. »Ich mach Sie kalt, Sie Drecksau.«

Nicht, wenn ich dabei ein Wörtchen mitzureden hatte.

Ich stemmte den Fuß unten gegen die Tür, damit sie nicht

aufging, lehnte mich zurück und warf mich noch einmal mit meinem ganzen Gewicht dagegen.

Diesmal stöhnte er nicht nur. Er brüllte.

Also wiederholte ich das. Er brüllte wieder.

»Was wollen Sie?«, rief ich noch einmal.

»Den Hals brechen will ich Ihnen«, sagte er durch die Tür, und es hörte sich viel zu nah an.

Erneut quetschte ich ihm den lädierten Arm ein.

»Und was suchen Sie?«, fragte ich.

»Den Mikrocoder«, antwortete er.

»Was ist das?«

»Ein Mikrocoder«, wiederholte er wenig aufschlussreich.

»Wie sieht er aus?«

»Ein flaches schwarzes Kästchen mit Knöpfen«, sagte er. »Geben Sie mir den Mikrocoder, und ich bin weg.«

»Sie sind, glaube ich, nicht in der Position, Forderungen zu stellen«, sagte ich, ohne den Druck auf die Tür zu verringern. »Was macht man mit diesem Mikrocoder?«

Statt zu antworten, warf er sich seinerseits gegen die Tür, um sie aufzustoßen, aber das verhinderte mein Fuß. Allerdings bog sich das Holz so weit, dass er den Arm rausziehen konnte. Die Tür schlug zu.

Mit meinem Vorteil war es wohl vorbei, und leider hörte ich den Mann nicht die Treppe runtergehen.

»Was macht man mit dem Mikrocoder?«, rief ich noch einmal durch die Tür.

»Das braucht Sie nicht zu kümmern.« Seine Stimme war immer noch ganz nah. »Geben Sie ihn mir einfach.«

»Ich habe ihn nicht.«

»Das glaube ich aber doch.«

»Gehört er Ihnen?«, fragte ich.

»Ihr Vater hat ihn gestohlen«, sagte er. »Und ich will ihn wiederhaben.«

»Haben Sie ihn deshalb ermordet?«

»Ich habe niemanden ermordet«, antwortete er. »Aber Sie könnte ich umbringen, Sie Dreckskerl. Ich weiß vor Schmerzen nicht wohin.«

»Selber schuld«, sagte ich. »Man schnüffelt nicht einfach bei anderen Leuten im Haus herum.«

»Das gibt Ihnen nicht das Recht, mir den Arm zu brechen«, jammerte er.

»Ich finde schon. Und jetzt verschwinden Sie ein für alle Mal aus meinem Haus.«

»Nicht ohne den Mikrocoder.«

»Wie gesagt, den habe ich nicht.«

»Doch«, sagte er mit einiger Gewissheit. »Den müssen Sie haben. Wo soll er denn sonst sein?«

Irgendwie kamen wir nicht weiter.

Ich angelte mit dem linken Fuß nach dem Stuhl von Sophies Frisierkommode und zog ihn zu mir her. Dann klemmte ich die Stuhllehne unter den Türgriff. Das hätte ich mal von Anfang an tun sollen, dachte ich. Solange er im Haus war, würde ich auf keinen Fall die Schlafzimmertür öffnen, und genauso wenig würde er seinen sogenannten Mikrocoder von mir bekommen.

Rund eine Viertelstunde dauerte das Patt.

Ich fragte mich, was er wohl vorhatte, und erschrak, als er plötzlich gegen die Tür schlug.

»Sind Sie noch wach da drin?«, fragte er.

»Was glauben Sie wohl?«, gab ich zurück.

»Na ja, es tut mir leid«, meinte er obenhin. »Dann will ich mal wieder.« Er sagte das, als wäre er nur auf ein Glas vorbeigekommen und es sei Zeit zu gehen.

»Wer sind Sie?«, fragte ich.

»Das braucht Sie nicht zu kümmern«, antwortete er wieder. »Aber Ihren Vater habe ich nicht umgebracht.«

Ich hörte, wie er die Treppe hinunterging und mein neuer Freund, die dritte Stufe, zweimal dabei knarrte. Die Haustür wurde geöffnet. Dann fiel sie ins Schloss.

Ich ging zum Schlafzimmerfenster und schaute hinaus. Der Mann hatte tatsächlich mein Haus verlassen; ich sah seinen Kopf von oben, als er über den Parkplatz auf die Straße ging. Es sah aus, als hielte er sich den rechten Arm mit dem linken, und auf einmal drehte er sich kurz um und blickte zu mir hoch, als wollte er mir sein Gesicht zeigen. Ich erkannte ihn sofort. Es war nicht der Mann mit den eng stehenden Augen, der auf dem Parkplatz in Ascot meinen Vater erstochen hatte – es war der nicht zu fassen gewesene vierte Unbekannte aus der Untersuchung zur Klärung der Todesursache.

Ich blieb noch eine Weile am Fenster stehen für den Fall, dass er zurückkam. Da ich weder sah noch hörte, wie ein Wagen davonfuhr, war ich immer noch auf Böses gefasst, als ich den Stuhl unter der Türklinke wegzog und einen Blick auf den Flur riskierte.

Noch wusste ich nicht, wie er überhaupt ins Haus gekommen war. Ich hatte wenig Lust, nach unten zu gehen und dann erneut mit ihm konfrontiert zu werden, weil er einfach um den Block gelaufen und hinten durch ein Fenster auf der Gartenseite wieder reingekommen war.

Im Haus war es still, aber das hieß nicht unbedingt, dass er fort war.

Ich blieb am Kopf der Treppe stehen und horchte auf irgendein Geräusch von unten, sei es ein Luftholen oder ein Füßescharren. Aber da war nichts.

Unter Auslassung von Stufe drei schlich ich nach unten, die Ohren gespitzt und bereit, beim geringsten Laut kehrtzumachen und mich wieder im Schlafzimmer zu verbarrikadieren. Es war niemand da. Er war wirklich gegangen und nicht zurückgekommen. Ich machte überall Licht und holte Präventivmaßnahmen nach.

Ich hatte es ihm wirklich viel zu einfach gemacht. Nicht nur das Oberlicht in meinem Schlafzimmer, auch das im Wohnzimmer war offen gewesen, so dass er mit einem Griff das große Fenster darunter hatte öffnen und einsteigen können. Er hatte ein paar schmutzige Fußspuren auf dem hellbraunen Teppich am Fenster zurückgelassen. Zweifellos hätte ich jetzt die Polizei rufen sollen, damit sie die Abdrücke fotografierte und die Schuhgröße und das Fabrikat ermitteln konnte.

Stattdessen putzte ich den Dreck mit dem Staubsauger weg.

Der Telefonhörer in der Küche lag nicht auf der Gabel. Ich nahm ihn auf und lauschte. Nichts. Ich legte ihn auf die Gabel, nahm ab und drückte auf Wahlwiederholung. Auf dem Display erschien nur eine Null. Eine weibliche Computerstimme sagte: »Kein Anschluss unter dieser Nummer. Bitte überprüfen Sie die Rufnummer und versuchen Sie es noch einmal.« Diese Ansage wurde ein halbes Dutzend Mal wiederholt, dann brach die Verbindung ab.

Von dem schmutzigen Teppich abgesehen, war mein nächtlicher Besucher, der vierte Unbekannte, bei seiner Suche sehr ordentlich gewesen. Die Küchenschränke standen alle offen, doch es war kaum etwas angerührt, genau wie bei den Schränken im Wohnzimmer. Er hatte versucht, leise zu sein.

Was allerdings die Fragen um meinen Vater betraf, so hatte er, statt irgendeine zu beantworten, schlicht neue aufgeworfen, vor allem diese: Arbeitete er mit Fies-Auge zusammen, oder vertraten sie verschiedene Interessen?

Immerhin hatte er nur den Mikrocoder verlangt. Von dem ansehnlichen Geldbetrag aus demselben Versteck war keine Rede gewesen.

Wenn aber der vierte Unbekannte wusste, wo ich wohnte, dann konnte auch jeder andere das herausfinden. Ich hatte bei der Gerichtsverhandlung ganz offen meine Anschrift angegeben, was vielleicht unvorsichtig war und erklärte, woher sie der vierte Unbekannte hatte. Jetzt stand sie auch in den Akten. Und damit konnte jeder, der es wirklich wollte, sie in Erfahrung bringen. Vielleicht sollte ich mich auf einen zweiten unerwünschten nächtlichen Besucher gefasst machen, einen mit eng zusammenstehenden Augen, der hinter einem Batzen in blaue Klarsichtfolie verpacktes Geld her war.

11

Am Mittwoch fuhr ich zum Pferderennen nach Stratford.

Wer Hindernisrennen im Juni für eine gute Idee hielt, dachte dabei sicher nicht an Stratford, wo nach anhaltender Trockenheit der Pegelstand des Avon so niedrig war, dass das Bewässerungssystem der Rennbahn den Wasserverlust der ausgedörrten Erde nicht mehr ausgleichen konnte. Der Boden war seit Wochen so hart wie Beton, und nur sehr wenige Trainer waren bereit, ihre Steeplechaser unter solchen Bedingungen laufen zu lassen.

Für Stratford waren so wenige Starter angegeben, dass sich die Fahrt dahin kaum lohnte, auch wenn Stratford von mir aus die zweitnächste Rennbahn war – nur Warwick lag noch ein paar Kilometer näher.

Nimmt man hinzu, dass Mutter Natur obendrein beschlossen hatte, die sechswöchige Trockenperiode an diesem Tag mit einer von Frankreich nach Norden ziehenden Gewitterfront zu beenden, dann versteht man, warum die Zuschauer an diesem Renntag in der Wochenmitte nicht gerade in Massen herbeiströmten.

Ganze vier Buchmacher waren es dann auch, die versuchten, der regendurchweichten müden Versammlung ein paar Pfund abzuknöpfen. Nicht mal Norman Joyner, der fast immer nach Stratford kam, hatte sich herbemüht. Und die meisten Zuschauer waren so vernünftig, ihre Wetten im Trockenen an den Totoschaltern unter der Tribüne abzuschließen, während wir Bookies zusammengekauert unter unseren großen Schirmen standen und den vom Asphalt hochspritzenden Regen abbekamen. Ascot im Sonnenschein war das nicht.

Als Erstes stand ein Sieglosen-Hürdenrennen über 3200 Meter auf dem Programm. Den Morgenzeitungen zufolge sollten es fünf Starter sein, aber einer war zurückgezogen worden. Die Begründung des Trainers lautete, das Geläuf habe durch den Regen gelitten, aber das war ein Witz. Der Boden war so trocken, dass nur sintflutartige Regenfälle ihm etwas hätten anhaben können.

Die vier verbliebenen Starter erschienen auf der Bahn und gingen an den Start, während ein paar hartgesottene Zocker schnell zu uns herübergerannt kamen, um eine Wette anzulegen, und dann wieder Schutz auf der Tribüne suchten.

»Heute macht das keinen Spaß«, meinte Luca hinter mir.

»Es war deine Idee«, antwortete ich ihm. »Ich wäre an so einem Tag gern mal im Bett geblieben.«

Nach meiner unruhigen Nacht schien mir ein Tag im Bett genau das Richtige zu sein, aber Luca hatte mich am Morgen zweimal angerufen und gefragt, ob ich am Nachmittag nach Stratford käme.

»Du musst nicht«, hatte er beim zweiten Anruf gesagt. »Betsy und ich können das auch allein machen, wenn du willst. An dem Abend in Newbury sind wir gut ohne dich zurechtgekommen.«

Da hatte ich auf einmal das Gefühl, ich würde sanft aus

meinem eigenen Geschäft gedrängt, und war umso entschlossener, hier zu erscheinen. Aber jetzt, wo gerade der nächste Schwall Regenwasser vom Schirm herabstürzte und mir ins Genick lief, war ich mir nicht mehr so sicher, die richtige Entscheidung getroffen zu haben.

»Wir müssen verrückt sein«, rief Larry Porter, auch diesmal unser Standnachbar.

»Übergeschnappt«, stimmte ich zu.

Und dachte bei mir, dass es schon witzig war, wie wir bestimmte Wörter verwendeten. Larry und ich, beide im Vollbesitz unserer geistigen Kräfte, bezeichneten uns so nebenbei mal als »verrückt« und »übergeschnappt«, während Menschen wie Sophie und schlimmer betroffene Patienten der Psychiatrie längst nicht mehr so genannt wurden, nicht mal im privaten Gespräch. Und Ausdrücke wie »Irrenanstalt« und »Klapsmühle« waren genauso veraltet und tabu wie etwa »Spastiker« oder »Krüppel«.

Das Wettgeschäft lief so flau, dass Betsy sich über den Regen schimpfend in die weniger nasse Bar verzogen hatte, und allmählich bekam ich Lust, es ihr nachzutun.

»Wer ist denn auf die blödsinnige Idee gekommen, nach Stratford zu fahren?«, fragte ich Luca.

»Wäre dir Carlisle lieber gewesen?«, fragte er zurück.

»Nein.«

»Dann sei auch still«, meinte er grinsend. »Du bist doch wasserdicht, was willst du? Wenigstens ist es nicht kalt.«

»Warm aber auch nicht gerade.«

»Manchen Leuten kann man's nicht recht machen«, meinte er zu niemand Bestimmtem. »Fahr doch nach Hause und lass Betsy und mich deine Brötchen verdienen.«

»Betsy ist doch beleidigt abgezogen«, sagte ich.

»Sie ist nur beleidigt abgezogen, weil sie deine Arbeit machen möchte und nicht dazu kommt, weil du sie selber machst.«

Das sagte er zwar mit einem Lächeln, aber er meinte es ernst.

Es hatte wirklich den Anschein, als würde ich ein bisschen aus dem Geschäft gedrängt. Aber vermutlich war das besser, als Luca und Betsy an die Konkurrenz zu verlieren.

»Es ist dir ernst damit, was?«, fragte ich.

»Natürlich«, erwiderte er. »Wir müssen höher zielen, aktiver werden, rücksichtsloser sein.«

Ich war mir nicht sicher, ob das »wir« mich einschloss oder nicht.

»Inwiefern möchtest du rücksichtsloser sein?«, fragte ich ihn.

»An dem, was letzte Woche in Ascot gelaufen ist, hat man gesehen, dass die Großen nicht unbesiegbar sind«, sagte er. »Jemand hat ihnen eine blutige Nase verpasst, und das war gut so. Bei der Buchmacherei sollte es um das hier gehen.« Er breitete die Arme aus. »Na ja, nicht direkt um das, was heute hier läuft, aber du weißt schon. Rennbahnluft. Buchmacher sein, das heißt, auf der Bahn seinen Mann zu stehen, und nicht, irgendwo in einem Wettbüro am Computer zu hocken.«

Ich war verblüfft. Ich hatte gedacht, gerade das Zocken am Computer sei das, was Luca antrieb.

»Aber du findest das Internet doch toll«, sagte ich.

»Ja, schon. Aber nur als Hilfsmittel für das, was hier abgeht. Die Buchmacher auf der Bahn sollten von Rechts wegen die Quoten bestimmen dürfen, statt sich nach den Börsen zu richten. Wir sollten bereit sein, die Quoten so zu gestalten, wie es uns passt, und nicht, wie es anderen genehm ist.«

»Du hörst dich an, als wärst du im Krieg«, sagte ich mit einem Lachen.

»Wir sind im Krieg«, erwiderte er ernst. »Und wenn wir nicht kämpfen, gehen wir unter.«

Ich musste an die Jahre denken, in denen ich meinem Großvater assistiert hatte. Damals hatte ich mit ihm die gleichen Gespräche geführt. Die Buchmacherei war eine fortschreitende Wissenschaft, und frisches Blut wie Luca musste die Grenzen immer weiter hinausschieben. Sonst würden wir, wie er sagte, untergehen.

Wie so oft bei einem kleinen Feld liefen die vier Pferde des Rennens mit großen Abständen ein, und der Favorit siegte mühelos mit mindestens zehn Längen. Von den wenigen Zuschauern gab es kaum Beifall, und der Sieger kehrte zu einem fast menschenleeren Absattelplatz zurück.

Luca hatte recht, viel Spaß machte das nicht.

Ein Mann im Anzug kam mit langen Schritten von der Tribüne herüber, als der Regen sich gerade zu einer Sturzflut ausweitete. Er hielt einen Schirm über sich, der ihm aber wenig nützte, da zu viel Wasser vom Boden hochspritzte. Seine Füße mussten pitschnass sein, als er vor mir stehen blieb.

»Was wird hier gespielt?«, wollte er wissen.

»Was meinen Sie?«, fragte ich ahnungslos.

»Was mit den Quoten ist«, sagte er laut.

»Was soll damit sein?«

»Wieso hat der Sieger zwei zu eins gezahlt, wo jeder weiß, dass er unter pari hätte liegen müssen.«

»Damit hab ich nichts zu tun.« Ich breitete die Hände aus.

»Kommen Sie uns nur nicht blöd«, sagte der Mann scharf und zeigte mit dem Finger auf mich.

»Was heißt denn ›uns‹?«, fragte ich, ohne mich von der unausgesprochenen Drohung sonderlich beeindrucken zu lassen.

Er ließ mich stehen, um bei Larry Porter weiterzustänkern, der ihm sinngemäß sagte, er solle sich fortpflanzen.

Der Mann war keineswegs erfreut darüber. »Ich habe Sie beide gewarnt«, sagte er und zeigte auf Larry und mich. »Wir lassen uns das nicht bieten.«

Larry schrie ihn an, er solle verschwinden, wobei er sich derart anschaulich ausdrückte, dass es selbst mich zusammenzucken ließ.

»Worum geht's denn hier?«, wandte ich mich an Luca.

»Ich hab nur versucht, ein bisschen Schwung in den Laden zu bringen«, sagte er.

»Und wie?«

»Ich dachte, wir könnten ein paar Zocker mehr anlocken, wenn wir bessere Quoten auf den Favoriten anbieten«, meinte er grinsend. »Weiter nichts.«

Ich stand da und sah ihn an.

»Du blöder Hund. Mit den Typen ist nicht zu spaßen«, sagte ich ernst. »Die können sehr unangenehm werden.«

»Sei doch nicht so langweilig«, gab er zurück.

»Es ist mir Ernst damit. Diese Leute haben Macht, und wer sie ärgert, wird aus dem Weg geräumt.«

War es das, was er mit Krieg führen gemeint hatte?

Die Eventualquote richtete sich nicht nach den Quoten eines einzelnen Buchmachers. Sie war zwar so etwas wie ein

Durchschnittswert, de facto aber der sogenannte Modus. Modus nennt man den häufigsten Wert in einer Auswahl.

In der Woche zuvor in Ascot, wo sehr viele Buchmacher vertreten waren, hatte man die Quoten von zwölf ausgewählten Buchmachern zugrunde gelegt. Ganz zufällig war die Auswahl nicht, da die Bookies mit dem meisten Zulauf immer dazugehörten. Wenn fünf Buchmacher in der Zwölferauswahl für ein bestimmtes Pferd beim Start eine Quote von drei zu eins boten, dann war das seine Eventualquote, auch wenn vier Buchmacher sieben zu zwei und die drei übrigen vier zu eins boten. Drei zu eins war der Modus, weil es die am häufigsten genannte Quote war.

Gab es zwei Modi, weil, um beim Beispiel zu bleiben, fünf Buchmacher drei zu eins boten und fünf die Quote sieben zu zwei, dann galt immer die höhere der beiden Quoten als Eventualquote, in diesem Fall also sieben zu zwei.

Da in Stratford an diesem nassen Mittwoch im Juni nur vier Buchmacher im Ring waren, umfasste die Auswahl sie alle, aber es waren trotzdem nur vier. Nur zwei von ihnen brauchten höhere Quoten anzubieten, damit die Eventualquote »zu hoch« wurde.

Luca konnte die Quote also nicht allein beeinflusst haben.

»War das Larrys Idee oder deine?«, fragte ich ihn.

»Was meinst du?«, tat er ganz unschuldig.

»Dazu haben zwei gehört«, sagte ich.

»Du warst ja auch da«, erwiderte er nicht ohne Vorwurf.

Das stimmte. Ich war auch da, und mein Name stand auf der Anzeigetafel, jedenfalls mein Nachname. Ich würde also den Kopf hinhalten müssen, wenn es ans Hinhalten ging.

Jetzt wurde mir klar, wie viel ich doch unbewusst an Luca und seinen Computer delegiert hatte.

»Es war also Larrys Idee?«, fragte ich, obwohl ich genau wusste, dass Luca viel mehr Grips hatte als Larry Porter und dass es Lucas Idee gewesen sein musste. Aber ich wollte, dass er mir die Möglichkeit gab, ihn nicht rauszuwerfen, wollte ihm die Chance geben, mich anzulügen, damit ich mir einreden konnte, er würde es nicht noch mal machen, wenn ich zum Beispiel das nächste Mal nicht dabei war.

War ihm deshalb so daran gelegen gewesen, dass ich zu Hause blieb und ihm und Betsy das Feld überließ? War Betsy in Wirklichkeit deshalb so verstimmt und hatte sich vom Tatort entfernt?

Ich hörte förmlich, wie sich die Rädchen in seinem Kopf drehten. Er wusste genau, was ich ihn gefragt hatte und warum. Im Grunde wollte ich gar nicht wissen, wer auf die Idee gekommen war und die Sache geplant hatte. Die eigentliche Frage war, ob ihm daran lag, seinen Job zu behalten.

Wenn er sich selbständig machen wollte, musste er als Erstes eine Standplatznummer auf einer Auktion ersteigern, und ein guter Platz im Ring würde ihn ganz schön was kosten. Wahrscheinlich liefe es für ihn auf eine hohe Standnummer und einen entsprechend ungünstigen Platz im Ring hinaus. Die Bookies auf den besten Plätzen verdienten am meisten, und in einer Wirtschaftsflaute empfahl es sich nicht, weiter nach hinten zu rücken.

Ich wiederum war inzwischen sehr auf Luca angewiesen. Seine Computerkünste und sein Wissen in Sachen Internetgambling hatten entscheidend dazu beigetragen, dass sich der Name Teddy Talbot in den oberen Rängen des Buchmachergewerbes halten konnte. Wir hatten in den letzten Jahren bemerkenswerte Gewinne erzielt, und ich war nicht so naiv, das mir allein zuzuschreiben. Es lag vor allem daran, dass Luca und ich ein eingespieltes Team waren. Ein neuer Assistent würde schwer zu finden sein, ein so guter wie Luca vielleicht überhaupt nicht.

Dummerweise wusste er das.

Trotzdem konnte ich ihn nicht weiter beschäftigen, wenn kein Verlass darauf war, dass er mir nicht den Laden oder den Namen ruinierte. Wenn mein Großvater mir eines beigebracht hatte, dann, dass ein guter Ruf wichtig war. Die meisten Buchmacher genießen auf der Rennbahn kein allzu hohes Ansehen. Viele Wetter glauben, dass die Bookies sie immer nur schröpfen, aber ich fand, ich war dem Wettpublikum wie auch meinen Kollegen gegenüber stets fair und anständig gewesen, und meine Stammkunden sahen das genauso. Ich würde nicht zulassen, dass sich das änderte, und Luca musste jetzt entscheiden, ob er sich meinen Regeln fügen wollte. Mir war klar, dass ich ihn brauchte; ob er mich brauchte, musste er selbst wissen.

»Was hältst du davon, wenn wir richtige Partner werden?«, fragte er lächelnd.

Ich wertete das als positives Zeichen.

»Ich lass es mir durch den Kopf gehen«, sagte ich.

»Warte aber nicht zu lange«, meinte er ernst, und das Lächeln war verschwunden.

Wollte er mir drohen, oder gab er mir nur zu verstehen, dass er auch von anderen Seiten Angebote bekommen hatte?

Buchmacherassistenten arbeiteten mitunter auf selbständiger Basis. In unserem Fall war Luca fest bei mir angestellt, aber er konnte genauso gut oder auch besser verdienen, wenn er seine Dienste von Tag zu Tag dem Meistbietenden antrug. Seit mein Großvater vor sieben Jahren gestorben war und Luca bei mir arbeitete, hatte ich immer wieder mal für ein paar Tage einen Buchmacherassistenten zusätzlich eingestellt, sei es, weil einer von uns krank oder im Urlaub war oder ich mich um meine kranke Frau kümmern musste. Nach Möglichkeit nahm ich dann immer denselben Mann, aber es gab nur rund ein halbes Dutzend, die überaus kompetent und sehr gefragt waren.

Vielleicht dachte Luca daran, in ihr Lager zu wechseln, oder ein anderer Buchmacher hatte ihm eine Partnerschaft angeboten.

Ich sah zu Larry Porter hinüber.

Er bestimmt nicht. Ich war schon immer der Meinung, ein besserer Geschäftsmann als Larry zu sein, aber vielleicht dachte er umgekehrt genauso.

»Hallo, Larry«, rief ich ihm durch die zwei Meter Regen zwischen uns zu. »Welche Quote gibst du mir auf den Favoriten im nächsten Rennen?«

»Hau bloß ab, du selbstgerechter Hund«, rief er zurück.

Reizend, dachte ich. Wenn er und Luca mit ihrer unverhofften Quotenänderung uns nicht alle in Gefahr gebracht hätten, wäre es ja vielleicht noch witzig gewesen.

Larry machte dieser Nachmittag auf der Rennbahn offensichtlich keinen Spaß. Und da war er nicht der Einzige.

Das Wetter verschlechterte sich noch. Die Gewitterfront hatte sich zu einer einzigen dunkel drohenden Wolke verdichtet, die den ganzen Himmel einnahm, und der Regen strömte in der unbewegten Luft pausenlos senkrecht herab, während die Luftfeuchtigkeit auf erdrückende hundert Prozent anstieg.

Die Gärtner Mittelenglands waren darüber sicherlich beglückt, doch die Wettkunden in Stratford eindeutig nicht. Wir nahmen auf das Hauptereignis des Tages, wenn man es so nennen konnte, ganze zwei Wetten an.

Das Hindernisrennen über 4800 Meter wurde auf felshartem Geläuf von lumpigen drei Teilnehmern bestritten, die hofften, den von einem bekannten mittelenglischen Bauunternehmen gestifteten Preis zu erringen. Das war nun gewiss nicht der herrliche Sommertag, den sich die Firmenchefs für sich und ihre Gäste gewünscht hatten, als sie der Rennbahn ihren Sponsorenscheck überreichten. Die Gäste standen in zwei kleinen Gruppen unter Schirmen mit dem Firmenlogo herum, schauten sich die Pferde im Führring an und bemühten sich vergebens, glückliche Gesichter zu machen. Dann hasteten sie zum Trocknen in ihre Loge auf der Tribüne zurück, wo ein Glas Schampus auf sie wartete.

Im Buchmacherring war erheblich mehr los als bei den ersten beiden Rennen, was aber nicht etwa an einem vermehrten Zustrom von aufs Wetter pfeifenden Wettfreudigen lag, sondern daran, dass mehrere Anzugträger von den großen Büros aufgetaucht waren. Sie ließen sich nass regnen, während sie die auf unseren Tafeln angezeigten Quoten genauer in Augenschein nahmen als ein Briefmarkensammler eine Blaue Mauritius.

Es tat sich zwar nichts Ungewöhnliches, aber ich ertappte Luca und Larry Porter dabei, wie sie sich heimlich angrinsten. Wie lange würde es wohl dauern, bis sie nicht mehr an sich halten konnten und es noch mal probierten?

Das Rennen selbst war schwerlich aufregend zu nennen. Der haushohe Favorit, das einzige annehmbare Pferd von den dreien, ging am Start in Front, führte die beiden anderen mit Runde um Runde zunehmendem Abstand um die Bahn und siegte mit Weile, beinah im Trab. Der eine Gegner stolperte am letzten Hindernis, so dass der andere als Zweiter einkam, aber so weit hinter dem Sieger, dass sich die Ränge längst geleert hatten. Dann sagte die Rennleitung mit Hinweis auf den gefährlichen Zustand des Geläufs die restlichen Veranstaltungen ab. Offenbar löste sich durch den starken Regen die Grasnarbe von dem felsenhart getrockneten Boden darunter, so dass die Bahn tückisch zu laufen war.

Ich persönlich fand, die Rennleitung hatte damit allen einen Gefallen getan. Dankbar packten wir zusammen und zogen den Karren zu den Parkplätzen.

»Meinst du immer noch, ihr kommt in Leicester morgen Abend ohne mich zurecht?«, fragte ich Luca.

»Ja, klar. Ich freu mich schon drauf.« Er lächelte mich an. Ich blieb stehen. »Schon gut«, sagte er. »Ich weiß Bescheid. Keine komischen Sachen. Mein Wort drauf.«

»Unterhalten wir uns mal am Wochenende«, sagte ich.

»Prima. Ich wollte sowieso erst noch mit Betsy reden.«

Betsy war rechtzeitig aus der Bar gekommen, um beim Einpacken noch kurz mit Hand anzulegen. Ich wusste nie genau, was in ihr vorging, und an diesem Tag schien sie besonders verstockt zu sein. Außer einem flüchtigen »Hallo« bei ihrer Ankunft hatte sie kaum etwas zu mir gesagt.

Wir verstauten die Ausrüstung in Lucas Kofferraum, während Betsy stumm auf dem Beifahrersitz saß. Sie sagte mir nicht mal auf Wiedersehen.

»Alles Gute für morgen«, meinte Luca. »Viel Glück.«

»Danke«, sagte ich. »Ich hoffe, es klappt alles.«

Sophie sollte vom Facharzt einer anderen Klinik begutachtet werden. Das war die letzte Hürde, die sie nehmen musste, um nach Hause kommen zu können. Genauso wie eine Einweisung nur auf Empfehlung zweier unabhängiger Psychiater erfolgte, mussten zwei Ärzte übereinstimmend der Meinung sein, dass man Sophie, wie sie es ausdrückten, wieder in die Allgemeinheit entlassen konnte.

Der Stress einer solchen Begutachtung schlug ihr paradoxerweise aufs Gemüt, so dass ich immer dabei sein wollte, um sie zwischen den Sitzungen aufzubauen und zu trösten.

Ich war mir ganz und gar nicht sicher, ob es gut war, Luca und Betsy ohne mich und ohne die Unterstützung eines freien Buchmacherassistenten nach Leicester zu schicken. Allerdings war es ein Abendmeeting, das erste Rennen lief erst um zwanzig vor sieben. Notfalls konnte ich nach der Klinik noch vorbeifahren. Von Hemel Hempstead nach Leicester war es nur ein Katzensprung auf der M1.

»Betsy und ich machen das schon«, sagte Luca. Offensichtlich sah er mir meine Bedenken an. »Du hast doch mein Wort, oder?«

Ich guckte wohl immer noch skeptisch.

»Hör mal«, sagte er. »Wir tun, was für den Laden am besten ist, und sonst gar nichts. Es wäre doch blöd von mir, Mist zu bauen, wenn du mir eine Partnerschaft anbietest, oder?« Er lächelte mich an.

»Okay«, sagte ich. »Aber –«

»Vertraust du mir oder nicht?«, unterbrach er mich.

»Klar doch«, sagte ich und hoffte, dass es stimmte.

»Dann lass es gut sein«, meinte er ernst. »Morgen Abend mach ich's mit Betsy allein. Und am Wochenende, wie gesagt, unterhalten wir uns.«

Dann stieg er zu Betsy ins Auto und fuhr davon, während ich hinter ihnen herschaute und mich fragte, ob mein Leben je wieder so sein würde wie früher.

Der Regen hatte zum Glück ein wenig nachgelassen, als wir einpackten, verstärkte sich jetzt aber wieder und trommelte laut auf die Autodächer um mich herum.

Ich warf den Schirm auf den Rücksitz meines Wagens, sprang rein und ließ den Motor an. Als ich losfahren wollte, ging plötzlich die Beifahrertür auf, und ein Mann in einem blauen Gabardine-Regenmantel stieg neben mir ein.

»Können Sie mich mitnehmen?«, fragte er.

Ich sah ihn verblüfft an, aber er schaute geradeaus durch die Windschutzscheibe, als wäre nichts.

»Wohin denn?«, meinte ich schließlich. »Zur Polizei?«

»Lieber nicht«, sagte der Mann. »Können Sie nicht einfach ein Stück fahren?«

»Und warum sollte ich das tun?«, fragte ich ihn eisig.

Er wandte sich zu mir. »Ich dachte, Sie wollten vielleicht reden.«

Mein dreister Fahrgast war der vierte Unbekannte von der Gerichtsverhandlung, mein unerwünschter Besucher von letzter Nacht, mitsamt frisch eingegipstem rechtem Arm.

»Okay«, sagte ich. »Dann reden Sie, und ich höre zu.«

Ich legte den Gang ein.

12

Also«, sagte ich. »Reden Sie mit mir.« Ich fuhr von Stratford Richtung Warwick.

»Wieso haben Sie nicht die Polizei gerufen?«, fragte er.

»Woher wollen Sie das wissen?« Ich warf ihm einen Blick zu.

»Ich bin in der Nähe geblieben. Es kam niemand.«

»Das heißt nicht, dass ich sie nicht gerufen habe.«

»Ich hab Sie durchs Fenster beobachtet«, sagte er. »Sie haben meine Dreckspuren mit dem Staubsauger entfernt. So was tut man nicht, wenn man die Polizei verständigt hat.«

Der Gedanke, dass er mich von draußen im Haus beobachtet hatte, war mir unangenehm. »Wie lange sind Sie dageblieben?«, fragte ich ihn.

»Nur kurz«, sagte er. »Der Arm hat mir zu weh getan.«

»Geschieht Ihnen recht.«

»Sie haben mir das Handgelenk gebrochen.«

»Gut.«

Wir schwiegen eine Zeitlang.

»Wer sind Sie überhaupt?«, fragte ich ihn.

»Sagen Sie einfach John zu mir.«

»Und weiter?«

»Einfach John.«

»Was wollen Sie denn?«, fragte ich ihn noch einmal.

»Den Mikrocoder. Wie ich Ihnen letzte Nacht schon gesagt habe.«

»Wie kommen Sie darauf, dass der in meinem Besitz ist?«

»Wo soll er denn sonst sein?«

»Er kann überall sein«, sagte ich.

»Sie haben ihn«, behauptete er mit Entschiedenheit.

»Selbst wenn ich ihn hätte, was nicht der Fall ist – woher nehmen Sie das Recht, gewaltsam bei mir einzudringen und danach zu suchen?«

»Mir schien das eine gute Idee zu sein. Und gewaltsam eingedrungen bin ich nicht. Sie hatten ein Fenster offen stehen. Das war eine Einladung zum Einbruch.«

»Und da sind Sie vom Fach, ja? Ein Einbrecher.«

»Seien Sie nicht blöd.«

Ich warf ihm einen Blick zu. »Ich bin nicht der mit dem gebrochenen Arm.«

»Okay«, meinte er. »Zugegeben, das war nicht so schlau.«

Wieder herrschte Schweigen, während ich weiterfuhr.

»Wohin nun also?«, fragte ich.

»Dahin, wo der Mikrocoder ist.«

»Wie gesagt, ich habe ihn nicht.«

»Und ich sage, das ist gelogen.« Er drehte sich zu mir um und sah mich an. »Erstens hätten Sie, wenn Sie nicht wüssten, wovon ich rede, heute Morgen garantiert die Polizei geholt. Und zweitens wissen wir, dass Sie den Rucksack Ihres Vaters in dem Hotel in Paddington abgeholt haben.«

»Welchen Rucksack?«, sagte ich so ruhig und neutral wie möglich, wobei ich wieder einmal gern gewusst hätte, ob dieser John und Fies-Auge unter einer Decke steckten. Er hatte »wir« gesagt. War ich nun doch auf dem besten Weg, den Mann mit der 12-Zentimeter-Klinge wiederzusehen?

»Ach, kommen Sie«, sagte er. »Wir hatten sein Gepäck auch gesucht. Und ich war schon seit Wochen hinter Ihrem Vater her. Seit er den Mikrocoder gestohlen hatte.«

»Wer ist wir?«, fragte ich.

Er antwortete nicht. Stattdessen wandte er sich wieder ab und sah hinaus auf die Straße.

»Warum haben Sie meinen Vater ermordet?«, fragte ich.

»Hab ich nicht.« Er sah weiter geradeaus.

»Aber Sie haben es veranlasst«, sagte ich.

»Nein.« Er wandte sich mir wieder zu. »Das war ich nicht.«

»Wer denn dann?«, fragte ich ihn.

»Das weiß ich nicht«, antwortete er.

»Und das soll ich Ihnen glauben? Vielleicht sollten wir mal zur Polizei fahren, dann können Sie denen erklären, wer Sie eigentlich sind und weshalb Sie gestern Nacht in meinem Haus waren.«

»Das würde ich abstreiten«, sagte er. »Sie haben den Beweis ja weggestaubsaugt.«

Ich lenkte den Volvo in eine Parkbucht und stellte den Motor ab. Ich wandte mich ihm zu.

»Was wollen Sie denn nun wirklich?«, fragte ich.

»Den Mikrocoder«, sagte er entschieden. »Weiter nichts.«

»Was ist denn ein Mikrocoder überhaupt?«

»Ein elektronisches Gerät.«

»Ja, aber wofür?«

Er saß einen Moment still da, während er offenbar mit sich zu Rate ging, wie viel er mir erzählen sollte.

»Damit schreibt man verschlüsselte Informationen auf Tieridentifizierungs-Chips«, sagte er.

»RFIDS«, meinte ich zerstreut.

»Sie wissen also doch Bescheid.« Er klatschte sich aufs Knie. »Also, wo zum Teufel ist das Ding?«

Jetzt war ich derjenige, der stumm mit sich zu Rate ging, wie viel ich diesem geheimnisvollen unbekannten Sagen-Sie-John-zu-mir erzählen sollte.

»Sind Sie eine Art Geheimagent?«, fragte ich.

Er lachte. »Wie kommen Sie denn darauf?«

»Sie tun ziemlich geheim«, antwortete ich. »Und Sie sagen ›wir‹ und ›uns‹, als ob Sie zu einer Organisation gehörten.«

Wieder schaute er einen Moment durch die Windschutzscheibe.

»Indirekt«, sagte er. »Ich arbeite für die australische Rennsportbehörde.«

»Wissen die, dass Sie in fremde Häuser einbrechen?«

»Die würden abstreiten, dass sie überhaupt von meiner Existenz wissen.«

»Sie hören sich nicht wie ein Australier an.«

»Nein. Ich bin durch und durch Engländer. Kann die Aussies nicht ausstehen; dafür sind die viel zu gut im Cricket.«

»Der sogenannte Mikrocoder hat also etwas mit dem australischen Rennsport zu tun?«

»Er hat mit dem Galopprennsport weltweit zu tun.«

»Gibt es denn überhaupt so viele Pferderennen in Australien? Vom Melbourne Cup habe ich natürlich gehört, aber das war's eigentlich schon.«

»Da tut sich noch wesentlich mehr. In Australien gibt es

sechsmal so viele Rennbahnen wie in Großbritannien, und doppelt so viele Pferde in Training. Das ist Big Business.«

»Haben sie auch lizenzierte Buchmacher?«, fragte ich.

»Jede Menge. Aber das Wetten außerhalb der Rennbahn läuft ausschließlich über TAB, wie bei ihnen das Toto heißt.«

»Tja, man lernt nie aus.«

»Von Phar Lap haben Sie doch sicher schon gehört«, meinte er. »Das berühmteste Rennpferd aller Zeiten.«

»Der Name kommt mir bekannt vor.«

»Nun, Phar Lap stammt aus Australien«, sagte John. »Das war in den dreißiger Jahren. In einem Jahr hat er vierzehn Gruppenrennen hintereinander gewonnen, darunter den Melbourne Cup.«

»Oh«, staunte ich.

»Ja, aber bei einem Aufenthalt in den USA wurde er mit Arsen vergiftet. Einige meinten, er sei auf Anordnung der Mafia von Chicago getötet worden, damit er nicht noch mal siegt und sie Unsummen an illegalen Wetten kostet.«

»Warum werden die Buchmacher nur immer als Gauner hingestellt?«, warf ich ein.

»Weil ihr das seid. Wo ist denn nun mein Mikrocoder?«

»Er gehört also Ihnen?«, fragte ich.

»Ja.«

»Wer garantiert mir das? Und warum ist er so wichtig?«

»Das ist er eben. Und ich weiß, dass Sie ihn haben.«

»Woher?«

»Ich hatte die Personenbeschreibung von dem Mann, der in dem Hotel in Paddington das Gepäck Ihres Vaters abgeholt hat, wenn ich auch erst seit Ihrem Auftritt vor Gericht weiß, dass Sie das waren.«

»Es gibt viele Leute, die so aussehen wie ich.«

»Lassen Sie doch die Mätzchen, Mr. Talbot«, sagte er ernst. »Die Dame vom Royal Sovereign Hotel hat Sie hervorragend beschrieben, mitsamt Ihrem blauen Auge, wobei mir schleierhaft ist, wie sie den Namen Dick van Dyke schlucken konnte.«

Ich musste schmunzeln, und er bemerkte es.

»Wie sind Sie bloß darauf verfallen?«, fragte er.

Vielleicht wusste er nicht, dass mein Vater sich unter dem Namen Willem van Buren angemeldet hatte. Die Dame vom Hotel hatte gesagt, er hieße van Sowieso, und da war mir nur Dick van Dyke eingefallen.

»Wieso haben Sie denn so lange gebraucht, um ihn zu finden, wenn Sie das alles wissen – so lange, dass ich das Gepäck vor Ihnen gefunden habe?«

»Weil er nicht seinen richtigen Namen benutzt hat«, sagte er.

»Und der wäre?«

»Gute Frage. Sie haben ihn bei der gerichtlichen Untersuchung vor zwei Tagen ordnungsgemäß identifiziert. Für das Gericht heißt er jetzt also Peter James Talbot. Aber stimmt das auch? Wer ist dann Alan Charles Grady?«

Und wer, dachte ich, war Willem van Buren aus Südafrika?

»Sagen Sie mir, was Sie über meinen Vater wissen«, bat ich John.

»Warum sollte ich?«, fragte er.

»Wollen Sie Ihren Mikrocoder zurück oder nicht?«, sagte ich.

»Sie werden das wahrscheinlich nicht gern hören.«

Das konnte ich mir nach allem, was ich bereits wusste, gut vorstellen.

»Also, zunächst mal kannte ich ihn nur als Alan Grady. Den Namen Talbot habe ich erst nach seinem Tod gehört. Ich hatte auf Mr. Grady schon seit längerem ein Auge. Er wurde von Melbourne aus verfolgt, entwischte mir aber in Heathrow. Inzwischen glaube ich, er ist gar nicht durch die Passkontrolle gekommen, sondern direkt mit einem anderen Flug wieder raus. Ich weiß nur nicht, wohin.«

Mir fiel das E-Ticket ein, das ich in dem Pass auf den Namen Alan Grady im Rucksack meines Vaters entdeckt hatte. Außer dem Rückflug nach Australien waren darauf keine weiteren Flüge verzeichnet.

»Ist er unter dem Namen Grady gereist?«

»Auch das weiß ich nicht. Leider habe ich keinen Zugang zu den Passagierlisten.«

»Eine inoffizielle Beschattung also?«

»Genau«, sagte er. »Wie gesagt, offiziell gibt es mich gar nicht.«

Schön, wenn er auch sonst nicht existiert hätte.

»Wie lange hatten Sie denn schon ein Auge auf meinen Vater?«, fragte ich ihn.

»Schon ewig«, antwortete er. »Mindestens seit zwanzig Jahren. Soweit ich weiß, war er der Rennsportbehörde schon immer bekannt. Er betrieb einen illegalen Buchmacherladen in Melbourne.«

»Ich denke, Buchmacherei ist in Australien legal?«

»Nur auf der Rennbahn. Dass unser Freund Mr. Grady keiner von denen war, brauche ich wohl nicht hervorzuheben.«

»Aber ich arbeite legal«, erinnerte ich ihn.

»Ja, klar. Sicher.« Er machte ein Gesicht, als wäre er in etwas Ekliges getreten.

»Man merkt Ihnen Ihre Vorurteile an. Wir sind nicht alle schlecht.«

»Nein?« Er lachte. »Jedenfalls hat Alan Grady sich im Dunstkreis des Rennsports betätigt, seit ich da arbeite. Er verstand es, dem Sicherheitsdienst praktisch immer einen Schritt voraus zu sein und alles so zu drehen, dass er sich nicht vor Gericht verantworten musste.«

Zu meiner Überraschung freute es mich zu hören, dass er sich so gut auf etwas verstanden hatte. »Praktisch immer?«, fragte ich.

»Ein oder zweimal ist er verurteilt worden. Wegen Kleinigkeiten. Einmal musste er kurz hinter Gitter, weil er mit Drohungen Geld erpresst hatte. Ausstehende Spielschulden. Dann wurde er von einem anderen Schwarzladen aufs Kreuz gelegt und ging bankrott.«

Zumindest dieser Teil der Story meines Vaters stimmte also, dachte ich bei mir.

»Wie kann denn jemand hinter Gitter kommen und bankrottgehen, ohne dass irgendwem auffällt, dass er nicht seinen richtigen Namen verwendet?«

»Alan Grady war sein richtiger Name«, sagte er. »Pass, Führerschein, Bankkonten, sogar eine echte Geburtsurkunde, alles lief auf Grady. Er *war* Alan Grady. Den Namen Talbot habe ich, wie gesagt, erst am Tag nach seinem Tod gehört, und zwar ganz zufällig von jemandem, mit dem ich vergangenen Mittwoch in Ascot essen war. Er hat mir von dem Mord auf dem Parkplatz erzählt.«

»Aber wie kommt man denn an eine echte Geburtsurkunde auf einen falschen Namen?«, fragte ich.

»Es muss mal einen echten Alan Grady gegeben haben«, antwortete er. »Vielleicht hat Ihr Vater seine Identität gestohlen. Vielleicht ist der echte Alan Grady gestorben.«

Oder ermordet worden, dachte ich. Sollte ich ihm von dem Willem-van-Buren-Pass erzählen? Alles in allem doch lieber nicht, dachte ich. Noch nicht.

»Erzählen Sie mir von dem Mikrocoder«, sagte ich.

»Darüber wissen Sie doch offenbar Bescheid.«

»Ich weiß, dass man damit Zahlen auf RFIDs schreiben kann«, sagte ich. »Ja, und? Warum will man den so dringend wiederhaben, dass man deshalb meinen Vater um die halbe Welt verfolgt hat?«

»Betrug«, antwortete er.

»Klar, das dachte ich mir schon, aber was für eine Art Betrug?«

»Pferdeidentitäten vertauschen.«

»Ja, und?«, sagte ich wieder. »Jedes Kind weiß, dass man Komplizen braucht, um ein vertauschtes Pferd Rennen laufen zu lassen. Zu viele Leute würden das Tier erkennen, und irgendwer plaudert bestimmt alles aus.«

»Mag sein. Aber man könnte jederzeit und ohne, dass es jemandem auffällt, ein Fohlen oder einen Jährling für einen anderen verkaufen. Erst recht, wenn man von Australien nach England verkauft oder umgekehrt.«

»Aber die Abstammung wird doch sicher durch DNA-Tests überprüft«, sagte ich.

»Schon. Nachgetestet wird dann aber nur, wenn sie irgendwann in die Zucht kommen. Und die DNA-Tests sind langwierig. Einen Mikrochip mit dem Scanner zu lesen ist dagegen ein Klacks.«

»Aber selbst wenn man ein gutes Pferd mit einem schlechten vertauscht und es verkauft – was macht man dann mit dem guten, das man behalten hat?«, fragte ich. »Man kann ja nicht zweimal dasselbe Pferd verkaufen.«

»Das nicht, aber man könnte es unter seiner neuen Identität wieder in Training stellen. Es wäre nach wie vor ein gutes Pferd und könnte auf der Bahn Gold wert sein. Und wenn es so viel besser ist, als die Leute meinen, würde es mit hohen Quoten siegen, wenigstens am Anfang. Nur in die Zucht geben darf man es nicht. Am besten kastriert man's, um sicherzugehen.«

»Und das schlechte, das man verkauft hat, wird einfach als teure Fehlinvestition angesehen?«, sagte ich. »Davon gibt's ja jede Menge.«

»Genau«, meinte er.

Die Geschichte von Snaafi Dancer war im Rennsport allgemein bekannt. 1983 zu einem Rekordpreis von mehr als sechseinhalb Millionen Pfund gekauft, war er zu langsam, um es je auf die Rennbahn zu schaffen, und erwies sich obendrein als unfruchtbar. Aber er war nur einer aus einer ganzen Reihe für Millionen verkaufter Flops, die ihren Käufern nicht einen Penny eingebracht hatten.

»Zugegeben, es ist eine Langzeitstrategie«, fuhr er fort. »Aber eine, die sich durchaus auszahlen kann. Mit einem wirklich teuren Jährling ginge das natürlich nicht, der würde zu oft kontrolliert, aber es werden ja jedes Jahr Unmengen Pferde verkauft. Und selbst die Auktionen für Pferde in Training erzielen heute Wahnsinnspreise, auch für Wallache.«

»Aber ich dachte, diese Mikrochips seien sicher und nicht überschreibbar.«

»Das dachten wir auch«, sagte er. »Da haben wir uns offenbar geirrt. Der Chip, der einem Pferd in den Hals gepflanzt wird, enthält eine nur an dieses Pferd vergebene Nummer, die unveränderbar und nur zum Lesen gedacht ist. Irgendwer hat aber festgestellt, dass die Nummer durch ein starkes Magnetfeld von dem Chip gelöscht werden kann, genauso wie man die Diebstahlsicherungen an CDs im Laden über ein Magnetpad zieht, um sie zu löschen.«

»Sagen Sie bloß, mit dem Mikrocoder kann man eine neue Nummer eingeben?«

»Nicht direkt. Das Magnetfeld muss so stark sein, dass die Elektronik des Chips völlig zerstört wird. Man kann aber mit dem Mikrocoder einen neuen Chip mit einer anderen Nummer schreiben, und wenn man den einem Pferd einsetzt, hat man – Simsalabim – ein anderes Pferd.«

»Und der Pferdepass mit den eingetragenen Fellwirbeln und so weiter?«, fragte ich.

»Der wäre schon hilfreich, wenn er beachtet würde«, meinte er. »Aber die meisten Leute vertrauen blind der Technologie. Wie beim Tennis. Dank Hawk-Eye wird nicht mehr diskutiert, ob ein Ball im Aus war oder nicht. Die Spieler vertrauen dem elektronischen System völlig, wie jeder andere auch. Wenn Hawk-Eye ›aus‹ sagt, war der Ball im Aus. Genauso hier. Wenn der Chip sagt, das Tier ist Pferd A, dann ist es Pferd A, auch wenn es die Fellwirbel von Pferd B hat. Die Behörden legen zwar Wert darauf, dass beides geprüft wird, aber die Leute verlassen sich eher auf die Mikrochips. Gerade die Behörden bestehen ja darauf, dass die Chips eingepflanzt werden, weil sie angeblich narrensicher sind. Jetzt stellt sich das so langsam als Irrtum heraus.«

»Werden überall die gleichen Chips verwendet?«

»So ziemlich. Außer in den Vereinigten Staaten. Da haben sie gar keine Chips, jedenfalls noch nicht, weil die Kennung dem Pferd innen auf die Lippe tätowiert wird. Aber wenn es in Australien oder Europa laufen soll, wird ihm vorher ein Chip eingepflanzt.«

»Von wem?«, fragte ich.

»Von einem von der Rennsportbehörde konzessionierten Tierarzt.«

»Das System scheint verbesserungsbedürftig zu sein.«

»Wir brauchen unseren Mikrocoder«, antwortete er.

»Warum macht ihr euch keinen neuen?«

»Was weiß ich? Unsere Eierköpfe sagen, das ist nicht so einfach.«

»Und der Mann, der den ersten gebaut hat? Der wird das ja wohl noch mal hinkriegen.«

»Ah«, meinte er. »Dazu gibt's eine Geschichte.«

»Nämlich?«

»Ein schießfreudiger Polizist aus Victoria hat ihm eine Kugel verpasst, als er sich der Verhaftung widersetzte.«

»Tot?«

»So gut wie«, sagte er. »Die Kugel ging ins Hirn. Kompletter Dachschaden.«

Ein Jammer, dachte ich. Klüger als die Eierköpfe, und jetzt vegetierte er nur noch dahin.

»Dann knobelt das jemand anders aus«, sagte ich. »Wahrscheinlich irgendein Teenager im Physikunterricht.« Oder Luca, dachte ich.

»Das müsste jemand sein, bei dem das Wissen und der Wille zusammenkommen«, meinte er.

»Wo jemand das Wissen hat, hat auch jemand den Willen. Verlassen Sie sich drauf, ich bin Buchmacher.«

Er lachte. »Da haben Sie wahrscheinlich recht. Aber wir müssen sehen, dass wir denen einen Schritt voraus bleiben.«

»Wie wäre es mit den Tätowierungen, die die Amerikaner haben?«

»Die sind schwer anzubringen und auch schwer zu lesen, wenn das Pferd älter wird«, sagte er. »Und fälschungssicher sind sie auch nicht. Verschiedentlich haben gewissenlose Kerle versucht, die Ausgangstätowierung zu verändern.«

Wir saßen jetzt schon eine ganze Weile in der Parkbucht, und während wir uns unterhielten, überlegte ich, was ich tun sollte. Wieso hatte er nichts von dem Geld gesagt? Wusste er überhaupt, dass auch das Geld in dem Rucksack war? Sollte ich ihm den Mikrocoder und das Geld aushändigen? Hatte ich eine Wahl? Wenn »John« einen direkten Draht zur Polizei von Victoria besaß, dann hatte er vielleicht auch einen zu Chefinspektor Llewellyn. Wieso war er dann aber mitten in der Nacht ungebeten in mein Haus eingedrungen?

»Die Pferde mal beiseite«, sagte ich. »Können Sie sich ausweisen?«

»Was, jetzt?«

»Ja. Woher soll ich denn wissen, ob Sie der sind, der Sie zu sein behaupten?«

»Nun, wie gesagt«, erwiderte er etwas unbehaglich, »die australische Rennsportbehörde würde leugnen, auch nur von meiner Existenz zu wissen.«

»Und wieso?«

»Mein Job bringt es nun einmal mit sich, dass ich verdeckt arbeiten muss. Wäre ich ein normaler Angestellter, würde meine Tarnung auffliegen. In der Organisation sind immer ein paar Leute, die gerade diejenigen warnen würden, gegen die ich ermitteln soll.«

»Aber wie ist Ihr Nachname?«, fragte ich

»Smith«, sagte er, ohne eine Miene zu verziehen.

John Smith, na klar. Das konnte er seiner Großmutter erzählen.

»Wo ist nun also mein Mikrocoder?«, fragte er.

»Den habe ich einer Bekannten mitgegeben.«

»Wie bitte?«, rief er aus. »Wem?«

»Einer befreundeten Elektronikfachfrau. Sie sollte rausfinden, wozu das Ding gut ist.«

Er wurde blass. »Dann holen Sie ihn wieder, aber schnell«, schrie er beinah.

»Das geht nicht«, sagte ich. »Meine Bekannte ist für eine Woche in Urlaub gefahren. Nach Griechenland.«

Ich wusste selbst nicht, warum es mir so widerstrebte, den Coder herauszugeben. Wahrscheinlich dachte ich, John würde dann einfach verschwinden und ich würde nichts mehr über meinen Vater erfahren.

Vielleicht lag es auch daran, dass ich »John« nicht so ganz traute. Nicht so sehr, dass ich ihm meinen Trumpf überlassen hätte, jedenfalls noch nicht.

»Wo wohnt diese Bekannte?«, fragte John.

»Warum? Wollen Sie noch irgendwo einbrechen?« Es lag mehr als nur ein Hauch von Sarkasmus in meinem Ton.

Er sah mich aus dem Augenwinkel an. »Wenn ich es für nötig halte«, meinte er.

»Sie wohnt in High Wycombe«, sagte ich. »Wo genau, weiß ich nicht. In High Wycombe stehen viele Häuser. Wollen Sie da überall einbrechen?«

»Sehr witzig«, meinte er. »Wann kommt denn Ihre Bekannte aus dem Urlaub zurück?«

»Am Sonntag, glaube ich.«

»Wie heißt sie?«

»Warum sollte ich Ihnen sagen, wie sie heißt? Sie würden doch bei ihr einbrechen.«

»Mr. Talbot«, sagte er ernst, »ich glaube, Ihnen ist nicht ganz klar, in was für Schwierigkeiten Sie möglicherweise stecken. Ich bin nämlich nicht der Einzige, der nach diesem Mikrocoder sucht. Und die anderen sind vielleicht nicht alle so …« Er hielt inne, als überlege er.

»Ehrlich?«, tippte ich. »Dass ich nicht lache.«

»Geduldig«, sagte er. »Man kann an ziemlich unangenehme Leute geraten.«

Nimm dich vor allen in Acht, hatte mein Vater gesagt. Vor Fies-Auge und seinem Messer mit der 12-Zentimeter-Klinge würde ich mich auf jeden Fall in Acht nehmen. Und vor dem guten Mr. John Smith ebenso.

»Nennen Sie das Geduld, wenn Sie bei jemandem einbrechen?«, fragte ich.

Er saß einen Moment still da und schaute geradeaus.

»Wo kann ich Sie absetzen?«, sagte ich. »Ich habe zu tun.«

»Hier ist okay. Ein Kollege von mir ist uns von der Rennbahn aus gefolgt.« Er drehte sich auf dem Sitz herum.

Ich sah in den Rückspiegel. Ein dunkelblauer Ford stand hinter uns in der Parkbucht, doch er war zu weit weg. Da sich der Himmel in der Windschutzscheibe spiegelte, konnte ich den Fahrer nicht sehen.

»Rufen Sie mich an, wenn Ihre Bekannte aus dem Urlaub zurückkommt«, sagte er und reichte mir eine Visitenkarte. Ich drehte sie in den Händen. Auf der einen Seite stand eine Handynummer. Das war alles – kein Name, keine Firma, keine Anschrift. »Rufen Sie mich an«, wiederholte er. »Es ist zu Ihrem Besten.«

Er stieß die Beifahrertür auf und stieg aus.

»Fahren Sie«, wies er mich an, als er die Tür schloss.

Er stand da, als warte er darauf, dass ich verschwand. Mir wiederum passte es nicht, dass ich verfolgt worden war. Ich war richtig sauer deswegen.

Ich ließ den Motor an, legte aber kurz entschlossen den Rückwärtsgang ein, beschleunigte und hielt dabei auf den Ford hinter mir in der Parkbucht zu.

Mit Sicherheit hätte ich ihn gerammt, wenn er nicht plötzlich auf die Straße gefahren und davongebraust wäre, knapp vorbei am Zusammenstoß mit einem Lkw und einem Auto mit Wohnwagen. Ich schaltete in den Vorwärtsgang und nahm die Verfolgung auf, hatte aber keine Chance. Sowohl der Laster als auch der Wohnwagen steckten zwischen mir und dem Ford, und ich sah nur noch, wie er davonzog. Der zwölf Jahre alte Motor unter der Haube meines Wagens war zwar zuverlässig, hatte seine beste Zeit aber hinter sich und brachte trotz seines benzinschluckenden 2,3-Liter-Motors samt Turbolader nicht die nötige Kraft auf, um an den langsameren Fahrzeugen vorbeizukommen.

Verdammt, dachte ich. Dumm gelaufen. Meine erste geheimagentenmäßige Verfolgungsjagd à la James Bond, und ich fuhr mich hinter einem Wohnwagen fest. ›M‹ wäre nicht erbaut gewesen.

Ich wendete an der nächsten Kreuzung und fuhr zu der Parkbucht zurück.

Natürlich war weder von einem dunkelblauen Ford noch von einem gewissen John Smith, oder wie er nun hieß, noch etwas zu sehen.

13

Sophies Begutachtung dauerte den ganzen Morgen und ging bis in den Nachmittag hinein. Sie bestand hauptsächlich in einer Fallbesprechung der behandelnden Ärzte, die erörterten, ob Sophie in ihren Augen so gesund war, dass sie nach Hause konnte. Sie mussten einhellig dafür sein. Jede abweichende Meinung war schlecht. Ein Psychiater von einer anderen Klinik leitete die Besprechung.

Außerdem musste Sophie den Ärzten in einem formlosen Vortrag darlegen, warum sie nach eigener Einschätzung nicht mehr auf ihre Behandlung angewiesen war. Anschließend durften die Ärzte ihr Fragen stellen, die Aufschluss über ihre seelische Verfassung geben sollten.

Sophie durchlief diese Art der Begutachtung nicht zum ersten Mal. Bereits sechs Mal hatte sie still dagesessen und sich angehört, wie andere ihren Geisteszustand analysierten und dann entschieden, ob sie aus der Klinik entlassen werden konnte oder nicht. Nur vier Mal hatte sie Erfolg gehabt, und wie es diesmal ausgehen würde, stand keineswegs fest.

»Und Sie, Mr. Talbot?«, fragte der Gastpsychiater in der Sitzung nach der Mittagspause. »Könnten Sie in den ersten Tagen zur Unterstützung Ihrer Frau zu Hause bleiben?«

»Natürlich«, sagte ich. »Sie bekommt meine volle Unterstützung.«

»Arbeiten Sie zu Hause?«, fragte er mit einem Blick auf seine Notizen.

»Nein«, antwortete ich. »Aber wenn Sophie entlassen wird, werde ich da sein.«

»Und was machen Sie beruflich?«, fragte er.

Ich zögerte einen Moment. Ein Kollege von mir hatte sich immer als Buchhalter bezeichnet und den »Macher« nur zugegeben, wenn es nicht anders ging.

»Ich bin Buchmacher«, sagte ich.

»In einem Wettbüro?«, fragte er ungerührt.

»Nein. Ich arbeite auf der Rennbahn, hauptsächlich in Mittelengland.«

»Pferde oder Hunde?«

»Pferde«, sagte ich. »Früher habe ich zwar auch bei Hunderennen gestanden, aber das lohnt sich kaum noch.«

Er zog die Brauen hoch. »Wie kommt's?«

»Nicht genug Bahnen. Früher gab es sie massenhaft, aber immer mehr schließen, und es wird Bauland daraus. Zu wenig Bahnen heißt zu wenig Hunde. Da wird das Ganze zu vorhersagbar. Und Hunderennen kommen auch nicht mehr so an. Heute wettet man lieber im Toto, während man im Restaurant zu Abend isst.«

»Das klingt, als ob Sie vom Toto nicht viel halten«, meinte er schmunzelnd.

»Stimmt«, sagte ich. »Das Toto hat nichts zu verlieren. Die machen immer ihren Schnitt, bevor sie die Gewinne auszahlen. Sie können sich nicht verrechnen, weil sie keine Quoten festzulegen brauchen; ich dagegen muss meine Erfahrung und meinen Sachverstand einsetzen, um im Geschäft zu bleiben.«

»Verstehe«, sagte er gedehnt, mit offensichtlich schwindendem Interesse.

»Aber wenn Sophie mich braucht, bin ich zu Hause«, bekräftigte ich.

Von unerwünschten nächtlichen Besuchern und Männern mit Messern sagte ich lieber nichts.

»Danke, Mr. Talbot«, schloss der Psychiater. »Davon bin ich überzeugt.«

Seinem Tonfall nach war er eher skeptisch. Er senkte den Kopf und machte sich weitere Notizen.

»Entschuldigen Sie«, sagte ich. Er blickte auf. »Ich kann Ihnen versichern, dass Sophies Gesundheit mir wesentlich wichtiger ist als meine Arbeit. Ich möchte unbedingt, dass sie nach Hause kommt. Und ich werde alles in meiner Macht Stehende tun, um zu gewährleisten, dass ihr nichts passiert und sie gesund bleibt. Ich liebe meine Frau.«

Den ganzen Tag hatte ich Sophies Hand gehalten und mit angehört, wie diese emotional distanzierten Fachleute sich in allen Einzelheiten über ihre persönlichsten Geheimnisse ausließen, und jetzt war ich über die Leidenschaft meines Plädoyers selbst erstaunt. Aber ich wollte wirklich, dass Sophie nach Hause kam.

Wie sehr ich das wollte, wurde mir jetzt erst klar.

»Ja, Mr. Talbot«, sagte der Psychiater. »Das glaube ich Ihnen.« Er lächelte Sophie an, die weiter ganz fest meine Hand hielt.

Er machte sich noch ein paar Notizen, dann hob er den Kopf.

»Mrs. Talbot, Mr. Talbot, vielen Dank Ihnen beiden für Ihre Zeit. Wie Sie wissen, müssen wir uns noch untereinander besprechen, bevor wir zu einer endgültigen Entscheidung kommen. Heute ist Donnerstag. Morgen oder am Samstag werden wir Ihnen Bescheid sagen können.« Er blickte zu den anderen Ärzten, als wollte er sehen, ob sie noch etwas hinzuzufügen hatten. Offenbar nicht.

»Dann vielen Dank«, sagte er und erhob sich zum Zeichen, dass die Sitzung beendet war.

»Danke«, sagte Sophie.

Wir standen ebenfalls auf und verließen das Besprechungszimmer.

»Ich finde, das ist ganz gut gelaufen«, meinte ich leise zu ihr.

»Ja?«

»Ja.« Ich war optimistisch. »Meinst du nicht?«

»Ich weiß nicht. Den Psychiater mochte ich nicht besonders.«

»Mir schien er ganz in Ordnung«, sagte ich. »Das wird schon schiefgehn.«

Seite an Seite gingen wir durch den Flur zu ihrem Zimmer. »Liebst du mich wirklich?«, fragte sie.

»Ja«, sagte ich. »Sehr sogar.«

Sie blieb nicht stehen. Aber sie lächelte wieder.

Am Abend sah ich mit Sophie in der Klinik fern. Über die Begutachtung oder die ausstehende Entscheidung der Ärzte unterhielten wir uns nicht. Und wir schmiedeten keine Pläne für die kommenden Wochen. Schon zweimal waren wir grausam enttäuscht worden, nachdem wir uns vorgenommen hatten, gemeinsam in Urlaub zu fahren, und das Ärztegremium sich dann gegen die Entlassung aussprach.

Mittlerweile versuchten wir das Entlassenwerden als einen unverhofften Glücksfall anzusehen, den man feiern musste, aber tief im Innern wären wir doch erschüttert gewesen, wenn sie Sophie nicht nach Hause gelassen hätten. Der neue Medikamentenplan schien sich zu bewähren, und nachdem ihr Körper sich ein wenig darauf eingestellt hatte, machten ihr die Nebenwirkungen nicht mehr so zu schaffen.

Da wir beide aber nicht das Schicksal herausfordern wollten, indem wir über die Sache redeten, schauten wir uns stattdessen eine Reihe Sitcoms auf dem Golden-Oldies-Kanal an.

War es wirklich vernünftig von mir, Sophie zu Hause haben zu wollen, wo es im Zusammenhang mit meinem Vater so viele ungelöste Fragen gab?

John Smith, oder wie er nun hieß, hatte sich endlos über seinen verfluchten Mikrocoder ausgelassen, aber nicht ein Wort von Geld gesagt. Wieder fragte ich mich, ob er überhaupt von den Scheinen wusste. Wenn er mit Fies-Auge zusammenarbeitete, bestimmt. Aber hatte Fies-Auge in dem dunkelblauen Ford gesessen? Oder gab es noch einen Dritten? Vielleicht arbeitete John ja wirklich für die australische Rennsportbehörde, und ein ganzes Team stand hinter ihm.

Und wofür war das Geld?

Wo ist das Geld?, hatte Fies-Auge meinen Vater angefahren, bevor er ihn erstach. War das Geld als Bezahlung gedacht gewesen? Als Bezahlung wofür? Und wieso hatte Fies-Auge meinen Vater umgebracht, wenn er allein wissen konnte, wo es sich befand?

Ich versuchte mir jede Einzelheit des Messermords in Erinnerung zu rufen, während der nächste Sketch über kaputte

Familienverhältnisse an mir vorbeiflimmerte. Meine Familie sollten sie mal filmen, dachte ich, nur wäre das nicht besonders komisch.

Der Mann war auf mich zugerannt und hatte mir ins Gesicht getreten, sich dann aber ganz auf meinen Vater konzentriert. Es war eindeutig kein Raubüberfall gewesen, wie ich zuerst angenommen hatte. Unser Angreifer hatte mich erst wieder beachtet, als ich um Hilfe rief und die Leute von der Party herüberkamen.

Ich entsann mich, dass mein Vater dem Mann gesagt hatte, er solle sich zum Teufel scheren, und ihn zwischen die Beine getreten hatte. Daraufhin war Fies-Auge wild geworden und hatte zugestochen. Das hätte er vielleicht nicht tun sollen. Meinen Vater umzubringen war vielleicht ein großer Fehler gewesen. Es gab Unmengen billige Hotels in London. Ich hatte enormes Glück gehabt, das richtige zu finden, zumal mein Vater weder unter dem Namen Talbot noch Grady abgestiegen war. Ohne die Information Sussex Garden wäre es unmöglich zu finden gewesen.

»Sollen wir einen Kaffee trinken?«, riss Sophie mich aus meinen Gedanken.

»Ja, gern. Soll ich den Pfleger rufen?«

»Nein«, erwiderte sie. »Seit voriger Woche darf ich die kleine Küche am Ende des Gangs benutzen. Ich mach das.«

»Kann ich dir helfen?«, fragte ich.

»Ned.« Sie warf mir einen schrägen Blick zu. »Kaffee kochen kann ich allein. Das geht schon. Ich schneid mir nicht die Pulsadern auf oder so.« Sie lächelte mich an. Mein Herz schlug noch genauso Purzelbäume wie vor Jahren, als wir uns zum ersten Mal gesehen und sie mich angelächelt hatte.

»Bestimmt?«

»Ganz bestimmt. Ich darf zwar die Küche benutzen, aber so verrückt sind die hier auch nicht, dass sie uns, den echten Irren, scharfe Messer zur Selbstverstümmelung hinlegen.« Sie lachte über ihren Scherz, und ich lachte mit.

Sogar im Vergleich zur Vorwoche hatte sie Fortschritte gemacht, und allem Anschein nach ging es ihr so gut wie noch nie.

»Ich gebe mir wirklich große Mühe«, sagte sie ernst. »Von den neuen Medikamenten habe ich noch nicht eine Dosis ausgelassen, und ich glaube, sie helfen wirklich. Ich fühle mich sehr gut und denke, ich bin bereit, am Leben wieder teilzunehmen.«

Ich stand auf und umarmte sie mit Tränen in den Augen.

»Geh und hol den Kaffee«, sagte ich.

Sie ging aus dem Zimmer, und ich wischte mit dem Ärmel über die Augen. Tränen des Glücks und der Hoffnung, nach so vielen der Verzweiflung und Hoffnungslosigkeit.

Ich dachte daran, in der Gästesuite der Klinik zu übernachten, aber wenn ich mich heute Abend nicht allein nach Hause traute, wie sollte ich dann morgen Sophie dorthin mitnehmen?

Allerdings war ich noch sehr auf der Hut, als ich mit dem Volvo auf dem Parkplatz vor dem dunklen Haus anhielt. Ich blieb erst einmal im Wagen sitzen und schaute, ob mir irgendetwas auffiel. Alles schien in Ordnung zu sein.

Schnell schloss ich den Wagen ab und gelangte unbehelligt zur Haustür. Auf der Matte lagen ein paar Briefe und Rechnungen, aber keine Drohbotschaften.

Beruhige dich, sagte ich mir. Ich versuchte es, doch das hielt mich nicht davon ab, im ganzen Haus nachzusehen, ob die Fenster fest geschlossen waren, und überall die Vorhänge vorzuziehen. Es hatte mich zutiefst beunruhigt, dass Mr. John Smith mich von draußen beim Dreckwegsaugen im Wohnzimmer beobachtet hatte. Heute Abend würde er keine Gelegenheit bekommen, mir nachzuspionieren. Ich sorgte dafür, dass nicht ein Fitzel Licht durch die Jalousien in der Küche nach draußen drang.

Wie an dem Abend, an dem ich sie gefunden hatte, breitete ich die Sachen aus dem Rucksack meines Vaters auf dem Küchentisch aus und sah sie mir an. Warum überließ ich den ganzen Kram nicht Chefinspektor Llewellyn? Hakte die Geschichte ab und kümmerte mich um mein eigenes Leben, das auch ohne Mikrocoder, gefälschte Chips und Männer mit eng stehenden Augen und langen, scharfen Messern kompliziert genug war?

An und für sich hielt ich das für eine tolle Idee.

Aber sie hatte auch ihre Nachteile. Zum Beispiel würde ich dem Chefinspektor nur schwer erklären können, warum ich mit den Sachen nicht gleich zu ihm gekommen war oder ihm nicht die nötigen Informationen gegeben hatte, damit er sie selbst hätte suchen können. Das war bestimmt nicht nach seinem Geschmack. Er hätte mir mit gutem Grund Behinderung der polizeilichen Ermittlungen vorwerfen können, und hätten sie mir dann noch Schutz gegen den Messerstecher geboten? Sicher nicht.

Außerdem gaben der Mikrocoder und das Geld mir eine gewisse Handhabe, zumindest wenn ich lange genug lebte, um davon Gebrauch zu machen.

Ich griff zum Handy meines Vaters und versuchte noch einmal vergebens, es einzuschalten. Es war von Nokia. Ich hatte ein Samsung. Mit meinem Ladegerät war natürlich nichts zu wollen. Ich nahm die SIM-Karte aus dem Handy meines Vaters und steckte sie in meines, aber irgendwie kam ich an seine Nummern nicht heran. Wenn welche vorhanden waren, hatte er sie direkt auf dem Handy gespeichert statt auf der Karte.

Ich kramte im unteren Fach meines Schreibtischs, wo ich Reserveakkus und alte Ladegeräte aufbewahrte, aber sie passten alle nicht.

Dann nahm ich mir den Pass auf den Namen Alan Charles Grady vor. Er war neun Monate zuvor ausgestellt worden und schien mir echt zu sein, aber woher sollte ich wissen, wie ein australischer Pass genau aussah? Ich blätterte darin und fand einen Einreisestempel vom Flughafen Heathrow, aus dem hervorging, dass er erst am Tag, bevor er mich in Ascot besuchte, nach England gekommen war. Sonst gab es keinen UK-Stempel in seinem Pass, dafür aber einen vom Dubliner Flughafen, datiert auf die Vorwoche. Er war also nach der Ankunft aus Australien, wie John Smith vermutet hatte, tatsächlich direkt weitergeflogen, und zwar unter dem Namen Grady.

Ich fragte mich, was er sechs Tage lang in Irland getrieben hatte, und es schien mir an der Zeit, das herauszufinden. Ich konnte nicht einfach abwarten, bis Fies-Auge aufkreuzte, sein Geld herausverlangte und mir zur Unterstreichung seiner Forderung das Messer an die Kehle hielt. Oder schlimmer noch, nicht mir, sondern Sophie.

Am nächsten Morgen, Freitag, stand ich um Punkt neun vor dem nächsten Handyladen und wartete darauf, dass er aufmachte.

Ich hatte nicht gut geschlafen, vor allem, weil ich mir immer wieder einbildete, ein Knarren auf der Treppe zu hören. Vor dem Schlafengehen hatte ich Sophies Frisierstuhl fest unter der Türklinke verkeilt, und genauso hatte ich ihn am Morgen natürlich auch wieder vorgefunden.

Um zehn nach neun schloss eine Verkäuferin, die aussah wie zwölf, den Laden auf. »Ja, Sir«, sagte sie in gelangweiltem Ton. »Kann ich Ihnen helfen?«

»Ich brauche ein Ladegerät für dieses Handy.« Ich hielt ihr das Nokia meines Vaters hin und verkniff mir die Frage, ob ihre Mutter da sei.

»Kein Problem«, meinte sie schon etwas interessierter. »Netz oder Auto?«

»Netz.«

Sie ging zu einer Auslage und nahm ein Ladegerät heraus. »Das dürfte passen. Sonst noch was?«

»Würden Sie bitte prüfen, ob es das richtige ist?«, sagte ich.

»Das passt schon«, meinte sie.

»Machen Sie's doch bitte auf. Nur um sicherzugehen.«

Sie hielt mich offensichtlich für einen Spinner, nahm aber eine große Schere aus einer Schublade unter der Theke und schnitt die Plastikhülle des Ladegeräts auf. Sie steckte es in eine Steckdose und ließ sich von mir das Handy geben.

»Bitte sehr«, sagte sie. »Es lädt. Das sieht man an den Strichen, die da an der Seite laufen.«

Das Display war tatsächlich nicht mehr völlig leer.

»Danke«, sagte ich. »Könnten Sie's mal einschalten?«

Sie drückte die oberste Taste. Das Display leuchtete auf, und eine Melodie aus fünf Tönen erklang. Sie gab mir das Handy samt dem Ladegerät, an das es noch angeschlossen war.

PIN eingeben, stand auf dem Display zu lesen.

»Den Apparat habe ich lange nicht mehr benutzt«, sagte ich zu ihr, »und ich weiß die PIN nicht mehr. Können Sie die umgehen?«

»Auf keinen Fall«, sagte sie, als wäre sie über das Ansinnen entsetzt. »Das darf ich nicht. Woher soll ich denn wissen, ob es überhaupt Ihr Handy ist?«

»Theoretisch könnten Sie die PIN also umgehen, wenn Sie es wirklich wollten?«, fragte ich.

»Eher nicht. Aber Carl könnte es wahrscheinlich.«

»Wer ist Carl?«

»Er arbeitet hinten. Repariert Handys. Er ist sehr clever.«

Sie verschwand und kam mit einem jungen Mann wieder, der keinen allzu cleveren Eindruck auf mich machte. Er trug verwaschene, zerfranste Jeans, ein schmutzig weißes T-Shirt und eine braune Strickmütze, die mich an einen Teewärmer erinnerte. Blonde Haarbüschel standen nach allen Seiten unter der Mütze hervor, und dünner blonder Flaum spross ihm aus dem Kinn.

»Können Sie mir das Handy in Gang bringen?«, fragte ich ihn.

Wortlos nahm er mir den Apparat aus der Hand und sah ihn sich an. »Wie lautet die vierstellige PIN?«, fragte er.

»Das weiß ich nicht«, antwortete ich geduldig. »Deshalb wende ich mich ja an Sie.«

»Wie lautet die IMEI?«, fragte er.

»IMEI?«

»Für International Mobile Equipment Identity«, sagte er langsam, wie zu einem Kind.

»Ich habe keine Ahnung.«

»Die Nummer steht normalerweise im Apparat.« Er öffnete das Akkufach und nahm den Akku heraus. »Hoppla. Hier ist sie entfernt worden. Da müsste ein Aufkleber sein.« Er zeigte mir, wo. »Das macht man bei gestohlenen Handys«, sagte er und sah mich argwöhnisch an.

»Wie komme ich denn dann an die IMEI?«, fragte ich, ohne mich um sein Misstrauen zu kümmern.

»Im Normalfall kann man sie mit der Tastenkombination *#06# abfragen«, meinte er wenig hilfreich. »Die IMEI steht aber auch auf einem Aufkleber auf dem Karton, in dem das Gerät beim Kauf verpackt war.«

Ich behielt lieber für mich, dass ich das Handy nicht gekauft hatte. Das würde ihn nur in der Ansicht bestärken, dass es gestohlen war, und nach allem, was ich wusste, konnte das ja auch durchaus der Fall sein.

Er setzte den Akku wieder ein und schaltete das Handy an. *PIN eingeben*, hieß es erneut auf dem Display.

»Kann man es nicht ohne die IMEI-Nummer freischalten?«, fragte ich.

»Nein, Mann.« Er gab mir das Handy zurück. »Ohne IMEI oder PIN ist nichts zu wollen. Da müsste ich schon den Speicher des Handys komplett löschen. Möchten Sie das?«

»Nein«, sagte ich rasch. Um den Speicher ging es mir ja gerade.

Ich bezahlte das Ladegerät und kehrte zurück in meine

Wohnung in der Station Road. Wieder überlegte ich am Küchentisch, was ich als Nächstes tun sollte.

Was kam wohl als PIN in Frage?

Ich tippte 3105 ein. Der richtige Geburtstag meines Vaters war der 31. Mai.

Fehler meldete das Display kurz, bevor wieder *PIN eingeben* erschien.

Ich probierte es mit 0531, der amerikanischen Datenschreibweise, aber auch das ohne Erfolg.

Ich gab sein Geburtsjahr ein. *Fehler*.

Danach versuchte ich es mit 1234. *Fehle*r.

Der Führerschein gab als Alan Gradys Geburtstag den 15. März 1948 an. Ich probierte 1503. *Fehler*. Ich gab 1948 ein. *Fehler*.

Es konnte alles Mögliche sein. Wie viele Versuche hatte ich wohl, ehe der Apparat endgültig dichtmachte? Wenn die PIN auf seiner Telefonnummer basierte, war es aussichtslos.

Ich fand heraus, dass es zehntausend Möglichkeiten gab, vier Ziffern zu kombinieren. Wenn ich alle zehn Sekunden eine Kombination eingab, würde mich das hunderttausend Sekunden kosten, vorausgesetzt ich vertippte mich nicht. Hunderttausend Sekunden waren … ich versuchte das im Kopf auszurechnen … eintausendsechshundertsechsundsechzig und zwei Drittel Minuten, also … fast achtundzwanzig Stunden. Ohne Schlaf und Pause. Und das auch nur, wenn der Apparat nicht ganz blockte, weil ich zu viele Falschkombinationen eingetippt hatte. Es musste eine bessere Lösung geben.

Ich steckte das Handy und das Ladegerät ein und machte

mich auf den Weg zu Carl, um ihn nach Alternativen zu fragen.

Aber so weit kam ich nicht.

Ich saß vor dem Laden in meinem Volvo und starrte auf das Handy. Ich traute meinen Augen nicht. Es funktionierte. Ich hatte spaßeshalber meinen Geburtstag eingetippt, 2504, und plötzlich stand da *PIN korrekt*.

Er hatte es also nicht vergessen. Natürlich konnten noch andere Ereignisse in seinem Leben auf den 25. April gefallen sein, aber ich ging davon aus, dass er sich meinen Geburtstag gemerkt hatte.

Das Klingeln des Handys in meiner Hand ließ mich zusammenfahren.

Ich meldete mich.

»Sie sind mit Ihrer Mailbox verbunden«, sagte eine körperlose Frauenstimme. »Bitte geben Sie Ihre PIN-Nummer ein.«

Nicht schon wieder, dachte ich. Ich versuchte es mit 2504.

»Sie haben drei neue Nachrichten«, sagte die Stimme. »Nachricht eins, erhalten am 18. Juni, 10 Uhr 13.«

Zwei Tage nach seinem Tod.

»Alan, hier ist Paddy. Paddy Murphy«, sagte eine männliche Stimme mit starkem irischen Akzent. »Wo steckst du? Du solltest mich doch gestern anrufen.«

Daraus schloss ich, dass Paddy Murphy nicht mit Fies-Auge identisch war. Sonst hätte er gewusst, wieso er keinen Anruf bekommen hatte.

Nachrichten zwei und drei waren ebenfalls von Paddy Murphy, eine dringlicher als die andere, mit der inständigen Bitte, Alan möge ihn zurückrufen.

»Die Rufnummer des Anrufers lautet plus 353 42 3842…«, sagte die Mailbox-Stimme, als ich die richtige Taste drückte. Ich notierte sie auf dem Block, den ich immer im Handschuhfach habe. Plus 353 hieß, es war eine Nummer in Irland. Vielleicht war Paddy Murphy der Mann, dessentwegen mein Vater nach Dublin geflogen war.

Jetzt brauchte ich also nur noch einen gewissen Paddy Murphy in Irland ausfindig zu machen. Kinderspiel, dachte ich. Bestimmt war es etwas weniger kompliziert, als jemanden namens Chang in China aufzustöbern.

Immerhin hatte ich Paddys Telefonnummer.

14

Ansonsten gab das Handy weniger her, als ich erhofft hatte.

Mein Vater hatte sein Handy nicht wie die meisten Leute als Telefonbuch benutzt. Es gab keinerlei Einträge im Speicher oder auf der SIM-Karte. Keine alphabetisch geordneten Namen von Kontaktpersonen, die vielleicht einen Mikrocoder gebaut haben könnten und jetzt mit einer Kugel im Hirn in Melbourne im Krankenhaus lagen.

Auch keine Namen und Telefonnummern von Schwestern, was äußerst praktisch gewesen wäre.

Das einzig Brauchbare war eine Liste der letzten zehn von ihm angewählten Nummern und der letzten fünf bei ihm eingegangenen Anrufe im Anrufsverzeichnis. In beiden Listen fand sich die +353-Nummer von Paddy Murphy.

Ich notierte sie mir alle für den Fall, dass das Handy völlig den Geist aufgab, aber ich wusste noch nicht einmal genau, ob es britische, irische oder australische Nummern waren oder wohin sie sonst gehörten. Ich sah auf die Uhr. Es war Viertel vor zehn Uhr früh in Kenilworth. Und ebenso in Dublin. Aber wie spät mochte es in Melbourne sein?

Ich rief auf dem Handy meines Vaters Paddy Murphy an.

»Hallo«, meldete sich eine sehr irische Stimme mit Betonung auf dem langen O.

»Ist dort Paddy Murphy?«, fragte ich.

»Wer spricht?«, fragte die Stimme vorsichtig zurück. War Paddy Murphy auch ein falscher Name?

»Hier ist der Sohn von Alan Grady«, sagte ich.

Am anderen Ende war es lange still.

»Sind Sie noch da?«, fragte ich schließlich. Er war noch da. Ich hörte ihn atmen.

»Und wer soll Alan Grady sein?«, sagte er.

»Lassen Sie die Mätzchen, Mr. Murphy. Rufen Sie mich unter dieser Nummer zurück, wenn Sie reden wollen.«

Ich legte auf.

Sein Rückruf kam sofort, ich hatte das Handy noch nicht mal aus der Hand gelegt.

»Ja?«, meldete ich mich.

»In was für einer Branche sind Sie denn?«, fragte er.

»Verkauf.«

»Und was verkaufen Sie?«

»Kommt drauf an, was Sie kaufen wollen«, sagte ich.

»Jetzt machen Sie hier aber Mätzchen, Mr. Grady«, meinte er.

»Mag sein.«

»Sind Sie von der Garda?«, fragte er plötzlich.

»Garda?«

»Von der Garda«, wiederholte er. »Der Polizei.«

»Warum fragen Sie?«, sagte ich, als mir endlich aufging, wovon er redete. »Haben Sie was ausgefressen?« Doch die Verbindung war unterbrochen. Paddy Murphy, oder wie immer er hieß, hatte aufgelegt.

Verdammt, dachte ich. Das war nun gar nicht gut gelaufen. Er war vielleicht der einzige Anhaltspunkt, über den ich herausfinden konnte, was los war, und jetzt war ich ihn los. Vielleicht dachte er, ich wollte feststellen, wo der Anruf herkam. Hätte ich das nur gewusst! Mein Vater war nach Dublin geflogen, aber Mr. Murphy, wenn er denn so hieß, konnte überall in der 70 000 km² großen Republik Irland sitzen.

Zehn Minuten wartete ich in der Hoffnung, er würde noch einmal anrufen. Vergebens.

Also versuchte ich es noch mal bei ihm, aber er nahm nicht ab. Wie lokalisierte man eine Telefonnummer? Wenn es ein Handy war, hatte ich vielleicht keine Chance, aber zu einem Festnetzanschluss gehörte eine Vorwahl. Ich würde Luca fragen. Wenn sich da jemand auskannte, dann er.

Am Nachmittag fuhr ich zum Abendmeeting nach Kempton. Luca hatte mir am Telefon gesagt, er und Betsy würden den Tag bei Freunden irgendwo in Surrey verbringen und anschließend direkt zur Bahn kommen.

Ich hatte ihn gefragt, wie es am Mittwochabend in Leicester gelaufen war.

»Gut«, meinte er. »Gut besucht. Viel Betrieb.«

»Hat sich's rentiert?«

»Sehr sogar«, antwortete er, ohne das zu erläutern.

Warum machte ich mir so einen Kopf? Fuhr ich besser oder schlechter, wenn Luca mein offizieller Geschäftspartner wurde? Sollte ich ihm vielleicht sogar das Ganze verkaufen und fertig? Aber was dann? Irgendwie musste ich ja meinen Lebensunterhalt verdienen.

Ich fuhr von der freitagfeierabendlich verstopften M25 herunter und kämpfte mich durch den Berufsverkehr nach Sunbury und zur Rennbahn Kempton Park.

Der gerade losgehende Rennbahnverkehr verstärkte noch das Feierabendgedränge, so dass ich die letzten Kilometer Stoßstange an Stoßstange mit anderen Wagen dahinkroch, bis ich zum Rennbahnparkplatz hinter der Tribüne abbog. Im Innenfeld der Rennbahn konnte man kostenlos parken, aber in Kempton stellte ich meinen Volvo meist ganz hinten auf dem Vereinsparkplatz ab, nicht weit vom Bahnhof, weil es fast unmöglich war, unseren Karren von dem gebührenfreien Parkplatz über das Geläuf zur Tribüne zu ziehen. Erst als ich die Parkgebühr bezahlt hatte, fiel mir ein, dass unsere Ausrüstung ja bei Luca im Wagen war.

Ich stellte mich auf den Platz, den mir einer der Parkwächter zuwies, die genau wussten, wie man möglichst viele Fahrzeuge auf dem begrenzten Raum unterbrachte. Ein anderer Wagen hielt neben mir.

Ich blieb sitzen und rief noch einmal in der Klinik an. Zweimal hatte ich sie schon von Kenilworth aus angerufen, ohne Neues zu erfahren. Wieder hieß es, die Ärzte seien leider noch zu keiner Entscheidung gelangt, und in der Klinik ging man jetzt davon aus, dass Sophie noch mindestens bis Montag dablieb. Das würde ihr nicht gefallen.

Ich sah, wie ein Zug an der Station Kempton Park hielt und die Fahrgäste zu den Eingängen der Rennbahn strömten. Es war ein herrlicher Sommerabend mit angenehm frischer Luft, und das schöne Wetter hatte die Menschen in Scharen herbeigelockt. Ein guter Abend fürs Geschäft, sagte ich mir beim Aussteigen.

»Sind Sie Talbot? Teddy Talbot?«, fragte jemand hinter mir.

Ich drehte mich um. Zwischen den Wagen standen zwei

Männer, beide in kurzärmligem weißem Hemd und schwarzer Hose, der Uniform der starken Jungs. Die Hemden verhüllten ihre beachtlichen Oberarmmuskeln ebenso wenig wie die markanten Tätowierungen an den Unterarmen. Keiner von beiden war Fies-Auge, aber viel wohler war mir deshalb auch nicht.

»Ja«, sagte ich zögernd. »Was kann ich für Sie tun?«

Statt zu antworten, trat der mir Nächststehende rasch einen Schritt vor und rammte mir seine Faust in die Magengrube.

Der Schlag trieb mir die Luft aus der Lunge, so dass ich zu Boden ging, mich krümmte und vergebens nach Atem rang.

»Na, hören Sie mal«, sagte der Mann aus dem Wagen neben mir entgeistert, der gerade seine Jacke und sein Fernglas aus dem Kofferraum holte.

»Halt's Maul, sonst kommst du auch noch dran«, meinte der Schläger und zeigte drohend mit dem Finger auf ihn.

Der entsetzte Mann verstummte und ging schnell davon. Ich konnte es ihm nicht verdenken. Ich hätte mich auch schnell davongemacht, wenn ich Luft bekommen hätte. Ich hoffte zwar, dass er Verstärkung in Gestalt von ein paar Polizisten holen ging, aber gewettet hätte ich nicht darauf.

»Ich habe eine Nachricht von meinem Chef«, wandte der Schläger seine Aufmerksamkeit wieder mir zu. »Versauen Sie nicht noch mal die Eventualquoten.« Er gab mir einen Tritt zwischen die Rippen. »Kapiert?«, sagte er. »Kein zweites Stratford.« Er trat noch einmal zu. »Kapiert?«, wiederholte er.

Nach einem letzten Tritt drehten sich die beiden um und

gingen ohne Eile davon, während ich mit an die Brust gezogenen Knien und starken Schmerzen im Bauch auf dem Asphalt lag.

Ich hatte mir den Bauch mit den Händen gehalten, und die sah ich mir jetzt besorgt an. Kein Blut. Der Schlag war nur ein Schlag gewesen. Kein Stich mit dem Messer. Ich war zumindest äußerlich unversehrt.

Langsam löste sich der Krampf in meinem Zwerchfell, und mit einem Luftschwall setzte auch die Atmung wieder ein, was meine Lage deutlich verbesserte. Ich wälzte mich auf die Knie und packte den Türgriff des Volvos, um mich daran hochzuziehen.

»Alles in Ordnung?«, fragte der entsetzte Mann, der jetzt zögernd um seinen Wagen herumkam.

»Mir geht's gut«, sagte ich, ohne mich gut zu fühlen.

»Was wollten die denn?«, fragte er.

»Nichts.«

»So sah mir das aber nicht aus«, meinte er vorwurfsvoll.

»Könnten Sie der Polizei die beiden Männer beschreiben?«, fragte ich ihn.

»Ähm«, zauderte er. »Eigentlich nicht.«

»Nein? Dann ist auch nichts passiert, okay?«

»Ich wollte doch nur helfen«, meinte er etwas gekränkt.

»Tut mir leid«, sagte ich. »Und danke für Ihre Sorge.« Wenn ich ernstlich verletzt worden wäre, lebensgefährlich verletzt, hätte er mir dadurch, dass er zurückgekommen war, vielleicht die Haut gerettet. »Ich bin Ihnen wirklich sehr dankbar. Ned Talbot ist mein Name.« Ich streckte ihm die Hand hin.

Wieder zögerte er, ergriff sie dann aber nicht. »Ich möchte

da nicht reingezogen werden«, sagte er. »Diese Leute haben mir nicht gefallen.«

»Dann wissen Sie also doch, wie sie aussehen?«

Das brachte ihn etwas aus der Fassung.

»Schon gut«, sagte ich. »Ich verstehe Sie völlig. Die beschreibe ich der Polizei auch nicht.« Eine Abreibung war mehr als genug, fand ich.

Müde lehnte ich mich gegen seinen Wagen. Mir war schlecht, und mein Gesicht fühlte sich kalt und klamm an.

»Gut«, sagte er, dann machte er auf dem Absatz kehrt und ging mit langen Schritten davon.

Er wollte zwar in nichts hineingezogen werden, aber seine Autonummer schrieb ich mir trotzdem auf. Für alle Fälle.

Luca und Betsy erwarteten mich an unserem Stand vor der Tribüne. Bis ich mich so weit erholt hatte, dass ich zum Buchmacherring gehen konnte, hatten sie bereits aufgebaut, und nun saßen sie im Schatten des großen gelben TRUST TEDDY TALBOT-Schirms auf unserem Metallpodest.

»Hallo«, sagte ich. »Irgendwelche Schwierigkeiten?«

»Nein«, erwiderte Luca. »Von Richmond aus war der Verkehr ziemlich harmlos für einen Freitag.«

»Keine Probleme auf dem Parkplatz?«

»Nein. Ich hatte nur vergessen, wie schwer es ist, den Karren vom Innenfeld hierherzukriegen.«

»Ich habe gerade eine Nachricht bekommen«, sagte ich zu ihm.

»Wo?«

»Auf dem Parkplatz hinter der Tribüne.«

»Von wem?«

»Das weiß ich nicht. Von jemandem, der nicht ganz zufrieden damit ist, was am Mittwoch in Stratford los war.«

»Und was für eine Nachricht?«, fragte Luca besorgt.

»Fäuste und Schuhe mit Stahlkappen.«

»Was!« Er schien ehrlich betroffen zu sein. »Hier? Auf dem Parkplatz?«

Ich nickte.

»Willst du mich auf den Arm nehmen?«, fragte er, aber ohne dabei zu lächeln.

»Leider nicht. Und zum Beweis könnte ich dir meine abgeklopfte Magengrube zeigen.«

»Himmel«, sagte er entgeistert. »Es tut mir so leid.«

»Warum tut dir das leid?«, warf Betsy ein. »Du warst es doch nicht.«

»Sei still, Betsy«, sagte Luca sichtlich verärgert.

»Sprich nicht so mit mir«, jammerte sie.

»Dann red auch nicht so dummes Zeug«, gab er zurück. Er wandte sich wieder an mich. »Es tut mir wirklich leid, Ned. Geht's wieder?«

»Ich werd's überleben«, sagte ich eher kühl. Es konnte nicht schaden, wenn Luca sich klarmachte, dass seine Tricksereien Konsequenzen hatten, zum Teil sogar sehr unangenehme und nicht nur für ihn.

Betsy verzog sich beleidigt in Richtung Tribüne, und Luca und ich schauten hinter ihr her.

»Geh ihr ruhig nach, wenn du willst«, sagte ich.

Er schwieg, zuckte die Achseln und blieb, wo er war. Fast schien es, als ob wir bald eine neue dritte Kraft brauchten. Und mir würde das nicht leidtun. So richtig angetan war ich von Betsy nicht. Vielleicht lag es an ihrer mangelnden Intelligenz. Luca konnte sie jedenfalls nicht das Wasser reichen, und möglicherweise sah er das genauso.

»Was ist mit Larry?«, fragte ich. »Kommt er heute Abend auch her?«

»Müsste er eigentlich«, antwortete Luca.

»So?« Ich fragte mich, woher Luca wusste, dass Larry kommen »müsste«.

Er sah mich von der Seite an. »Ja Gott, ich weiß es eben.« Ich sah ihn mit gespielter Überraschung an. »Er hat es mir gestern Abend gesagt. In Leicester, okay?« Luca war sichtlich verlegen, und das kam selten vor.

»Hast du seine Telefonnummer?«, fragte ich.

»Klar.«

»Dann ruf ihn an. Sag ihm, er soll aufpassen. Sich in Acht nehmen.«

Luca zog sein Handy aus der Tasche und wählte.

»Larry«, sagte er. »Luca hier.«

Er hörte einen Moment zu.

»Und wo bist du jetzt?«

Wieder lauschte er kurz.

»Gut«, sagte er. »Ich melde mich nachher noch mal.« Er legte auf und sah mich an. »Schon zu spät. Er ist zum Röntgen in Ascot im Krankenhaus – Verdacht auf Rippenbrüche.«

»Und – wer war das?«, fragte ich.

»Wen meinst du?«

»Na, wen schon? Mike Tyson und seinen Spezi.«

»Woher soll ich das wissen?«, sagte er. »Ich hab sie ja nicht gesehen.«

»Wen haben wir denn so geärgert?«

»Die ganze Bande«, meinte er. »Gestern Abend in

Leicester war von nichts anderem die Rede. Ein paar Buchmacherkollegen haben aus ihrer Schadenfreude keinen Hehl gemacht, und einer oder zwei haben uns sogar beglückwünscht.« Er grinste.

Blödmänner, dachte ich. Und den Denkzettel dafür bekommt nicht Luca, sondern ich, weil mein Name auf dem Schild steht.

»Ich hab dich ja davor gewarnt, dich mit den Großen anzulegen«, sagte ich zu ihm. »Zumindest darf man ihnen nicht so offen und so offensichtlich ins Handwerk pfuschen. Wir müssen raffinierter sein. Und viel hinterhältiger.« Jetzt grinste ich ihn an.

Er war verwirrt. »Wie meinst du das?«

»Ich weiß noch nicht genau«, sagte ich. »Aber wenn du meinst, ich lass denen durchgehen, dass sie mich auf dem Rennbahnparkplatz zusammenschlagen, bist du schief gewickelt.«

Luca grinste breit. »Gut«, sagte er. »Prima.«

»Erst müssen wir aber mal rauskriegen, wer von den Großen diese Gorillas einsetzt.«

Der übrige Abend verlief relativ ruhig, kein einziger Schlägertyp tauchte mehr auf. Das Geschäft florierte, weil die überwiegend jungen Besucher nur zu gern den Verlockungen des Glücksspiels erlagen.

Viele von ihnen waren eigentlich wegen des im Anschluss an das Meeting stattfindenden Popkonzerts da und weniger aus Liebe zum Galopprennsport, doch das hinderte sie nicht, auch den Pferden schon ein bisschen Spaß abzugewinnen.

Zu der tollen Stimmung des Abends trug der stetig fließende Alkohol ebenso bei wie die spannenden Rennen mit ihren knappen Einläufen. Fast konnte ich sogar meine dumpfen Schmerzen vergessen, die trotz der Tabletten, die ich genommen hatte, nicht ganz weggingen.

Eine junge Frau in engen blauen Jeans und einem knappen Top, das erfreulich viel von ihrem sonnengebräunten Bauch unbedeckt ließ, blieb vor mir stehen.

»Erinnern Sie sich an mich?«, fragte sie.

Ich hob den Blick von ihrem Bauch zu ihrem Gesicht. »Vorige Woche in Ascot«, sagte ich. »Schwarzweißer Hut. Ohne den Galaaufzug habe ich Sie gar nicht erkannt.«

Sie lachte, und ich lachte mit. Sie wurde rot. Daran erinnerte ich mich auch.

»Komm, Anna«, sagte ein junger Mann und zog sie am Arm. Wahrscheinlich der verflixte Freund.

Er zog sie mit sich fort, und ich schaute ihnen nach. Einmal drehte sie sich noch kurz um und winkte mir, bevor sie im Gewühl verschwand. Wenigstens eine, die ihren Buchmacher als menschliches Wesen ansah.

»Ich glaube, Betsy kommt nicht mehr wieder«, sagte Luca hinter mir. Vielleicht hatte auch er gesehen, wie die junge Frau von ihrem Freund weggeschleift wurde, und an seine eigene gefährdete Beziehung denken müssen.

»Möchtest du sie suchen gehen?«, fragte ich ihn. »Ich komme hier eine Weile allein zurecht.«

»Träum weiter«, meinte er und klopfte mir auf die Schulter.

Das schien mir ein gutes Zeichen zu sein.

»Willst du sie trotzdem suchen?«, fragte ich.

»Nee. Die kommt schon wieder, wenn sie will. Nachlaufen tu ich der nicht. Ehrlich gesagt, ist es mir ziemlich schnurz, ob sie wiederkommt.«

Mir war es nicht schnurz. Ohne sie war es mit Luca viel lustiger.

»Bleibst du nachher noch?«, fragte er.

»Wenn du damit meinst, ob ich mir das Konzert anhöre – nein.«

»Fährst du direkt nach Hause?«

»Wieso?« Ich wollte noch Sophie besuchen, wenn es nicht zu spät wurde.

»Weil ich gehofft hatte, du könntest mich mitnehmen. Wir sind mit Betsys Wagen gekommen, und die wird jetzt ohne mich nach Hause gefahren sein. Wir wollten zum Konzert bleiben, aber darauf habe ich jetzt keine Lust mehr.« Er schwieg. »Wenigstens bin ich an den kleinen Scheusalen vom Elektronikclub vorbeigekommen.«

War es wirklich erst eine Woche her, dass ich Luca den Mikrocoder für seinen Club mitgegeben hatte? Mir kam es wie ein Monat vor.

»Klar«, sagte ich. »Mitnehmen kann ich dich, aber das letzte Stück müsstest du mit dem Zug fahren. Ich wollte noch zu Sophie, wenn's nicht zu spät wird.«

»Schon gut, Ned«, sagte er. »Ich nehm den Zug von hier aus. Das ist kein Problem.«

Ich überlegte, wo der Zug nach High Wycombe überall hielt. »In Beaconsfield könnte ich dich rauslassen«, sagte ich. »Das liegt auf dem Weg.«

»Unsinn«, widersprach er. »Bis zum Bahnhof würdest du ewig brauchen. Ich fahr von hier aus mit dem Zug. Das macht ehrlich nichts.«

»Okay«, sagte ich ziemlich erleichtert. Ich würde mich sowieso sputen müssen, um zur Klinik zu kommen, bevor die Nachrichten vorbei waren.

Das letzte Rennen des Abends war ein Maidenrennen über 1000 Meter für Zweijährige. »Maiden« bezog sich nicht auf das Geschlecht der Tiere, es gab auch männliche Maiden. Gemeint waren Pferde, die noch in keinem Rennen gesiegt hatten. Von den Sieglosen hier hatten die meisten noch nie zuvor auf einer Rennbahn gestanden. Ein Einziger hatte eine gute Form vorzuweisen – zwei zweite Plätze, davon einer nur einen Kopf hinter dem Zweijährigen-Star des Jahres. Natürlich war dieses Pferd, East Imperial, der haushohe Favorit, als es ans Wetten ging.

»Komm nicht auf die Idee, heute Abend wieder das Internet lahmzulegen«, sagte ich ernst zu Luca.

Er stritt es nicht ab, sondern stand nur da und sah mich mit herunterhängender Kinnlade an.

»Du fängst dir Fliegen ein«, meinte ich.

Er klappte den Mund zu.

»Wie bist du drauf gekommen?«, fragte er.

»Das war nicht allzu schwer.« Aber sicher gewesen war ich mir eigentlich auch nicht. Ich hatte es vermutet. Und mit der Vermutung offenbar ins Schwarze getroffen. »Du bist ein Elektronik-Ass. Und du und Larry, ihr habt schon alles Mögliche ausgeheckt. Da lag das nahe. Wer war sonst noch dabei?«

»Nur ein oder zwei andere«, sagte er. »Norman Joyner. Als der einzige andere Buchmacher. Es war bloß Spaß.«

Mein Magen fand das gar nicht spaßig, und Larrys Rippen bestimmt auch nicht mehr.

»Wolltet ihr es heute Abend hier wieder machen?«, fragte ich ihn.

»Hatten wir vor«, sagte er. »Aber Larry hat die Sachen im Auto, und er ist ja nicht gekommen.«

Wir wussten beide, warum.

»Bei diesem Rennen?«, fragte ich.

»Ja, klar«, sagte er. »Heißer Favorit und alles.«

»Aber warum? Was habt ihr davon? Wettet ihr woanders darauf?«

»Nein«, erwiderte er. »Das ist ja gerade das Schöne. Es führt keine Spur zu uns. Keiner, der mit uns zu tun hat, profitiert davon. Nur, dass es allen, die in einem Wettbüro zum Schlusskurs auf den Favoriten setzen, einen Geldsegen beschert. Und das sind jede Menge. Die großen Büros werden durch diesen Dreh ein bisschen geschröpft und gehörig in Rage gebracht, weil man sie mit ihren eigenen Waffen schlägt.«

»Es hat dich in Ascot im Ring aber doch Geld gekostet, die Quotenänderung herbeizuführen«, sagte ich. »Ich habe ja die Scheine in der Hand gehalten.« Und ich erinnerte mich deutlich an den Mann in Ascot, der tausend Pfund, zwei Monkeys, auf einen Verlierer gesetzt hatte. Den Mann in dem weißen Hemd und der Khakihose.

»Eigentlich nicht«, sagte er. »Ein Freund von Larry hat den Reigen mit einem Tausender eröffnet. Dieser Schein hat dann die Runde gemacht, Larry und ich haben bei Norman abgelegt und er bei uns. Die Quoten haben sich überall im Ring geändert, aber den Betrag, der dabei wirklich in andere Hände gewandert ist, hat Larrys Frau zu Hause mit einer kleinen Wette auf den Favoriten gedeckt.«

Gut organisiert, dachte ich.

»Ging es euch in Stratford auch darum?«

»Irgendwie schon«, sagte er. »Aber ich geb zu, das war ein bisschen blöd, zu offensichtlich. Wir hatten eigentlich nichts vorbereitet, also auch die Sachen nicht dabei, aber da waren so wenige Kollegen, und es war so ein Sauwetter, dass wir spontan dachten, wir ändern spaßeshalber mal die Quoten auf der Tafel.«

»Tu das nie wieder«, sagte ich. »Wenn du ernstlich an einer Teilhaberschaft interessiert bist, haben die Quoten tabu zu sein. Sonst ruinierst du nicht nur unseren Ruf, sondern setzt auch unseren Lebensunterhalt aufs Spiel. Verstanden?«

Er machte ein Gesicht wie ein gescholtener Schuljunge. Im Grunde hatte er nicht aus Bosheit gehandelt, sondern aus Langeweile. Er hatte das Ganze für ein Spiel gehalten, aber meine blauen Flecke bewiesen, dass es keins war.

»Es ist mir ernst damit«, sagte ich. »Nie wieder.«

»Ist ja schon gut«, sagte er offensichtlich bedient, fügte sich aber in das Unvermeidliche.

Der Favorit East Imperial gewann das Rennen ohne Mühe und zahlte zehn zu elf, wogegen nichts zu sagen war.

Von der Sache mit Betsy abgesehen war es insgesamt ein guter Abend für uns, und Luca und ich packten gut gelaunt zusammen. Beim letzten Rennen kann die Wettlust etwas nachlassen, und meistens verschwinden die Leute danach schnell. Heute Abend aber kamen immer neue dazu, besonders nach dem letzten Rennen, wo alle versuchten, einen guten Platz für das Konzert zu ergattern. Also hatten wir Zuschauer, als wir den Karren beluden, und mussten uns den

Weg durch das Gedränge an der Tribüne und zum Parkplatz dahinter hart erkämpfen.

»Sag mir mal, was für eine Ausrüstung ihr benutzt«, bat ich Luca, als wir uns mit dem Karren meinem Wagen näherten.

»Ausrüstung?«, fragte er unschuldig.

»Du weißt schon. Wie und womit ihr das Internet und die Telefone ausschaltet.«

»Das Internet ist ein Klacks«, tönte er stolz. »Die Telefone sind schon schwieriger.«

»Erzähl«, sagte ich.

»Man kappt nicht direkt die Verbindung zum Internet«, erklärte er, »man macht nur den Internetzugang elend langsam. So langsam, dass einfach alles ewig dauert.«

»Und wie geht das?«, fragte ich ihn.

»Der Rennbahnserver bekommt von mir etwas zu tun, das ihn vollauf beschäftigt«, meinte er lächelnd. »Ich halse ihm mit unserer Wi-Fi-Verbindung einen Virus auf, der ihn in einen Teufelskreis von Primzahlenberechnungen verstrickt. Das beansprucht seinen ganzen Arbeitsspeicher und lässt ihm keinen Raum für das, was er eigentlich tun soll. Wenn es mir dann genügt, schalte ich das Virusprogramm ab, und – Simsalabim – die Rechnerei hört auf, und der Internetzugang funktioniert wieder im angestammten Tempo.«

Das hörte sich kinderleicht an.

»Und die Telefone?«

»Im Prinzip auch nicht so schwierig«, sagte er. »Man sendet ein starkes Rauschsignal im entsprechenden Frequenzbereich. Das übertönt die schwächeren Signale der Telefonsender. Blendet sie völlig aus. Das ist zwar nicht besonders raffiniert, für einen kleinen Bereich wie den Buchmacherring aber zweckmäßig. Die gleiche Methode wendet im Grunde die Armee in Afghanistan an, um Mobilfunkverbindungen zu blockieren, mit denen Bomben ferngezündet werden sollen.«

»Wie um alles in der Welt bist du denn darauf verfallen?«, fragte ich.

»Bin ich nicht.« Er lächelte. »Das war einer der Straffälligen vom Elektronikclub. Er wollte ein Gerät bauen, das den Polizeifunk blockiert, damit sie ihn nicht kriegen. Ich hab's mir von ihm ausgeliehen und die Frequenz ein wenig verstellt.«

»Wie groß ist das denn?«

»Es passt noch in Larrys Kisten«, sagte er. »Und es läuft mit einer Autobatterie, wie unsere Anzeigetafeln auch.«

»Wie oft hast du es schon benutzt?«

»Nur die drei Mal in Ascot. Es ist erst vorige Woche fertig geworden. Das erste Mal, am Dienstag, war ein Test, um zu sehen, ob es funktioniert. Donnerstag war der Abschuss, wie du gemerkt hast. Am Samstag war's wieder nur Spaß, um zu sehen, was passiert.«

»Aber am Dienstag wär's beinah ins Auge gegangen«, sagte ich. »Du hast mir erzählt, wenn der Favorit im letzten Lauf gewonnen hätte, wären wir einen Tausender losgewesen, weil du die Wette nicht im Internet ablegen konntest.«

»Na ja, da kamen eine Menge Last-Minute-Wetten rein, und Larry hatte den Apparat.«

»Pack das Ding jetzt weg, Luca, bevor es dich in Teufels Küche bringt und uns bares Geld kostet.«

»Ja, Chef«, meinte er spöttisch.

»Das ist nicht lustig.«

»Ich weiß«, sagte er ernst.

»Aber bewahr es gut auf«, fügte ich hinzu. »Für alle Fälle.«

Er sah mich fragend an, doch ich ging nicht darauf ein. Stattdessen begann ich die Ausrüstung hinten in meinen Wagen zu verfrachten. Meine Bauchmuskeln hatten jedoch fürs Erste genug und verkrampften sich, so dass ich mich vor Schmerzen krümmte.

»Was ist los?«, fragte Luca bestürzt.

»Das gibt sich«, krächzte ich, bemüht, mich zu entspannen.

»Brauchst du einen Arzt?«, fragte er ehrlich beunruhigt.

»Nein.« Ich richtete mich auf und streckte mich. »Das geht gleich wieder.«

»Herrgott, Ned«, sagte Luca. »Das habe ich nicht gewollt.«

»Natürlich nicht.« Ich streckte mich noch einmal. »Wie gesagt, das wird schon wieder.«

Endlich ließ der Krampf nach, und ich lächelte ihn an. Seine Sorgenmiene entspannte sich ein wenig, und er lud unsere restlichen Sachen ins Auto.

»Hör mal«, wechselte ich das Thema. »Kennst du dich mit irischen Telefonnummern aus?«

»Nicht besonders. Wieso?«

»Ich dachte, du weißt vielleicht, ob sie da Ortsvorwahlen haben, aus denen hervorgeht, wo sich ein Anschluss befindet.«

»Ich weiß nur, dass irische Handynummern nach der 353 eine 86 oder 87 haben.«

Demnach war Paddy Murphys Nummer eine aus dem Festnetz.

»Und 42?«, fragte ich ihn.

»Keine Ahnung«, sagte er. »Schau ins Internet. Google. Wenn das eine Vorwahl ist, findest du sie im Netz.«

»Danke.« Warum hatte ich daran nicht selbst gedacht?

»Wann führen wir denn unser kleines Gespräch?«, fragte er.

»Worüber?« Ich wusste es zwar, wollte aber, dass er derjenige war, der es wieder zur Sprache brachte.

»Eine Partnerschaft«, sagte er.

Wir standen nach einem Abend mit Hochbetrieb um Viertel vor zehn im letzten Tageslicht hinter meinem Wagen.

»Jetzt nicht«, sagte ich. »Ich bin müde, und mir tut alles weh.«

»Wann dann?«, hakte er nach.

»Morgen Nachmittag sind wir in Uttoxeter«, sagte ich. »Möchtest du zu mir kommen, und ich nehme dich dann mit?«

»Gern.«

»Dann unterhalten wir uns auf der Fahrt. Es sei denn, Betsy ist dabei.«

»Da habe ich so meine Zweifel«, meinte er.

»Was ist mit eurer Wohnung?«

»Kein Problem. Die gehört zu hundert Prozent mir. Sie kann zurück zu ihrer Mutter gehen.« Seinem Tonfall nach war die Beziehung wirklich aus und vorbei.

»Also gut«, sagte ich. »Dann bis morgen. Sei bitte um elf bei mir.«

»Geht's dir auch wirklich wieder gut?«, fragte er.

»Keine Sorge. Und jetzt ab mit dir, sonst verpasst du noch den Zug.«

»Okay. Bis morgen dann. Tschüs.«

Er marschierte mit langen Schritten Richtung Bahnhof, und ich schaute hinter ihm her.

Würde mein Leben mit oder ohne Luca weitergehen? Würde es bleiben, wie es war, oder sich verändern? Besser werden oder schlechter? Sicherer oder gefährlicher?

Die Zeit – und der morgige Tag – würde es zeigen.

15

Ich schaffte es noch rechtzeitig zur Klinik, um die letzte Viertelstunde der Nachrichten mitzubekommen.

Sophie sprang vor Freude auf, als ich hereinkam, und schlang mir die Arme um den Hals.

»Ach, bin ich froh«, gurrte sie. »Ich dachte, du kämst nicht mehr, weil es schon so spät ist.«

»Nach den Rennen gab es ein Popkonzert«, sagte ich. »Wegen der vielen Leute haben wir lange gebraucht, um einzupacken und rauszukommen.« Dafür war der Verkehr aber auch nicht so stark gewesen.

Ich setzte mich neben sie, und sie hielt meine Hand, während wir uns die letzten Berichte und das Wetter ansahen. Vom Ergebnis der Begutachtung wollten wir beide nicht reden. Wir hatten Angst, darüber zu mutmaßen und dann enttäuscht zu werden. Aber für meine Begriffe ging es Sophie jetzt so gut wie schon seit zehn Jahren nicht mehr.

Ich merkte, dass ich zum ersten Mal seit langem in ihrer Gegenwart ganz entspannt sein konnte.

Auch wenn sie zu Hause gewesen war, hatte ich immer höllisch aufgepasst, nichts zu tun oder zu sagen, was sie aufregen könnte. Ich war ein Meister im Eiertanz geworden.

Aber diesmal war es anders. Sie wirkte emotional gefestigt. Es war beinah, als würde sie mir helfen, die Nervenprobe der Begutachtung zu überstehen, und nicht umgekehrt. Vielleicht war es dann doch Zeit, über das mögliche Ergebnis zu sprechen. Den Stier bei den Hörnern zu packen, so oder so.

»Immer noch nichts Neues?«, fragte ich.

»Nein. Ich finde das sehr frustrierend. Niemand hier versteht es. Für sie alle ist klar, dass ich nach Hause gehöre.«

»Für mich auch, Liebling«, sagte ich. »Ich glaube, dir geht es so gut wie schon lange nicht mehr.«

Sie schenkte mir ein wahrhaft glückliches Lächeln, und wieder machte mein Herz einen Satz.

»Ich weiß«, sagte sie. »Ich fühle mich ganz wunderbar, und die neuen Medikamente sind großartig. Viel weniger Nebenwirkungen, jedenfalls jetzt, wo sich mein Körper dran gewöhnt hat. Ich fühle mich auch nicht mehr so aufgedunsen.«

Durfte ich wirklich hoffen, dass nach der bisherigen ruppigen Achterbahnfahrt unseres Lebens jetzt einmal alles glattging? Um daran zu glauben, war es viel zu früh, aber für den Anfang sah es gut aus.

»Alles Gute für morgen in Uttoxeter«, sagte sie, als ich aufstand, um zu gehen.

»Danke.« Ich gab ihr einen Kuss.

Sollte ich sie mit Luca behelligen? Ich wollte wirklich ihre Meinung hören, und wenn ich im Begriff war, mein Geschäft zur Hälfte abzugeben, hatte sie wohl ein Recht darauf, das zu erfahren.

»Luca Mandini will gleichberechtigter Teilhaber werden«, sagte ich.

»Tatsächlich?«, meinte sie. »Er ist noch sehr jung.«

»Siebenundzwanzig. So jung ist das auch wieder nicht. Und er ist gut. Sogar sehr gut.«

»Meinst du, du verlierst ihn, wenn du nein sagst?«

»Wahrscheinlich. Entweder macht er sich selbständig, oder er sucht sich jemanden, von dem er bekommt, was er will.«

»Kannst du es dir denn leisten?«, fragte sie.

»Ich glaube schon«, sagte ich. »Ich würde ja sein Gehalt einsparen, und finanziell wäre es kein großer Unterschied. Er wird jetzt schon wesentlich am Gewinn beteiligt. Allerdings würde ich etwas von meiner Unabhängigkeit einbüßen. Mit ihm am Computer schlagen wir uns in letzter Zeit sehr gut. Und von diesen Sachen verstehe ich zu wenig. Wenn Luca ginge, bekäme ich zwar jederzeit einen neuen Assistenten, aber …«

»Keinen, der so gut ist?«

»Wahrscheinlich nicht.«

»Dann ist der Fall doch klar. Gib ihm, was er will.«

»Meinst du wirklich?«

»Aber ja«, sagte sie. »Wo kommst du sonst hin? Wenn er dein Partner ist, kann Luca dir ja nicht mehr einfach weglaufen, oder? Binde ihn vertraglich, damit es teuer wird, wenn er wegwill.«

Damit er weder weglaufen noch den Laden durch krumme Touren ruinieren kann, dachte ich. Ich hatte entschieden, Sophie nichts von Internetausfällen, blockierten Handys und manipulierten Quoten zu erzählen. Auch von blanken Fäusten und Schuhen mit Stahlkappen auf dem Parkplatz in Kempton sagte ich lieber nichts. Etwas Vorsicht war immer noch geboten.

Aber ich war froh, dass ich sie auf Luca angesprochen hatte. Glasklares kaufmännisches Denken war von jeher ihre Stärke, jedenfalls, wenn es ihr gutging, und ihr Rat in Sachen Luca entsprach ihrer derzeitigen seelischen Verfassung.

»Danke«, sagte ich zu ihr. »Genau das werde ich tun.«

Wir küssten uns zum Abschied, ein fröhlicher, liebevoller Kuss.

Diesmal machte es ihr auch gar nichts aus, dass ich sie allein ließ. Wir wussten wohl beide, dass sie spätestens am Montag mit nach Hause kommen würde, deshalb waren die paar Tage dazwischen nicht schlimm.

Dundalk, verriet mir das Internet. Paddy Murphys Telefonanschluss war in Dundalk. Und Dundalk, fand ich heraus, lag rund achtzig Kilometer nördlich von Dublin an der Nordostküste der Republik, an der Mündung des Castletown River unweit der Grenze zu Nordirland.

Außerdem sagte mir mein Computer, dass Dundalk mit etwa dreißigtausend Einwohnern die größte Kleinstadt Irlands war. Um sie herum, im Bereich der Vorwahl 42, lebten fast eine halbe Million Menschen. Wie es aussah, konnte ich also nicht gut in Dundalk aufkreuzen und nach einem Paddy Murphy fragen. Sonst hätte man wahrscheinlich *mich* in die Klapse gesteckt.

Ich saß nach einer weiteren Nacht ohne Zwischenfall in meinem Büro in der Station Road.

Fies-Auge machte mir immer noch große Sorgen. Ich bildete mir nicht ein, dass er die Suche nach dem Geld aufgegeben haben könnte. Deshalb hatte ich auch diesmal wieder die Schlafzimmertür mit Sophies Frisierstuhl gesichert. Und das Geld hatte ich in dem Schrank unter der Treppe verstaut für den Fall, dass er hier mit seinem Messer auftauchte. Man könnte ihn ja vielleicht überreden, sich das Geld zu schnappen, ohne sich an mir im Stechen zu üben.

Ich blickte wieder auf das Telefon meines Vaters. Als ich am Abend zuvor aus der Klinik zurückgekommen war, hatte ich noch ein paarmal versucht, Paddy Murphy zu erreichen. Jetzt drückte ich die Taste erneut und hörte den vertrauten Wählton.

»Wenn Sie von der Garda wären, wären Sie inzwischen hier«, meinte Paddy zur Begrüßung. »Sind Sie also offenbar nicht.«

»Nein«, sagte ich.

»Sondern?« Sein irischer Akzent war stärker denn je.

»Wie ich Ihnen schon sagte: Ich bin der Sohn von Alan Grady.«

»Der hat keinen Sohn.«

»O doch.«

»Sie hören sich nicht wie ein Australier an.«

»Bin auch keiner«, sagte ich. »Ich wurde geboren, bevor er nach Australien ging.«

Langes Schweigen am anderen Ende.

»Sind Sie noch da?«, fragte ich.

»Mag sein«, erwiderte er. »Was wollen Sie von mir?«

»Wie gut kannten Sie meinen Vater?«

»Wieso ›kannten‹?«, fragte er.

»Mein Vater wurde auf der Rennbahn in Ascot ermordet. Auf dem Parkplatz. Er wurde erstochen.«

Am anderen Ende war es ganz still.

»Wann?«, fragte er schließlich.

»Dienstag vor einer Woche.«

Wieder ein langes Schweigen.

»Ist der Täter gefasst?«, fragte er.

»Noch nicht.«

»Irgendwelche Verdächtigen?«

»Ich weiß nicht«, sagte ich. »Ich glaube nicht.«

»Haben sie gar keine Hinweise?«, hakte er nach. Es kam mir vor, als hätte er ein wenig Angst. Vielleicht hatte er allen Grund dazu.

»Der Mörder war ein Mann von Mitte bis Ende dreißig. Schlank, mit verschlagenem Gesichtsausdruck.«

»Was meinen Sie denn mit ›verschlagen‹?«, fragte er langsam.

»Die Augen stehen etwas zu eng zusammen«, sagte ich. »Sieht fies aus. Erkennen Sie ihn nach der Beschreibung?«

Er zögerte zu lange. »Das kann doch sonst wer sein.«

»Aber Sie wissen, wer es ist«, sagte ich. Es war eine Feststellung, keine Frage.

»Nein«, antwortete er. Aber ich glaubte ihm nicht.

»Kann es sein, dass der Mann auch hinter Ihnen her ist?«

»Wieso das denn?«, meinte er mit einem nervösen kleinen Zittern in der Stimme.

»Weiß ich nicht. Sie aber.«

»Nein«, sagte er rasch noch einmal.

»Abstreiten nützt gar nichts«, sagte ich. »Wer ist der Mann?«

»Halten Sie mich für komplett verrückt? Selbst wenn ich das wüsste, würde ich es Ihnen nicht sagen.«

»Wieso nicht?«, fragte ich.

»Halten Sie mich für komplett verrückt?«, sagte er noch einmal. »Er würde mich auch umbringen.«

»Das tut er vielleicht auch so.«

Damit schürte ich noch seine Unruhe.

»Heilige Mutter Gottes«, sagte er.

»Beten hilft Ihnen nicht weiter. Aber ein offenes Wort zu mir oder der Polizei vielleicht. Warum sollte Ihnen der Mann überhaupt nach dem Leben trachten?«

Er gab keine Antwort.

»Haben Sie ihm Geld gestohlen?«, fragte ich.

Immer noch nichts.

»Oder hat es etwas mit dem Mikrocoder zu tun?«, hakte ich nach.

»Womit?«

»Dem Mikrocoder«, wiederholte ich. »Ein schwarzes Kästchen mit Tasten.«

»Ach, den Chipschreiber meinen Sie.«

»Ja. Wem gehört er?«

»Das kommt drauf an«, sagte er. »Ich dachte, er gehört Alan.«

»Aber?«

»Jetzt glaube ich, er könnte ihn gestohlen haben.«

»Wem? Dem Mann mit den eng zusammenstehenden Augen?«, fragte ich.

»Nein«, antwortete er mit Bestimmtheit. »Dem nicht.«

»Ich denke, Sie wissen nicht, wer das ist.«

»Weiß ich auch nicht«, meinte er wenig überzeugend. »Aber der Chipschreiber kam definitiv aus Australien. Da bin ich mir sicher.«

»Und Fies-Auge kommt nicht daher?«

»Was sind Sie doch für ein hinterhältiger Knochen.«

Mag schon sein, dachte ich, aber viel rausbekommen hatte ich aus Mr. Paddy Murphy trotzdem noch nicht.

»Warum hat mein Vater Sie vor zwei Wochen besucht?«, fragte ich ihn.

»Wer sagt denn, dass er das hat?«

»Ich«, gab ich zurück. »Also warum? Und wie heißen Sie wirklich?«

»Neugierig, der Herr, nicht wahr?«

»Ja«, sagte ich. »Und wenn ich nicht bald ein paar Auskünfte von Ihnen bekomme, bin ich imstande und gebe dem Kriminalbeamten, der den Mord an meinem Vater untersucht, Ihre Telefonnummer. Dann brauchen Sie nicht lange zu warten, bis die Garda bei Ihnen anklopft.«

»Das würden Sie doch nicht tun, oder?«

»Lassen Sie's nicht drauf ankommen.«

Wieder Schweigen.

»Was wollen Sie wissen?«, fragte er.

»Zunächst mal, was mein Vater in Irland gemacht hat.«

Schweigen. »Er hat etwas geliefert«, sagte er schließlich.

»Was?«, fragte ich. »Und wem?«

»Mir«, antwortete er.

»Was hat er geliefert?«

»Etwas, das ich bei ihm gekauft habe.«

»Nämlich?«

Wieder nur Schweigen.

Das dauert ja ewig, dachte ich.

»Etwas für ein Pferd.«

»Einen Mikrochip?«

»Ja«, sagte er zögernd, ohne es auszuführen.

»Und einen Pferdepass?«

»Ja«, sagte er wieder zögernd.

»Einen gefälschten Pass und einen falschen Chip?«

Neuerliches Schweigen.

»Na los«, forderte ich gereizt. »Reden Sie schon.«

»Warum sollte ich?«

»Weil ich, wenn Fies-Auge nach Ihnen sucht, vielleicht Ihr einziger Freund bin, Mr. Paddy Murphy oder wie immer Sie nun heißen.«

»Aber warum sollte er hinter mir her sein?«

»Das möchte ich von Ihnen hören. Sie kennen ihn schließlich.«

»Ich kann nicht«, jammerte er.

»Sie können. Und Sie müssen«, sagte ich. »Stellen Sie sich vor, er bringt Sie auch um. Dann wollen Sie doch sicher, dass er gefasst wird, oder?«

»Ich kenne aber seinen richtigen Namen nicht«, sagte er.

Langsam wurde es lächerlich, wer hier alles unter falschem Namen auftrat. Ich selbst hatte Paddy Murphy ja indirekt auch gesagt, ich hieße Grady.

»Na, was wissen Sie denn von ihm?«, fragte ich.

Es war, als wollte man einen Stein zum Bluten bringen.

»Ich weiß, dass er Pferde tötet«, sagte er.

»Was!«, rief ich aus. »Wie denn?«

»Auf jede erdenkliche Art. Eins hat er mal umgebracht, indem er ihm Tischtennisbälle in die Nüstern gesteckt hat. Pferde können nicht durch den Mund atmen wie wir, und das Pferd hat einen Herzanfall bekommen und ist tot umgefallen.«

Ich schauderte bei dem Gedanken.

»Er tötet sie aber immer so, dass es nach einem Unfall aussieht. Wegen der Versicherungssumme.«

Ich dachte scharf nach.

»Sie vertauschen also ein gutes Pferd mit einem schlechten«, sagte ich, »töten das schlechte und kassieren die Versicherung für das gute?«

»Genau«, antwortete er.

Das war viel sicherer, als das schlechte zu verkaufen und zu riskieren, dass der Käufer bei seinem Neuerwerb einen DNA-Test machen ließ.

»Was passiert mit dem guten Pferd?«, fragte ich.

Nachdem er einmal angefangen hatte zu reden, ging es leichter. Er prahlte förmlich mit der schlau ausgedachten Masche.

»Es kommt unter dem Namen des schwachen Gauls in Training. Wenn wir Glück haben und es dann in schlechter Gesellschaft als Außenseiter antritt und gewinnt, können wir beim Wetten noch ordentlich was dazuverdienen.«

Raffiniert, dachte ich. Aber auch riskant. Den Tod eines Pferdes wie einen Unfall aussehen zu lassen war nicht leicht, und die Versicherung konnte Verdacht schöpfen.

»Was ist mit der Versicherung?«, fragte ich. »Prüft die nicht nach?«

»Doch, natürlich«, antwortete er. »Die haben sogar einen Sonderermittler, der sämtliche mit Forderungen verbundenen Pferdetode untersucht, um sicherzugehen, dass es sich wirklich um Unfälle handelt.«

»Und wieso kommen Sie dann damit durch?«, fragte ich.

»Der Sonderermittler der Versicherung ist ziemlich engäugig.«

Zu meiner und auch seiner großen Überraschung war Betsy mit dabei, als Luca um zehn vor elf bei mir zu Hause klingelte.

»Sie ist heute Morgen einfach bei mir aufgetaucht, als wäre nichts gewesen«, sagte Luca, während sie im Bad war. »Ich fass es nicht. Kein Wort der Erklärung.«

Vielleicht war sie doch nicht so dumm. An einem Fang wie Luca lohnte es sich festzuhalten. Er wiederum nahm das Ganze ziemlich gelassen hin. Insgeheim schien er sich aber zu freuen.

Kurz nach elf brachen wir zu dritt in meinem alten Volvo nach Uttoxeter auf, Luca wie üblich vorn neben mir, Betsy auf dem Rücksitz. Schon bald lauschte sie über die weißen Kopfhörer ihrem iPod und döste, den Kopf gegen das Fenster gelehnt.

»Ich habe über deinen Vorschlag nachgedacht«, sagte ich zu Luca.

»Und?«, fragte er offensichtlich gespannt.

»Ich bin bereit, dir unter bestimmten Bedingungen eine volle Teilhaberschaft anzubieten.«

»Was für Bedingungen?«, fragte er argwöhnisch.

»Nichts allzu Schlimmes«, erwiderte ich. »Sie gelten für beide Partner gleichermaßen.«

»Was wären das für Bedingungen?«, fragte er noch einmal misstrauisch und abwehrend.

»Nun mal langsam«, sagte ich. »Du brauchst dich nicht aufs hohe Ross zu schwingen. Sieh das mal von meiner Warte aus. Ich würde die Hälfte meiner Firma und den halben Gewinn abtreten, und wofür? Ein paar Zusicherungen brauche ich schon. Du musst mir zeigen, dass die Firma dir ein längerfristiges Engagement wert ist. Das heißt, wir brauchen einen Vertrag, der uns beide auf mindestens fünf Jahre bindet und ein vorzeitiges Aussteigen sanktioniert. Nach fünf Jahren bekämst du die volle Partnerschaft, ohne Kapital einbringen zu müssen. Aber es muss klar sein, dass innerhalb dieser fünf Jahre meine Stimme den Ausschlag gibt, wenn wir unterschiedlicher Auffassung sind.«

»Unterschiedlicher Auffassung worüber?«

»Wie sich das Geschäft entwickelt«, sagte ich. »Du brennst offensichtlich darauf, die Grenzen zu erweitern.« Und sie zu überschreiten, dachte ich, aber das behielt ich für mich.

»Ja«, sagte er.

»Nun, das muss abgesprochen werden. Versteh mich nicht falsch. Ich bin nicht völlig gegen Neuerungen und werde mir jeden Vorschlag von dir anhören, aber in den kommenden fünf Jahren habe ich, wenn wir uns verändern, das letzte Wort darüber, wie das passiert.«

»Und danach?«

»Nun, nach fünf Jahren hätten wir als gleichwertige Partner gleiches Stimmrecht im Geschäft. Könnten wir uns nicht einigen, müsste die Partnerschaft enden, aber das kann ich mir nicht vorstellen. Wir müssten eben beide etwas kompromissbereit sein.«

»Aber in den nächsten Jahren würde ich vorschlagen und du würdest entscheiden?«, sagte er.

»Wenn du es so ausdrücken willst, ja.«

»Das scheint mir nicht viel anders zu sein, als es jetzt ist«, meinte er resigniert.

Er entglitt mir.

»Doch«, sagte ich. »Du forderst hier eine ganze Menge, Luca, und ich bin bereit, dir ohne direkte Kosten für dich die Hälfte einer sehr rentablen Firma abzutreten. Statt ein Angestelltengehalt zu beziehen, hättest du Anspruch auf die Hälfte des Gewinns. Aber du müsstest auch für die Hälfte der Verluste einstehen, wenn etwas schiefgeht, und ich möchte sicherstellen, dass das nicht passiert. Ich glaube an dich, Luca, aber ich glaube auch, dass du Anleitung brauchst, bis du etwas mehr Erfahrung hast. Ich könnte verlangen, dass du dich mit fünfzig Prozent in das Geschäft einkaufst, aber das tue ich nicht. Ich gebe dir den Anteil umsonst, bloß über fünf Jahre.«

Er schwieg und dachte nach.

»Ich finde das wirklich ein tolles Angebot«, sagte ich. »Und du musst dich auch nicht sofort entscheiden. Denk drüber nach. Sprich mit Betsy darüber und mit deinen Eltern, wenn du willst. Wir können weitermachen wie bisher, solange du das möchtest. Für immer, wenn dir daran liegt.«

Ziemlich lange saß er still neben mir und schaute auf die Straße vor uns.

»Können wir's in Talbot und Mandini umbenennen?«, sagte er schließlich.

Ich war mir nicht sicher, ob ich so weit gehen wollte.

Larry Porter war voll des Selbstmitleids, und auch wenn seine Rippen nicht so ramponiert waren, dass er Blut gespuckt hätte, versprühte er in Uttoxeter doch Gift und Galle um sich herum.

»Verdammte Schweine«, meinte er zu mir und jedem anderen, der ein Ohr frei hatte. »Was fällt denen ein, unschuldige Menschen auf Rennbahnparkplätzen zusammenzuschlagen?«

Der Unschuldige war ich, nicht er.

»Beruhige dich, Larry«, sagte ich. »Sonst bekommst du noch einen Schlaganfall.«

»Bist du denn nicht auch wütend?«, fragte er.

»Natürlich. Aber ich rege mich darüber nicht bloß auf – ich werd's ihnen heimzahlen.«

»Das ist doch mal ein Wort«, sagte er.

»Wer war das denn überhaupt?«

»Keine Ahnung. Irgendwelche Gorillas eben.«

Heimzahlen war nicht so einfach, dachte ich, wenn man nicht wusste, wer dahintersteckte.

Ich habe eine Nachricht von meinem Chef, hatte einer der Gorillas gesagt. Versauen Sie nicht noch mal die Eventualquoten.

Man durfte also wohl davon ausgehen, dass der Denkzettel von einer der großen Buchmacherfirmen gekommen war. Nur ihnen hatte Lucas und Larrys kleine Spielerei in Stratford geschadet. Aber welche große Firma? Theoretisch kamen vielleicht ein halbes Dutzend in Frage, aber bei einer oder zweien hätte es mich überrascht, wenn sie auf Rennbahnparkplätzen hätten Leute zusammenschlagen lassen. Umgekehrt gab es ein paar andere, von denen ich genau das erwartet hätte.

»Ich höre, du hast dich mit Luca über unseren Zeitvertreib unterhalten«, sagte Larry.

»Ja, das habe ich«, erwiderte ich scharf. »Ich hätte dich für vernünftiger gehalten, Larry.«

»Na gut«, meinte er. »Aber ich hab's einfach satt, von den

Großbuchmachern wie ein Ärgernis behandelt zu werden. Ich lasse mich nicht wie eine Fliege zerquetschen und aus dem Geschäft drängen. Jetzt machen sie auch alle noch Stände auf der Rennbahn auf, da können sie die Quoten noch besser manipulieren. Nicht nur ich hab Grund, wütend zu sein, die Wetter sollten sich das auch nicht bieten lassen.«

»Ach, komm«, sagte ich. »Du träumst doch, wenn du glaubst, dass wir dem Wettpublikum jemals leidtäten.«

»Ja«, erwiderte er, »da hast du auch wieder recht.«

Und ob! Mein Großvater meinte immer, Buchmacher könnten so viel Verständnis erwarten wie Einbrecher: Beide vergriffen sich am Hab und Gut der Leute, Buchmacher nur eben auf legalem Weg.

Das sah ich zwar anders als mein Großvater, da man aus freien Stücken wettet, aber ich wusste, dass viele, mit denen ich täglich auf der Bahn zu tun hatte, dieser Meinung waren.

»Und wie willst du das nun anstellen?«, fragte Larry.

»Was denn?«, fragte ich.

»Wie willst du's ihnen heimzahlen?«

»Das weiß ich noch nicht genau. Aber als Erstes will ich herausfinden, auf wessen Befehl diese Schläger gehandelt haben. Und Larry«, sagte ich und sah ihm in die Augen, »keine Tricksereien mehr. Verstanden?«

»Warum spielst du dich denn hier plötzlich so auf?«, fragte er.

»Weil ich finde, dass man in einem Wespennest am besten nicht herumstochert. Warten wir den richtigen Zeitpunkt ab und schauen, dass wir bis dahin nicht gestochen werden.«

»Okay«, lenkte er ein. »Von mir aus.«

Glücklich war Larry nicht damit. Er wollte losschlagen auf diejenigen, die ihn verletzt und in seinem Stolz gekränkt hatten. Aber wer auf einen großen dicken Grizzlybär losgeht, wird sich einen Prankenhieb an den Kopf einfangen.

Um es ihnen heimzuzahlen, musste man viel schlauer vorgehen.

16

Mr. John Smith, oder wie er hieß, wartete nach Feierabend auf dem Parkplatz der Rennbahn von Uttoxeter neben meinem Wagen auf mich.

»Haben Sie nichts Besseres zu tun, als auf Rennbahnparkplätzen herumzulungern?«, fragte ich ihn sarkastisch.

Er überging meine Frage. »Morgen ist Sonntag.«

»Scharf beobachtet«, gab ich zurück.

»Lassen Sie die Witze. Morgen kommt Ihre Bekannte aus dem Urlaub zurück, dann möchte ich den Mikrocoder.«

»Ich weiß nicht, wann sie ankommt. Ich rufe Sie an, wenn sie sich bei mir meldet.«

»Tun Sie das«, meinte er grimmig.

»Sie sollten lieber nett zu mir sein«, sagte ich, »sonst bekommen Sie ihn nicht zurück.«

»Vorsicht«, sagte er in warnendem Ton.

»Wollen Sie mir drohen?«, fragte ich.

»Das könnte schon sein.«

»Dann muss ich Ihnen sagen, dass ich für Drohungen nicht viel übrighabe.«

»Und ich rate Ihnen, diese hier ernst zu nehmen, Mr. Talbot.« Verschwunden waren die gute Laune und die Geduld vom vorigen Mittwoch. Mr. John Smith hatte anscheinend Druck von oben bekommen.

Er drehte sich plötzlich um und ging über den Parkplatz davon. Ich hätte gern gesehen, wo er hinging, verlor ihn aber im Gedränge der aufbrechenden Leute aus den Augen und konnte nicht sehen, ob er in den dunkelblauen Ford aus der Parkbucht stieg.

»Was war denn das jetzt?«, fragte Luca, der den Wortwechsel schweigend mitangesehen hatte. Betsy stand mit großen Augen neugierig und verwundert neben ihm.

»Gar nichts«, sagte ich und fing an, unsere Ausrüstung einzuladen.

»Nach gar nichts sah uns das aber nicht aus«, meinte Luca.

Ich blickte ihm in die Augen und sah kurz zu Betsy rüber, um ihm zu verstehen zu geben, dass ich vor Betsy nicht darüber sprechen wollte.

»Wer war denn der Mann?«, fragte Betsy. »Er schien mir nicht besonders nett zu sein.«

»Da war nichts«, sagte ich noch einmal. »Er wollte etwas, das ich habe, und wir haben über den Preis verhandelt, das ist alles.«

Luca stand die Ungläubigkeit ins Gesicht geschrieben, aber mit einem Blick zu Betsy deutete er an, dass er meinen Wink, in ihrem Beisein nicht darüber reden zu wollen, verstanden hatte. An Betsy ging das alles vorbei.

»Nämlich?«, sagte sie.

»Nämlich was?«, fragte ich.

»Was hast du, das er haben will?«, beharrte sie.

»Nichts Besonderes«, sagte ich. »Eine bestimmte Fernbedienung fürs Fernsehen. Vergiss es.«

Sie sah aus, als wollte sie mir noch eine Frage stellen, doch

Luca unterbrach sie in ihrem Gedankengang. »Wo willst du heute Abend essen, Betsy?«, fragte er.

»Bitte?« Sie drehte sich verärgert zu ihm um.

»Wo gehen wir heute Abend essen?«, wiederholte er.

»Wir fahren doch zu meiner Mutter«, entgegnete sie scharf.

»Ach ja«, sagte Luca. »Das hatte ich vergessen.«

Als wir einstiegen, zwinkerte er mir zu. Luca war ein Schlitzohr. Er vergaß nie etwas.

Nach weniger als zehn Minuten sah ich im Rückspiegel, dass Betsy wieder mit dem Kopf am Fenster dösend ihrem iPod lauschte.

»Betsy, kannst du mir bitte ein Papiertuch geben?«, fragte ich halblaut.

Sie rührte sich nicht.

Luca wollte sich zu ihr umdrehen.

»Lass sie«, sagte ich zu ihm.

»War die TV-Fernbedienung, die der Mann haben wollte, zufällig der RFID-Schreiber, den du mir gezeigt hast?«, fragte Luca mich leise.

»Ja. Der Mann nennt sich John Smith, aber ich bezweifle stark, dass er wirklich so heißt. Und er sagt, er arbeitet für die australische Rennsportbehörde.«

»Warum gibst du ihm das Ding dann nicht einfach?«

»Ich weiß nicht. Irgendwie traue ich ihm nicht ganz, deshalb habe ich ihm erzählt, ich hätte das Gerät einer Bekannten gegeben, die dann in Urlaub gefahren sei.«

»Donnerwetter«, meinte Luca sarkastisch. »Wohin denn?«

»Nach Griechenland, glaube ich. Ich weiß es gar nicht mehr genau. Am Sonntag käme sie wieder, hab ich ihm gesagt, und morgen ist es nun so weit.«

»Allerdings.« Luca lachte beinah. »Wie bist du denn überhaupt an den RFID-Schreiber gekommen?«

»Den hat mir jemand dagelassen.«

»Wer denn?«

»Ein Mann aus Australien.«

»John Smith etwa?«, fragte er.

»Nein. Ein anderer Australier.«

»Und deshalb interessiert sich die australische Rennsportbehörde dafür?«

»Genau.«

»Und wer war dieser andere Australier?«, fasste Luca nach. Langsam wünschte ich mir, ich hätte nicht davon angefangen.

»Na, irgendjemand«, sagte ich ausweichend

»Ein geheimnisvoller Herr aus Australien hat dir also ein Gerät zum Mikrochip-Schreiben anvertraut, und das verlangt die australische Rennsportbehörde jetzt zurück?«

Selbst in meinen Ohren klang das unglaubwürdig.

»Ja«, sagte ich.

»Gehört es denn ihnen?«

»Das weiß ich nicht.«

»Und wenn du den geheimnisvollen Herrn fragst?«

»Das geht nicht«, sagte ich. »Er ist wieder weg.«

»Heim nach Australien?«

»Nicht direkt.« Noch weiter weg, dachte ich.

»Du willst es also dem Mann vom Parkplatz geben, diesem John Smith?«, fragte Luca.

»Vielleicht. Was meinst du denn?«

»Na, dir gehört es ja nicht. Da kannst du es ihm doch abtreten. Außerdem habe ich den Eindruck, wenn er das nächste Mal drum bittet und du nein sagst, könntest du dir wieder Schläge und Stahlkappentritte einfangen. Er schien mir ziemlich entschlossen zu sein.«

»Wahrscheinlich hast du recht«, sagte ich. »Aber irgendwas an ihm gefällt mir trotzdem nicht. Und ich habe das Gefühl, wenn ich den Mikrocoder hergebe, bin ich meinen Trumpf los.«

»Mikrocoder?«

»So nennt ihn der Mann. Aber mein Vater hat Chipschreiber dazu gesagt.«

»Dein Vater?«, fragte Luca überrascht. »Ich denke, dein Vater ist tot.«

»Klar«, meinte ich, ohne näher darauf einzugehen. Ich hatte vergessen, dass ich Luca nicht gesagt hatte, dass der in Ascot Ermordete mein Vater war. Für Luca war mein Vater schon lange tot, und er wusste, dass ich bei meinen Großeltern aufgewachsen war.

»Wie kann dein Vater dann von diesem Mikrocoder gewusst haben?«, fragte er.

»Das ist eine lange Geschichte«, versuchte ich das Gespräch zu beenden.

»Es ist auch eine lange Fahrt«, meinte er.

»Na, aber nicht lang genug.«

»Und wie geht's nun weiter?«, fragte Luca.

»Morgen und Montag machen wir Pause, Dienstagabend sind wir dann in Towcester.«

»Das meine ich nicht«, sagte er gereizt. »Wie geht es mit dem Mikrocoder weiter?«

»Wäre es sehr schwierig, ein Duplikat davon zu bauen?«, fragte ich ihn.

»Keine Ahnung. Soweit ich mich entsinne, ist das nur ein Sender, der das Funksignal genau auf das RFID konzentriert. Allzu kompliziert schien mir das nicht zu sein.«

»Könntest du einen bauen?«, fragte ich.

»Also, das weiß ich nun wieder nicht«, antwortete er zögernd.

»Du sollst auch keinen bauen«, ergänzte ich schnell. »Ich frage mich nur, ob du's könntest.«

»Ich denke schon. Und wenn nicht, könnte einer von den Rowdys im Elektronikclub wohl im Nu einen basteln. Das sind Hexer auf dem Gebiet. Einer hat sogar mal ein Gerät gebaut, das die Behörden glauben ließ, er sei mit seiner Fußfessel zu Hause, während er zum Autoknacken unterwegs war. Das beste Alibi aller Zeiten, meinte er. Sogar die Polizei war beeindruckt.«

»Wie ist sie dahintergekommen?«

»So gewieft die Jungs in Elektronik sind, so beschränkt können sie in anderer Hinsicht sein. Der Vollidiot hat ein Zivilfahrzeug der Polizei aufgebrochen, das vor einer Wache stand, und alles, was er gemacht hat, ist von einer Videokamera im Wageninnern aufgezeichnet worden.«

Ich lachte. »Fast so schlimm wie der Bankräuber neulich, der seine Forderung auf die Rückseite eines Schecks aus dem eigenen Scheckbuch geschrieben hat. Sein Name war aufgedruckt.«

»Ein Glück, dass Schurken dumm sind, sonst würden sie uns alle in die Pfanne hauen«, meinte Luca lachend.

»Es sind aber nicht alle dumm«, wurde ich ernst. »Von den Schlauen hören wir ja nichts, weil die keiner erwischt.«

»Da ist was dran.«

In diesem Zusammenhang fiel mir der Stapel Banknoten ein, der noch im Schrank unter meiner Treppe lag. Wem gehörten sie? Sollte Fies-Auge damit für das Töten von Pferden bezahlt werden? Oder für die Anerkennung der Versicherungsansprüche? Jedenfalls war ich mir ziemlich sicher, dass das Geld nicht mir gehörte, selbst wenn ich als Erbe meines Vaters einen gewissen Anspruch darauf hatte, da es in seinem Gepäck gewesen war.

»Möchtest du nun also ein Duplikat von diesem Mikrocoder?«, riss Luca mich aus meiner Träumerei.

»Eigentlich nicht«, sagte ich. »Ich habe mich nur gefragt, was an dem einen so wichtig ist, wenn jeder halbwegs intelligente Jungkriminelle einen neuen bauen kann.«

»Die hätten ja dann eine Vorlage. Und sie wüssten, auf welche Frequenz er eingestellt sein muss.«

»Ist das schwierig?«

»Nicht, wenn man das Original hat«, sagte er. »Sonst aber wesentlich komplizierter, vielleicht sogar unmöglich.«

»Könnte unser Mr. John Smith – oder wie immer er heißt – also so scharf auf das Original sein, weil er an ein Zweitgerät nicht rankommt?«, überlegte ich laut. »Man sollte aber doch meinen, dass die australische Rennsportbehörde an alles rankommt, was sie braucht. Deshalb traue ich dem Mann wohl auch nicht. Er kommt mir nicht ganz koscher vor.«

»Heißt das, du willst ihm das Ding nicht geben?«

»Nein, heißt es nicht«, sagte ich bedächtig. »Vielleicht sorge ich aber dafür, dass es nicht richtig funktioniert, wenn er es bekommt.«

»Das könnte gefährlich sein«, meinte Luca grinsend.

»Meinst du?«

»Ja, schon. Aber warum nicht gefährlich leben?«
Oder sterben, dachte ich.

Sophie kam am Sonntag nach Hause, und ihre jüngere Schwester Alice richtete sich bei uns in der Station Road ein, um ihr über den Berg zu helfen.

»Ich brauche keine Hilfe«, sagte Sophie.

Das wussten wir aber beide besser. Vom Klinikaufenthalt zum Leben daheim war es ein Riesenschritt. Gerade weil dort niemand zur Verfügung stand, der ihr beispringen, mit ihr reden oder sie aufmuntern konnte, wenn ich beim Pferderennen war.

Alice war genau die Richtige für uns. Sie war rührig, effizient, liebevoll und hatte Zeit. Außerdem mochte ich sie sehr, wenn auch in kleinen Dosen. Eine Woche rühriger häuslicher Effizienz genügte jedem Mann.

Alice kam am Sonntagmorgen, natürlich in aller Frühe, von Surrey angereist und schüttelte den Kopf über den Zustand des Hauses, besonders die Spinnweben im Bad und die unaussprechlichen Ablagerungen in den hinteren Winkeln des Kühlschranks. Im Nu hatte sie sich gelbe Gummihandschuhe übergestreift und krempelte den Laden um.

Nicht, dass sie sich über meine Nachlässigkeit aufgeregt oder bissige Bemerkungen über die mangelnde Sauberkeit von Männern an sich und besonders im Haushalt gemacht hätte, aber Alice gab mir manchmal das Gefühl, zu nichts zu gebrauchen zu sein, und so war es auch diesmal.

Als wir gegen Mittag in meinem Volvo zur Klinik fuhren, war das Haus blitzblank, und ich war froh darüber. Alice wollte nicht nur aus Prinzip, dass alles sauber und ordentlich war, wenn ihre Schwester nach Hause kam, sondern sie wusste genau wie ich, dass Sophie sich sonst gedrängt gefühlt hätte, den Haushalt in Ordnung zu bringen, und dass sie Schuldgefühle wegen ihres Klinikaufenthalts bekommen hätte. Diese Schuldgefühle hätten womöglich genügt, um den ganzen unglücklichen manisch-depressiven Kreislauf wieder in Gang zu setzen. Sophies Manie hatte immer mit zwanghaftem Saubermachen im Haus angefangen.

Allerdings war ich diesmal zuversichtlich, dass die Medikamente ihren Zweck erfüllten. Wichtig war nur, dass Sophie sie auch konsequent einnahm. Allzu oft schon hatte sie ihre Medikamente schließlich aus einem starken Verlangen nach dem manischen »Hochgefühl« im Klo hinuntergespült, ohne dabei an die schlimmen Folgen und einen weiteren langen Klinikaufenthalt zu denken.

Sie hatte gepackt und war reisefertig, als wir ankamen. Ihr Zimmer, das mir so vertraut geworden war, sah ohne ihre Sachen wieder ganz nach Krankenzimmer aus. Ihr Lieblingspfleger Jason sagte ihr auf Wiedersehn und half, ihr Gepäck zu meinem Wagen hinunterzubringen.

»Vielen Dank.« Sie schlang ihm die Arme um den Hals und küsste ihn auf die Wange. »Danke euch allen.«

Jason war ob der bekundeten Zuneigung etwas verlegen, ließ sie aber gutwillig über sich ergehen.

»Ich möchte nicht sagen, dass es mir ein Vergnügen war«, meinte er zu mir. »Aber Mrs. Talbot war eine vorbildliche Patientin.«

Er stand am Eingang der Klinik und winkte, als wir die Auffahrt hinunter und durch das hohe Tor hinaus in die Wirklichkeit fuhren.

Bei der Ankunft zu Hause, eine Stunde später, erwartete uns Mr. John Smith oder wie immer er hieß. Als ich den Volvo einparkte, stieg er aus dem dunkelblauen Ford, den ich zuletzt aus der Parkbucht bei Stratford hatte verschwinden sehen. Da er nicht auf der Fahrerseite ausgestiegen war, nahm ich an, dass jemand bei ihm war, doch wieder konnte ich wegen der spiegelnden Windschutzscheibe nichts erkennen.

Verdammt, dachte ich. Ich wollte Sophie jetzt wirklich nichts von Mikrocodern, Banknotenbündeln und Mord und Totschlag in Ascot erklären müssen.

Damit er auf keinen Fall ins Haus kam und Sophies langersehnte Heimkehr verdarb, marschierte ich schnurstracks über die Straße auf ihn zu. Er kam mir entgegen.

»Ist das Ihre Bekannte?«, fragte er mit einer Kopfbewegung zum Haus hin.

Ich drehte mich um und sah, wie Alice Sophies Koffer aus dem Wagen holte. Für Mr. Smith musste es aussehen, als käme jemand aus dem Urlaub zurück.

»Ja«, sagte ich, wieder zu ihm gewandt.

»Wo ist der Mikrocoder?«

»Im Gepäck, nehme ich an. Warten Sie hier, ich gehe ihn holen.«

»Ich komme mit.«

»Nein«, sagte ich schnell. »Wenn ich ihn rausgeben soll, müssen Sie schon hier warten.«

Ich wollte wieder über die Straße gehen, doch er schickte sich an, mir zu folgen.

»Nein«, sagte ich, diesmal energischer. »Sie warten hier, bis ich ihn bringe, sonst muss ich meiner Bekannten erklären, weshalb Sie hier sind und wieso ich Ihnen in meinem

Haus das Handgelenk gebrochen habe. Und sie arbeitet bei der Polizei.«

Er blieb stehen. »Ich denke, sie ist Elektronikspezialistin.«

Hatte ich das gesagt? Ich wusste es nicht mehr.

»Sie wartet Polizeifunkgeräte«, sagte ich. Das Dumme beim Lügen ist, dass es mit der Zeit immer vertrackter wird und man sich schlecht alles merken kann.

»Okay«, sagte er. »Ich warte hier, aber Sie haben nur zwei Minuten. Ist das klar?«

»Fünf«, erwiderte ich. »In fünf Minuten bin ich wieder da.«

Nicht nur Drohungen störten mich. Auch gegen Befehle hatte ich etwas.

Ohne auf eine Antwort zu warten, überquerte ich die Straße und folgte Sophie und Alice ins Haus. Diesmal kam er mir nicht nach.

»Wer ist der Mann?« Sophie drehte sich im Eingang um und schaute zurück.

»Bloß ein befreundeter Buchmacher. Er will etwas abholen.«

»Bittest du ihn nicht rein?«, fragte sie.

»Hab ich getan«, antwortete ich, »aber er muss schleunigst nach Hause. Er sagt, er wartet draußen.«

»Um was geht's denn?«

»Bloß um eine Fernbedienung, die Luca sich angesehen hat.« Ich holte den Mikrocoder aus dem Schrank unter der Treppe. »Hier«, sagte ich und zeigte ihn ihr.

Sofort verlor sie das Interesse. »Lust auf einen Tee?«, fragte sie.

»Gern«, sagte ich. »Ich bin in ein paar Minuten wieder da.«

Sophie ging mit Alice in die Küche, um Wasser aufzusetzen, und ich wartete ein Weilchen im Flur, bis die Zeiger meiner Armbanduhr die fünf Minuten komplett hinter sich gebracht hatten. Mr. Smith, oder wie er hieß, sollte nicht das Vergnügen haben, mich auf sein Kommando rennen zu sehen.

Er stand noch auf der anderen Straßenseite. Ich gab ihm den Mikrocoder.

»Danke, Mr. Talbot«, sagte er. »Und die Chips?«

»Von den Chips hatten Sie nichts gesagt.«

»Dann eben jetzt.«

»Warten Sie.«

Ich ging wieder ins Haus, nahm das Tütchen mit den Glaskörnern aus dem Schrank und brachte es ihm. Er sah sich die Chips an. »Wo sind die anderen?«

»Mehr habe ich nicht«, sagte ich. »Nur die.«

»Es müssten zwölf sein.«

»Und wie viele sind es?«, fragte ich unschuldig.

»Acht.«

»Tut mir leid, mehr habe ich nicht.«

Darüber schien er nicht gerade glücklich zu sein. »Wirklich nicht?«, fragte er scharf.

»Wirklich nicht«, erwiderte ich. »Sonst würde ich sie Ihnen geben. Mir nützen sie doch nichts.« Das mochte zwar stimmen, aber unterschlagen hatte ich für alle Fälle trotzdem zwei – einen ganzen und den, den ich mit dem Messer zerdrückt hatte.

Die Tüte aus dem Rucksack meines Vaters hatte aber

definitiv nur zehn Chips enthalten. Wenn es ursprünglich also wirklich zwölf gewesen waren, fehlten zwei. Vielleicht konnte mir Paddy Murphy erklären, wo sie geblieben waren.

»Muss es eben so gehen«, meinte er wie zu sich selbst. Dann sah er mich an. »Mr. Talbot, richtig nett war es ja nicht, mit Ihnen zu tun zu haben« – er hielt den immer noch eingegipsten Arm hoch –, »aber für den Mikrocoder danke ich Ihnen trotzdem.«

Er drehte sich um, ging zu dem dunkelblauen Ford, und sein unbekannter Chauffeur fuhr ihn rasch von dannen.

Mit seiner Dankbarkeit war es wahrscheinlich vorbei, wenn er merkte, dass sein kostbarer Mikrocoder nicht mehr funktionierte.

Denn Luca hatte sich den Mikrocoder tatsächlich angesehen. Er hatte ihn sich angesehen und mit einem Teppichmesser die winzigen Verbindungen auf den Schalttäfelchen durchtrennt.

Sophies erster Abend zu Hause war zwar nicht direkt ein durchschlagender Erfolg, aber auch kein Debakel. Weit entfernt davon.

Es gab die zu erwartende kleine Kabbelei unter Schwestern, als Alice darauf bestand, unser Abendessen ohne Sophies Hilfe zuzubereiten.

»Ich wohne hier«, beschwerte sich Sophie bei mir, »und ich darf in meiner eigenen Küche nichts anfassen.«

»Lass sie doch«, meinte ich beschwichtigend. »Du weißt, dass sie es gut meint.« Ich streichelte Sophies Hand, und langsam beruhigte sie sich. »Setz dich zu mir. Genieß es doch, dass jemand für dich kocht.«

»Danke, das habe ich in den letzten fünf Monaten zur Genüge getan«, sagte sie. Dennoch setzte sie sich neben mich aufs Sofa und sah mit mir fern.

Ich wusste, warum Alice alles allein machen wollte und warum sie so besorgt war. Sophies Anfälle von Putzwahn in dieser Küche waren uns noch frisch in Erinnerung.

»Schön, wieder daheim zu sein«, sagte Sophie und schmiegte sich an mich.

»Schön, dass du wieder da bist, mein Schatz.«

Wir kuschelten uns auf dem Sofa enger aneinander, während wir interessiert tuenden Antiquitätenhändlern bei der Begutachtung zu Recht auf dem Dachboden verstaubter alter Möbel zuschauten, deren überrascht tuende Besitzer sich Mühe gaben, ihre Enttäuschung über die magere Bewertung des Krempels zu verbergen.

»Essen ist fertig«, rief Alice, deren Kopf in der Wohnzimmertür erschien.

Gemeinsam aßen wir am Küchentisch gebackene Lachsfilets mit Penne und Erbsen.

»Das war fabelhaft«, sagte ich, als ich Messer und Gabel hinlegte.

»Mm«, stimmte Sophie zu. »Und viel besser als das Essen in der Klinik. Danke, liebe Alice.« Sophie lächelte ihre Schwester an und zwinkerte mir zu. Ich strahlte sie an.

Meine Sophie von früher war wieder da. Aber für wie lange? Für immer, wünschte ich mir.

Natürlich durfte Sophie auch nicht beim Abwasch helfen, worüber sie sich köstlich amüsierte. Ich konnte mich nicht erinnern, dass sie von der Klinik jemals so wach und mit so ausgeprägtem Humor nach Hause gekommen wäre.

Andererseits war sie erschöpft, so dass wir alle drei früh schlafen gingen. Fast wie in unserer Hochzeitsnacht brachte ich Sophie hinauf in unser Schlafzimmer, wo wir wieder all das ausprobierten, was Neuvermählte tun.

Danach legte ich mich zum ersten Mal seit knapp einer Woche schlafen, ohne Sophies Frisierstuhl unter der Türklinke zu verkeilen.

17

Das Knarren der dritten Treppenstufe riss mich aus dem Schlaf und machte mich sofort hellwach. Es war schon Tag. Mit angehaltenem Atem horchte ich auf weitere Geräusche von der Treppe. Ich wandte den Kopf und schaute zur Tür. Sophie schlief fest neben mir.

Wie hatte ich sie nur einer solchen Gefahr aussetzen können? Was war ich doch für ein Idiot.

Die Türklinke wurde langsam niedergedrückt, und die Tür begann sich zu öffnen. Das Herz klopfte mir laut in der Brust. Was sollte ich tun?

»Ich habe euch Tee gemacht«, sagte Alice und brachte ein Tablett mit zwei dampfenden Bechern herein.

»Ach, Alice«, sagte ich so erleichtert, dass es fast ein Schluchzen wurde. »Vielen Dank.«

»Es ist ein wunderschöner Morgen«, sagte sie leise, mit einem Blick auf Sophie.

»Ja«, gab ich ebenso leise zurück. »Ich lass sie trotzdem noch ein bisschen schlafen.«

Alice stellte das Tablett auf meinen Nachttisch, winkte mir und ging wieder nach unten. Wie gewohnt hörte ich die dritte Stufe zweimal knarren. Was mache ich bloß?, dachte ich.

War es Zeit, zur Polizei zu gehen, meine Fehler einzugestehen und Hilfe und Schutz zu erbitten?

James Bond spielen war schön und gut, solange nur mein Leben und meine Zukunft auf dem Spiel standen. Aber was sollte Sophie ohne mich machen, zumal jetzt, wo sie zu Hause war und es ihr wieder gutging? Selbst wenn das nicht auf Dauer so blieb – musste ich nicht alles für sie tun, was ich konnte?

Fies-Auge trieb sich sicher noch irgendwo da draußen herum, und sicher suchte er noch sein Geld. Eigentlich wunderte es mich, dass er noch nicht zu mir gefunden hatte. Mein nächtlicher Besucher John Smith hatte mich ja problemlos aufgespürt. Vielleicht war an die Unterlagen des Gerichts doch nicht so einfach heranzukommen, wie ich dachte. Oder vielleicht hätte Fies-Auge seine Personalien angeben müssen, um Auskünfte zu erhalten, und das widerstrebte ihm. Vielleicht wusste er auch immer noch nicht, wer ich war, aber das hielt ich für unwahrscheinlich.

Bei dem Gedanken an das Gericht fiel mir ein, dass ich heute dort anrufen sollte, um zu erfahren, ob mein Vater inzwischen zur Beerdigung freigegeben worden war. Einmal mehr fragte ich mich, ob meine Schwestern wussten, dass ihr Vater tot war, und ob es sie überhaupt interessierte.

Sophie schlief bis um halb zehn, während der Tee auf ihrem Nachttisch auf Zimmertemperatur abkühlte. Ich brachte ihr frischen und setzte mich zu ihr aufs Bett, während sie ihn trank.

»Herrlich habe ich geschlafen«, sagte sie und streckte die Arme über den Kopf. »Das Bett ist so schön bequem.« Sie kuschelte sich wieder unter die Decke.

»Ohne dich war es ein sehr einsames Bett«, sagte ich.

»Ach, Ned.« Sie streichelte mein Bein. »Lass uns alles daransetzen, dass es diesmal gutgeht. Ich bin es so leid.«

Wäre schön, dachte ich. Wir hatten uns das alles schon so oft gesagt. Uns so oft trügerischen Hoffnungen hingegeben, die durch den scheinbar unaufhaltsamen Lauf der Ereignisse dann jedes Mal zunichte gemacht wurden.

»Ja«, meinte ich und wuschelte ihr durch die Haare. »Diesmal soll's gutgehen.«

Aber erst hatte ich noch etwas zu erledigen.

Während sie sich anzog und vor dem Frisierspiegel zurechtmachte, ging ich nach unten und rief im Gericht an.

»Die Thames Valley Police sperrt sich anscheinend immer noch gegen die Ausstellung eines Begräbnisscheins«, teilte mir ein Beamter mit. »Fragen Sie doch mal nach. Es könnte ein Versehen sein.«

»Danke«, sagte ich. Wofür eigentlich?

Ich rief in der Zentrale der Thames Valley Police an und ließ mich mit Chefinspektor Llewellyn verbinden.

»Ah, Mr. Talbot«, begrüßte er mich. »Der Buchmacher.« Sein Ton war augenblicklich unfreundlich.

»Ja, Chefinspektor«, entgegnete ich ungezwungen. »Was haben Sie eigentlich gegen Buchmacher?«

»Mein Vater war spielsüchtig«, antwortete er unerwartet heftig. »Seine Spielsucht und der Alkohol haben mich um meine Kindheit betrogen.«

Dass er mir das erzählte, überraschte mich. Aber es erklärte vieles.

»Das tut mir leid«, sagte ich.

»Wenn es Ihnen wirklich leidtäte, würden Sie damit aufhören«, antwortete er.

»Das würde jetzt doch auch nichts mehr ändern, oder?«, meinte ich etwas sarkastisch. »Es gibt jede Menge andere Buchmacher.«

»Jeder einzelne zählt«, sagte er. »Jeder Einzelne. Alle Buchmacher sind Abschaum.«

Wieder überraschte mich die Heftigkeit seines Ausbruchs, aber mir war klar, dass ich ihn von seinem eingefleischten Vorurteil nicht abbringen konnte. Sein scharfer, problemorientierter Kriminalistenverstand hatte da offensichtlich einen blinden Fleck.

»Kann ich meinen Vater jetzt beerdigen lassen?«, wechselte ich das Thema. »Dem Gericht zufolge hat die Polizei immer noch Einwände gegen einen Begräbnisschein. Weshalb?«

»Ähm«, sagte er. »Ich muss Sie zurückrufen.«

Ich nahm an, er brauchte lediglich Zeit, um sich einen neuen Vorwand auszudenken.

»Gut«, sagte ich und gab ihm meine Festnetznummer. »Ich bin heute den ganzen Tag zu Hause, und ich möchte das nun wirklich in die Wege leiten.«

»In Ordnung«, sagte er, als wäre er mit den Gedanken woanders. »Und, Mr. Talbot –«

»Ja?«

»Sie haben uns das Phantombild des Mörders noch nicht geliefert.«

»Brauchen Sie das denn noch?«, fragte ich.

»Ja. Wir sind in dem Fall wenig bis gar nicht vorangekommen.«

Wahrscheinlich, weil das Opfer Buchmacher war, dachte ich etwas ungnädig. Seinerzeit hatte Chefinspektor Llewellyn mich ja für den Täter gehalten, aber die zahlreichen Champagnertrinker auf dem Parkplatz hatten übereinstimmend ausgesagt, dass ich es nicht war. Und zu seinem großen Ärger konnten sie sich nicht alle irren.

»Für das Phantombild komme ich gern vorbei«, sagte ich. »Eigentlich hätte ich gedacht, dass Sie mich früher darauf ansprechen. Ist es nicht schon etwas spät dafür? Die Zeugen, die den Mörder gesehen haben könnten, werden ihn inzwischen vergessen haben.«

»Mit den anderen Zeugen vom Parkplatz in Ascot haben wir bereits Phantombilder erstellt, aber die sind, gelinde gesagt, nicht ganz schlüssig. Jede Ergänzung Ihrerseits könnte nützlich sein.« Aber bau nicht drauf, besagte sein Tonfall.

»Gut«, willigte ich ein. »Wann und wo?«

»Das geht auf jeder Dienststelle der Thames Valley Police, soweit ein Phantombildprogramm und die richtigen Mitarbeiter vorhanden sind.«

»Was wäre von Kenilworth aus die nächste?«

»Banbury wahrscheinlich. Ich sehe nach und rufe Sie zurück.«

Das tat er fünf Minuten später.

»Der Termin wäre heute Nachmittag um zwei in Banbury«, sagte er.

»Gut, das geht. Und hat sich wegen des Begräbnisscheins etwas getan?«

»Ich gebe dem Gericht Bescheid, dass der Ausstellung des Scheins von uns aus nichts mehr im Weg steht«, sagte er steif. Bildete ich es mir nur ein, oder taute Chefinspektor Llewellyn langsam auf? »Aber ich traue Ihnen nach wie vor nicht, Mr. Talbot.«

Nein, ich musste es mir eingebildet haben.

»Das tut mir leid, Chefinspektor«, erwiderte ich. Aber wenn ich ehrlich war, musste ich zugeben, dass er allen Grund hatte, mir nicht ganz zu trauen. Ich überlegte, ob ich ihn nach einem gewissen Mr. John Smith fragen sollte, ließ es aber sein, weil es möglicherweise Komplikationen nach sich gezogen hätte und mehr Gegenfragen, als ich ohne weiteres beantworten konnte.

Als Nächstes rief ich auf dem Handy meines Vaters Paddy Murphy an.

»Ja, hallo«, sagte er fröhlich, wieder mit Betonung auf dem O. »Dachte ich mir doch, dass Sie sich noch mal melden.«

»Wie heißt der Mann mit den eng zusammenstehenden Augen?«, kam ich direkt zur Sache.

»Seinen richtigen Namen kenne ich nicht«, sagte Paddy.

»Und welchen kennen Sie?«

»Kipper.«

»Und weiter?«

»Nur Kipper«, sagte er. »Das ist ein Spitzname.«

»Kennen Sie ihn persönlich?«

»Richtig kennen nicht, aber ich glaube, ich habe ihn mal gesehen.«

»In Irland?«, fragte ich.

»Himmel, nein«, sagte er. »In England. Ihr Dad hatte schwer Angst vor ihm. Er sei komisch drauf, meinte er, ein Einzelgänger.«

Wenn mein Vater wirklich solche Angst vor Kipper gehabt hatte, wie Paddy behauptete, wieso hatte er dann in Ascot nach ihm getreten und ihm gesagt, er solle sich zum Teufel scheren?

»Was hat mein Vater sonst noch über ihn gesagt?«, fragte ich.

»Dass Kipper zu viel Geld bekäme für das, was er tut«, antwortete Paddy. »Darüber hat er dauernd gemeckert, Ihr Dad.«

»Woher wusste er denn, wie viel dieser Kipper bekommt?«

»Das kann ich Ihnen nicht sagen. Irgendwie hat er wohl seinen Anteil aus Australien mitgebracht. Ihr Dad fand, er sollte genauso viel bekommen wie Kipper, weil er schließlich, wie er es ausdrückte, ›die Ware‹ liefere. Dann lachte er und meinte, sie würden schon bald merken, dass sie ihn besser hätten bezahlen sollen.«

»Wer ist denn ›sie‹?«, fragte ich.

»Keine Ahnung.«

»Und inwiefern würden sie bald was merken?«

»Das weiß ich auch nicht«, sagte er.

Paddy Murphy war nicht gerade hilfsbereit. Er ruderte plötzlich zurück. Vielleicht bereute er, dass er mir überhaupt etwas erzählt hatte. Ich fragte mich, ob die Bemerkung meines Vaters mit dem gestohlenen Mikrocoder zu tun hatte.

»Sie sagten mir, dass dieser Kipper für eine Versicherung arbeitet. Für welche?«

»Na, das weiß ich wirklich nicht.«

»Eine irische?«, fragte ich. »Eine englische?«

»Das weiß ich auch nicht«, erwiderte er. »Ihr Vater hat mir nur gesagt, Kipper sei Sachverständiger für Todesfälle bei Pferden. Vielleicht habe ich mir nur zusammengereimt, dass er bei einer Versicherung ist.«

Auch das war wenig hilfreich.

Allerdings erzählte er mir dann einiges Interessante über die beiden fehlenden RFID-Chips, das sich durchaus als hilfreich erweisen konnte, zum Beispiel, dass vor kurzem ein angeblich an Kolik gestorbenes Pferd mit Hilfe der gefälschten Chips mit einem weit weniger wertvollen Pferd vertauscht worden war, das man dann getötet hatte, um die riesige Versicherungssumme einzustreichen. Und er ließ durchblicken, dass das Pferd einer der Sieger des Cheltenham Steeplechase Festivals im März gewesen war.

Ich erinnerte mich, vor einer Woche erst in der *Racing Post* etwas über den Koliktod eines Pferdes gelesen zu haben.

»Wie hieß das Pferd?«, fragte ich ihn.

»Nein, nein«, antwortete er. »Ich habe Ihnen schon viel zu viel erzählt.«

Das stimmte, aber so kann es gehen, wenn man damit angibt, wie schlau man ist.

»Na, dann melden Sie sich, wenn dieser Kipper bei Ihnen auftauchen sollte«, sagte ich.

»Herr Jesus«, schrie er auf. »Das hätte mir gerade noch gefehlt.«

»Er ist gefährlich, halten Sie sich lieber fern von ihm.«

»Darauf können Sie Gift nehmen«, sagte Paddy.

»Und geben Sie Laut, wenn Sie das nächste Mal nach England kommen. Vielleicht können wir uns mal treffen.«

»Hm«, meinte er etwas unschlüssig. »Na, ich weiß nicht.«

»Wer sind Sie denn überhaupt?«, fragte ich. »Wie heißen Sie wirklich?«

»Da würde ich mich ja verraten«, sagte er und legte mit einem Lachen auf.

Chefinspektor Llewellyn empfing mich persönlich um zwei auf der Polizeistation Banbury. Wie immer war Sergeant Murray mit seinem Notizblock bei ihm.

»Tag, Chefinspektor«, sagte ich vergnügt, als er in der Anmeldung erschien. »Was verschafft mir die Ehre?«

»Ihre Lügengeschichten, Mr. Talbot«, antwortete er ganz ohne Humor. »Ich mag es nicht, wenn man mich belügt.«

Herrje, dachte ich, er wusste über das Gepäck meines Vaters Bescheid. Wie sollte ich mich da nun herausreden?

»Wieso belügt?«, sagte ich mit fester Stimme. »Ich habe Ihnen alles erzählt, was ich weiß.«

»Sie sagten mir, Ihr Vater habe Ihnen in Ascot nichts gegeben.«

»Hat er auch nicht«, bekräftigte ich.

»Ich habe aber Grund zu der Annahme, dass er Ihnen ein schwarzes Gerät ähnlich einer Fernbedienung anvertraut hat.« Er schwieg, und ich stand da und sah ihn stumm an. »Wir haben von australischer Seite erfahren, dass Ihr Vater ein solches Gerät gestohlen haben soll. Rein zufällig hilft nun einer meiner mit dem Fall befassten Beamten in einem Club für jugendliche Straftäter in High Wycombe aus, und er sagt mir, dass er vorige Woche da so ein Gerät gesehen hat. Heute Morgen hat der Beamte den Mann angesprochen, der das schwarze Ding mit in den Club gebracht hat, und siehe da, der Mann sagte, er habe es von Ihnen.«

Danke, Luca, dachte ich. Aber er hatte wohl nichts anderes sagen können.

»Ach so, das«, sagte ich.

»Sie haben also doch gelogen«, trumpfte er auf.

Tatsächlich hatte ich aber die Wahrheit gesagt. Mein Vater

hatte mir das Gerät nicht in Ascot gegeben, sondern ich hatte es in seinem in Paddington zurückgelassenen Gepäck gefunden.

»Ich hatte nur nicht mehr daran gedacht«, sagte ich. »Er hatte es zu unserer Ausrüstung gelegt. Am nächsten Tag beim Aufbauen habe ich es dann gefunden.«

Das war jetzt wirklich gelogen, aber Sergeant Murray schrieb es trotzdem auf.

»Sie hätten mir das Gerät sofort aushändigen sollen, nachdem Sie es gefunden hatten«, sagte der Chefinspektor.

»Tut mir leid. Ist es denn wichtig?«

Darauf ging er nicht ein. »Wo ist es jetzt?«, fragte er.

»Das weiß ich nicht«, erwiderte ich. Streng genommen war das keine Lüge.

»Was haben Sie denn damit gemacht?«, fasste er nach.

»Ich hab's weggeworfen. Es war zu nichts gut. Ich dachte, es sei vielleicht ein Garagentoröffner oder so was. Von ihm zu Hause. Weil ich es nicht gebrauchen konnte, hab ich's in den Müll geworfen.«

»Welchen Müll?« Langsam riss ihm der Geduldsfaden.

»Zu Hause, am Wochenende, in den Müllcontainer«, sagte ich. »Aber inzwischen war die Müllabfuhr da, es wird jetzt also irgendwo auf einer Bezirksdeponie liegen.«

»Fanden Sie es nicht merkwürdig, dass er seinen Garagentoröffner um die halbe Welt mitnimmt?«, fragte der Chefinspektor.

»Eigentlich nicht. Er hatte mir gerade erklärt, dass er mein Vater war, von dem ich dachte, er sei vor siebenunddreißig Jahren gestorben, als ich noch ein Baby war. Und das, das fand ich schon merkwürdig.«

»Lügen Sie mich jetzt schon wieder an?«

»Natürlich nicht«, sagte ich verärgert. »Ich bin hierhergekommen, um Ihnen bei der Anfertigung eines Phantombilds zu helfen. Glauben Sie, mir liegt nichts daran, dass Sie den Mörder meines Vaters ergreifen?«

»Da bin ich mir nicht so sicher«, meinte er zögernd. »Und, Mr. Talbot, verreisen Sie nicht, ohne uns vorher Bescheid zu geben.«

»Wieso denn das?«, fragte ich scharf. »Stehe ich etwa unter Arrest?«

»Noch nicht«, sagte er. »Noch nicht.«

Das Phantombild zu erstellen war leicht. Ich hatte so viel von Fies-Auge geträumt, dass sich das Bild in meinem Kopf ohne Weiteres in eine Computergrafik umwandeln ließ. Der junge »Phantombildtechniker« an meiner Seite war außerdem vom Fach.

»Ein bisschen breiter«, korrigierte ich das Phantomgesicht.

Der Techniker drehte mit dem rechten Zeigefinger am Rad seiner Computermaus, und das Gesicht vor mir verengte und verbreiterte sich, bis es genau stimmte. Dann die Augen, etwas zu dicht beieinander für die Breite des Gesichts, dann Nase, Mund und Ohren, jeweils per Mausrad in Länge, Breite und Dicke angepasst. Schließlich bekam er noch kurze, glatte blonde Haare, die ihm senkrecht vom Kopf abstanden.

Fies-Auge oder Kipper, wie Paddy Murphy ihn genannt hatte, blickte mir aus dem Monitor entgegen und jagte mir einen Schauer über den Rücken.

»Das ist er«, sagte ich.

»Prima«, meinte der Techniker und drückte auf Speichern. »Der Chefinspektor wird sich freuen.«

Da hatte ich meine Zweifel.

Ich fragte mich, ob mein Bild den Versuchen der anderen Zeugen ähnelte. Allerdings war ich ihnen gegenüber im Vorteil – ich hatte ihn nicht nur auf dem Parkplatz in Ascot gesehen, sondern auch in Sussex Gardens, und zwar ohne Kapuze und Schal.

Als ich zurück in die Station Road kam, war zwischen den Schwestern Friede eingekehrt. Sophie durfte wieder die eigene Küche betreten, um Alice bei der Vorbereitung des Abendessens zu helfen, und dafür durfte Alice anschließend allein spülen und saubermachen. Ich fand die Regelung ausgezeichnet, zumal ich dabei nur zu essen brauchte.

»Es gibt grünen Thai-Curry mit Huhn und Klebreis«, verkündete Sophie stolz. »In der Klinik gab es nie gewürztes Essen, und ich lechze danach. Alice und ich haben eingekauft, während du unterwegs warst.«

»Prima«, sagte ich begeistert.

»Wo bist du gewesen?«, fragte sie.

»Banbury«, antwortete ich.

»Weswegen?«

Denk nach, schnell!

»Ich war bei jemandem, der uns ein neues Gerät für den Computer auf der Rennbahn verkaufen will.«

»Ach so«, sagte sie ohne Interesse. »Und hast du's gekauft?«

»Nein«, antwortete ich. »Es hat nicht viel getaugt und war zu teuer.«

Was tat ich bloß? Die Polizei anzulügen war eine Sache, aber Sophie zu belügen war etwas ganz anderes. Das gefiel mir nicht. Es musste aufhören. Mit dem ganzen Geheimagenten-Zirkus musste Schluss sein, und zwar bald. Sobald Fies-Auge wegen des Mords an meinem Vater festgenommen war und ich die Polizei in Gestalt Chefinspektor Llewellyns vom Hals hatte.

Am Dienstagmorgen saß ich lange in meinem kleinen Büro und recherchierte sowohl im Internet wie auch in zwei Druckwerken, die jeder Rennsportbegeisterte kennt, *Directory of the Turf* und *Horses in Training*.

Ich wusste nicht genau, wonach ich suchte.

Als Erstes durchforstete ich die Online-Ausgaben der *Racing Post*, bis ich die neulich gelesene Meldung vom Tod eines Pferdes wiederfand. Das Pferd hieß Oriental Suite und war der Zeitung zufolge an Komplikationen nach einer schweren Kolik gestorben. Oriental Suite hatte im März das Triumph Hurdle gewonnen, ein hochklassiges Rennen für zu Saisonbeginn über die Hürden noch sieglose Vierjährige. Er war der gesamten Konkurrenz am Berg in Cheltenham davongelaufen und wurde als der künftige Hürdenchampion angesehen. Der Besitzer des Pferdes, hieß es in dem Nachruf, sei untröstlich über den verfrühten Tod. Der Galopprennsport sei brutal eines zukünftigen Megastars beraubt worden.

Wenn Paddy Murphy recht hatte und das Pferd vertauscht worden war, also noch lebte, war in Wirklichkeit nicht der Rennsport, sondern eine Versicherungsgesellschaft brutal um eine beträchtliche Summe geprellt worden.

Ich nahm die Fotokopien der Pferdepässe, die ich im Rucksack meines Vaters gefunden hatte, aus der obersten Schreibtischschublade. Einer war auf einen Braunen namens Oriental Suite ausgestellt. Ich schaute Oriental Suite auf der Website der *Racing Post* nach. In seinem kurzen Leben hatte er an die zweihunderttausend Pfund Sieggeld gewonnen. Kein Wunder, dass er gut versichert gewesen war.

Warum sollte aber jemand einem potentiellen Champion das Lebenslicht ausblasen? Viele Besitzer verwandten ihr ganzes Leben und oft einen Großteil ihres Vermögens darauf, einen Champion zu finden. Vielleicht hatte Bargeld hergemusst, oder der Besitzer dachte, er könnte beides haben – die Versicherungssumme kassieren und das Pferd unter einem anderen Namen siegen lassen.

»Was machst du?« Sophie war hereingekommen; sie stellte sich hinter mich und streichelte mir den Rücken.

»Ich recherchiere die Starter für die kommende Woche«, erwiderte ich.

Buchmacher mussten sich über Sieger und Verlierer genauso informieren wie Zocker, wenn sie von der Dummheit anderer Leute profitieren wollten.

»Möchtest du einen Kaffee?«, fragte Sophie. »Natürlich nur, wenn die böse Schwester mich noch mal in meine Küche lässt.«

»Aber, aber, Aschenputtel«, sagte ich lachend. »Wenn Alice wirklich eine böse Schwester wäre, würde sie dir verbieten, die Küche zu verlassen, nicht, sie zu betreten.«

»Du hast ja recht, Liebster«, seufzte sie. »Aber sie macht mich langsam verrückt.«

Wir sahen uns beide verdutzt an und lachten dann laut

über das, was Sophie gesagt hatte. Bewies das, dass sie nicht mehr verrückt war?

»Wenn du möchtest, rede ich mit ihr«, sagte ich.

»Nein, nein, lieber nicht«, erwiderte sie. »Sie meint es ja gut, aber … sie nimmt alles so ernst. Es kommt mir vor, als müsste ich dauernd aufpassen, dass sie sich nicht aufregt, weil sie so aufpasst, dass ich mich nicht aufrege.«

»Sag ihr das doch mal. Das wird ihr einleuchten.«

»Ich werd's versuchen«, sagte sie und ging.

Ich kehrte zu meiner Internetrecherche zurück und sah mir unter anderem die für die kommende Woche angegebenen Starter an. Außerdem suchte ich nach wertvollen Pferden, die in letzter Zeit unter ungewöhnlichen oder rätselhaften Umständen gestorben waren. Doch darüber fand sich herzlich wenig.

Vollblutpferde waren zwar kräftig und körperlich fit, aber dennoch recht empfindlich, und leider starben viele von ihnen unverhofft an Verletzungen oder Krankheiten. Das war für Besitzer und Trainer dann häufig ein Unglück, den Medien aber selten eine Nachricht wert, wenn es sich nicht gerade um einen potentiellen Champion wie Oriental Suite handelte.

Nach etwa zwanzig Minuten wunderte ich mich, wo mein Kaffee blieb, und ging nach unten, um nachzusehen. Wie immer achtete ich darauf, nicht auf die dritte Stufe zu treten.

Alice und Sophie saßen weinend am einen Ende des Küchentischs und hielten sich in den Armen. Am anderen Ende stand mein Becher Kaffee und wurde kalt. Ich sagte nichts, sondern ging hinüber und trank ein wenig von der lauwarmen braunen Flüssigkeit.

»Ach je.« Sophie wischte sich die Augen mit einem Papiertaschentuch. »Das tut mir leid.« Jetzt lachte sie mehr, als dass sie weinte. »Ganz vergessen. Alice und ich haben uns unterhalten.«

»Das sehe ich«, meinte ich lächelnd zu den beiden.

»Wir haben über Mum und Dad geredet«, sagte Sophie. »Sie wollen uns besuchen.«

Das Lächeln verging mir. Ich hatte mit Sophies Eltern seit fast zehn Jahren nicht mehr geredet und hatte keinerlei Bedürfnis, jetzt wieder damit anzufangen. Sie hatten mich zu sehr verletzt, als Sophie zum ersten Mal krank wurde, und mir vorgehalten, die Psychose meiner geliebten Frau sei durch Grausamkeiten meinerseits ausgelöst worden. Ihr Vater meinte sogar, Sophies Krankheit sei Gottes Strafe dafür, dass ich Buchmacher war.

Damals hatte ich sofort ihr Haus verlassen und es nie wieder betreten. Sie wiederum hatten, soweit ich wusste, noch nie einen Fuß in mein Haus gesetzt, und ich dachte nicht daran, sie jetzt einzuladen.

»Du kannst gern zu ihnen fahren, wenn du das wirklich willst«, sagte ich. »Aber ohne mich.«

Sophie warf mir einen gequälten Blick zu.

Ich wusste, dass Sophie ihre Eltern in den vergangenen zehn Jahren verschiedentlich besucht hatte, aber darüber sprachen wir nicht. Ich wusste es nur, weil sie danach immer aufgewühlt war, und das gefiel mir nicht. Ein- oder zweimal hatte diese Erregung zu einer regelrechten manischen Phase geführt, mit anschließender Depression. Und mindestens einmal hatte Sophie nach einem Streit mit ihrem verbohrten, aufbrausenden und selbstgerechten Vater vorzeitig in die Klinik zurückkehren müssen.

»Du weißt, dass das keine gute Idee ist«, sagte ich sanft zu ihr. »Irgendwie endet es immer im Streit, und das tut dir nicht gut.«

»Diesmal ist es anders«, sagte sie.

Das sagte sie immer. Natürlich lebte ich in der Hoffnung, dass es diesmal anders sein würde, aber davon ausgehen durfte ich nicht. Wenn ich an ihre derzeitigen Fortschritte zu große Erwartungen knüpfte und diese dann zunichte gemacht würden, wäre die Enttäuschung unerträglich.

Ich konnte ihr kaum verbieten, ihre Eltern zu besuchen, und sie würde wohl auch nicht auf mich hören, wenn ich es täte. Aber ich war strikt dagegen. Andererseits wollte ich nicht, dass sie heimlich hinter meinem Rücken zu ihnen ging, gegen meinen ausdrücklichen Wunsch. Und vor allem wollte ich nicht mit ihr streiten.

Was sollte ich sagen?

»Alice, was meinst du denn, was Sophie tun soll?«, umging ich das Problem und wälzte es auf sie ab.

»Ich weiß, dass Mama sie sehr gern sehen möchte«, antwortete sie.

»Warum hat sie sie dann nicht in der Klinik besucht?«, fragte ich. Aber ich kannte die Antwort.

»Die Klinik ist für beide so belastend«, sagte Alice.

Für uns andere war es auch kein Superspaß gewesen, und trotzdem waren wir hingefahren. In Wahrheit scheuten Sophies Eltern sich einzugestehen, dass ihre herzallerliebste älteste Tochter psychisch krank war, und solange sie sie nicht mit eigenen Augen in einer Anstalt sahen, konnten sie sich weiter einreden, es sei alles in Ordnung mit ihr.

Mir konnten sie jedoch nichts vormachen, und ebenso

wenig Alice, die ihre Schwester gewissenhaft und konsequent fast jeden zweiten Tag besucht hatte. Auch ihre beiden Brüder hatten Sophie in den fünf Monaten ihres letzten Aufenthalts mindestens zweimal besucht. Nur die Eltern hatten sich nicht blicken lassen.

»Tu, was du für das Beste hältst«, sagte ich zu Sophie. »Mir wäre es allerdings lieber, wenn sie nicht hierher kämen. Du könntest ja zu ihnen fahren. Ich komme nicht mit, aber falls du fährst, wäre es vielleicht gut, Alice mitzunehmen.«

»Als Puffer, meinst du«, sagte Sophie.

»Ja. Und zur Streitvermeidung.«

»Einverstanden«, sagte Alice. »Wenn Dad anfängt zu nerven, bekommt er einen Tritt von mir.«

Sie und Sophie lachten und steckten in schwesterlicher Komplizenschaft die Köpfe zusammen.

Schuhe mit Stahlkappen wären nicht schlecht, dachte ich.

18

Das erste Rennen des Abendmeetings Ende Juni in Towcester begann um 18 Uhr. Da ich immer gern schon mindestens eine Stunde vorher mit Aufbauen fertig war, um die frühen Wetter mitzunehmen und etwaige Probleme zu beheben wie leere Batterien oder eine schlechte Internetverbindung, fuhr ich kurz vor fünf durch den hohen Torbogen der Rennbahneinfahrt und parkte im Schatten einer großen Eiche in der Mitte des Parkplatzes.

Nach Towcester fuhr ich immer gern, und das nicht nur, weil die meisten Meetings dort eintrittsfrei waren und folglich auch die Buchmacher umsonst reinkamen. Mir gefiel auch die reizvolle Lage der Bahn in den Hügeln des Landsitzes Easton Neston, und die jüngsten Investitionen des Rennvereins hatten die Anlage für Bookies und Wetter noch attraktiver gemacht.

Da die Rennbahn ungefähr in der Mitte zwischen unseren jeweiligen Wohnorten Kenilworth und High Wycombe lag, hatten Luca und ich vereinbart, getrennt herzukommen. Also lud ich allein aus und zog den Karren aufs Rennbahngelände.

Der Buchmacherplatz von Towcester war insofern ungewöhnlich, als er zwischen den Tribünenbauten lag und nicht, wie auf so vielen Rennbahnen, davor. Das lag daran, dass die

Tribüne sehr dicht ans Geläuf gebaut war, um den Zuschauern bessere Sicht auf die Rennen zu gewähren.

Luca erwartete mich an unserem Stand, als ich mit dem Karren hinkam.

»Wo ist Betsy?«, fragte ich.

»Sie kommt nicht«, sagte er. »Ich glaube nicht, dass sie überhaupt noch mal kommt.«

»Aha?«

»Sie ist gestern bei mir ausgezogen.«

»Das tut mir leid«, sagte ich ohne Bedauern.

»Mir nicht«, erwiderte er. »Nicht direkt.« Pause. »Fehlen wird sie mir schon.« Neue Pause. »Besonders im Bett. Mensch, da war sie wirklich gut.« Er lächelte mich an.

»So genau wollte ich das gar nicht wissen, Luca«, sagte ich und lachte.

Eine Zeitlang bauten wir schweigend unsere Sachen auf.

»Wir werden einen neuen Helfer brauchen«, meinte Luca.

»Stimmt. Hast du eine Idee?«

»Im Club gibt's einen Jungen, der wäre vielleicht was.«

»An jugendlichen Straftätern liegt mir nichts.«

»Eigentlich ist er ein prima Kerl«, sagte Luca. »Er hat sich nur mit den falschen Leuten eingelassen.«

»Apropos Elektronikclub«, sagte ich, »hast du der Polizei von dem Mikrocoderdings erzählt?«

»Ach ja! Das tut mir leid.«

»Das will ich auch hoffen. Ich bin gestern fast verhaftet worden.«

»Herrje. Entschuldige. Als er mich gefragt hat, wusste ich noch gar nicht, dass Jim ein Cop ist.«

»Erzähl mal«, sagte ich.

»Dieser Jim, der auch im Club mithilft, hat mich gestern Morgen angerufen und gefragt, woher ich das schwarze Ding habe, das ich mir für dich ansehen sollte. Jim hat's mit mir zusammen untersucht. Und er hat's auch an das Oszilloskop angeschlossen. Er fragt mich also ganz nebenbei, wo das her ist, und da hab ich ihm gesagt, dass du es mir gegeben hast. Ich hab mir nichts dabei gedacht, aber dann meint Jim auf einmal, das dürfte seinen Chef sehr interessieren. Ich frag ihn also, wer sein Chef ist, und er sagt was von einem Chefinspektor oder so.«

»Du hättest mich verdammt noch mal warnen können«, sagte ich, mit dem Aufstellen unserer Tafel beschäftigt.

»'tschuldige«, sagte er. »Jim hat mitten in meiner Beziehungskrise angerufen. Betsy hatte mir gerade an den Kopf geknallt, ich würde mit ihrer Schwester Millie schlafen.«

Ich sah ihn überrascht an. Vielleicht war es doch verzeihlich, dass er mir nichts von Kommissar Jim gesagt hatte.

»Stimmt das denn?«, fragte ich neugierig.

»Das geht dich nichts an«, meinte er lachend. »Nein, nicht direkt.«

»Was heißt denn das nun wieder?«

»Geküsst habe ich sie. Ein einziges Mal. Auf ihrer Geburtstagsparty. Du weißt schon, wo wir von Ascot aus hin sind. Aber Betsy hat uns erwischt.«

»Ach, komm. Das Geburtstagskind küsst doch jeder auf so einer Party.«

»Nicht mit Zunge. Und nicht hinter einem Gebüsch im Garten.«

»Ach so«, sagte ich. Das erklärte vieles. Es erklärte, warum Betsy seit damals so kühl zu Luca war.

»Und was machst du jetzt?«, fragte ich ihn.

»Gar nichts«, erwiderte er. »Abwarten, bis sich die Lage beruhigt hat. Dann werden wir sehen, wie's weitergeht.«

»Vielleicht will sie dich nicht zurückhaben«, sagte ich.

»Zurückhaben? Spinnst du? Ich meinte nur, dass ich ein bisschen abwarte, bevor ich was mit Millie anfange.« Er grinste mich an, und ich wusste nicht genau, ob es ihm ernst war oder ob er nur seinen neuen Geschäftspartner schockieren wollte. Wie ich Luca kannte, war es wohl beides.

Es war ein herrlicher Sommerabend auf der Rennbahn mit vielen zumeist wettfreudigen Zuschauern in Shorts und T-Shirt oder sonstwie sommerlicher Freizeitkleidung. Hier ging es lange nicht so steif und vornehm zu wie in Ascot, und man amüsierte sich besser. Die Bars hatten regen Betrieb, auch weil es ungewöhnlich warm war, und schon bald herrschte Partystimmung rund um den Buchmacherring.

Luca und ich waren pausenlos dabei, Wetten anzunehmen und Gewinne auszuzahlen, und hätten wirklich gut einen Gehilfen brauchen können. An so einem Abend machte es trotz der Hektik aber richtig Spaß, Buchmacher zu sein.

Buchmacher wird man nur, wenn man etwas von einem Selbstdarsteller an sich hat. Ich liebte es einfach, auf meinem Podest zu stehen, die Quoten auszurufen und mit dem Publikum zu plänkeln.

»Hör mal, Kumpel«, rief mir ein schwergewichtiger Wetter zu. »Nennst du das ein faires Angebot, nur drei zu eins für Ellie's Mobile?« Er blickte auf die Aufschrift oben auf unserer Tafel. »Wer, bitte schön, ›vertraut Teddy Talbot‹, wenn du mit so einer Quote ankommst?«

»Reit du ihn, Mann, dann biete ich zehn zu eins«, rief ich ihm zu.

Seine Kumpel brüllten vor Lachen.

»Der könnte noch nicht mal ein Schaukelpferd reiten«, flachste einer.

»Jedenfalls nicht, ohne dass es durchkracht«, witzelte ein anderer.

»Gib mir zwanzig auf Sieg«, meinte das Schwergewicht und hielt mir einen Geldschein hin.

»Zwanzig Pfund Sieg Nummer zwo, aber mach vier zu eins«, rief ich Luca über die Schulter zu. »Freundschaftspreis.«

»Danke«, sagte der Mann überrascht. »Bist ein echter Gentleman.«

Darüber erlaubte ich mir kein Urteil, aber wenn ich mich für ein bisschen Einsatz und Abwechslung nicht erkenntlich zeigen konnte, war ich im falschen Metier.

Ellie's Mobile, der Favorit, preschte bei einer Eventualquote von drei zu eins mit vier Längen Vorsprung ins Ziel und wurde von der gut angefeuchteten Zehnerbande, die sich das Rennen von unserem Stand aus angesehen hatte, lautstark gefeiert.

»Gratuliere«, sagte ich zu dem Dicken, der über beide Ohren grinste.

»Mein Gott!«, verkündete er nach allen Seiten. »Mich hat ein Bookie beschenkt.«

»Es geschehen noch Zeichen und Wunder«, meinte einer seiner Freunde dazu.

Alle lachten schallend und bestellten frisches Bier.

»Waageschluss«, tönten die Lautsprecher.

Ich zahlte dem Dicken seine achtzig Pfund plus die zwanzig Pfund Einsatz.

»Danke«, sagte er noch einmal, als er das Geld einsteckte. »Teddy Talbot vertrau ich ab jetzt immer.«

Die Sonderquote für ihn hatte mich zwanzig Pfund gekostet. Aber diesen Betrag machten er und seine neun Freunde locker wett mit dem, was sie bei den anderen Rennen an mich verloren. Und sie nahmen ihre Verluste mit einem Lächeln hin.

Der Abend insgesamt war ein Vergnügen, weil viel gewettet wurde und das Verhältnis zwischen Außenseiter- und Favoritensiegen stimmte. Unsere »Overround«, der Gesamtgewinn pro Rennen, lag durchweg bei neun Prozent, und Luca und ich waren müde, aber zufrieden, als wir nach dem letzten Lauf unsere Ausrüstung auf den kleinen Karren luden.

»Wo steht dein Wagen?«, fragte ich ihn.

»Im Innenfeld«, sagte er. »Und deiner?«

»Da oben.« Ich zeigte in Richtung Haupteingang. »Wo müssen wir diese Woche noch hin?«

»Morgen Nachmittag nach Worcester, Donnerstagabend und Freitagnachmittag nach Warwick, am Samstag dann nach Leicester«, sagte Luca. Er konnte sich unsere Termine immer besser merken als ich. Etwa alle sechs Wochen setzten wir uns zusammen und planten voraus; bald war es wieder so weit.

»Dann lad ich am besten alles bei mir ein«, sagte ich.

»Ist gut. Ich helf dir.«

Wir zogen den Karren bergauf zu dem Parkplatz am Haupteingang, wo ich meinen Volvo abgestellt hatte. Rings um uns liefen zufriedene Rennbahnbesucher im Abendsonnenschein zu ihren Wagen. Abendmeetings waren nicht zuletzt deshalb so beliebt, weil die Sonne im Hochsommer zwei Monate lang auch in Südengland erst weit nach neun Uhr unterging.

»Wie sieht's aus mit deinem jungen Kriminellen?«, fragte ich auf dem Weg. »Kannst du ihn diese Woche mal mitbringen, damit ich ihn kennenlerne?«

»Ich schau mal«, sagte Luca. »Und kriminell ist er nicht. Der Junge ist nett, sonst hätte ich ihn gar nicht vorgeschlagen.«

»Schon gut«, sagte ich lächelnd. »Frag ihn, ob er uns diese Woche mal einen Tag zusehen will. Wie heißt er denn?«

»Douglas«, sagte er. »Douglas Masters.«

Wie der Name eines jugendlichen Straftäters hörte sich das nicht an, aber was wusste ich schon? Kipper klang auch nicht gerade wie der Name eines Mörders und war es doch.

»Duggie nennt er sich. Kann ich ihm sagen, dass ein Job winkt?«

»Klar. Aber sag ihm, es ist wie ein Vorstellungsgespräch. Keine Versprechungen.«

Zwei kräftige Männer lehnten an der Eiche neben meinem Wagen und erwarteten uns. Ich kannte sie von einer früheren Begegnung. Wieder trugen sie kurzärmelige weiße Hemden und schwarze Hosen.

Ich brachte den Karren etwa zehn Meter vor ihnen zum Stehen.

»Was zum Teufel wollen Sie?«, rief ich ihnen zu.

Luca sah mich verblüfft an.

»Hm?«, machte er. Offensichtlich hatte er sie nicht gesehen oder nicht begriffen, dass sie auf uns warteten.

»Luca«, erklärte ich. »Das sind die beiden Herren, die auf dem Parkplatz in Kempton eine Nachricht für mich hatten.«

»Oh«, sagte er. O ja.

Ich sah auf die Füße der Männer. Schwere Arbeitsstiefel mit Stahlkappen, wie zuvor.

»Wir haben Ihnen noch mal etwas auszurichten«, sagte einer von ihnen. Es war der Größere der beiden und der, der mich auch in Kempton angesprochen hatte. Nicht, dass der andere klein gewesen wäre. Beide waren weit über eins achtzig. Der Kumpan des Wortführers glich den Größenunterschied durch einige Zentimeter mehr Breite aus. Er stand stumm da und ballte die Fäuste.

Ich würde doch wohl nicht noch einmal Prügel beziehen, dachte ich. Nicht hier auf dieser malerischen Rennbahn, mit so vielen Leuten ringsum.

»Was denn?«, fragte ich. Es lagen immer noch zehn Meter zwischen uns, und wenn sie auf mich zukamen, gedachte ich die Beine in die Hand zu nehmen. Mit zehn Meter Vorsprung würde ich mich in die relativ sichere, weil bestimmt noch relativ volle Bar im Tribünenhaus retten können.

»Luca«, sagte ich leise zu ihm, »lauf, wenn sie kommen. Wie der Blitz.«

Sein Gesichtsausdruck war unbezahlbar. Bis dahin war ihm vielleicht nicht klar gewesen, dass er sich in Gefahr befand.

»Mein Chef möchte mit Ihnen reden«, sagte der Mann.

»Sagen Sie Ihrem Chef, er kann mich mal«, erwiderte ich.

»Es geht um etwas Geschäftliches«, fuhr der Mann fort.

»Er kann mich trotzdem mal«, sagte ich. »Solche Geschäfte mache ich nicht.«

»Er will Sie aufkaufen«, ging er über meinen Einwand hinweg.

Ich stand da und sah den Mann völlig überrascht an.

»Was?« Hatte ich richtig gehört?

»Er will Ihnen Ihr Geschäft abkaufen«, sagte der Mann.

»Das könnte er sich nicht leisten«, gab ich zurück.

»Ich glaube, *Sie* verstehen nicht ganz«, sagte der Mann. »Mein Chef will Ihr Geschäft und ist bereit, dafür zu zahlen.«

»Nein, ich glaube, Sie verstehen nicht«, rief ich laut. »Mein Geschäft steht nicht zum Verkauf, und wenn, dann würde ich es um nichts in der Welt Ihrem Chef verkaufen, wer immer das ist. Sagen Sie also Ihrem Chef, er kann mir den Buckel runterrutschen.«

Der Mann ließ seine Muskeln spielen und lief rot an.

»Mein Chef sagt, Sie können es ihm entweder verkaufen, oder Sie verlieren es auf die harte Tour.«

»Und wer ist Ihr großer Chef?«, schrie ich ihn an.

Statt zu antworten, machte er einen Schritt auf mich zu. Mein Vorsprung war gerade auf neun Meter geschrumpft.

»Stehen bleiben!«, schrie ich ihn an. Er blieb stehen. »Wer ist Ihr Chef?«, fragte ich noch einmal. Wieder ging er darüber hinweg. Und er kam noch einen Schritt näher. Acht Meter.

Ich wollte schon losrennen, da hörte ich eine andere Stimme hinter mir.

»Hallo, Teddy Talbot. Alles in Ordnung?« Ich drehte mich um und stieß einen tiefen Seufzer der Erleichterung aus. Der dicke Mann vom Buchmacherring kam über den

Parkplatz auf mich zugestolpert, und mit ihm seine Kumpel. »Brauchst du irgendwie Hilfe?«, fragte er mit dem Anflug eines Lallens.

Ich drehte mich wieder zu den beiden Gorillas um.

»Das wäre prima«, sagte ich. »Ich glaube, die beiden Herren hier wollten gerade gehen.«

Ich starrte sie unverwandt an, und schließlich besannen sie sich und zogen ab. Luca und ich samt unserer Kavallerie schauten zu, wie die beiden Männer in einen schwarzen BMW mit Vierradantrieb stiegen und durch den Torbogen auf die Straße nach London fuhren. Ich prägte mir das Kennzeichen ein.

»Haben die Jungs euch belästigt?«, fragte mein dicker Kumpel.

»Manche Leute wollen ihrem Bookie partout das verlorene Geld wieder abknöpfen«, flunkerte ich. »Aber dank euch ist ihnen das heute nicht geglückt.«

»Die wollten euch also ausrauben«, meinte ein anderer aus der Gruppe.

»Allerdings«, sagte ich – nur nicht so, wie ich es dargestellt hatte.

»Das hätten Sie sagen sollen. Ich bin Polizist.«

Er zog seinen Dienstausweis aus der Tasche, und ich las: Constable Nicholas Boucher, Schutzpolizei Northamptonshire. Nicht im Dienst, schloss ich aus seinem bunten Hawaiihemd, den Schlabbershorts und den Flipflops.

»Ich habe mir ihr Kennzeichen gemerkt«, sagte ich.

»Gut«, sagte Constable Boucher. »Was genau haben sie denn zu Ihnen gesagt? Dass sie ihr Geld zurückhaben wollten?«

»Nein, nicht direkt – ihr habt sie verscheucht, bevor sie dazu kamen. Ich nehme einfach an, dass es ihnen darum ging. Es wäre nicht das erste Mal.«

»Ach so«, meinte er ziemlich enttäuscht. Der Fall löste sich vor seinen Augen in Luft auf. »Wenn die nicht ausdrücklich Geld von Ihnen gefordert haben, kann ich kaum was machen. Haben sie Sie denn bedroht?«

»Die sahen mir ziemlich bedrohlich aus«, sagte ich.

»Na ja, nur wegen bedrohlichem Aussehen können wir noch keinen verhaften, oder?«, meinte er ironisch.

»Nein«, sagte ich. »Das sehe ich ein. Aber wer sie waren, wüsste ich schon gerne, damit ich mich vorsehen und ihnen künftig aus dem Weg gehen kann.«

»Wie war noch mal das Kennzeichen?«

Ich sagte es ihm.

»Versprechen kann ich nichts«, meinte er. »Eigentlich ist das gegen die Vorschriften.«

Er nahm sein Handy heraus und wählte eine Nummer.

»Jack«, sagte er in den Apparat. »Nick Boucher hier. Schaust du mal ein Fahrzeug nach? Kennzeichen Victor-Kilo-Fünf-Fünf Zulu-November-Victor.« Er wartete einen Augenblick. »Ja.« Er hörte wieder zu. »Gut, danke«, sagte er schließlich und legte auf.

»Bedaure. Das Fahrzeug ist auf eine Firma, nicht auf eine Privatperson zugelassen, das nützt Ihnen also nicht viel.«

»Wie heißt die Firma?«

»HRF Holdings Limited oder so. Schon mal gehört?«

»Nein«, sagte ich. Ich sah Luca an, der nur stumm mit den Achseln zuckte. »Trotzdem danke.«

»Kommen Sie beide denn jetzt wieder klar?«, fragte

Constable Boucher. »Ich muss diese Horde Betrunkener nach Hause karren. Die haben mich zu ihrem Fahrer ernannt.«

»Ja«, antwortete ich. »Vielen Dank.«

»Bis zum nächsten Mal, Teddy«, sagte der ein wenig schwankende Dicke und winkte mir. Ich sah zu, wie die Bande zu einem weißen Minibus torkelte und sich hineinplumpsen ließ. Alle winkten uns eifrig durch die Fenster, als der arme, nüchterne Constable Boucher sie davonkutschierte. Ich winkte lachend zurück.

»HRF Holdings«, sagte Luca. »Kennen wir die?«

»Unter dem Namen nicht.«

»Sondern?«

»Ich glaube, HRF Holdings Limited ist eine Muttergesellschaft«, sagte ich. »Und eins ihrer Kinder meine ich zu kennen.«

In weniger als einer Stunde war ich wieder zu Hause, obwohl ich an jedem Kreisverkehr ein paar Extrarunden drehte, um sicherzugehen, dass mir kein schwarzer BMW mit Vierradantrieb und ein paar Kleiderschränken auf den Fersen war.

Anscheinend folgten sie mir nicht, aber das brauchten sie auch nicht unbedingt. Wenn er es wollte, hätte ihr unbekannter Chef unschwer herausfinden können, wo ich wohnte. Mein Name und meine Anschrift standen zum Beispiel im Wählerverzeichnis, und ich hatte nicht eigens angekreuzt, dass diese Information geheim bleiben sollte.

Also fuhr ich ein paarmal die Station Road ab, um zu sehen, ob in Erwartung meiner Ankunft irgendwo der BMW stand. Es war nichts von ihm zu sehen, aber ich konnte nicht alle Straßen von Kenilworth abklappern.

Ich parkte auf dem Stellplatz vorm Haus und gelangte unbehelligt zur Haustür.

»Hallo«, begrüßte mich Sophie. »Hattest du einen schönen Tag?«

»Sehr schön sogar«, sagte ich. »Towcester gefällt mir immer, besonders die Abendrennen.«

»Huhu«, rief Alice, die mit zwei Gläsern Wein aus der Küche kam. Eins gab sie lächelnd Sophie. Wein auf die Medikamente fand ich zwar nicht unbedingt eine gute Idee, aber das behielt ich für mich. Wichtiger war im Moment, dass die Waffenruhe zwischen den Schwestern Bestand hatte.

Sie waren mit Alice' Wagen unterwegs gewesen, als ich zur Rennbahn gefahren war, und ich hielt es für möglich, dass sie ihre Eltern besucht hatten, obwohl sie angeblich zum Einkaufen nach Leamington Spa wollten. Da Sophie aber nicht so aufgewühlt wirkte wie sonst nach diesen Besuchen, war ich mir nicht sicher. Und fragen würde ich nicht. Wir gingen in die Küche.

»Habt ihr euch gut amüsiert?«, fragte ich sie.

»Bestens«, meinte Sophie, ohne das näher auszuführen.

»Wann seid ihr denn zurückgekommen?«

»Gegen sieben.«

»Habt ihr schon gegessen?« Ich sah auf die Uhr. Jetzt war es nach zehn.

»Ja«, sagte Sophie, »aber wir haben dir was übriggelassen. Du hast ja immer Hunger, wenn du abends von der Rennbahn kommst.«

Das stimmte wohl, hieß aber nicht, dass ich dann immer

etwas aß. In den vergangenen fünf Monaten war ich nach einem großen Scotch nicht selten gleich ins Bett gegangen.

»Beim Knabberzeug haben wir auch ganz schön zugelangt«, sagte Alice kichernd.

Und beim Wein, dachte ich, wobei Sophie allerdings ganz nüchtern wirkte, während Alice offensichtlich einen kleinen Schwips hatte.

»Weißt du irgendwas von einem Rucksack?«, fragte Sophie beiläufig, als sie am Herd stand und mein Abendessen aufwärmte.

»Bitte?«, fragte ich scharf.

»Von einem Rucksack«, wiederholte sie. »Ein Mann war hier. Wollte einen Rucksack abholen. Er sagte, du wüsstest Bescheid.«

»Was für einen Rucksack?«, fragte ich nervös.

»Schwarz-rot. Der Mann sagte, den hättest du für ihn aufbewahrt. Er war ganz schön aufdringlich. Als ich ihm sagte, ich wüsste nichts davon, war er nicht gerade erbaut.«

O Gott, dachte ich.

»Und hast du ihn ihm gegeben?«

»Natürlich nicht. Ich wusste ja gar nicht, dass wir einen schwarz-roten Rucksack haben. Wo ist der denn?«

»Im Schrank unter der Treppe«, sagte ich. »Hat der Mann versucht, ins Haus zu kommen?«

»Nein.« Die Frage beunruhigte sie etwas. »Wieso denn?«

»Ich wollte es nur wissen«, sagte ich. »Was ist dann passiert?«

»Ich habe ihn weggeschickt und gesagt, er soll wiederkommen, wenn du da bist.«

»Dann haben wir die Türen verrammelt, ein Fläschchen

aufgemacht und auf dich gewartet«, sagte Alice mit einem Grinsen. Sie nahmen den Auftritt des Mannes beide sehr gelassen. Wahrscheinlich, weil ihnen der Ernst der Situation nicht bewusst war. Wie denn auch?

»Wann war das?«, fragte ich.

»Gegen acht«, sagte Sophie.

»Könnt ihr den Mann beschreiben?«

»Er war etwas unheimlich«, sagte Alice.

»Wieso denn unheimlich?«

»Ach, ich weiß nicht«, meinte sie. »Er war's eben. Und er hatte eine Kapuze auf und einen Schal um. Wenn einer so rumläuft, obwohl es draußen so warm ist wie heute Abend, führt er bestimmt nichts Gutes im Schilde.«

»Konntest du seine Augen sehen?«, fragte ich. »Standen die eng zusammen?«

»Ja!« Alice warf ein wenig aufgeregt eine Hand in die Höhe. »Genau. Genau deshalb fand ich ihn unheimlich.«

Es war also eindeutig Fies-Auge gewesen, der Mann, den Paddy Murphy Kipper nannte. Jetzt hatte er mich gefunden.

»Was sollen wir tun?«, rief Sophie. Plötzlich bekam sie es mit der Angst zu tun. »Ich möchte nicht, dass er wiederkommt.« Trotz der Abendwärme zitterte sie.

»Es ist schon gut, Liebes«, sagte ich und legte ihr beruhigend den Arm um die Schulter. »Heute Abend kommt er bestimmt nicht mehr.«

Es klingelte, und wir fuhren alle drei zusammen.

»Bestimmt nicht?« Sophie sah besorgt drein.

»Lassen wir ihn klingeln«, sagte Alice. »Dann geht er schon.«

Wir lauschten gespannt.

Es klingelte wieder, und dazu wurde laut an die Tür geklopft.

»Ich weiß, dass Sie da drin sind«, rief eine Stimme von draußen. »Machen Sie auf.«

Ich ging von der Küche hinaus auf den Flur.

»Wer ist da?«, rief ich durch die Haustür.

»Mr. Talbot«, sagte die Stimme. »Ich glaube, Sie haben etwas von mir, und das hätte ich gern wieder.«

»Was denn?«, fragte ich.

»Einen Rucksack«, sagte er. »Einen schwarz-roten Rucksack.«

»Der hat doch Alan Grady gehört und nicht Ihnen«, entgegnete ich, ohne erst einmal nachzudenken. Verdammt! Warum hatte ich nicht einfach abgestritten, etwas von einem Rucksack zu wissen? Dann wäre er vielleicht weggegangen, aber das würde er jetzt natürlich nicht tun.

»Ich rufe die Polizei«, sagte Sophie, die jetzt auch aus der Küche kam. »Haben Sie gehört?«, rief sie mit einem Zittern in der Stimme. »Ich rufe die Polizei.«

»Sie brauchen nicht die Polizei zu holen«, sagte der Mann ruhig durch die Tür. »Geben Sie mir den Rucksack, und ich bin wieder weg.«

»Gib ihm den Rucksack«, beschwor mich Sophie, die verschreckten Augen groß wie Untertassen. »Bitte, Ned, gib ihm den verdammten Rucksack.«

»Okay, okay«, sagte ich.

Ich ging zu dem Schrank unter der Treppe und holte ihn heraus. Die Sachen meines Vaters waren noch drin.

»Gib ihn ihm«, drängte Sophie mich erneut voller Angst.

Ich ergriff den Rucksack und ging damit zur Treppe.

»Verdammt, wo willst du denn hin?« Sophie schrie jetzt beinah.

»Wenn du glaubst, ich mach dem die Tür auf, bist du ...« Ich sprach den Satz nicht zu Ende. »Ich werf den Rucksack aus dem Fenster.«

Oben im Schlafzimmer öffnete ich das Fenster, von dem aus ich vor einer Woche den Abgang von Mr. John Smith beobachtet hatte.

Der Mann stand unter dem Vordach, direkt vor der Tür, so dass ich ihn nicht sehen konnte.

»Hier«, rief ich.

Er kam hervor. Er sah genauso aus wie damals auf dem Parkplatz in Ascot: blaue Jeans, dunkelgraues Kapuzenshirt, schwarzer Schal um die untere Gesichtshälfte. Ob er die gleichen schwarzen Springerstiefel trug, mit denen er mir ins Gesicht getreten hatte, konnte ich nicht erkennen, und ich hatte nicht vor, runterzugehen und nachzuschauen. Wieder fielen mir die Augen auf, die in dem breiten Gesicht etwas zu dicht beieinanderstanden.

Ich hielt den Rucksack am gestreckten Arm aus dem Fenster.

»Wie heißen Sie?«, fragte ich.

»Werfen Sie den Rucksack runter«, überging er meine Frage. Soweit ich feststellen konnte, klang kein Dialekt bei ihm durch.

»Wie heißen Sie?«, wiederholte ich.

»Das brauchen Sie nicht zu wissen«, sagte er. »Geben Sie mir einfach den Rucksack.«

»Wie haben Sie mein Haus gefunden?«, fragte ich ihn.

»Das hat mir ein Vögelchen gezwitschert.«

»Was für ein Vögelchen?«

»Das brauchen Sie nicht zu wissen«, sagte er wieder. »Werfen Sie mir einfach den Rucksack runter.« Er hob die Arme an, um ihn aufzufangen.

»Da sind nur Mr. Gradys Kleider drin«, sagte ich. »Ich habe ihn durchsucht. Sonst ist da nichts.«

»Geben Sie ihn mir trotzdem.«

»Für wen arbeiten Sie?«, fragte ich.

»Was?«

»Für wen Sie arbeiten.«

»Für niemanden«, sagte er. »Und jetzt her mit dem verdammten Rucksack.«

»Wer ist John Smith?«, fragte ich.

Trotz des halb vermummten Gesichts sah ich ihm an, dass ihm der Name nichts sagte. Er kannte keinen Mr. John Smith, aber der hieß in Wirklichkeit ja wohl auch anders.

»Den Rucksack«, zischte er, so wie er in Ascot meinen Vater angezischt hatte. »Her damit, sonst trete ich Ihnen die verdammte Tür ein.«

Ich öffnete die Hand und ließ den Rucksack fallen. Er konnte ihn trotz der erhobenen Hände nicht auffangen, schnappte ihn sich aber schnell von dem betonierten Fußweg, auf den er geknallt war, und lief die Station Road hinunter, so wie ich ihn in Paddington an der U-Bahn-Station Lancaster Gate hatte weglaufen sehen.

Ich fragte mich, wie er herausbekommen hatte, wo ich wohnte. Wenn er über meine Zeugenaussage vor Gericht an die Adresse gelangt war, wieso hatte er dann nicht schon längst vor meiner Tür gestanden? Ich dachte an das zurück, was ich in den vergangenen vierundzwanzig Stunden getan hatte. Vielleicht hatte sein Vögelchen gestern auf dem Polizeirevier von Banbury gesessen oder sonst irgendwo bei der Thames Valley Police. Das Phantombild war sicher gleich herumgegangen, und vielleicht hatte jemand das Gesicht erkannt, ein nicht ganz ehrlicher Beamter, jemand, der Kipper dann gesagt hatte, wem das Bild zu verdanken war.

Ich würde nie genau erfahren, wie er mich gefunden hatte, und ich hoffte, ich würde ihn nie wiedersehen, aber irgendwie hatte ich meine Zweifel.

Er würde mit Sicherheit feststellen, dass der Mikrocoder und die Glaskorn-Mikrochips fehlten, denn die hatte ja nun Mr. John Smith. Außerdem hatte ich den Schlüsselring mit den drei Hausschlüsseln und die Ausweise behalten, die beiden fotokopierten Pferdepässe und die Pässe mit dem Foto meines Vaters.

Wenn man Paddy Murphy glauben konnte, aber die Hand hätte ich dafür nicht ins Feuer gelegt, dann ging es dem Mann eher um die Stange Bargeld. Wusste er, wo er nachsehen musste, würde Kipper die drei blau eingeschweißten Banknotenbündel in ihrem alten Versteck unter dem Rucksackeinsatz finden. Wenn er sie sich jedoch genauer ansah, fiel ihm vielleicht auf, dass die Bündel geöffnet und mit transparentem Klebeband sorgfältig neu verschlossen worden waren. Und wenn er das Geld nachzählte, würde er feststellen, dass aus jedem Bündel zweitausend Pfund fehlten.

Erst hatte ich das für eine gute Idee gehalten. Jetzt war ich mir nicht mehr so sicher.

»Was war denn das für ein Theater?«, wollte Sophie wissen, als ich die Treppe herunterkam.

Sie und Alice standen im Flur und sahen mich besorgt, aber auch erwartungsvoll an.

»Nur ein ungeduldiger Mensch, der etwas von mir haben wollte«, versuchte ich die Angelegenheit herunterzuspielen.

»Aber der war doch furchtbar«, sagte Sophie. »Warum hast du es ihm gegeben?«

»Du hast mich doch selbst darum gebeten«, antwortete ich etwas gereizt.

»Wem gehörte überhaupt der Rucksack?«, fragte sie.

»Einem gewissen Alan Grady. Für den sollte ich ihn aufbewahren.«

»Und wer ist dieser Alan Grady?«

»Ein Australier, den ich beim Pferderennen in Ascot kennengelernt habe.«

»Der wird sich ja nicht gerade freuen, dass du seinen Rucksack jemand anderem gegeben hast.«

Die panische Angst, die sie gepackt hatte, als der Mann vor unserer Tür stand, schien sie völlig vergessen zu haben.

»Ich glaube nicht, dass ihn das besonders stört«, sagte ich, ohne näher darauf einzugehen. Ich lächelte die beiden an. »Was gibt's denn zum Abendessen?«

»Der kommt doch wohl nicht wieder?«, fragte Alice nervös, als wir zu dritt am Küchentisch saßen und ich meine Makkaroni in Käsesauce aß.

»Ich glaube nicht«, sagte ich. »Er hat ja nun, was er wollte.«

Zum Großteil jedenfalls, dachte ich. Aber würde er den Rest auch noch haben wollen? Ganz ohne Zweifel wusste er, wo ich wohnte, und obwohl ich halb mit seinem Auftauchen gerechnet hatte, war es immer noch ein Schock.

Nachdem ich zu Abend gegessen hatte, legten sich die Frauen schlafen, und ich ging in meinem kleinen Büro im ersten Stock ins Internet.

HRF Holdings Ltd war in der Tat eine Muttergesellschaft, und eine der Tochterfirmen kannte ich sehr gut. Tony Bateman (Pferdewetten) Ltd, um sie bei ihrem vollen Namen zu nennen, war eine der fünf großen Wettbüroketten. Ihre Filialen konzentrierten sich gegenwärtig noch auf London und Südostengland, eroberten zusehends aber auch den Norden und Westen.

Ich schaute im Online-Firmenregister nach und lud den neuesten Jahresbericht von Tony Bateman (Pferdewetten) Ltd und von HRF Holdings Ltd herunter. Beide waren GmbHs, und der Bericht enthielt die Namen der Direktoren und Geschäftsführer sowie eine Liste der derzeitigen Gesellschafter.

Genauso wie kein William Hill mehr hinter der Buchmacherfirma William Hill stand, tauchte in dem Bericht niemand namens Tony Bateman als Direktor oder Gesellschafter von Tony Bateman (Pferdewetten) Ltd auf. Offenbar war es ein Name aus früherer Zeit, sei es, dass der Firmengründer so hieß oder ein einzelner Buchmacher, der irgendwann von einem größeren Unternehmen aufgekauft worden war.

Den Namen einer Person, die als Direktor wie auch als Gesellschafter der Firma verzeichnet war, kannte ich jedoch. Henry Richard Feldman war überall auf britischen Rennbahnen bekannt. Mittlerweile Ende sechzig, hatte er sein Geld im Immobiliensektor gemacht, besonders in den Hafenvierteln von London und Liverpool, doch wie man hörte, war der jüngste Absturz der Hauspreise nicht spurlos an ihm vorübergegangen. Seit rund zwanzig Jahren feierte er Erfolge als Besitzer zahlreicher Rennpferde, vor allem Hindernispferde. Und er war der alleinige Gesellschafter der HRF Holdings Ltd.

Aber weshalb wollte er oder besser gesagt Tony Bateman (Pferdewetten) Ltd meine Firma kaufen?

Seit Wettbüros 1961 in Großbritannien legalisiert worden waren, hatten die großen Unternehmen ihren Herrschaftsbereich erweitert, indem sie die unabhängigen kleinen Buchmacher aufkauften. Dabei hatten sie es vor allem auf die Wettbüros in den Städten abgesehen. Inzwischen tauchten sie aber auch in den Buchmacherringen auf der Rennbahn auf und nutzten ihren Einfluss, um die Quoten dort noch stärker zu kontrollieren.

Jetzt hatten sie offenbar mich ins Visier genommen, ob mir das passte oder nicht. Tony Bateman Ltd ging es weniger um mich oder Luca oder gar unsere Kunden als um unsere einträglichen Standplätze auf den Bahnen. Und offenbar scheuten sie auch nicht vor Drohung und Nötigung zurück, um da heranzukommen.

Sophie schlief tief und fest, als ich lange nach Mitternacht endlich ins Bett ging. Die Umstellung nach der Klinik erschöpfte sie immer sehr.

Leise trat ich ins Schlafzimmer, und da Fies-Auge Kipper und die Kraftkerle von HRF Holdings sich noch immer da draußen herumtrieben, klemmte ich Sophies Frisierstuhl unter die Türklinke.

Vorsichtshalber.

19

Am Mittwochmorgen traf ich Vorkehrungen für die Beerdigung meines Vaters. Eigentlich wollte ich eine Feuerbestattung, weil mir das als Schlusspunkt geeigneter schien, doch das Amtsgericht hatte andere Vorstellungen.

»Die Polizei hat zwar ihre Einwände gegen ein Begräbnis zurückgezogen«, sagte der Beamte, »aber von Einäscherung war nicht die Rede. Und von der Krone habe ich noch nichts gehört.«

»Von der Krone?«

»Von der Staatsanwaltschaft.«

Ich seufzte. Warum war nur alles so kompliziert?

»Fragen Sie dann bitte mal nach«, sagte ich, »ob Einwände gegen eine Feuerbestattung bestehen?«

»Können Sie das nicht selber?«, fragte der Beamte.

»Aber Sie müssten das doch von denen hören und nicht von mir, da können Sie doch genauso gut gleich anrufen.«

»Na ja, das stimmt wohl«, gab er widerwillig zu.

»Gut«, sagte ich schnell, bevor er sich wieder rausreden konnte, »dann melde ich mich in zehn Minuten noch mal.«

Bis dahin suchte ich im Internet nach Bestattungsunternehmen in der Nähe des Wexham Park Hospital. Es gab jede Menge. Ich hatte gar nicht gewusst, dass Sterben in diesem Teil von Berkshire so beliebt war.

Mir war auch nicht klar gewesen, dass Sterben so teuer sein konnte. Eine schlichte Beerdigung kostete rund tausend Pfund, und darin waren weder der stattliche Preis für die Grabstelle noch die Kosten der Einäscherung enthalten. Nahm man die Gebühr für die nötigen Bescheinigungen und die Kosten des Trauergottesdienstes hinzu, kam wirklich ein deftiger Betrag zusammen. Von den Mehrkosten, falls ich einen umweltfreundlichen Pappkartonsarg oder einen Chor haben wollte, gar nicht zu reden. Schon wünschte ich mir, ich hätte mir von den blau eingeschweißten Banknotenbündeln ein paar mehr genommen.

Was wäre bloß passiert, wenn ich nicht hier gewesen wäre?

Ich rief den Gerichtsbeamten wieder an.

»Von Seiten der Polizei können Mr. Talbots sterbliche Überreste gern eingeäschert werden«, sagte er. »Und die Krone scheint das nicht zu kümmern, weil noch niemand wegen des Verbrechens verhaftet worden ist.«

»Sehr gut.« Ich hatte herausgefunden, dass eine Verbrennung weit weniger kostete als eine Grabstelle. »Können Sie mir sagen, wer die Bestattung von jemandem organisiert und bezahlt, der als Ausländer ohne Angehörige und Freunde in England stirbt?«

»Dafür wäre die örtliche Gesundheitsbehörde zuständig.«

»Und die zahlen?«

»Ja«, sagte er. »Nach Möglichkeit holen sie sich das Geld dann von der Familie oder aus dem Nachlass des Verstorbenen zurück. Aber im vorliegenden Fall stehen Sie ja als der nächste Angehörige fest, da können Sie ja auch bezahlen.« Das sagte er so leichthin.

»Und wenn ich es mir nicht leisten könnte?«, fragte ich.

»Dann könnten Sie den Sozialfonds um Hilfe bitten«, sagte er. »Das ginge aber nur, wenn Sie schon staatliche Unterstützung erhalten.«

Irgendwie schien es mir etwas ungerecht, dass mein seit siebenunddreißig Jahren totgeglaubter Vater aus heiterem Himmel aufgetaucht war, nur damit mir die Kosten für seine Beerdigung aufgedrückt werden konnten, zumal er daran gestorben war, dass jemand anders ihm ein Tranchiermesser in den Bauch gestoßen hatte. Aber es wäre müßig gewesen, darüber zu diskutieren. Für jemanden, der seine Frau ermordet hatte, durfte man nicht allzu viel Verständnis erwarten, auch wenn er dann selbst ein gewaltsames Ende gefunden hatte. Ich musste wohl den Mund halten und zahlen.

Ich rief den ersten im Internet aufgeführten Bestatter an.

»Am Freitag könnten wir Sie reinnehmen«, sagte der Mann. »Im Krematorium von Slough gab's eine Stornierung. Es ist natürlich ein bisschen kurzfristig.«

Ich fragte mich belustigt, wie eine Stornierung bei einem Bestatter zustande kommen konnte. Vielleicht war der Verstorbene auf wundersame Weise wieder zum Leben erwacht.

»Wann am Freitag?«, fragte ich.

»Um drei.«

Bis Freitag waren es nur zwei Tage, aber ich fand, das spielte eigentlich keine Rolle. Es würde ja sonst niemand kommen. Ich überlegte, ob ich mich mit seiner Familie in Australien in Verbindung setzen sollte, falls jemand von ihnen dabeizusein wünschte. Aber ich wusste gar nicht, an wen ich mich wenden sollte, und niemand hatte in den letzten zwei Wochen direkt oder über das Gericht mit mir Kontakt aufgenommen, obwohl sie dort meine Adresse hatten.

»Freitag um drei geht in Ordnung«, sagte ich.

»Schön«, sagte er. »Wo ist der Leichnam Ihres Vaters?«

Gute Frage, dachte ich. »Vermutlich noch im Wexham Park Hospital«, erwiderte ich, »aber ich bin mir nicht sicher. Das Gericht kann Ihnen das genau sagen.«

Ich wollte ihm die Nummer geben.

»Schon gut, die haben wir«, sagte er. »Wir regeln das für Sie.«

Gegen Gebühr natürlich, dachte ich etwas ungnädig.

»Muss ich jemanden für die Messe bestellen?«, fragte ich.

»Auch das nehmen wir Ihnen gerne ab, es muss aber kein Geistlicher sein, wenn Ihnen daran nichts liegt. Die Trauermesse kann jeder halten. Auch Sie selbst, wenn Sie möchten.«

»Nein«, sagte ich. »Ich glaube, er hätte sich einen Pfarrer oder so etwas gewünscht.«

Keine Ahnung, wie ich darauf kam. Vielleicht wollte ich selbst lieber einen Geistlichen. Besonders religiös war ich zwar nicht, aber ich hätte es schon etwas komisch gefunden, den Trauergottesdienst zu leiten und gleichzeitig der einzige anwesende Trauergast zu sein. Jemand vom Fach musste her.

»Bestimmte Musik- oder Liedwünsche?«, fragte er.

»Nein«, sagte ich. »Das überlasse ich ganz dem Pfarrer.« Ich sagte zwar nicht direkt, dass ich ein paar kurze Worte und ab in die Flammen am besten fände, stellte aber klar, dass es mir um eine schlichte Bestattung ging. Das Einfachste sei gut genug, sagte ich ihm. Schließlich hatte ich meinen Vater nicht ein Leben lang geliebt.

»Sollen Blumen auf den Sarg?«, fragte er.

»Eher nicht«, antwortete ich. Früher wurden Schnittblumen auf Särge und um sie herum gelegt, damit ihr Duft unangenehme Gerüche überdeckte, die von dem Verwesenden im Sarg ausgehen konnten. Da mein Vater vermutlich seit seinem Tod in der Kühlung gelegen hatte, waren Blumen wohl unnötig.

»Wo es so ein kurzfristiger Termin ist«, sagte der Mann, »könnten Sie den vollständigen Betrag vorab per Kreditkarte begleichen?«

»Ist das üblich?«, fragte ich.

»Durchaus«, versicherte er mir. »Zumal der Verstorbene nicht in England gewohnt hat und kein Nachlass eröffnet wird.«

Da in Großbritannien der Sarg üblicherweise zusammen mit dem Leichnam verbrannt wurde, war es für den Bestatter natürlich ein Problem, ihn sich bei ausbleibender Bezahlung zurückzuholen.

Ich gab ihm meine Kreditkartennummer und meine Anschrift.

»Danke, Mr. Talbot«, sagte er. »Nach der Bestattung erhalten Sie selbstverständlich eine detaillierte Rechnung von uns.«

»Danke«, sagte ich.

Und weiter ging es mit Leben und Tod.

In der Bestattungsbranche ein guter Kaufmann zu sein, dachte ich, war bestimmt nicht einfach. Sicher gab es einen Punkt, wo gutes Geschäftsgebaren in Ausbeutung umschlug, wenn man beispielsweise den trauernden Hinterbliebenen einen noch exklusiveren und daher noch teureren

Sarg zu verkaufen versuchte. Zumal wenn der Sarg dann praktisch sofort im Krematorium bei über 850 Grad Celsius zu Asche verbrannt wurde.

»Muss ich sonst noch etwas tun?«, fragte ich.

»Der Tod muss standesamtlich registriert werden«, sagte er. »Das geschieht aber erst, wenn die gerichtliche Untersuchung abgeschlossen ist. Einstweilen wird der Coroner einen vorläufigen Totenschein ausstellen, und Sie müssen Formular A unterschreiben.«

»Formular A?«, fragte ich.

»Antrag auf Einäscherung. Den muss der Testamentsvollstrecker oder der nächste Angehörige unterschreiben. Das können Sie aber noch unmittelbar vor der Zeremonie tun. Alles, was wir sonst noch brauchen, besprechen wir mit dem Coroner.«

»Gut«, sagte ich. »Dann bis Freitagnachmittag.«

Ich überlegte eine Zeitlang, wem ich Bescheid sagen sollte. Die Polizei wollte sicher informiert sein, aber war das meine Aufgabe? Und sollte ich meiner Großmutter sagen, dass ihr Sohn am Freitag beigesetzt würde? Eher nicht, dachte ich. Dann ersparte ich ihr viel Kummer.

Und Sophie?

Wir hatten eigentlich kaum je über meine Eltern gesprochen, weil ich keine Erinnerung an sie besaß. Sophie ging immer noch davon aus, dass beide tödlich mit dem Wagen verunglückt waren, als ich ein Baby war. Sollte ich ihr jetzt erklären, dass Alan Charles Grady, der Besitzer des schwarzroten Rucksacks, der Mann, der auf dem Parkplatz der Rennbahn von Ascot ermordet worden war, in Wirklichkeit mein Vater Peter James Talbot war? Nicht schon siebenunddreißig

Jahre tot, wie sie geglaubt hatte, sondern erst fünfzehn Tage? Und sollte ich ihr dann sagen, dass auch meine Mutter nicht bei einem Autounfall gestorben, sondern unter dem Pier in Paignton erwürgt worden war? Und dass mein Vater das getan hatte?

Ich nahm mir vor, Sophie zu gegebener Zeit alles über die Ereignisse der vergangenen zwei Wochen zu erzählen, aber nicht sofort. Sie machte im Augenblick genug durch, so kurz nach der Klinik. Sie war noch dabei, sich auf die neuen Medikamente einzustellen, und ich wollte ihr keinesfalls den Boden unter den Füßen wegziehen.

Ich entschloss mich, allein zur Bestattung meines Vaters zu gehen.

Luca traf gegen Mittag in der Station Road ein, und er hatte einen Jungen mit Igelfrisur bei sich. Douglas Masters, nahm ich an. Er sah ungefähr wie sechzehn aus. Rotkariertes Hemd mit aufgekrempelten Ärmeln, hellbraune Jeans, die ihm von der Hüfte zu rutschen drohten, und schmutzig weiße Turnschuhe über gelben Socken.

»Tag«, sagte ich fröhlich und bot ihm die Hand.

»Hallo«, erwiderte er ernst. Meine Hand ergriff er nur zögernd und beugte sich dabei weit vor.

»Ist er alt genug?«, fragte ich Luca. Um als Buchmacher oder Buchmachergehilfe zu arbeiten, musste man mindestens achtzehn sein.

»Ich bin achtzehn«, versicherte mir der Junge.

»Entschuldige, aber ich müsste einen Ausweis sehen«, sagte ich.

Er zog einen eselsohrigen Führerschein aus der Tasche

und hielt ihn mir hin. Danach war er tatsächlich achtzehn Jahre und zwei Monate alt. Auf dem Passfoto sah er wie dreizehn aus.

»Okay, Douglas, danke«, sagte ich. »Herzlich willkommen.«

»Duggie«, wandte er ein. »Oder Doug. Nicht Douglas.«

»Okay«, wiederholte ich. »Duggie also.«

Er nickte. »Und Sie?«

»Bleiben wir erst mal bei Mr. Talbot.«

»Und er?«, fragte er mit einer Kopfbewegung zu Luca hin.

»Das liegt bei Mr. Mandini.«

»Luca ist prima«, meinte Luca.

Er nickte noch einmal. »Dann weiß ich Bescheid.«

Man konnte ohne Übertreibung sagen, dass der junge Mr. Masters sparsam mit Worten und Gesichtsausdrücken umging. Ich sah Luca mit hochgezogenen Brauen fragend an.

»Duggie macht das schon«, legte sich Luca für seinen jungen Freund ins Zeug. »Ich glaube, er ist nur ein bisschen schüchtern.«

»Bin ich nicht«, sagte Duggie selbstbewusst, aber ohne Anmut. »Ich bin nur vorsichtig. Ich kenne Sie ja nicht.«

»Bist du immer vorsichtig gegenüber Leuten, die du nicht kennst?«, fragte ich ihn. Mein Vater hatte mir im Sterben geraten, jedem gegenüber vorsichtig zu sein.

»Ja«, sagte er vorsichtigst.

»Gut«, sagte ich überschwenglichst. »Das ist genau die richtige Einstellung bei der Buchmacherei. Man kann nicht vorsichtig genug sein, weil man die Kunden niemals richtig kennt und nicht weiß, was sie im Schilde führen.«

Er sah mich an und legte den Kopf schräg. »Wollen Sie mich auf den Arm nehmen?«, fragte er.

»So ein bisschen«, erwiderte ich.

Er grinste. Es war nur ein kurzes Grinsen, aber es stand ihm ausgezeichnet.

»Dann ist es ja gut«, meinte er.

»Machen wir uns auf die Socken«, sagte ich lächelnd. »Sonst kommen wir zu spät.«

Wir stiegen in den Volvo; Luca setzte sich vorn neben mich, Duggie auf den Rücksitz. Sophie kam an die Haustür und winkte uns, als wir zum Pferderennen nach Worcester aufbrachen.

»Wie geht's ihr?«, fragte Luca, als ich zurückwinkte.

»Gut«, sagte ich nur, weil ich vor Douglas eigentlich nicht darüber reden wollte, doch der junge Mann war schnell von Begriff.

»Ist sie krank?«, fragte er von hinten.

»Im Moment geht's ihr gut, danke«, sagte ich in der Hoffnung, das Gespräch damit zu beenden.

»Krebs, was?«, fragte er.

»Nein«, antwortete ich.

»Meine Mum hatte Krebs«, sagte er. »Daran ist sie auch gestorben.«

»Das tut mir leid«, sagte ich.

»Ja«, meinte er wehmütig. »Allen tut es leid. Macht sie auch nicht wieder lebendig, oder?«

Darauf gab es keine Antwort, und wir schwiegen eine Weile; langsam wurde mir der Junge sympathisch.

»Duggie«, sagte ich, »wie gut kennst du die anderen vom Elektronikclub?«

»Ein paar kenne ich. Warum?«

»Bist du bei denen auch vorsichtig?«, fragte ich. »Oder traust du ihnen?«

»Würde mich vielleicht darauf verlassen, dass sie den Bullen nichts stecken, aber das ist auch alles.«

»Wie viele Leute sind in dem Club?«

»Weiß nicht«, sagte er. »Eine ganze Menge.«

»Insgesamt müssen es mindestens sechzig sein«, meinte Luca. »Aber die sind nie alle auf einmal da. Die meisten kommen inzwischen freiwillig, aber es gibt immer noch welche, die nur kommen, wenn das Gericht sie schickt, und andere verschwinden hin und wieder, das heißt, sie wandern in Jugendstrafanstalten.«

»Wie vielen von den sechzig würdest du denn wirklich trauen, Duggie?«, fragte ich.

»In welcher Hinsicht?«

»In finanzieller«, sagte ich. »Wenn sie zum Beispiel was für mich kaufen oder eine Wette für mich anlegen sollen?«

»Der Hälfte vielleicht«, antwortete er. »Die anderen würden es verpulvern. Für Drogen hauptsächlich.«

Die Hälfte sollte reichen, dachte ich.

»Weißt du denn, wem du da trauen kannst?«, fragte ich ihn.

»Klar«, meinte er selbstbewusst. »Den Kumpeln, die ich da habe.«

»Was hast du gemacht, Duggie?«, wechselte ich das Thema. »Weshalb bist du in den Club gekommen?«

Eine lange Pause entstand.

»Autos geklaut«, sagte er schließlich.

»Für Geld?«

»Nee. Zum Spaß.«

»Klaust du immer noch Autos?«, fragte ich.

»Nein«, sagte er.

»Hast du irgendwelche Vorstrafen?«

Wieder war es lange still auf dem Rücksitz.

»Duggie«, sagte ich, »ich frage das nicht, um dich zu verurteilen, sondern weil ich es wegen meiner Buchmacherlizenz wissen muss.«

Nach dem umfassenden neuen Glücksspielgesetz von 2005 waren Vorstrafen an sich noch kein Grund, die Erteilung einer Buchmacherlizenz zu verweigern. Oder jemanden als Buchmacherassistenten auszuschließen. Aber ich musste es wissen. Vorstrafen wegen Körperverletzung waren nicht zulässig.

»Ja«, sagte Duggie.

»Nur fürs Autoknacken?«, fragte ich.

Vorstrafen wegen Betrug gingen auch nicht.

»Ja«, sagte er zögernd. »Aber eigentlich war ich das gar nicht. Mir wurde geraten, auf schuldig zu plädieren.«

»Von wem?«, fragte ich.

»Von unserem tuntigen Anwalt. Wir waren zu mehreren. Und alle sind verknackt worden. Der Anwalt meinte, wenn wir uns schuldig bekennen, gäb's ein milderes Urteil. Da hab ich auf ihn gehört.«

»Aber wieso, wenn du's doch nicht warst?«

»Weil ich mit im Auto saß«, meinte er. »Bloß wusste ich nicht, dass es geklaut war. Die Anwalttunte sagte, ich würde so oder so verknackt, deshalb solle ich mich schuldig bekennen.«

Ich wusste nicht, ob ich ihm glauben sollte.

»Und das war's?«, fragte ich. »Nur das eine Mal?«

»Ja«, sagte er.

»Okay«, sagte ich.

Eine Zeitlang fuhr ich schweigend.

»Ich beklau Sie nicht, falls Sie an so was denken«, meinte Duggie schließlich.

Daran dachte ich zwar nicht, aber im Auge behalten würde ich ihn trotzdem.

Verglichen mit dem Abend in Towcester ging es bei dem Mittwochsmeeting in Worcester ruhig zu. In allen Rennen traten zu wenig Pferde an, und obwohl die Rennbahn nah am Stadtzentrum lag, hatten sich nicht eben viele Wetter eingefunden. Schon gar keine, die mit Geld um sich warfen, so dass es sich für uns kaum lohnte und wir nur gerade die Fahrtkosten wieder hereinholten.

Ein Pluspunkt allerdings war Duggie gewesen. Er war im Lauf des Tages allmählich aufgetaut und hatte offensichtlich Spaß an der Sache gehabt. Je mehr Verantwortung ich ihm beim Auszahlen der Siegtickets übertrug, desto mehr Vertrauen fasste er in seine Fähigkeiten.

»Wo sind wir am Montag?«, fragte ich Luca, als wir nach dem letzten Rennen zusammenpackten.

»Nirgends«, sagte er. »Da haben wir frei.«

»Diesmal nicht«, widersprach ich. »Wir fahren nach Bangor-on-Dee.«

»Das ist aber eine lange Anfahrt für ein kleines Meeting.«

»Wir fahren trotzdem«, sagte ich. »Ich habe mir die Nennungen angesehen. Sag Larry Porter, er soll auch kommen. Und seine Trickkiste mitbringen.«

Luca hörte auf, den Karren zu beladen, und sah mich an. »Gut«, sagte er grinsend. »Mach ich.«

»Noch eins, Luca. Am Freitag musst du was für mich erledigen.«

»Freitag sind wir in Warwick.«

»Jetzt nicht mehr«, sagte ich. »Der Freitag ist diesmal unser rennbahnfreier Tag. Ich möchte, dass du mit ein paar von euren Elektronikclubstern redest, den vertrauenswürdigen, den Freunden von Duggie. Die müssen mir helfen.«

Ich erklärte ihm genau, was er tun sollte, und er überschlug sich vor Begeisterung. Dass ich am Freitagnachmittag zur Feuerbestattung meines Vaters nach Slough musste, behielt ich allerdings für mich.

»Duggie hilft dir dabei«, sagte ich, als wir die Ausrüstung hinten in den Volvo luden. »Er kennt die ja wohl ziemlich gut.«

Duggie grinste. »Heißt das, ich hab die Stelle?«, fragte er.

»Auf Bewährung«, sagte ich. »Bis Montag.«

Er sah mich unsicher an.

»Nicht so eine Bewährung.« Ich lachte.

Auf der Rückfahrt nach Kenilworth im Stoßverkehr der M42 besprachen wir unsere Pläne.

»Morgen Abend also Warwick?«, fragte Luca, als wir vor meinem Haus anhielten.

»Auf jeden Fall. Wollt ihr hier vorbeikommen oder direkt hinfahren?«

»Wir kommen hier vorbei«, erwiderte Luca. »Das erste Rennen ist um halb sieben. Treffen wir uns hier um fünf?«

»Fünf ist prima.«

»Gute Besserung für Ihre Frau, Mr. Talbot«, sagte Duggie, als er in Lucas Wagen stieg.

»Danke, Duggie.«

Er ist in Ordnung, dachte ich.

Die Luft im Haus war zum Schneiden, die Spannungen zwischen den Schwestern mit Händen zu greifen. Die Waffenruhe bestand offenbar nicht mehr.

Sophie kam mir mit verkniffenen Lippen und zornigen Augen im Flur entgegen. Sie deutete mit einer Kopfbewegung zur Treppe nach oben. Offensichtlich wollte sie, dass ich hinaufging. Sie kam hinter mir her.

Im Schlafzimmer, unter vier Augen, erklärte sie, was los war, auch wenn ich es mir hatte denken können.

»Mein verflixter Vater«, stieß sie hervor. »Warum kann er nicht mal vernünftig sein?«

Die Frage war rhetorisch. Ich hatte sie mir immer wieder gestellt, seit ich ihn kannte.

»Was hat er denn jetzt wieder gemacht, Liebling?«, fragte ich in meinem beschwichtigendsten Ton.

»Ach, gar nichts«, antwortete sie frustriert.

Offenbar war es um mich gegangen, und sie mochte mir plötzlich nichts mehr davon erzählen, wahrscheinlich um meine Gefühle zu schonen.

»Setz dich erst mal, Liebes«, sagte ich und klopfte neben mir auf das Bett. Sie kam und setzte sich zu mir. Ich legte ihr den Arm um die Schultern. »Erzähl«, forderte ich sie auf.

»Mein Vater kann so ein Idiot sein.« Sie fing an zu weinen.

»Aber, aber«, sagte ich und strich ihr über die Haare. »So schlimm war es doch sicher nicht, was er von sich gegeben hat.« Da sie schwieg, redete ich weiter. »Wahrscheinlich hat er dir gesagt, dass ich die Ursache deiner ganzen Probleme bin und dass es viel besser für dich ist, wenn du mich verlässt und wieder zu Hause bei ihm und deiner Mutter lebst.«

Sie setzte sich auf und sah mich an. »Woher weißt du das?«, fragte sie.

»Das sagt er doch immer. Hör nicht auf ihn. Er hat unrecht.«

»Ich weiß, dass er unrecht hat. Das habe ich ihm auch gesagt. Ich habe ihm sogar gesagt, dass nicht du, sondern er die Ursache meiner Probleme ist.«

»Das hat ihm bestimmt nicht gefallen«, meinte ich lachend.

»Nein.« Sie musste selber lachen und wischte sich mit einem Papiertaschentuch vom Nachttisch die Augen. »Er hat gesagt, er streicht mich aus seinem Testament, wenn ich nicht – O-Ton – Vernunft annehme.«

»Und Vernunft annehmen heißt wohl, dich von diesem Buchmacher scheiden zu lassen.«

»Ja«, erwiderte sie halb lachend, halb weinend. »Ich habe ihm gesagt, er könnte sich sein Testament von mir aus in den Hintern schieben.«

»Gut gemacht«, sagte ich und drückte sie an mich.

»Aber dann muss die blöde Alice ihren Senf dazugeben.« Sophie wurde wütend. »Kommt an und gibt dem alten Schwachkopf recht. Der hab ich vielleicht was erzählt!«

»Ich dachte, Alice kann mich gut leiden.«

»Kann sie wohl auch«, sagte Sophie. »Aber sie hat solche

Angst vor dem alten Tyrannen, dass sie ihm nie Paroli bietet.«

So viel zu den Stahlkappenschuhen für Alice. Das hörte sich eher nach rosa Plüschpantoffeln an.

»Jetzt hast du also auch mit Alice Krach?«, fragte ich.

»Scheint so.«

»Sie ist aber noch da?«

»In der Küche«, antwortete sie. »Aber sie sagte, sie fährt nach Hause, sobald du wiederkommst.«

»Möchtest du das denn?«

»Ja«, sagte sie. »Nein.« Sie schwieg. »Ich weiß nicht, was ich möchte.«

»Gehen wir runter, dann können Alice und ich ein Glas Wein trinken«, sagte ich. »Nach einem Glas Wein sieht immer alles gleich besser aus.«

»Ich trinke auch ein kleines«, sagte Sophie.

»Prima.«

Wir gingen nach unten und fanden Alice wie erwartet in der Küche, schäumend vor Wut.

Sie wollte etwas sagen.

»Lass es«, meinte ich nur. »Sag nichts, was dir später leidtun könnte.«

Sie klappte den Mund zu.

»Gut«, sagte ich. »Jetzt trinken wir erst mal was.«

Ich holte eine Flasche Weißwein aus dem Kühlschrank und schenkte drei Gläser aus. Dann setzte ich mich an den Küchentisch, und die beiden setzten sich zu mir.

»Gut«, sagte ich noch einmal. »Wir wissen ja nun alle, dass euer Vater ein Idiot ist.« Alice wollte wieder etwas sagen, aber ich bremste sie, indem ich die Hand hob. »Er ist aber nicht so ein Idiot, dass er uns nicht alle gegeneinander aufbringen könnte.«

»Aber –«, setzte sie an.

»Komm«, unterbrach ich sie. »Ihr habt heute wahrscheinlich beide einiges gesagt, was ihr nicht hättet sagen sollen. Ihr seid beide verletzt. Aber damit kann jetzt Schluss sein, wenn ihr möchtet. Also trinkt euren Wein und denkt mal einen Augenblick nach.«

Ich hob mein Glas, um ihnen zuzutrinken. Sophie hob ihres ebenfalls. Dann zog auch Alice nach.

»Zum Wohl«, sagte ich. Alice nahm einen ordentlichen Schluck, Sophie nur ein Schlückchen. »Na, geht doch«, sagte ich. »Vertragen wir uns wieder?«

Beide schwiegen, aber sie tranken noch einen Schluck.

Schließlich durchbrach Alice mit einem Lachen die Spannung.

»Hast du schon mal daran gedacht, in die Diplomatie zu gehen?«, meinte sie zu mir. »Du könntest glatt im Nahen Osten Frieden stiften.«

»Keine Chance«, sagte ich. »Die Araber trinken nicht.«

Wir kicherten alle drei fürchterlich über meinen schwachen Scherz.

Jedenfalls schien der Friede in der Station Road einstweilen wiederhergestellt, wenn auch nicht im Gazastreifen. Ich war froh darüber. Ich wollte wirklich nicht, dass Alice vor Montag nach Hause fuhr.

20

Am Freitagnachmittag um drei saß ich allein in der Kapelle des Krematoriums von Slough, als vier Angestellte des Bestattungsunternehmens den ungeschmückten Sarg meines Vaters an mir vorbeitrugen und ihn vorn auf den tuchverhüllten Katafalk stellten.

Ein Geistlicher in einem weißen Chorrock über einer schwarzen Soutane trat ein und stellte sich hinter den Ambo.

»Sind Sie der Sohn?«, fragte er.

»Ja«, antworte ich.

»Erwarten wir sonst noch jemanden?«

»Nein.«

»Möchten Sie an irgendeiner Stelle das Wort ergreifen?«

»Nein.«

»Gut. Dann fangen wir an.«

Knarrend öffnete sich die hintere Tür der Kapelle. Ich drehte mich um. Sergeant Murray kam herein und setzte sich zwei Bänke hinter mich. Ich nickte ihm zu, und er grüßte mit einem Nicken zurück. Dann wandte ich mich wieder dem Pfarrer zu, der mit der Zeremonie begann.

»Ich bin die Auferstehung und das Leben, spricht der Herr; wer an mich glaubt, wird leben, auch wenn er gestorben ist; und jeder, der da lebt und an mich glaubt, wird nicht sterben in Ewigkeit ...«

Der Pastor rasselte die Totenmesse herunter, wie sie im Allgemeinen Gebetbuch vorgegeben war.

Ich hörte nicht richtig hin.

Stattdessen schaute ich auf den einfachen Holzsarg und versuchte mich zu erinnern, wie der Mann aussah, der darin lag. Ich hatte ihn nur kurz lebend gesehen, kaum mehr als eine Stunde, und doch beherrschte er durch sein Wiederauftauchen vor zweieinhalb Wochen mein Leben mehr als in den siebenunddreißig Jahren zuvor.

Meine Gefühle ließen sich schwer beschreiben, aber es war viel Zorn dabei. Zorn darüber, dass er jetzt für immer fort war, und Zorn, dass er überhaupt hier gewesen war.

Unzweifelhaft war er mein Vater. Das hatte der DNA-Abgleich bestätigt. Nur hatte ich nicht das Gefühl, dass uns etwas verband. Und doch war er und war sein Verhalten richtunggebend gewesen für mein Leben, für das, was ich war und was aus mir werden würde.

Ich wünschte, ich hätte mich am Tag seines Todes länger mit ihm unterhalten können, wünschte, ich könnte mich noch einmal mit ihm unterhalten, und sei es nur, um mich über sein Tun und Treiben aufzuregen oder um Antworten auf meine vielen offenen Fragen zu bekommen: Warum hatte er meine Mutter umgebracht? Warum war er davongelaufen? Warum hatte er mich nicht mitgenommen? Wie hatte er mich so lange allein lassen können? Und vor allem, wieso war er zurückgekommen?

Ich dachte an seine Töchter, meine Schwestern im fernen Australien, die wahrscheinlich noch nicht einmal wussten, dass ihr Vater tot war. Sollte ich ein Gebet für sie sprechen?

Der Pfarrer kam zum Ende.

»In der sicheren und bestimmten Hoffnung auf die Auferstehung zu ewigem Leben, durch unseren Herrn Jesus Christus empfehlen wir Gott, dem Allmächtigen, unseren Bruder Peter, und wir übergeben seinen Leib der Erde; Erde zu Erde, Asche zu Asche, Staub zu Staub. Der Herr segne und behüte ihn und schenke ihm ewigen Frieden. Amen.«

Bei den letzten Worten drückte der Pfarrer einen Knopf am Ambo, und ich schaute gebannt zu, wie der Sarg meines Vaters langsam hinter roten Vorhängen verschwand, die sich lautlos um ihn schlossen.

Die ganze Messe hatte genau neun Minuten gedauert. Die Einäscherung würde etwas länger dauern. Und das wäre es dann. Der irdische Körper meines Vaters würde nicht mehr existieren.

Wäre sein Einfluss nur auch so leicht aus der Welt zu schaffen.

»Schöne Messe«, sagte ich im Hinausgehen zum Pfarrer. »Vielen Dank.«

»Gern geschehen«, sagte er und gab mir die Hand.

Immer sagte man, die Totenmesse sei schön gewesen, auch wenn es nicht stimmte. Es war weder die Zeit noch der Ort, etwas zu bemäkeln. Im vorliegenden Fall hatte die Messe ihren Zweck erfüllt. Und das genügte.

»Danke, dass Sie gekommen sind«, sagte ich zu Sergeant Murray, als wir anschließend zusammen draußen standen.

»Chefinspektor Llewellyn bedauert, dass er nicht dabei sein konnte«, sagte er.

»Ich hatte nicht mit ihm gerechnet«, sagte ich. An sich hatte ich ja mit niemandem gerechnet und am wenigsten mit dem Chefinspektor, nicht zuletzt, weil ich keinem Menschen etwas von der Bestattung gesagt hatte.

»Das Gericht hat uns verständigt«, erklärte er. Ich nickte. »Nach Möglichkeit wohnt die Polizei der Beerdigung von Mordopfern bei.«

»Für den Fall, dass der Täter auftaucht?«, fragte ich.

»Vorgekommen ist das schon«, meinte er lächelnd.

»Heute wär's schlecht gegangen«, sagte ich. »Jedenfalls nicht unauffällig.«

»Nein.« Er lachte nervös. »Zu wenig Trauergäste als Deckung.«

»Was macht die Ermittlungsarbeit?«, fragte ich. »Irgendwelche Verdächtigen?«

»Nur Sie«, sagte er, aber auch das mit einem Lächeln. »Mein Chef mag Sie nicht besonders, was?«

»Machen Sie sich nichts draus, das beruht auf Gegenseitigkeit.«

»Ja, ich hab's gemerkt.«

»Hat mein Phantombild irgendwas genützt?«, fragte ich.

»Ja, tatsächlich«, antwortete er. »Es ist einigen anderen Zeugen vorgelegt worden, und im großen Ganzen geben die Ihnen recht. Ihr Bild gilt also jetzt als das genaueste.«

Ich war mir ziemlich sicher, dass Fies-Auge Kipper davon nicht begeistert gewesen wäre.

»In der Zeitung habe ich's aber nicht gesehen«, sagte ich. »Auch nicht im Fernsehen.«

»Es war in der *Bracknell and Ascot Times* und im *Windsor and Eton Express*«, sagte er. »Aber bis jetzt hat sich noch niemand gemeldet, der ihn erkannt hat.«

»Vielleicht hätte man es besser in Melbourne in die Zeitung gesetzt«, meinte ich, »oder wenigstens in die *Racing Post*.«

»Gute Idee«, sagte er. »Vielleicht lege ich dem Chefinspektor das mal nahe.«

Und damit entschuldigte sich der Sergeant und ging.

Blieben ich und der Bestattungsunternehmer, der sich im Hintergrund gehalten hatte.

»War alles zu Ihrer Zufriedenheit, Mr. Talbot?«, fragte er.

»Ja, danke. Alles bestens.«

»Gut«, sagte er. »Und was soll nun mit der Asche geschehen?«

»Was steht denn zur Auswahl?«, fragte ich.

»Sie können sie behalten, wenn Sie möchten«, antwortete er. »Morgen kann sie abgeholt werden. Auf Wunsch machen wir das und halten sie in unserem Geschäft für Sie bereit. Wir kommen sowieso hierher. Bestattet wird auch samstags.«

»Was für Möglichkeiten gibt es noch?«, fragte ich.

»Die Asche kann hier im Garten der Erinnerung verstreut werden, wenn Ihnen das lieber ist. Dann würden Sie kein Gefäß brauchen.«

»Gefäß?«

»Um die Asche mitzunehmen, müssten Sie ein Gefäß mitbringen oder erwerben. Eine Schachtel etwa, oder eine Urne.«

»Ach so«, sagte ich. »Nein. Dann verstreuen Sie sie hier. Ich möchte sie nicht behalten.«

»Gut. Das wär's dann. Eine detaillierte Rechnung erhalten Sie noch.«

»Vielen Dank«, sagte ich.

Er nickte mir zu, eine Verbeugung fast, ging dann rasch

zu seinem Wagen hinüber und fuhr davon. Ich fragte mich, ob Bestatter zum Ausgleich für den feierlichen Ernst ihres Berufs privat mehr lachten als andere Menschen oder ob sie so auf Traurigkeit getrimmt waren, dass es ihnen schwerfiel, sich gehenzulassen.

Als ich allein auf dem Parkplatz des Krematoriums stand, kam es mir plötzlich vor, als fehlte mir etwas – das merkwürdige Gefühl, das man auf der Heimfahrt vom Einkaufen hat, bevor einem klar wird, dass man eine volle Tasche im Laden hat stehen lassen.

Vielleicht war das, was mir fehlte, eine Kindheit mit liebenden Eltern, gemeinsamen Ferien und fröhlichen Weihnachtsfesten. Aber war es meine Kindheit, die mir fehlte, oder die meiner nicht vorhandenen Kinder? Ich blieb an meinem Wagen stehen und weinte.

Die ersten Besucher der nächsten Totenmesse stiegen aus ihren Wagen und machten sich feierlich auf den Weg zur Kapelle. Niemand von ihnen sprach mich an. Auf dem Parkplatz eines Krematoriums wurde Weinen nicht nur akzeptiert, sondern erwartet.

Samstag früh fuhr ich zu meiner Großmutter. Ich redete mir ein, es hätte nichts damit zu tun, dass ich am Tag zuvor auf der Beerdigung meines Vaters gewesen war, aber das stimmte natürlich nicht. Ich wollte ihr unbedingt noch ein paar Fragen stellen.

Sophie hatte sich noch in Morgenrock und Pantoffeln an der Haustür von mir verabschiedet. Soweit sie wusste, hatte ich den Nachmittag zuvor auf der Rennbahn in Warwick verbracht. Irgendwann würde ich ihr die Wahrheit sagen.

»Grüß sie von mir«, meinte sie, als ich losfuhr.

»Mach ich«, hatte ich gesagt, doch wir wussten beide, dass sich meine Großmutter mit ziemlicher Sicherheit nicht mehr erinnerte, wer Sophie war. Vielleicht wusste sie noch nicht mal mehr, wer ich war, aber je früher der Tag, desto besser die Aussichten. Wenn sie ausgeruht war, war meine Großmutter am klarsten, es konnte sogar sein, dass sie mich morgens gegen sieben anrief und sich ganz normal anhörte. Aber jeder Tag war anders, und die guten Tage wurden seltener und kürzer. Es war eine sich beschleunigende Talfahrt hin zur völligen Demenz, nur gelegentlich unterbrochen von kleinen Phasen der Normalität. Irgendwie wünschte ich ihr, dass sie nicht leben musste, bis sie ganz unten ankam.

»Tag, Oma«, sagte ich, als ich in ihr Zimmer trat.

Sie hatte gerade aus dem Fenster geschaut und drehte sich in ihrem Sessel nach mir um. Ich ging zu ihr und küsste sie auf die Wange.

»Tag, Ned«, sagte sie. »Wie lieb von dir.«

Heute war offensichtlich ein guter Tag. Sie sah sehr elegant aus in ihrem dunklen Rock, der weißen Bluse mit den aufgestickten gelben und rosa Blümchen auf der Knopfleiste und der lavendelfarbenen offenen Strickjacke. Und seit meinem letzten Besuch war sie beim Friseur gewesen.

»Schön siehst du aus«, sagte ich.

Sie verstand das Kompliment und lächelte. Wie wünschte ich, es könnte immer so sein.

Ich setzte mich neben ihrem Sessel auf die Bettkante.

»Wie geht's dir denn?«, fragte ich. »Deine Frisur gefällt mir.«

»Mir geht's gut«, antwortete sie. »Jetzt kommt Julie bald.«

»Wer ist Julie?«, fragte ich.

»Julie«, wiederholte sie. »Die kommt bald.«

Ich hakte nicht noch mal nach.

»Sophie lässt dich grüßen«, sagte ich. Ein leicht verwirrter Ausdruck trat in ihre Augen. »Sophie kennst du ja. Meine Frau.«

»Ah ja«, meinte sie, aber ich wusste nicht, ob sie wirklich im Bilde war.

Es klopfte an der Tür, und eine Betreuerin streckte den Kopf ins Zimmer. »Alles in Ordnung?«, fragte sie.

»Danke«, sagte ich.

»Möchten Sie einen Tee oder Kaffee?«

»Kaffee wäre nett.« Ich wandte mich an meine Großmutter. »Oma, möchtest du Tee trinken, oder Kaffee?«

»Ich trinke keinen Tee«, sagte sie.

»Ich bringe ihr trotzdem welchen«, meinte die Betreuerin lächelnd. »Sie behauptet immer, sie mag keinen Tee, dabei trinkt sie mindestens sechs oder sieben Tassen am Tag. Milch und Zucker?«

»Ja, bitte«, sagte ich. »Ein Stück Zucker.«

Der Kopf verschwand, und die Tür schloss sich.

»Ich mag Julie«, sagte meine Großmutter wieder.

»War das Julie?«, fragte ich, doch Oma antwortete nicht. Sie sah wieder aus dem Fenster. Ich nahm ihre Hand und streichelte sie.

Wir saßen eine Weile schweigend da, bis die Frau uns zwei Tassen auf einem Tablett brachte.

»Sind Sie Julie?«, fragte ich sie.

»Nein«, antwortete sie. »Ich bin Laura. Es gibt aber eine Julie hier, und Ihre Großmutter nennt uns alle Julie. Uns stört das nicht. Ich höre auf jeden Namen.« Sie lachte. »Bitte sehr, Mrs. Talbot«, sagte Laura und stellte das Tablett auf einen Tisch neben ihrem Sessel.

Ich fand es tröstlich, dass meine Oma so liebevoll umsorgt wurde.

»Danke«, sagte ich.

»Klingeln Sie einfach, wenn Sie etwas brauchen«, sagte Laura und wies auf eine rote Schnur an der Wand neben dem Bett meiner Großmutter. »Sie müsste jetzt erst mal zurechtkommen, aber klingeln Sie, wenn sie aufs Klo muss oder so. Das muss manchmal recht schnell gehen.«

»Danke«, sagte ich noch einmal. »Mach ich.«

Ohne Eile trank ich den Kaffee, während meine Großmutter ihren Tee langsam kalt werden ließ.

»Oma«, sagte ich, »denk an deinen Tee.«

»Ich trinke keinen Tee«, antwortete sie, hob die Porzellantasse aber trotzdem mit ihren dünnen, knochigen Fingern an den Mund und trank. Der Tee war bald alle, und ich nahm ihr die leere Tasse ab und stellte sie aufs Tablett zurück.

»Oma«, sagte ich. Sie schaute weiter aus dem Fenster. »Oma«, wiederholte ich etwas lauter und zupfte an ihrem Arm. Langsam drehte sie sich zu mir um.

»Oma, kannst du mir von meinen Eltern erzählen? Von Peter und Tricia?« Ich fand es nicht merkwürdig, meine Eltern bei ihren Vornamen zu nennen, statt Mama und Papa zu sagen. Mama und Papa hatte ich nie gehabt, nur eine Oma und einen Opa.

Sie sah mir ins Gesicht, doch die Klarheit von vor einer Viertelstunde war schon nicht mehr da. Ich hatte Angst, die

Gelegenheit verpasst zu haben und sie nicht mehr zu erreichen. Was ich von ihr wollte, wäre auch zu den besten Zeiten weder für sie noch für mich leicht gewesen. In ihrer jetzigen Verfassung war es vielleicht unmöglich.

»Oma«, wiederholte ich eindringlich, »erzähl mir von Peter und Tricia.«

»Peter und Tricia?«, fragte sie, und ein wenig von der Klarheit kehrte zurück.

»Ja, Oma. Von deinem Sohn Peter und seiner Frau Tricia.«

»So etwas Schreckliches.« Sie wandte sich von mir ab und schaute wieder aus dem Fenster.

»Was war schrecklich?«

»Was er ihr angetan hat«, sagte sie.

»Was hat er ihr angetan?«, fragte ich und zog sie sanft an der Hand, um ihre Aufmerksamkeit zu behalten. Sie wandte sich ein wenig zu mir.

»Er hat sie umgebracht«, sagte sie langsam. »Sie ermordet.«

»Tricia?«, fragte ich.

»Ja.« Sie sah mir wieder ins Gesicht. »Er hat Tricia ermordet.«

»Aber warum?«, fragte ich. »Warum hat er Tricia ermordet?«

»Wegen des Babys«, sagte sie.

»Was war denn mit dem Baby?«, fasste ich nach. »Warum hat er sie wegen des Babys ermordet?« Ich fragte mich, ob er sie umgebracht hatte, weil das Baby nicht von ihm war.

Meine Großmutter blickte mir starr in die Augen. »Er hat auch das Baby umgebracht.«

»Ja«, sagte ich. »Von wem war das Baby?«

»Von Tricia«, sagte sie.

»Und Peter war der Vater?«

»Peter ist davongelaufen«, sagte sie.

»Ja, ich weiß«, sagte ich. »Peter ist davongelaufen, weil er Patricia umgebracht hat. Aber war Peter der Vater ihres Babys?«

Ihre Augen nahmen wieder den verwirrten Ausdruck an.

»Es war nicht Peter«, sagte sie langsam. »Teddy hat Tricia ermordet.«

Jetzt bringt sie etwas durcheinander, dachte ich.

»Nein«, sagte ich. »Peter hat doch wohl Tricia ermordet. Deshalb ist er doch davongelaufen.«

»Teddy hat Tricia ermordet.« Sie sagte es noch einmal ganz deutlich. Von Verwirrtheit keine Spur.

Ich saß da wie betäubt. Nicht mein Vater, sondern mein Großvater war also der Mörder.

»Aber wieso?«, fragte ich hilflos.

»Wegen des Babys«, sagte sie klar und deutlich. »Dein Großvater war der Vater des Babys.«

O mein Gott, dachte ich. Das ungeborene Kind meiner Mutter, das meine kleine Schwester gewesen wäre, wäre zugleich meine Tante gewesen.

Ich blieb noch eine Stunde bei meiner Großmutter und versuchte die ganze traurige Geschichte zusammenzustückeln. Genaues aus ihrer nebligen Erinnerung zutage zu fördern war ungefähr so, als ob man mit verbundenen Augen ein Puzzle zusammenzusetzen versucht. Nicht nur, dass ich das Puzzle nicht sehen konnte, ich wusste auch nicht, wann oder ob ich es gelöst hatte.

Nachdem sie aber einmal angefangen hatte, das Geheimnis preiszugeben, das so lange schon auf ihr lastete, tat sie das mit einer Klarheit, die ich ihr gar nicht mehr zugetraut hätte. Allerdings wusste ich, dass manche Demenzkranken sich auch im fortgeschrittenen Stadium noch an lange zurückliegende Ereignisse erinnern konnten, obwohl sie ihr Kurzzeitgedächtnis ganz verloren hatten und im Alltag nicht mehr zurechtkamen. So war es auch bei meiner Großmutter an diesem Morgen, als die furchtbare Wahrheit aus ihr hervorbrach, fast als wäre sie erleichtert, endlich das Schreckliche, das sie bisher für sich behalten hatte, mit jemandem teilen zu können. In dieser einen Stunde erfuhr ich mehr über meine Eltern und meine frühe Kindheit, als ich in den siebenunddreißig Jahren zuvor aus ihr hatte herausholen können. Und es gefiel mir nicht.

Ich erfuhr, dass wir zu fünft im Haus meiner Großeltern in Surrey gewohnt hatten, meine Mutter war dort am Tag ihrer Hochzeit eingezogen. Darüber hatte ich mir noch nie Gedanken gemacht, aber für meine Großmutter war das offenbar ganz selbstverständlich gewesen.

Wenn es jedoch stimmte, was Oma mir erzählte, und wenn ich richtig zwischen den gesprochenen Zeilen las, hatten in ihrer kurzen Ehe schwere Spannungen zwischen meinem Vater und meiner Mutter bestanden. Und auch zwischen meinen Eltern und meinen Großeltern gab es erhebliche Reibereien. Es war offensichtlich keine glückliche Hausgemeinschaft.

Ich erfuhr, dass sich zum Zeitpunkt von Tricias Tod nicht nur mein Vater und meine Mutter in Paignton aufgehalten hatten. Meine Großeltern waren mit dabei gewesen und ich ebenfalls. Der Ferienaufenthalt in Devon war offenbar die Idee meines Vaters, ein Versuch, alles zum Besseren zu wenden; tatsächlich war alles aber noch viel schlimmer geworden.

»Peter und Tricia haben die ganze Zeit gestritten«, sagte meine Großmutter. Sie legte den Kopf schräg und schloss die Augen. »Sie konnten nicht aufhören. Mehr als einmal wurden sie handgreiflich. Peter hat sie geohrfeigt, und sie hat ihm das Gesicht zerkratzt.«

Daher die Hautpartikel und die DNA unter Tricias Fingernägeln, dachte ich. Die DNA-Spuren, die die Polizei gefunden und fälschlich für die ihres Mörders gehalten hatte.

»Dann hat sie ihm gesagt, dass das Baby nicht von ihm ist«, fuhr Oma fort. »Sondern dass es von deinem Großvater ist. Er wurde furchtbar wütend.«

»Peter wurde wütend?«

»Ja. Aber Teddy wurde auch furchtbar wütend, weil sie gedroht hat, es allen zu erzählen und es in die Zeitung zu bringen. Sie sagte, das würde ihn die Buchmacherlizenz kosten.«

Ich wusste zwar nicht, ob das stimmte, aber mein Großvater hätte sicher Angst davor gehabt.

»War denn das Baby, das Tricia in sich trug, wirklich von Großvater?«, fragte ich sie.

»Ja.« Sie öffnete die Augen und sah mich wieder an. »Ich glaube schon.«

»Bist du sicher?«, fasste ich nach.

»Ja«, sagte sie. »Ich hatte sowieso schon den Verdacht. Monatelang hatte ich Teddy immer wieder gesagt, wir wären besser ohne sie dran, aber er wollte nichts davon hören.

Er dachte, er sei in sie verliebt. Am Morgen nachdem uns Tricia gesagt hat, dass er der Vater des Babys ist, kommt er dann in unser Hotel und sagt mir, es sei aus zwischen ihnen. Und dann sagt er ganz ruhig, dass er das kleine Biest erwürgt hat.«

Ich sah sie an und traute meinen Ohren kaum.

»Aber warum ist mein Vater denn weggelaufen, wenn er sie nicht umgebracht hat?«

»Weil ich es so wollte«, sagte sie ganz sachlich, als wäre es das Normalste von der Welt.

»Aber wieso?«, fragte ich sie.

»Damit Teddy nicht wegen Mord verhaftet wird.«

»Wieso bist du denn nicht zur Polizei gegangen?«

»Weil wir dann ruiniert gewesen wären«, sagte sie, als läge das auf der Hand. »Wovon hätte ich denn leben sollen, wenn dein Großvater ins Gefängnis gekommen wäre?«

Die treue, pragmatische, intrigante Ehefrau, dachte ich. Sie hatte es nicht nur für unnötig gehalten, zur Polizei zu gehen und auszusagen, dass ihr Mann sich zu dem Mord an der Schwiegertochter bekannt hatte, sondern sie hatte ihren einzigen Sohn fortgeschickt in dem vollen Bewusstsein, dass er dann als der Täter gelten würde – und das alles nur, um ihr Auskommen zu sichern.

Vielleicht war es sogar ihre Idee gewesen, ›das kleine Biest‹ zu erwürgen? Hatte sie Teddy das einflüstern wollen, als sie ihm immer wieder sagte, ohne Tricia wären sie besser dran? Hatte mein Großvater das zu guter Letzt begriffen?

Und mein Vater war ans andere Ende der Welt geflohen, für immer verbannt von seiner dominierenden Mutter, damit ihr tyrannischer Mann dem Gesetz entging. Kein Wunder, dass er sich bei unserem Gespräch in Ascot nicht nach ihr erkundigt hatte.

»Was ist mit mir?«, fragte ich heftig. »Warum hat mein Vater mich nicht mitgenommen?«

»Das wollte er«, antwortete sie. »Aber ich habe ihm gesagt, dass das nicht geht. Dass ich mich um das Kind kümmern werde. Er meinte, er könnte dich ja später holen, aber ich habe ihm gesagt, er soll woanders neu anfangen und vergessen, dass es dich überhaupt gibt. Es war am besten so.«

»Nicht für mich«, widersprach ich mit kaum gebändigtem Zorn.

»O doch. Es war für uns alle das Beste.« Sie sagte das mit unerschütterlicher Gewissheit. »Und vor allem fand ich, es war das Beste für mich.«

Das gab mir einen tiefen Stich ins Herz. Wie hatte diese Frau meinen Vater einfach so aus meinem Leben streichen können? Das hatte er überhaupt nicht verdient. Und wie konnte sie all die Jahre darüber schweigen? Nur weil sie dachte, es sei das Beste für sie.

Am Nachmittag zuvor, in der Krematoriumskapelle in Slough, war ich voll Zorn gewesen. Jetzt kam ich mir nur noch beraubt vor. Ich war um das Recht betrogen worden, angemessen um meinen Vater zu trauern, und mir schien, auch um das Leben, das mir zustand, war ich betrogen worden.

Ich stand auf. Mehr wollte ich nicht hören. Ich sah auf sie hinunter, diese zerbrechliche, demente Achtzigjährige, deren Entscheidungen so vieles kaputtgemacht hatten.

Sie und mein Großvater hatten mich gemeinsam großgezogen und mir vom Säuglings- bis zum Erwachsenenalter ein stabiles, wenn auch nicht gerade ein glückliches Zuhause geboten. Ich hatte sie geliebt, ihnen vertraut und ihnen alles, was sie mir erzählt hatten, geglaubt, nur um jetzt festzustellen, dass es sich nicht um die Wahrheit, sondern um ein wild gesponnenes Netz von Lügen und Betrug handelte.

Ich ging zur Tür, ohne mich noch einmal umzudrehen, und fuhr davon.

Ich würde sie nie wieder besuchen.

21

Vom Pflegeheim aus fuhr ich direkt zur Rennbahn von Leicester, aber hinterher konnte ich mich an keine Sekunde der Fahrt erinnern. Mein Kopf war zu sehr damit beschäftigt gewesen, das mir Erzählte zu verarbeiten.

Wie ich im Innersten gehofft hatte, war ich doch nicht der Sohn eines Mörders. Aber der Enkel. Jahrelang hatte ich als Assistent neben meinem Großvater auf der Rennbahn gestanden, ohne etwas von dem schrecklichen Geheimnis zu ahnen, das er und meine Großmutter vor mir verbargen. Sie waren keineswegs diejenigen, die mir in der Not beigestanden und für mich gesorgt hatten, sondern sie hatten mein Unglück überhaupt erst herbeigeführt.

Ohne nachzudenken, wie auf Autopilot, parkte ich den Volvo und fing an, die Sachen auszuladen. Ich zog unsere Anzeigetafel mit dem auffallenden Slogan TRUST TEDDY TALBOT hervor. Ich hielt inne und sah ihn mir an. Es wäre zum Lachen gewesen, hätte ich nicht heulen mögen. Vertraut Teddy Talbot, und euer Leben ist kaputt.

Luca und Duggie erwarteten mich bereits, als ich den Karren in den Buchmacherring zog.

»Hat alles geklappt gestern?«, fragte ich. »Mit den Straftätern?«

»Bestens«, antwortete Luca. »Wir sind startklar.«

»Meint ihr, sie kriegen das hin?«, fragte ich.

»Glaub schon«, meinte Duggie. »Und es sind nicht alles Straftäter.«

Ich lächelte ihn an. Es gefiel mir, dass er für seine Freunde eintrat.

»Und außerdem«, ergänzte er, »hab ich ihnen gesagt, Sie wären ein fieser Knochen und würden ihnen nachts einen Besuch abstatten, falls sie Ihr Geld für Drogen draufhauen.«

Ich sah ihn groß an, konnte aber seinem Lächeln nicht entnehmen, ob er nur scherzte.

»Gut«, sagte ich schließlich. »Hoffen wir, dass die Pferde nicht alle bei der Starterangabe noch zurückgezogen werden.«

»Und du?«, fragte Luca, als wir unseren Stand aufbauten. »Hattest du einen schönen Tag?«

»Nein«, sagte ich ohne Erläuterung.

»Sophie etwa?«, fragte er besorgt.

»Nein. Sophie geht's gut. Ich musste eine andere Familienangelegenheit klären. Mach dir keine Gedanken darüber.«

Er sah mich fragend an, aber ich ignorierte das.

»Ich habe mich dafür entschieden, unseren Namen zu ändern«, erklärte ich. »Ab heute heißen wir Talbot und Mandini.«

Ich lächelte Luca an, und er erwiderte das Lächeln.

»Wir haben doch den Vertrag noch nicht aufgesetzt«, meinte er.

»Das ist mir egal«, sagte ich. »Wenn du noch dabei bist, sind wir uns einig.«

»Klar«, sagte er mit einem Ausdruck echter Freude im Gesicht.

»Wie wär's mit Talbot, Mandini und Masters?«, fragte Duggie in die launige Runde.

»Treib's nicht zu weit, lieber Douglas«, antwortete ich. »Immerhin bist du noch auf Probe hier.«

»Nur bis Montag«, sagte er mit gequälter Miene.

»Das liegt bei mir«, sagte ich. »Und bei Luca«, ergänzte ich schnell, als mir einfiel, dass es mit meiner Alleininhaberschaft vorbei war.

»Können wir einfach so den Namen ändern, ohne jemanden zu informieren?«, fragte Luca.

»Das weiß ich nicht«, sagte ich. »Ich erkundige mich. Aber der Name Teddy Talbot verschwindet gleich heute von unserem Schild.«

Erst als Luca plötzlich stutzte und mich anstarrte, merkte ich, wie heftig ich das gesagt hatte.

»Meine Güte«, sagte er, »da müssen die Wellen ja ziemlich hochgeschlagen sein bei der Familiengeschichte gestern.«

Ich sah ihn böse an. Da mir nicht nach Erklärungen zumute war, bauten wir schweigend weiter auf.

»Bis vorigen Mittwoch war ich noch nie beim Pferderennen«, bemerkte Duggie, als wir fertig waren. »Das ist der Hammer.«

»Freut mich, dass es dir gefällt«, sagte ich in der Annahme, dass er das so meinte.

»Wirkt nur alles kleiner als im Fernsehen«, meinte er. »Die Pferde sehen kleiner aus, meine ich, und alles ist viel dichter zusammen.«

»Bis jetzt warst du ja auch nur auf kleinen Meetings«, sagte Luca. »In Ascot und Cheltenham ist das schon was anderes.«

»Die Pferde können da auch nicht größer sein.«

»Das nicht«, sagte ich. »Aber da sind wesentlich mehr Leute.«

»Wann kommen wir denn da mal hin?«, wollte Duggie wissen.

»Bald«, sagte ich. »Jetzt konzentrier dich erst mal auf heute.«

Das Geläuf in Leicester war lang, schmal und wellig, die Tribünenbauten an einem Ende zusammengedrängt. Wie bei vielen Rennbahnen diente das Innenfeld zugleich als Golfplatz. Ich hatte schon hin und wieder eine Runde Golf gespielt, und die Anlage hier wäre mir entgegengekommen, da keine großen Bäume im Weg standen. Große Bäume hätten den Blick auf die Rennen verstellt.

Der Buchmacherring befand sich vor der verglasten Haupttribüne, und mehrere andere Buchmacher waren jetzt vor dem ersten Rennen noch beim Aufbauen.

»Wo ist Larry?«, fragte ich Luca, da der Standplatz neben uns frei war.

»Nottingham«, sagte er.

»Aber Montag ist er dabei?«

»Na, und ob.« Luca grinste. »Norman Joyner kommt auch.«

»Wissen sie Bescheid?«

»Sie meinen, es läuft wieder so wie in Ascot«, sagte er.

»Gut«, sagte ich. »Was sie betrifft, stimmt das ja auch.«

Das Samstagspublikum wuchs stetig, ebenso die Autoschlange vor dem beliebten Picknick-Parkplatz entlang der Bahn. Auch das Wetter spielte mit und schickte nur ab und zu eine weiße Wattewolke über den blauen Himmel. Ein herrlicher englischer Sommertag auf der Rennbahn. Was konnte schöner sein?

Nun ja, sechs hohe Favoriten im Pech wären nicht schlecht gewesen.

Als ich meine vorherige Nervosität langsam ablegte und gerade anfing, den Tag zu genießen, erschienen meine beiden »Freunde« aus Kempton und Towcester und bauten sich vor mir auf. Wieder trugen sie ihre »Uniform«, weißes Hemd mit kurzen Ärmeln, schwarze Hose, Arbeitsstiefel. Aber diesmal stand ich auf meinem Podest, und damit hatte ich einen Größenvorteil. Und es machte mich mutig.

»Hab ich euch nicht gesagt, ihr sollt abhauen?«, rief ich ihnen zu.

»Unser Chef möchte mit Ihnen reden«, antwortete der Wortführer der beiden.

»Ich aber nicht mit ihm«, sagte ich. »Also verschwindet.«

Ich war mir einigermaßen sicher, dass sie hier, vor Hunderten von Zeugen, nicht handgreiflich werden würden.

»Er möchte Ihnen ein Angebot machen«, sagte der Sprecher.

»Ist ›verschwindet‹ euch zu hoch?«, fragte ich ihn.

Sie wichen keinen Zentimeter, sondern blieben in aller Breite vor mir stehen. Allzu gut fürs Geschäft war das nicht.

»Er möchte Sie aufkaufen.« Die Platte hing irgendwie.

»Wenn er mit mir reden will, soll er vorbeikommen«, sagte ich, »statt mir zwei seiner Schläger zu schicken.«

Der sprichwörtliche Stich ins Wespennest kam mir in den Sinn. Vor so etwas hatte ich Larry noch selber gewarnt.

»Sie sollen mit uns kommen«, sagte der Mann.

»Das ist ja wohl ein Scherz«, meinte ich und musste beinah lachen. »Mit Ihnen gehe ich nirgendwohin. Und jetzt machen Sie mal Platz. Ich bin zur Wettannahme hier.«

Sie rührten sich nicht.

Luca und Duggie stellten sich links und rechts von mir aufs Podest, worauf das große Anstarren begann, wir drei gegen die beiden. Es war wie das Vorspiel zu einer Schießerei am OK Corral. Aber wer zog schneller?

»Verpisst euch«, brach Duggie plötzlich das Schweigen. »Spielt woanders mit euren Eiern, ihr Arschlöcher.«

Beide wandten ihm ihre ungeteilte Aufmerksamkeit zu, diesem Hänfling, der in meinen Augen immer noch wie vierzehn aussah.

Das gesprächigere Arschloch öffnete den Mund, wie um etwas zu sagen.

»Klappe«, kam Duggie ihm zuvor. »Und jetzt schwirrt ab.«

Das ruhige Selbstvertrauen des Jungen angesichts drohender Gewalt war auch mir etwas unheimlich. Die beiden Männer vor mir brachte es eindeutig aus dem Konzept.

»Wir kommen wieder«, sagte der Gesprächige.

Aber Duggie war noch nicht fertig mit ihnen. »Der Mann hier hat gesagt, er will nicht zu eurem Chef, also verschwindet und lasst euch nicht mehr blicken.« Er hatte die Ruhe weg. »Wird's bald? Zieht Leine und sagt eurem Chef, hier läuft nichts.«

Die Männer sahen ihn an wie zwei dicke Schafe, die ein

Bordercollie-Welpe in Schach hält, dann traten sie zögernd zur Seite und gingen davon.

Luca und ich schauten zu, wie sie um die Ecke der Tribüne verschwanden, und drehten uns verblüfft zu Duggie um. Er grinste.

»Nur Muskeln und kein Hirn«, sagte er. »Solche Typen brauchen einen, der ihnen Befehle gibt. Die können nicht selber denken.«

Hätte ich es nicht mit eigenen Augen gesehen, hätte ich es nicht geglaubt.

»Mein Gott, Duggie«, sagte ich. »Das war klasse. Wo hast du denn so was gelernt?«

»Die Straßen von High Wycombe sind nicht so ungefährlich, wie manche Leute meinen«, sagte er. »Freitag- und samstagabends kann es da ruppig zugehen, aber verdammt ruppig.«

»Ich finde, der Kandidat hat die Bewährungsprobe jetzt bestanden«, sagte Luca.

»Allerdings«, stimmte ich bei. »Willkommen in der Firma.«

Duggie strahlte. »Verkauft dann aber bloß nicht an diese Typen.«

»Das haben wir nicht vor«, sagten Luca und ich gleichzeitig.

Der übrige Nachmittag war vergleichsweise harmlos. Die sechs Favoriten verloren zwar nicht alle, aber das Geschäft lohnte sich dennoch, und wir hatten Spaß an Duggie, der sich schnell an seinen neuen Status gewöhnte.

Er war schlagfertig, verstand es, sich in Szene zu setzen,

und kam mit zunehmendem Selbstbewusstsein bei den Wettern bestens an. Die ganze Zeit redete und plänkelte er fast ununterbrochen mit ihnen. Für mich stand außer Zweifel, dass wir deshalb so viel Zulauf hatten. Einigen Buchmacherkollegen gefiel das weniger, besonders wenn Duggie ihren potentiellen Kunden zurief, bei uns bekämen sie mehr für ihr Geld, ob das nun stimmte oder nicht.

Aber die Kollegen waren nicht unsere Freunde, sie waren die Konkurrenz. Irgendwie fand ich es schon gut, dass Larry Porter nach Nottingham gefahren war. Ich wollte ihn bis Montag nicht vor den Kopf stoßen. Da brauchte ich seine unwissentliche Unterstützung.

Die beiden Schläger zeigten sich nicht noch mal an unserem Stand, aber ich befürchtete, sie könnten uns vor der Rennbahn abpassen oder auf dem Parkplatz, wo sie sich weniger um Zeugen scheren müssten. Noch ein Denkzettel via Magengrube musste wirklich nicht sein.

»Wo steht dein Wagen?«, fragte ich Luca, als wir unsere Ausrüstung auf den Karren luden.

»Auf dem gebührenfreien Parkplatz auf der anderen Straßenseite.«

»Gut, meiner auch. Bleiben wir zusammen, falls sich rausstellt, dass wir unerwünschte Gesellschaft haben.«

»Auf jeden Fall«, meinte er.

»Dann wartet auf mich«, sagte Duggie. »Ich geh schnell pinkeln.«

Er lief zur Herrentoilette, während Luca und ich beim Karren stehen blieben.

»Was Neues an der Schwester-Millie-Front?«, fragte ich mit langbekämpfter, aber unbezwungener Neugier.

Er grinste breit. »Die Verhandlungen dauern an«, meinte er. »Einen Durchbruch gab's bis jetzt aber noch nicht. Sie möchte zwar, hat aber Angst, dass Betsy sie dann umbringt. Und da hat sie wahrscheinlich recht. Auf jeden Fall macht es das Leben interessanter.«

»Sieh nur zu, dass ihr Duggie nicht über den Weg läuft«, sagte ich, »sonst bist du aus dem Rennen.«

Er schnitt mir eine Grimasse. »Wenn du meinst, Opa«, sagte er. Es sollte nur ein Scherz sein, ließ aber mit einem Schlag alles wieder hochkommen, was ich aus meinem Bewusstsein verbannt hatte.

Die Tränen stiegen mir in die Augen, und ich wandte mich von ihm ab, weil mir der Gefühlsausbruch peinlich war.

»Gott«, sagte er. »Es tut mir leid.«

»Schon gut«, sagte ich, ohne mich danach zu fühlen und ohne mich umzudrehen.

»Möchtest du über irgendwas reden?«

»Nein«, erwiderte ich.

Duggie kam von der Toilette zurück und bewahrte mich vor weiteren Fragen.

»Okay dann«, meinte Duggie fröhlich. »Schnappen wir sie uns.«

Gut, dass er so viel Pep hat, dachte ich. Ich würde ihnen lieber aus dem Weg gehen.

Sichtlich zu Duggies Enttäuschung erwiesen sich meine Befürchtungen als unbegründet. Vor der Rennbahn war von den Gorillas nichts zu sehen und auf dem Parkplatz auch nicht. Vielleicht hatten sie von ihrem geheimnisvollen Chef neue Instruktionen erhalten. Auf der Heimfahrt hielt ich dennoch die Augen nach einem schwarzen BMW 4x4 offen.

Ich glaubte nicht, dass ich sie zum letzten Mal gesehen hatte.

Für Sonntag hatten Luca und ich das Pferderennen in Market Rasen in Lincolnshire vorgesehen, doch wegen der beiden frei laufenden Gorillas und unserer Montagspläne hielten wir es für klüger, einen Ruhetag einzulegen. Ganz abgesehen von Fies-Auge Kipper, der mit seinem Tranchiermesser irgendwo auf einem Parkplatz lauern konnte, weil er auf das fehlende Geld aus war.

Jedenfalls war es mir ganz recht, den Tag mit Sophie verbringen zu können, zumal Alice heim nach Surrey wollte. Leider nicht endgültig, sondern nur, um ein paar Sachen zu waschen und andere Kleider mitzubringen.

»Was ist mit deiner Arbeit?«, fragte ich sie beim Frühstück.

Ich wusste, dass sie sich als Sendeleiterin beim Rundfunk in Guildford acht Tage freigenommen hatte, aber die Woche war um.

»Auf ein paar Tage mehr kommt's denen nicht an«, meinte sie.

Ich wollte kein Theater machen, auch wenn mir ihre Anwesenheit nicht mehr unbedingt erforderlich schien. Ein paar Tage hielt ich sie wohl noch aus. Aber ich sehnte mich schon nach der Zeit zurück, als Sophie in der Klinik war und ich nicht jeden Morgen das Bett machen oder meine benutzte Kaffeetasse gleich in den Geschirrspüler stellen musste, als ich in der Unterwäsche durchs Haus laufen und mich aufs Sofa lümmeln konnte, um Fußball zu schauen, als ich die Klobrille hochgeklappt lassen und rülpsen und furzen konnte, wann ich wollte. In fünf Monaten hatte ich mich doch ziemlich ans Alleinleben gewöhnt.

Nicht, dass ich Sophie nicht hätte zu Hause haben wollen, ganz im Gegenteil. Nur ob ich auch ihre Schwester um mich haben wollte, wusste ich nicht. Alice entwickelte sich langsam, aber sicher zum Hausdrachen statt zur Hausgöttin.

»Für wie lange will sie wiederkommen?«, fragte ich Sophie, als wir Alice zum Abschied nachwinkten.

»Wohl nur noch ein paar Tage«, antwortete sie. »Alice gibt gern den Ton an, und sie meint, sie muss sich noch etwas um mich kümmern. Dabei wäre ich ehrlich gesagt ganz froh, wenn sie heute Abend nicht zurückkäme.«

Ich auch, dachte ich. Aber immerhin hatte ich ruhigen Gewissens zur Arbeit fahren können, weil ich wusste, dass Alice bei Sophie war. Sophie sah das offenbar genauso und hatte deshalb nicht weiter protestiert, als Alice erklärte, sie wolle wiederkommen.

Wir schlossen die Haustür und setzten uns in die Küche.

»Kaum zu glauben, dass ich schon eine Woche zu Hause bin«, sagte sie. »Kommt mir vor, als wäre ich erst gestern entlassen worden.«

Mir kam es wie ein Monat vor, aber das sprach ich nicht aus.

Ich ging nach oben in mein Büro, während Sophie es genoss, in der Küche herumzuwursteln, ohne dass Alice ihr ständig Rat und Hilfe anbot.

Ich sah auf der Homepage der *Racing Post* die Nennungen für Montag in Bangor-on-Dee nach. Das ließ sich gut an. Der haushohe Favorit für die 3200 Meter Hürden für

Sieglose war immer noch gemeldet. Die anderen, die ich brauchte, ebenfalls.

Sophie brachte mir eine Tasse Kaffee ins Büro.

»Danke, mein Schatz«, sagte ich.

Sie trat hinter mich, streichelte mir die Schultern und spielte mit meinen Haaren.

»Was machst du?«, fragte sie.

»Ich seh mir gerade die Starter für morgen an.«

»Kann ich mal wieder mit dir zum Pferderennen kommen?«

»Natürlich«, sagte ich erfreut. »Morgen fahren wir nach Bangor. Das ist zwar ziemlich weit, aber du kannst gern mitkommen. Am Dienstag fahren wir zum Abendmeeting nach Southwell und Mittwoch, Donnerstag und Freitag dann zum Juli-Meeting nach Newmarket.«

»Übernachtest du da?«, fragte sie ein wenig besorgt.

»Auf keinen Fall. Nicht bei den Hotelpreisen, die sie in der Juliwoche verlangen. Da sind ja auch noch die Vollblut-Auktionen. Ein fürchterlicher Andrang. Ich komme jeden Abend nach Hause.«

Sie war erleichtert. »Gut«, sagte sie. »Wenn schönes Wetter ist, komme ich am Dienstag vielleicht mit nach Southwell. In Newmarket sind mir dann doch zu viele Leute.«

»Das wäre schön«, sagte ich und klappte meinen Laptop zu. »Hast du Lust, essen zu gehen?«

»Jetzt gleich?«

»Auf der Stelle, ja.«

»Tolle Idee.« Sie lächelte.

Wir fuhren zu einem Pub in Avon Dassett, wo man vierundsechzig verschiedene Pasteten bestellen kann. Sophie und ich nahmen statt Pastete jedoch den Sonntags-Lammbraten, der köstlich schmeckte.

Nach dem Essen fuhren wir zum wenige Kilometer entfernten Burton Dassett Hills Country Park, wo ich auf einem Bergkamm mit Aussicht auf Coventry und darüber hinaus anhielt.

Dort blieben wir im Wagen sitzen, und ich erzählte Sophie von meinem Vater.

In der Nacht hatte ich lange wach gelegen, war immer wieder die meiner Großmutter entlockten Geheimnisse durchgegangen und hatte überlegt, ob ich Sophie schon etwas davon sagen sollte. In der ersten Woche nach ihrer Rückkehr aus der Klinik war es ihr wirklich sehr gut gegangen, und sie hatte mir kein einziges Mal vorgehalten, ich würde trinken oder sei betrunken. Diese Vorwürfe waren meiner Erfahrung nach immer das erste Anzeichen dafür, dass etwas nicht stimmte.

Ich hatte sorgfältig darauf geachtet, dass sie morgens ihre Medikamente einnahm, aber mir war auch schmerzlich bewusst, wie leicht ihr Verhalten bei Angst und Stress umschlagen konnte, und beidem wollte ich sie nicht unnötig aussetzen.

Andererseits hatte ich wirklich das Bedürfnis, ihr die Wahrheit zu sagen. Mir war klar, dass ich meinen Schmerz und meine Wut unterdrückte. Ich hatte Angst, die Gefühle könnten mich überwältigen und zu einer Explosion in meinem Kopf führen, deren Auswirkungen auf lange Sicht schädlicher wären für Sophie und mich. Auch wenn es vielleicht egoistisch war: Ich musste mein Wissen teilen, um darüber reden zu können und nicht so schwer daran zu tragen. Möglicherweise hätte ich zu einem der Klinikärzte in Therapie gehen sollen, aber ich wollte die nötige Hilfe von niemand anderem als Sophie bekommen.

Als Erstes erzählte ich ihr von dem plötzlichen Auftauchen meines Vaters in Ascot und der völlig unerwarteten Erkenntnis, dass er nicht, wie wir geglaubt hatten, vor Jahren bei einem Autounfall ums Leben gekommen war.

»Das ist ja wundervoll«, sagte sie. »Du hast dir doch immer einen Vater gewünscht.«

Aber dann erzählte ich ihr von der Messerattacke auf dem Parkplatz der Rennbahn und dass er im Krankenhaus an seinen Verletzungen gestorben war. Sie war bestürzt und tieftraurig, vor allem meinetwegen.

»Aber wieso ist er erstochen worden?«, fragte sie.

»Ich glaube, das war ein missglückter Raubüberfall«, antwortete ich.

Ich hielt es immer noch für klug, ihr nichts von Mikrocodern, falschen Pässen oder in blaue Folie eingeschweißten Banknotenbündeln zu sagen. Am besten auch nichts zu dem schwarz-roten Rucksack meines Vaters, den ich in einer Absteige in Paddington aufgestöbert und den sein Mörder schließlich bei uns zu Hause abgeholt hatte.

»Aber du hättest auch umgebracht werden können«, sagte sie sichtlich geschockt.

»Ich hätte dem Dieb das Geld gegeben«, erwiderte ich. »Mein Vater dagegen hat ihm gesagt, er soll sich zum Teufel scheren, und ihm in die Eier getreten. Ich glaube, deshalb ist er erstochen worden.«

Sie war ein klein wenig beruhigt.

»Warum hast du mir das denn nicht gleich erzählt?«, fragte sie.

»Ich wollte dich unmittelbar vor der Begutachtung nicht beunruhigen«, rechtfertigte ich mich. Das leuchtete ihr ein. »Aber das ist noch nicht alles, meine Liebe. Bei weitem nicht.«

Ich berichtete ihr von meiner Mutter und dass auch sie nicht tödlich verunglückt war. So schonend wie möglich erzählte ich von Paignton Pier und wie meine Mutter dort ermordet am Strand aufgefunden worden war.

»Oh, Ned«, sagte sie und schluckte die Tränen hinunter.

»Ich war noch klein«, versuchte ich sie zu trösten. »Ich habe keine Erinnerung daran. Nicht mal die kleinste Erinnerung an meine Mutter.« Und Sophie hatte sie natürlich auch nie kennengelernt.

»Wie hast du das herausbekommen?«, fragte sie.

»Durch die Polizei«, sagte ich. »Sie haben die DNA meines Vaters überprüft. Damals dachten offenbar alle, er sei der Täter, und es sah aus, als sei er deshalb geflohen und als hätten Oma und Opa deshalb die Geschichte von dem Autounfall erfunden.«

»Wie schrecklich für sie«, sagte Sophie.

»Ja, aber tatsächlich war es noch viel verwickelter.«

Ich erzählte ihr von der Schwangerschaft meiner Mutter und brachte ihr dann behutsam bei, dass das erwartete Kind von meinem Großvater war und dass er meine Mutter erwürgt hatte, damit das nicht ans Licht kam.

Sie wurde für eine Weile ganz still, während ich über der Handbremse ihre Hand hielt.

»Warum ist dein Vater denn dann fortgegangen?«, fragte sie schließlich.

»Er wurde dazu aufgefordert«, sagte ich.

»Von wem?«

Sophie hatte meine Großeltern einmal geliebt, als wären es ihre eigenen. Jetzt offenbarte ich ihr, dass meine Großmutter, unsere liebe Oma, bei der ganzen Angelegenheit die Fäden in der Hand gehabt hatte. Sie war zweifellos dafür verantwortlich, dass ich ohne Vater hatte aufwachsen müssen, und hatte wahrscheinlich auch beim Tod meiner Mutter die Finger im Spiel gehabt.

Sophie konnte es einfach nicht glauben.

»Bist du dir ganz sicher?«, fragte sie.

Ich nickte. »Das meiste habe ich erst gestern herausbekommen«, sagte ich. »Als ich bei ihr war.«

»Hat sie dir das alles erzählt?«, fragte Sophie mit einiger Skepsis.

»Ja.«

»Aber wie denn? Sie ist doch nicht mehr ganz bei sich. Meistens weiß sie ja nicht mal mehr, was sie zum Frühstück gegessen hat.«

»Als ich gestern mit ihr gesprochen habe, war sie ganz klar im Kopf«, sagte ich. »Sogar erstaunlich klar. Wer du bist, wusste sie zwar nicht so recht, aber die Ereignisse von vor sechsunddreißig Jahren hatte sie ziemlich gut in Erinnerung.«

»Hat es ihr leidgetan?«, fragte Sophie.

»Eigentlich nicht«, sagte ich. »Gerade das fand ich am schwersten zu ertragen.«

Wir saßen eine Zeitlang still im Auto.

Um uns herum lauter glückliche Familien: Mamis und Papis mit ihren Kindern, die bergauf und bergab liefen, ihren Hunden Stöckchen warfen oder Drachen im Wind steigen ließen. Alles, was normale Menschen sonntagnachmittags so anfangen.

Der Horror war nur bei uns im Wagen und in unseren Köpfen.

22

Am frühen Montagmorgen holte ich Luca und Duggie auf dem Parkplatz des Hilton Hotel an der Fernstraße M40 ab, und wir machten uns frohen Herzens, aber mit Unfug im Sinn auf den Weg zur Rennbahn von Bangor-on-Dee.

Die blauen Flecke auf meinem Oberkörper, die man mir per Faust und Stahlkappenschuh in Kempton Park verpasst hatte, verblassten endlich, aber das Feuer der Rache loderte noch hell in meinem Bauch. Ich hatte Larry Porter gesagt, ich würde es dem Schweinehund heimzahlen, der die Prügel angeordnet hatte, und heute war mein Tag dafür.

»Mit Larry alles klar?«, fragte ich Luca. »Hat er das Zeug?«

»Nur die Ruhe«, erwiderte Luca. »Larry wird rechtzeitig da sein.«

»Hast du noch mal mit deinen Freunden gesprochen?«, fragte ich Duggie. »Damit sie dran denken?«

»Alles klar«, antwortete er. »Hören Sie auf Luca. Entspannen Sie sich. Das wird schon.«

Ich hoffte, er hatte recht.

Wir kamen zeitig auf der Rennbahn an, und ich parkte auf einem der kostenfreien Parkplätze. Dann ging ich zum Buchmachereingang, um unsere Gebühr zu bezahlen, während Luca und Duggie die Sachen ausluden und sie zum Buchmacherring karrten.

»Verdammt, wo ist die Tribüne?«, fragte Duggie und blickte sich um.

Ich lachte. »Hier gibt's keine.«

»Sie wollen mich auf den Arm nehmen«, meinte er.

»Nein«, sagte ich. »Bangor hat wirklich keine Tribüne.«

»Und wie sieht sich das Publikum die Rennen an?«, fragte er.

»Von der Anhöhe aus. Eine Art Naturtribüne.« Das Gelände fiel zur Bahn hin ab, so dass man die Pferde von allen Seiten im Blick hatte.

»Jetzt kenn ich wirklich alles«, sagte Duggie.

»Nicht ganz«, widersprach ich. »In Südspanien gibt's einen Strand, an dem Pferderennen ausgetragen werden, und die Zuschauer tragen Badesachen und sitzen unter Sonnenschirmen. Das sind reguläre Rennen mit Startmaschine, Wettannahme und allem. Sie werden sogar im Fernsehen übertragen.«

»Und in Sankt Moritz in der Schweiz«, sagte Luca, »finden alljährlich Galopprennen auf einem zugefrorenen See statt. Das habe ich gesehen. Wahnsinn. Allerdings eher was für Pelzmäntel als für Badesachen; es ist mitten im Winter.«

»Auch in Russland werden Pferderennen im Schnee abgehalten«, erzählte ich. »Im achtzehnten Jahrhundert sogar noch auf der zugefrorenen Moskwa – direkt auf dem Eis.«

»Warum werden bei uns dann Rennen abgesagt, sobald es schneit?«, wollte Duggie wissen.

»Gute Frage«, sagte ich. »Unser Schnee taugt offenbar nichts.«

Wir kicherten. Aber es war ein nervöses Kichern.

Wir bauten unseren Stand auf, und Luca äußerte sich zufrieden über den neuen Schriftzug auf unserem Schild. Ich hatte am Abend zuvor den TRUST TEDDY TALBOT-Slogan übermalt und durch ein schlichtes, leider aber ziemlich unelegant gepinseltes TALBOT & MANDINI ersetzt.

»Wir werden auch den Schriftzug auf unseren Wettscheinen ändern müssen«, sagte Luca. »Das mach ich gleich mal.«

Während er sich darum kümmerte, ging ich zur Toilette. Langsam wurde ich wirklich nervös.

»An der Wand dahinten ist ein Münzfernsprecher«, sagte ich, als ich wiederkam. Ich wies auf das Gebäude zwischen der Meeresfrüchtebar und der Herrentoilette.

»Dann werde ich zur gegebenen Zeit meine Oma anrufen müssen«, meinte Luca lächelnd.

»Kommt nicht in Frage«, sagte ich. »Du wirst hier am Stand gebraucht.«

»Worum geht's?«, fragte Duggie.

»Ich möchte nicht, dass jemand den Münzfernsprecher benutzen kann, wenn die Handys ausfallen«, sagte ich.

»Kein Problem«, meinte Duggie. »Dafür sorg ich schon.« Und weg war er, bevor ich ihn aufhalten konnte.

Nach ein paar Minuten kam er wieder.

»Alles klar«, sagte er. »Damit telefoniert heute keiner mehr.«

Luca und ich sahen uns an.

»Was hast du gemacht?«, fragte ich Duggie.

»Na, was schon? Zerdeppert hab ich's. Dann bin ich ins Büro und hab mich beschwert, dass das Telefon nicht funktioniert. Sie haben ein AUSSER BETRIEB-Schild drangehängt.«

Ich lachte. »Gute Arbeit.«

»Ja«, sagte er. »Aber sie haben mir angeboten, das Telefon im Sekretariat zu benutzen, falls es dringend ist.«

»Aha«, meinte ich. Natürlich wollte ich auch nicht, dass jemand vom Rennbahnbüro aus telefonierte.

»Kein Problem«, sagte Duggie. »Ich habe mir die Nummer geben lassen, damit ein Kumpel da rechtzeitig anruft und nicht mehr auflegt. Dann ist der Anschluss blockiert. Für den Fall, dass sie mehrere Anschlüsse unter der einen Nummer haben, lass ich gleich eine Handvoll Jungs da anrufen. Dann sind sie auf jeden Fall raus.«

»Erscheinen die Nummern deiner Freunde denn nicht auf dem Display?«, fragte ich. »Ich möchte nicht, dass man sie ermitteln kann.«

»Dann seh ich zu, dass sie ihre Rufnummern unterdrücken oder von Telefonzellen in Wycombe aus anrufen«, sagte er. »Das ist ein Klacks.«

»Okay«, sagte ich. »Genehmigt.«

Larry Porter traf ein und baute seinen Stand neben unserem auf.

»Hast du den Apparat dabei?«, fragte ich ihn.

»Ja. Geht klar«, sagte Larry. »Bill kommt später nach.«

Bill war vermutlich der Mann in weißem Hemd und Khakihose, der in Ascot bei mir die »zwei Monkeys« gesetzt hatte, als unmittelbar vor dem Gold Cup die Handys ausgefallen waren.

Das Hürdenrennen für Sieglose war der fünfte Lauf des Nachmittags, und je näher es auf halb fünf zuging, die Startzeit, desto nervöser wurde ich. Montagnachmittags ging es auf allen Galopprennbahnen ruhig zu, und das war heute nicht anders. Der mangelnde Wettbetrieb besänftigte aber nicht die Schmetterlinge in meinem Bauch.

Insgesamt war das Aufgebot an Buchmachern in Ordnung. Ich zählte fünfzehn Kollegen im Ring und noch ein paar am Geläuf, die es ebenfalls auf das Ersparte der wenigen Montagswetter abgesehen hatten. Doch außer Larry und Norman kannte ich keinen der Bookies, da wir ganz im Norden unseres gewohnten Reviers waren und ich normalerweise nicht in Bangor stand.

Das Hürdenrennen für Sieglose rückte heran. Die Pferde waren in den Sattelboxen, und die Wetter fingen an, ihre Wahl zu treffen. Von den neunzehn Startern war Pool House mit sechs zu vier der ziemlich hohe Favorit. Er war bereits dreimal gelaufen und die beiden letzten Male jeweils Zweiter geworden. Außerdem ritt ihn heute ein vielfacher Champion Jockey, der extra für diesen Ritt von Lambourn heraufgekommen war, sich also offenbar einen Sieg ausrechnete. Und sämtliche Zeitungen gaben ihm recht. Als die Pferde im Führring waren, genau sechs Minuten vor dem angesetzten Start, nickte ich Larry unmerklich zu, und er drückte den verborgenen Schalter zur Aktivierung des Handyblockers. Gleichzeitig stieß ich Luca an, der dem Internetserver der Rennbahn seinen Virus schickte, ihn damit praktisch lahmlegte und die Rennbahn von der Außenwelt abschnitt.

Ich dachte an die dreißig jugendlichen Straftäter und hoffte, sie waren startklar zum Wetten.

Ein Mann in weißem Hemd und Khakihose tauchte plötzlich vor mir auf. Bill, nahm ich an.

»Riese auf die Vier«, sagte er und hielt mir ein Bündel Banknoten hin.

Nummer vier war der zweite Favorit.

»Tausend Sieg Nummer vier, Kurs drei zu eins«, sagte ich laut nach hinten.

»Wir bieten elf zu vier«, antwortete Luca ebenso laut.

»Okay«, sagte der Mann. Ich gab ihm den mit TALBOT & MANDINI bedruckten Wettschein, und die Quote auf unserer Anzeige änderte sich.

»Monkey auf die Vier, Kurs drei zu eins«, rief Luca Larry Porter zu.

»Kriegst du für fünf zu zwo«, rief Larry zurück.

»Okay«, sagte Luca, um sich dann gleich Norman Joyner auf der anderen Seite zuzuwenden. »Gib mir 'n Monkey auf die Vier«, rief er noch lauter.

»Gern«, rief Norman zurück. »Für neun zu vier.«

Innerhalb von weniger als einer Minute purzelte die Quote von Pferd Nummer vier quer durch den Buchmacherring, so dass die Quote von Pool House, dem Favoriten, entsprechend anzog.

Die Jungs von den großen Wettbüros gerieten zwar nicht so in Panik wie in Ascot, dennoch war es beeindruckend, mit anzusehen, wie sie sich verzweifelt und vergebens mit ihren Handys abmühten. Einen sah ich Richtung Münzfernsprecher laufen, aber er kam mit einem frustrierten Gesichtsausdruck wieder.

Offensichtlich waren sie nach dem Vorfall in Ascot jedoch gründlich instruiert worden. Sie wussten, dass damals in der Zeit des Internet- und Telefonausfalls die Quote für den heißen Favoriten gestiegen war. Natürlich wussten sie auch, dass der Sieg des Favoriten sie dann schwer getroffen hatte, da die Gewinne in den städtischen Wettbüros nach der –

künstlich hochgepuschten – Eventualquote ausgezahlt wurden.

Also setzten die Jungs von den großen Büros, die Jungs mit dem vielen Geld in der Tasche, die von ihren Büros keine aktuellen Anweisungen bekamen, heftig auf den Favoriten, um seine Quote wieder auf sechs zu vier zu drücken.

Sie wollten ihr Geld unbedingt noch vor dem Start bei den Buchmachern im Ring loswerden. Ich nahm etliche hohe Wetten an, und zögernd gingen wir von den sieben zu vier für Pool House runter – zuerst auf dreizehn zu acht, dann auf sechs zu vier und vor dem Start schließlich auf elf zu acht. Das Pferd würde nun effektiv zu einer niedrigeren Quote starten, als wenn wir gar nichts unternommen hätten.

Das Rennen begann, und Larry schaltete den Handyblocker ab, während Luca den Server von seinem Virus befreite.

»Das war ja wohl nichts, oder?«, sagte Larry erbost. »Wenn der Favorit jetzt siegt, bin ich eine Stange Geld los.«

Aber der Favorit siegte nicht.

Ein krasser Außenseiter namens Cricket Hero schlug ihn um zwei Längen und zahlte die erstaunlich hohe Quote von hundert zu eins, ohne den Rängen auch nur einen Jubelschrei zu entlocken. Da wir keine einzige Wette auf das Pferd angenommen hatten, stellte uns das Ergebnis von der finanziellen Seite her vollauf zufrieden und entschädigte uns weitgehend für die Wettflaute bei den vorherigen Rennen.

»Halt mal kurz die Stellung«, sagte ich zu Luca.

Ich ging mir ansehen, wie Cricket Hero auf den Absattelplatz für den Sieger geführt wurde. Es gab auffallend wenig Applaus von den dort versammelten Zuschauern, aber es hatten wohl auch nur die wenigsten auf ihn gewettet. Die

Betreuer des Pferdes jedoch waren hellauf entzückt und strahlten übers ganze Gesicht, während ihr unter der Decke leicht dampfendes Pferd im Kreis ging. Ich sah im Rennprogramm nach, wer als Trainer angegeben war. Ein gewisser Miles Carpenter aus Irland.

Ich trat dicht hinter dem Mann, den ich für Mr. Carpenter hielt, an den Zaun. Der Mann schnurrte förmlich vor Selbstzufriedenheit.

»Glückwunsch, Mr. Carpenter«, rief ich ihm zu.

Er drehte sich um und kam einen Schritt näher. »Danke«, sagte er mit starkem irischem Akzent.

»Schönes Tier«, sagte ich und deutete mit einer Kopfbewegung auf den Braunen, der aber in Wirklichkeit gar nicht so gut aussah. Während das gepflegte Fell der anderen Pferde in der Sommersonne geglänzt hatte, war das Haarkleid des Siegers überlang, stellenweise verfilzt und stumpf. Sein Schweif war ein Gewirr von Knoten, und seine Hufe waren nicht wie die der meisten Rennpferde des hübschen Aussehens wegen geschwärzt worden. Das Tier sah wie ein alter Klepper aus. Auch deshalb war seine Quote so hoch gewesen. Auf ein Pferd, das im Führring nichts hermacht, wettet niemand gern. Und allgemein gilt, dass Pferde, die nicht gut aussehen, auch nicht gut laufen.

Aber der Schein kann trügen.

»Ja«, meinte er und kam breit lächelnd noch einen Schritt auf mich zu. »Ich glaube, das wird ein Champion.«

Ich sagte es ihm ins Gesicht, leise aber deutlich: »Oriental Suite, nehme ich an.«

Sofort verschwand das Lächeln aus seinem Gesicht.

»Und Sie«, fügte ich an, »dürften Paddy Murphy sein.«

»Verdammt, und wer sind Sie?«, platzte er heraus und schob sein Gesicht in meines.

»Nur ein Freund«, sagte ich und trat lächelnd einen Schritt zurück.

»Was wollen Sie?«, knurrte er.

»Gar nichts«, sagte ich. Ich ließ den verdatterten Mann stehen und ging davon.

Er hatte mir schon gegeben, was ich wollte. Die Bestätigung, dass Oriental Suite jetzt Cricket Hero hieß. Nicht, dass ich sie wirklich gebraucht hätte.

Ich nahm an, der echte Cricket Hero war tot. Mit Hilfe der falschen australischen RFIDs mit Oriental Suite vertauscht und dann zur Auslösung einer hohen Versicherungssumme getötet worden.

Cricket Heros Tod war ehrlich gesagt kein großer Verlust für den Rennsport. Ich hatte mich auf der Website der *Racing Post* über ihn schlaugemacht. Er war ganze acht Mal gelaufen, immer in schlechter Gesellschaft, und jedes Mal Letzter oder Vorletzter geworden. In der Rangliste stand er so tief, dass er fast unten rausfiel. Aber das würde sich jetzt alles ändern.

Das Pferd, das jetzt unter dem Namen Cricket Hero lief, war in Wirklichkeit Oriental Suite, und eines stand fest: Oriental Suite hätte in keinem Rennen dieser Welt mit einer Quote von hundert zu eins antreten dürfen, schon gar nicht in einem drittklassigen Sieglosenrennen über die Hürden in Bangor-on-Dee an einem ruhigen Montagnachmittag im Juli.

Ich dachte an die beiden fotokopierten Pferdepässe aus dem Geheimfach im Rucksack meines Vaters. Der eine hatte auf den Namen Oriental Suite gelautet. Der andere aber gehörte zu einem Pferd namens Cricket Hero, und mir waren die Übereinstimmungen in den Abzeichen und Fellwirbeln der beiden Pferde aufgefallen.

Seitdem hatte ich bei den Nennungen für die Pferderennen nach Cricket Hero Ausschau gehalten.

»Das nennst du heimzahlen?«, fragte mich Larry Porter laut, als ich zu unserem Stand zurückkam.

»Schrei nicht so, du Blödmann!«

»Aber es hat doch nicht geklappt, oder?«, fragte er einen Tick leiser.

»Kann ich was dafür, wenn mal nicht der Favorit siegt?«, gab ich zurück.

»Hier war das ein Glück für uns«, sagte er. »Norman und ich haben so viele Last-Minute-Wetten auf ihn angenommen, dass wir jetzt blank wären, Mensch.«

Norman Joyner, der neben Larry stand, nickte heftig.

»Seid ihr aber nicht«, meinte ich lächelnd. »Was regt ihr euch also auf? Habt ihr nicht beide an dem Rennen verdient?«

»Dir zum Trotz«, brummte Larry immer noch verstimmt.

»Das lassen wir in Zukunft lieber bleiben«, sagte Norman.

»Okay«, stimmte ich bei. Das war mir nur recht.

»Die großen Wettbüros reiben sich jetzt sicher die Hände«, fuhr er fort.

»Sie haben aber das Geld verloren, das sie vorm Start bei uns abgelegt haben.«

»Peanuts, Junge, Peanuts. Dafür gehört ihnen alles, was die Leute in ihren Filialen auf den Favoriten gesetzt haben.«

Stimmt, dachte ich. Aber ich kannte ein Wettbüro, wo man sich jetzt nicht die Hände reiben würde.

Tony Bateman (Pferdewetten) Ltd, die Wettannahmekette unter dem Dach der HRF Holdings Ltd, für die das Schlägergespann mit den Stahlkappenschuhen unterwegs war, hatte zum Händereiben keinen Grund.

Über fünfzig Filialen der Wettbürokette gab es in London und Südostengland. Ich hatte ihre Adressen im Internet nachgesehen.

Wenn alles nach Plan gelaufen war, waren genau fünf Minuten vor Beginn des Rennens, also genau eine Minute nachdem wir die Rennbahn isoliert hatten, dreißig Mitglieder von Duggies und Lucas Elektronikclub, dreißig jugendliche Straftäter aus High Wycombe, in jeweils eine Tony-Bateman-Filiale marschiert und hatten eine Siegwette zu zweihundert Pfund abgeschlossen. Sie hatten aber nicht auf den heißen Favoriten gesetzt, sondern auf den Außenseiter Cricket Hero, und der Gewinn war auszuzahlen nach der Eventualquote.

Ich hoffte, die dreißig jungen Leute holten sich jetzt gerade ihre jeweiligen zwanzigtausend Pfund ab, sechshunderttausend insgesamt. Und sämtliche Wetten waren mit den sechstausend Pfund in bar finanziert worden, deren Fehlen Fies-Auge Kipper vermutlich beim Nachzählen der blau eingeschweißten Banknotenbündel im rot-schwarzen Rucksack meines Vaters bemerkt hatte.

Der Deal mit den jugendlichen Straftätern war einfach gewesen. Luca und Duggie hatten jedem von ihnen zweihundert Pfund ausgehändigt und die Adresse eines Tony-Bateman-Wettbüros genannt. Sie hatten strikte Anweisungen erhalten: Geht in das betreffende Wettbüro und setzt Punkt 16 Uhr 25 zweihundert Pfund auf den Sieg von Cricket Hero. Verlor das Pferd, sollten sie einfach rausgehen, ihr Pech verfluchen und im Übrigen den Mund halten. Siegte es, sollten sie ihren Gewinn einfordern, von dem sie ein Viertel behalten dürften. Die anderen drei Viertel würden Duggie und Luca noch am selben Abend an sich nehmen. Ich hoffte, alle dreißig hielten sich an die Abmachung, war mir aber ziemlich sicher, dass der eine oder andere die zweihundert Mäuse einfach behalten und gehofft hatte, das Pferd würde verlieren.

Die meisten hatten jedoch bestimmt gewettet, und eine einzelne 200-Pfund-Wette hatte in den verschiedenen Wettbüros wohl keinen allzu großen Verdacht erregt. Sollte der Zentrale aber aufgefallen sein, dass schnell hintereinander sechstausend Pfund auf den krassen Außenseiter gesetzt worden waren, hatte sie an der Eventualquote nichts ändern können. Dafür hatten Larrys Handyblocker und Lucas Server-Virus gesorgt, nicht zu vergessen auch Duggies Knowhow im Umgang mit Festnetzanschlüssen.

»Vielleicht zahlen sie nicht aus«, sagte Luca. Buchmacher, insbesondere die großen Ketten, hatten die ärgerliche Angewohnheit, Wettgewinne zurückzuhalten, wenn sie falsches Spiel vermuteten. Nicht, dass wir falsch gespielt hätten. Wir hatten uns nur an das falsche Spiel anderer drangehängt.

»Vielleicht nicht sofort«, sagte ich. »Aber auszahlen werden sie schon. Es wäre ja unklug, so viele der fähigsten Jungkriminellen von High Wycombe vor den Kopf zu stoßen, nicht?«

Er lachte.

Und ich wusste etwas, was er nicht wusste.

Der Besitzer von Oriental Suite, ebenjener Besitzer, der in der *Racing Post* seinen Kummer über den Tod des Pferdes bekundet und die hohe Versicherungssumme kassiert hatte, war niemand anderes als Mr. Henry Richard Feldman, Direktor und Teilhaber von Tony Bateman (Pferdewetten) Ltd und Alleininhaber von HRF Holdings Ltd. Ebenjener Mann, der mir von seinen Schlägern auf der Rennbahn Kempton Park einen Denkzettel per Fäuste und Stahlkappenschuhe hatte verpassen lassen.

Ihm das heimzuzahlen hatte einiges an List und Tücke erfordert.

Und mit das Beste an dem ganzen Plan war, dass Larry Porter und Norman Joyner fest überzeugt waren, er habe nicht funktioniert. Darüber meckerten sie noch bis Feierabend.

Ich war mir sicher, dass Mr. Feldman über kurz oder lang so vernünftig sein würde, die Wettgewinne auszuzahlen, und dass er sein Vorhaben, mein Geschäft zu übernehmen, auf sich beruhen lassen würde. Beides wäre der Preis für mein Stillschweigen. Und ihm würde klar sein, dass bei meinen Anwälten ein Brief lag, der im Fall meines plötzlichen oder verdächtigen Todes – oder ungeklärter Umstände meines Todes – der britischen Rennsportbehörde zu übergeben war.

Vorsicht war besser als Nachsicht.

23

Luca, Duggie und ich konnten kaum an uns halten, als wir nach dem letzten Rennen zusammenpackten. Larry hatte wegen der ihm drohenden Verluste solche Angst ausgestanden, dass er Luca den elektronischen Handyblocker zurückgab und mir schwor, er werde sich nie wieder auf so etwas einlassen. Ich biss mir auf die Lippe, um mein Schmunzeln zu unterdrücken.

Wir luden die Sachen in meinen Volvo, und mit Luca wie gewohnt neben mir und Duggie hinter ihm fuhr ich uns zurück in den Süden nach Warwickshire.

»Larrys Gesicht beim Start war Gold wert«, meinte Luca lachend. »Die reinste Panik.«

»Norman sah auch nicht gerade glücklich aus«, lachte ich mit.

»Ich hab gehört, wie einer von den Anzugträgern sagte, er hätte gewusst, dass was im Busch ist, als er im Sekretariat der Rennbahn keine Verbindung bekam«, warf Duggie ein.

»Dein Verdienst«, sagte ich und sah ihn im Rückspiegel an. »Gut gemacht.« Er strahlte.

Eine Zeitlang fuhr ich schweigend. Wir sonnten uns gemeinsam in unserem Erfolg.

»Was haben Sie denn mit dem ganzen Geld vor?«, fragte Duggie schließlich.

»Hm«, sagte ich. »Ich dachte daran, es einer wohltätigen Organisation zu spenden. Dem Fonds für verletzte Jockeys vielleicht.«

»Gute Idee«, sagte Luca ernst. »Das ist eine hervorragende Einrichtung.«

Ich fuhr weiter.

»Andererseits dachte ich, es macht mehr Spaß, wenn wir's behalten«, sagte ich.

Wir brachen in Gelächter aus.

»Hört sich viel besser an«, meinte Duggie und schlug vor Aufregung gegen die Rückenlehnen der Vordersitze.

In den nächsten zwanzig Minuten redeten wir über das Geld.

Im Idealfall, wenn Tony Bateman alles auszahlte und tatsächlich alle dreißig Wetten mit der Quote 100 zu 1 abgeschlossen worden waren, betrug der Gesamtgewinn sechshunderttausend Pfund. Ein Viertel davon ginge an die dreißig Jungganoven, fünftausend Pfund pro Nase. Luca, Duggie und ich beschlossen, die Hälfte der Gesamtsumme, also dreihunderttausend Pfund, zwischen uns aufzuteilen und zur Beruhigung unseres Gewissens das übrige Viertel anonym zwei wohltätigen Organisationen zu spenden, dem Fonds für verletzte Jockeys und der Rennreiterwohlfahrt.

»Können wir das nicht jede Woche machen?«, fragte Duggie. »Mensch, so eine Lohntüte hab ich echt noch nie zu sehen gekriegt.«

»Es kommt noch besser«, sagte ich. »Wettgewinne sind in Großbritannien steuerfrei.«

Wir lachten wieder.

Ich war zu dem Schluss gekommen, dass das Geld brüderlich zwischen uns geteilt gehörte. Duggie hatte mit den jungen Straftätern entscheidend zum Erfolg beigetragen, und seit seinem Auftritt gegenüber den Gorillas in Leicester freute es mich, dass er auf meiner und nicht auf ihrer Seite war. So sollte es auch bleiben.

Wir waren immer noch in Hochstimmung, als ich schließlich auf dem Parkplatz des Hilton Hotel an Kreuz 15 der M40 anhielt, wo Luca seinen Wagen stehen hatte.

»Lassen sie dich hier gratis parken?«, fragte ich ihn.

»Ich hab nicht gefragt«, erwiderte er.

»Wie kommst du denn dann raus?« An der Parkplatzausfahrt war eine Schranke.

»Duggie und ich gehen zur Feier des Tages was trinken«, sagte er. »Ich lass mir vom Barmann einen Chip geben.«

»Nicht, dass du ins Röhrchen pusten musst«, sagte ich.

»Keine Sorge«, meinte er zum Abschied. Er und Duggie winkten mir, als ich an der Hoteleinfahrt wendete und davonfuhr. Ein Glück, dachte ich, dass man den Führerschein nicht wegen euphoriebedingtem Adrenalin im Blut verlieren konnte. Ich hätte zu viele Promille gehabt.

Mein Handy klingelte, als ich auf die Fernstraße bog.

Das Handy steckte in der Freisprechhalterung an der Armatur; und die Nummer des Anrufers erschien auf dem rechteckigen grünen Display. Es war die Handynummer von Sophie.

Ich schaltete ein. »Hallo, mein Schatz«, sagte ich fröhlich in das Mikrophon neben der Sonnenblende. »Ich habe Luca und Duggie gerade am Hilton abgesetzt und bin in ungefähr zehn Minuten zu Hause.«

Aber nicht Sophie antwortete mir aus dem Lautsprecher.

»Hallo Mr. Talbot«, sagte eine Männerstimme. Es lief mir kalt den Rücken hinunter, fast wäre ich in einen entgegenkommenden Lastwagen gefahren. »Sie haben immer noch etwas von mir«, sagte er. »Und ich habe jetzt etwas von Ihnen.«

Meine Hände wurden feucht.

»Lassen Sie mich mit meiner Frau sprechen«, sagte ich.

Es war kurz still, dann war Sophie in der Leitung. »Ned«, schrie sie, »Ned.« Sie hörte sich sehr verängstigt an, und ein Zittern lag in ihrer Stimme. »Hilf mir.«

»Es ist schon gut, Sophie«, versuchte ich sie zu beruhigen. »Alles wird gut.«

Aber sie war schon nicht mehr da, der Mann sprach wieder. »Tun Sie, was ich Ihnen sage, Mr. Talbot, dann passiert ihr nichts.« Sein Tonfall war eigentlich ganz normal, die Drohung lag in den Worten.

Ich fürchtete nicht nur um Sophies Sicherheit, sondern vor allem um ihre seelische Verfassung.

»Was wollen Sie?«, fragte ich ihn.

»Ich will alles, was noch in dem Rucksack war«, sagte er. »Ich will die Chips, den Chipschreiber und das restliche Geld.«

Das bestätigte mir, dass der Mann Fies-Auge Kipper war. Ich hatte befürchtet, dass ich ihn und sein Tranchiermesser noch nicht los war, und meine Befürchtungen waren offensichtlich berechtigt gewesen.

»Ich habe die Sachen nicht bei mir.«

»Dann holen Sie sie«, sagte er wie ein Lehrer zu einem ungehorsamen Schüler, der seine Bücher vergessen hat.

»Wo sind Sie denn?«, fragte ich.

»Das kann Ihnen egal sein«, sagte er. »Legen Sie nicht auf. Bleiben Sie am Apparat. Wenn Sie auflegen, werde ich Ihrer Frau weh tun. Verstanden?«

»Ja.«

»Gut. Also, wo sind meine Sachen?«

Was nun? Wenn ich ihm sagte, dass ich die RFID-Chips und den Mikrocoder bzw. Chipschreiber Mr. John Smith gegeben hatte, half mir das sicher nicht, Sophie unverletzt freizubekommen. Und das Geld war noch in den Händen der jugendlichen Straftäter. Ich hatte zwar die Wetteinnahmen von Bangor-on-Dee in der Tasche, aber sechstausend Pfund waren das nach so einem lauen Tag mit Sicherheit nicht. Wenn es hoch kam, vielleicht halb so viel.

»Die sind bei mir zu Hause«, sagte ich.

»Wo denn da? Ich konnte nichts finden.«

Das hörte sich nicht gut an.

Ich überlegte schnell.

»In dem Schrank unter der Treppe«, sagte ich. »In einer alten Farbdose.«

Es war still.

»Holen Sie sie«, sagte er. »Sofort. Aber legen Sie nicht auf. Wo sind Sie jetzt?«

»Auf der Umgehungsstraße bei Warwick«, sagte ich.

»Fahren Sie nach Hause, aber reden Sie mit mir. Wenn Sie auflegen, bringe ich Ihre Frau um.«

Zum ersten Mal hatte er von »umbringen« gesprochen, und wieder wallte die Angst in mir hoch. Wie musste jetzt erst Sophie zumute sein?

»Schon gut, schon gut, ich lege nicht auf«, sagte ich schnell. »Geben Sie mir bitte noch mal meine Frau.«

Wieder war es still.

»Ned«, rief sie in den Hörer, »was ist denn bloß los?«

»Sophie«, sagte ich. »Alles wird wieder gut, mein Schatz. Das verspreche ich dir. Ich hole die Sachen, die er haben will, und dann lässt er dich frei. Bleib ganz ruhig.«

»Ich bleibe ruhig, Mr. Talbot«, sagte Fies-Auge Kipper, der offensichtlich das Handy wieder an sich genommen hatte. »Holen Sie meine Sachen, dann können wir alle ruhig bleiben. Aber legen Sie nicht auf.«

»Und wenn der Empfang weggeht?«, fragte ich.

»Hoffen Sie mal lieber, dass das nicht passiert.«

Mir war klar, warum er nicht wollte, dass ich auflegte. Solange ich mit ihm verbunden war, konnte ich nicht die Polizei anrufen.

»Okay«, sagte ich. »Ich fahre jetzt von der A46 runter nach Kenilworth.«

Keine Antwort.

»Wo soll ich die Sachen hinbringen?«, fragte ich.

»Holen Sie sie erst mal«, antwortete er. »Dann sage ich Ihnen schon, wie's weitergeht.«

Ich fuhr nach Kenilworth hinein und hielt vor meinem Haus, wo der Wagen von Alice allein auf dem Parkplatz stand. Wo war Alice?

Ich sah auf die Uhr. Es war zehn vor acht, und ich hatte Hunger. Außer einer Scheibe Toast zum Frühstück hatte ich seit rund zwölf Stunden nichts gegessen. Aber Hunger konnte ich aushalten.

»Ich bin jetzt vor meinem Haus«, sagte ich ins Mikro.

»Gut. Gehen Sie rein und holen Sie das Zeug. Nehmen Sie das Handy mit, und legen Sie nicht auf.«

»Es kann sein, dass es sich von selbst ausschaltet, wenn ich es aus der Freisprechanlage nehme.«

»Dann hoffen Sie mal, dass das nicht passiert«, gab er zurück. »Wenn Sie auflegen, bringe ich Ihre Frau um.«

»Aber es schaltet sich beim Rausnehmen doch von selbst aus«, beschwor ich ihn. »Das wäre nicht das erste Mal.«

»Nehmen Sie es jetzt raus«, sagte er.

Ich nahm das Handy aus der Halterung, und natürlich ging es sofort aus. O Gott, dachte ich, was mach ich jetzt? Rufe ich zurück, oder was?

Ehe ich eine Entscheidung treffen konnte, klingelte das Handy in meiner Hand.

»Ja, hallo«, rief ich in den Hörer. »Ich bin hier.«

Bitte mach, dass er es ist, betete ich, und nicht meine verdammte Mailbox.

»Gut«, sagte Kipper. Mein Puls ging um mindestens die Hälfte runter. Nie hätte ich gedacht, dass ich mal froh sein würde, Kippers Stimme zu hören.

»Okay«, sagte ich. »Ich steige aus und gehe rein.«

Die Haustür stand einen Spaltbreit offen, und ich befürchtete schon, er könnte drinnen auf mich warten.

»Sind Sie in meinem Haus?«, fragte ich ihn.

Keine Antwort.

»Ich muss wissen, ob Sie in meinem Haus sind«, sagte ich noch einmal.

Wieder kam keine Antwort.

»Hören Sie mit den Spielchen auf«, sagte ich mit fester Stimme in den Hörer. »Ich betrete mein Haus erst, wenn ich weiß, wo Sie sind.«

»Tun Sie, was ich sage«, erwiderte er. »Ich bin hier am

Drücker, nicht Sie. Gehen Sie rein und holen Sie meine Sachen.«

»Nein.« Mein Puls ging wieder hoch. »Ich spaziere doch nicht da rein, bloß damit Sie mir das Messer in den Leib stoßen wie meinem Vater in Ascot.«

Am anderen Ende war es lange still.

»Sind Sie noch da?«, fragte ich schließlich.

»Bin ich«, sagte er. »Wieso heißen Sie Talbot und nicht Grady?«

Mir wurde plötzlich klar, dass er gar nicht gewusst hatte, dass der Mann, den er als Alan Grady kannte, der Mann, den er auf dem Parkplatz in Ascot ermordet hatte, mein Vater war.

»Mein Vater hieß mit richtigem Namen Talbot, nicht Grady«, sagte ich.

»Aha«, meinte er. »Na, das erklärt vielleicht, warum ich nichts über ihn rausfinden konnte.«

Offensichtlich hatte er mich nicht über die Gerichtsunterlagen aufgespürt, weil er nicht wusste, wo er da hätte suchen sollen. Ihm musste aber klar gewesen sein, dass mein Vater tot war. Das Messer hatte ein Fachmann geführt.

»Sind Sie in meinem Haus?«, fragte ich noch einmal in den Hörer.

»Wenn ich da wäre, hätte ich mir inzwischen den Kram aus der Farbdose geholt.«

Sollte ich ihm glauben? Aber was blieb mir schon anderes übrig, als reinzugehen?

Ich stieß die Haustür mit dem Fuß so weit auf, wie es ging – bis sie fast gegen die Wand schlug. Dahinter konnte er sich nicht versteckt halten.

»Haben Sie die Sachen?«

Seine Frage erschreckte mich. »Noch nicht«, sagte ich.

Ich trat in den Flur. Nichts zu hören. Schnell ging ich an dem Schrank unter der Treppe vorbei in die Küche. Der gesamte Inhalt der Küchenschränke lag auf dem Fußboden verstreut. Vorsichtig stakste ich durch das Chaos zum Telefon, aber damit würde ich die Polizei nicht anrufen können. Das Kabel war durchgeschnitten. Ich ging ins Wohnzimmer, und mit dem Telefon und den Schränken dort war das Gleiche passiert. Obwohl ich nicht bezweifelte, dass dem Nebenanschluss oben im Schlafzimmer das gleiche Schicksal widerfahren war, ging ich die Treppe hinauf, um nachzusehen. Stufe drei knarrte, als ich drauftrat.

Mir war, als hörte ich ein leises Klopfen.

Ich blieb stehen und horchte.

Das leise Klopfgeräusch kam wieder, aber ich konnte es nicht genau orten.

»Haben Sie die Sachen?«, fragte mich Kipper übers Handy.

»Nein«, sagte ich. »Ich bin grad auf der Toilette.«

»Beeilen Sie sich.«

Ich nahm das Handy vom Ohr und horchte noch einmal.

Da klopfte wirklich jemand. Es kam von unten.

Ich eilte die Treppe hinab und öffnete den Schrank darunter.

Alice lag um den Staubsauger gekrümmt auf der Seite, die Hände auf dem Rücken gefesselt. Sie hämmerte mit den zusammengeschnürten Füßen auf den Fußboden. Ich zog das straff um ihr Gesicht gebundene Geschirrhandtuch herunter, und sie spuckte ein schmutziges Spültuch aus, das ihr den Mund verstopfte.

»Igitt«, sagte sie und erbrach sich prompt auf den Boden.

»Sie Scheißkerl«, sagte ich in den Hörer.

Kipper lachte. »Aha, Sie haben meine kleine Überraschung entdeckt.« Es klang, als wäre er stolz auf sich.

Ich holte eine Schere aus der Küche und schnitt die Plastikschnüre durch, mit denen Alice gefesselt war. Sie setzte sich im Flur auf den Boden und rieb sich die Stellen, wo die Schnur ins Fleisch geschnitten hatte. Ich legte den Finger an den Mund und wies auf das Telefon.

»Ruf die Polizei, verdammt«, schrie sie dennoch.

»Das würde ich an Ihrer Stelle nicht tun«, sagte Fies-Auge Kipper aus dem Hörer. »Nicht, wenn Sie Ihre Frau wiedersehen wollen.«

»Ich kann nicht, Alice«, sagte ich.

»Wieso nicht, verdammt noch mal?«, wollte sie wissen.

»Er hat Sophie«, sagte ich. »Und er ist hier am Telefon.«

»Sag ihm, er ist ein dreckiges Stück Scheiße«, schimpfte sie und rieb sich weiter die Handgelenke. Ihre Vulgarität verblüffte mich. Alice war sonst immer so gesittet und korrekt, jedenfalls in meinem Beisein.

Kipper hatte sie offensichtlich gehört, denn er lachte wieder. »Sagen Sie ihr, sie soll froh sein, dass sie noch lebt.«

Das sparte ich mir.

»Holen Sie jetzt meine Sachen«, sagte er, »und steigen Sie wieder ins Auto.«

Was sollte ich tun? Ich musste ihn glauben machen, dass ich die Sachen noch hatte, sonst würde er Sophie verletzen oder sie umbringen. Und ich musste eine Auslösung arrangieren. Das wäre ein guter Anfang, nur wusste ich noch nicht, wie.

Zuerst einmal brauchte ich etwas, was ich ihm im Tausch für Sophie geben konnte.

Ich nahm eine Stofftasche vom Haken an der Küchentür und fing an, Sachen hineinzupacken. Als Erstes wanderte ein Bündel Banknoten, die Wetteinnahmen von Bangor, von meiner Hosentasche in die Stofftasche. Dann nahm ich eine durchsichtige Plastiktüte und steckte zehn Reiskörner aus Sophies Reisdose hinein. Schließlich wanderte noch die Bedienungsanleitung für den Fernseher in der Küche samt Fernbedienung in die Tasche.

Alice stand an der Küchentür und sah mir mit großen Augen zu. »Was machst du denn? Ruf die Polizei.«

Wieder legte ich den Finger an die Lippen, und diesmal verstand sie. Außerdem hielt ich das durchgeschnittene Telefonkabel hoch, und sie nickte.

»Okay, ich habe alles«, sagte ich in den Hörer.

»Steigen Sie ins Auto und fahren Sie auf der A46 in Richtung M40.«

»Okay.«

Ich hielt das Mikro zu und wandte mich an Alice. »Ich muss dem Mann die Sachen bringen.« Ich hielt die Tasche hoch. »Wenn ich zurückkomme, bringe ich Sophie mit. Kommst du zurecht?«

Wieder nickte sie kurz, aber ich sah Tränen in ihrem Gesicht. Sie stand offensichtlich unter Schock. Man wird nicht alle Tage gefesselt und mit einem dreckigen Spüllappen geknebelt in einen Schrank unter der Treppe gesperrt. Gott sei Dank.

Ich strich ihr beruhigend über die Schultern und ging mit der Stofftasche hinaus zu meinem Volvo.

»Okay«, sagte ich in den Hörer. »Ich bin im Wagen. Ich stecke das Handy in den Freisprechhalter, aber dann schaltet es sich vielleicht wieder aus.«

»Dann nicht. Behalten Sie's in der Hand.«

Ich setzte zurück und fuhr von der Station Road wieder zur A46.

»Okay«, sagte ich, den Hörer am Ohr. »Ich fahre jetzt auf der A46 Richtung M40.«

Niemand hielt mich wegen unerlaubten Telefonierens während der Fahrt an. Wenn man mal einen Polizisten herbeiwünscht, kommt keiner.

»Fahren Sie von der A46 runter und nehmen Sie die A425 Richtung Warwick«, sagte er. »Biegen Sie an der dritten Abzweigung rechter Hand in die Budbrooke Road ein und halten Sie sich rechts. Fahren Sie die Straße ganz durch.«

»Okay«, antwortete ich. Was ich machen würde, wenn ich ankam, wusste ich immer noch nicht.

Ich nahm die A425 und fuhr dann langsam die Budbrooke Road entlang. Es war Industriegelände, eingeklemmt zwischen Bahngleisen und einem Kanal. Große, gesichtslose moderne Metallbauten säumten die Straße zu beiden Seiten. Während der Arbeitszeit herrschte hier sicher Betrieb, doch an einem Montagabend um Viertel nach acht war die Gegend völlig verlassen.

Ich fuhr langsam bis ganz ans Ende der Straße und hielt zwischen zwei großen, seelenlosen Gebäuden an. Ich wendete, so dass ich die Straße überblicken konnte, doch mein Volvo war der einzige Wagen weit und breit.

»Sind Sie da?«, fragte ich.

»Ich bin da«, sagte er.

»Wo?«

»Seien Sie still und warten Sie ab.«

Vielleicht wollte er sehen, ob mir jemand gefolgt war. Ich saß da eine gefühlte Ewigkeit, aber es werden nur ein paar Minuten gewesen sein. Ich sah mich überall um. Falls er mich beobachtete, wusste ich nicht, von wo.

»Okay«, sagte er schließlich übers Handy. »Machen Sie die Tür auf, legen Sie die Sachen auf den Boden und fahren Sie wieder.«

»Was ist mit meiner Frau?«, fragte ich.

»Wenn ich mich vergewissert habe, dass alles da ist, lasse ich sie frei.«

»So nicht«, sagte ich. »Wenn Sie Ihre Sachen haben wollen, müssen Sie sie erst freilassen.«

»Tun Sie, was ich Ihnen sage.«

»Nein. Wenn Sie Ihr Zeug haben wollen, müssen Sie herkommen und mir meine Frau dafür geben.«

»Ein Austausch?«, fragte er.

»Ja«, sagte ich. »Ein Austausch.«

Er lachte. »Mr. Talbot, wir sind hier nicht in einem Agentenfilm. Legen Sie die Sachen auf den Boden und fahren Sie.«

»Nein«, sagte ich noch einmal entschieden. »Erst will ich meine Frau zurück.«

Er antwortete nicht, und ich befürchtete schon, er sei weg. Doch dann kam ein kleiner silberner Hatchback die Straße entlang und blieb etwa dreißig Meter vor mir stehen.

Die Fahrertür öffnete sich, und Kipper stieg aus und stellte sich neben den Wagen. Er hob sein Handy ans Ohr.

»Wo sind meine Sachen?«, fragte er.

Ich stieg aus und blieb neben dem Volvo stehen. Auch ich hielt mein Handy ans Ohr.

»Wo ist meine Frau?«, fragte ich.

Er langte hinten in den Wagen und zog sie von der Rückbank. Sie stellte sich neben ihn. Ich sah, dass sie die vermutlich gefesselten Hände hinterm Rücken hielt, und ihr Kopf steckte anscheinend in einem Kissenbezug.

»Nehmen Sie ihr das ab«, sagte ich in den Hörer.

Er zog ihr den Kissenbezug vom Kopf, und Sophie blinzelte in die helle Abendsonne. Dann trat er hinter sie und legte ihr den rechten Arm um die Schulter. Sein Tranchiermesser ruhte an ihrem Hals.

»Wo sind meine Sachen?«, fragte er erneut übers Handy.

Das Herz klopfte mir in der Brust. Ich griff in den Wagen, nahm die Stofftasche heraus und hielt sie hoch.

»Zeigen Sie mir, was drin ist«, sagte er.

Ich zog das Bündel Banknoten aus der Tasche, hielt es über meinen Kopf und winkte ihm damit. Es waren hauptsächlich Zehner und Zwanziger, aber auf die Entfernung konnte er nicht sehen, dass es keine Fünfziger oder gar australische 100-Dollar-Noten waren.

»Zeigen Sie mir den Chipschreiber«, sagte er.

Mit trockenem Mund steckte ich das Geld wieder in die Tasche und zog vorsichtig die Fernbedienung heraus. Ich hielt sie ihm mit der Rückseite nach vorn hin. So ging sie hoffentlich als schwarzes Kästchen in der richtigen Form und Größe durch. Ein paar Sekunden hielt ich die Luft an, dann steckte ich die Fernbedienung ebenso vorsichtig wieder in die Tasche.

»Und die Chips?«, fragte er.

Ich hielt die Plastiktüte mit den Reiskörnern hoch. Für mich waren sie kaum von den echten RFID-Chips zu unterscheiden, und ich hatte sie vor der Nase. Aus dreißig Metern konnte er da nichts erkennen. Ich steckte auch sie wieder in die Tasche.

»Und hier sind die Pferdepässe«, sagte ich und schwenkte die Bedienungsanleitung des Fernsehers in der Luft, damit er sie nicht so genau sah. »Lassen Sie jetzt meine Frau frei.«

»Gehen Sie da rüber und legen Sie die Tasche auf den Boden.« Er wies auf das Gebäude zu meiner Rechten, von ihm aus links.

Ich steckte die Bedienungsanleitung wieder in die Tasche und ging fünfzehn bis zwanzig Schritte in die Richtung, in die er gezeigt hatte. Ich legte die Tasche auf den Boden und blieb stehen. Es waren immer noch rund zwanzig Meter bis zu ihm und Sophie, an deren Hals das Messer in der Sonne blitzte.

»Jetzt gehen Sie wieder zu Ihrem Wagen«, sagte er in den Hörer, obwohl ich ihn auch so deutlich hörte.

»Lassen Sie meine Frau gehen«, sagte ich zu ihm. »Wenn sie losgeht, gehe ich von der Tasche weg.«

»Mr. Talbot, Sie haben wirklich zu viele Agentenfilme gesehen«, meinte er und lachte.

Auch wenn ihn die Vorstellung, dass wir in einem Agentenfilm mitspielten, amüsierte – ich fand das überhaupt nicht komisch mit meiner hundsgewöhnlichen Fernbedienung, die als Mikrocoder bzw. Chipschreiber auftrat, und meinen simplen Reiskörnern, die programmierbare Mikrochips mimten. Schon gar nicht, wenn das Leben meiner Frau davon abhing, dass sie ihre Rolle durchhielten.

»Lassen Sie meine Frau gehen«, sagte ich mit fester Stimme zu ihm, »dann gehört alles Ihnen.« Ich zeigte auf die Stofftasche.

Er musste besessen sein von dem Gedanken, die Sachen an sich zu bringen. Sehnsüchtig sah er auf die Tasche. Er nahm Sophie das Messer von der Kehle und stieß sie leicht in Richtung meines Wagens. Ich ließ sie ein paar Schritte gehen, gerade so viel, dass sie außer seiner Reichweite war, und ging dann langsam rückwärts zu meinem Volvo, die Augen immer auf Kipper, um jede Bewegung von ihm zu erfassen.

Er kam vorn um seinen Wagen herum und ging auf die Tasche zu.

Sophie hatte den halben Weg zu meinem Wagen zurückgelegt, aber sie ging viel langsamer, als mir lieb war. Die Erleichterung, Kipper entkommen zu sein, stand ihr im Gesicht, und ihr war offensichtlich nicht recht klar, dass sie immer noch in Gefahr schwebte.

Es wäre schön gewesen, in Ruhe abwarten zu können, bis Sophie auf dem Beifahrersitz Platz genommen hatte, aber Kipper war fast bei der Tasche, und er würde auf den ersten Blick sehen, dass die Fernseh-Fernbedienung nicht der erwartete Mikrocoder bzw. Chipschreiber war.

»Lauf, Sophie«, rief ich ihr eindringlich zu. Gleichzeitig rannte ich zum Volvo und riss die hintere Tür auf. Sophie lief los. Ich rannte ihr ein paar Schritte entgegen, packte sie und schleuderte sie buchstäblich auf den Rücksitz. Ehe Kipper noch ganz begriffen hatte, dass er überlistet worden war, knallte ich die Tür zu und saß im Wagen. Ich warf das Handy auf den Beifahrersitz, schloss die Fahrertür und verriegelte sie.

Der erste Teil des Manövers war genau nach Plan gelaufen. Jetzt musste ich Sophie und mich nur noch heil hier wegbringen. Ich ließ den Motor an, legte den Gang ein und schoss mit durchdrehenden Hinterreifen an Kippers silbernem Hatchback vorbei.

Ich sah, dass er etwas schrie, verstand aber nicht, was, es war mir auch egal. Er lief zu seinem Wagen, und nur zu bald erschien der silberne Hatchback in meinem Rückspiegel, als ich an der Einmündung zur Birmingham Road auf eine Lücke im Verkehr wartete. Er fuhr mir voll hintendrauf, so dass der Volvo einen Satz nach vorn machte und einem heranbrausenden weißen Lieferwagen in den Weg geriet.

Ich schloss die Augen und wartete auf den Rums, aber irgendwie schaffte es der Fahrer, mich hupend mit quietschenden Reifen zu umkurven und den Zusammenstoß zu vermeiden. Gebremst hatte er meinem Eindruck nach kein bisschen auf seiner Tempofahrt zum Kreisverkehr der A46.

Sophie lag der Länge nach auf dem Rücksitz, so wie ich sie hineingeworfen hatte, die Hände immer noch mit schwarzem Kunststoffband hinter dem Rücken gefesselt. »Ned, was ist denn los?« Ihre Stimme war bemerkenswert ruhig und gefasst für jemanden, dem man gerade ein Messer an die Kehle gesetzt hat. Wo war die zu erwartende Panik?

Die Panik, dachte ich, war hinterm Steuer, hier bei mir.

24

Für ein improvisiertes Stockcarrennen über die großen und kleinen Straßen von Warwickshire gäbe es, glaube ich, kaum ein besseres Auto als den alten Volvo 940 Kombi mit 2,3 Liter-Turbomotor. In seiner Blütezeit hatte er nicht umsonst den Spitznamen »Schwedenpanzer« erhalten.

An der Einmündung zur A4 überlegte ich, welche Richtung ich nehmen sollte. Kipper hing mit seinem silbernen Hatchback an meiner Stoßstange, und der Volvo machte jedes Mal, wenn er ihn rammte, einen Satz. Fuhr ich Richtung M40, bekam ich es an der Auffahrt mit der Ampel zu tun; fuhr ich auf der A425 geradeaus weiter Richtung Birmingham, kam nach ein paar hundert Metern auch eine Ampel. Also entschied ich mich dafür, auf der A46 zurück in Richtung Kenilworth und Coventry zu fahren.

Ich bog in so scharfem Tempo in den Kreisverkehr, dass mein Handy vom Beifahrersitz rutschte und in die Lücke zwischen Sitz und Tür fiel. Mist, dachte ich. Ich hatte die Polizei rufen wollen, aber um es jetzt da herauszuholen, würde ich erst anhalten müssen. Und Anhalten kam im Moment überhaupt nicht in Frage.

Kipper schoss am Heck des Volvos vor und zurück wie ein lästiges Insekt. Zweimal versetzte er mir einen so gewaltigen Stoß, dass ich vollends die Kontrolle zu verlieren befürchtete, und mein Wagen schlingerte noch immer heftig, als ich die Auffahrt entlangsauste und auf die zweispurige A46 kam.

Obwohl sie im Wagen ständig hin und her geworfen wurde, hatte Sophie sich in eine halbwegs aufrechte Position bringen können. Ich lächelte ihr im Rückspiegel zu. Sie sah mich mit großen, verängstigten Augen an.

»Kannst du mich losbinden?«, fragte sie.

»Im Moment nicht, Liebling, ich brauche beide Hände zum Fahren.«

Der Wagen ruckte unter dem nächsten Aufprall des Hatchback. Sophie legte sich wieder auf den Sitz.

Zum Glück war die A46 um diese Zeit des Abends recht verlassen, und ich konnte auf die Tube drücken. Der Tacho kletterte auf 150 km/h und höher, aber von Kippers Wagen kam ich nicht weg. Er klebte wie ein Blutegel an mir. Zweimal versuchte er sich neben mich zu setzen, doch beide Male scherte ich aus und drängte ihn wieder zurück. Die Straße war hier nur zweispurig, ich wusste aber, dass sie nach der nächsten Abfahrt dreispurig wurde. Dann wäre er nicht mehr so leicht in Schach zu halten.

Ein Polizeiwagen musste her, aber natürlich war keiner zu sehen.

Einer hinter dem anderen rasten wir auf die Anschlussstelle zu. Im allerletzten Moment riss ich das Steuer nach links, fuhr über die weiße Markierung und drosch die Autobahnabfahrt entlang in der Hoffnung, Kipper bekäme die Kurve nicht. Leider bremste er nur kurz auf dem Grünstreifen ab, von dem Erde und Steine hochspritzten, und folgte mir.

Ich jagte zu dem Kreisverkehr am Ende der Abfahrt. Ich konnte nur hoffen, dass mir keiner entgegenkam, denn bremsen würde ich nicht. Meine Reifen quietschten protestierend, als ich bei der ersten Gelegenheit von der Landstraße abbog in Richtung Leek Wooton. Da die Straße zum Ort einspurig war, musste ich jetzt auch noch auf den Gegenverkehr achten, während ich Kipper hinter mir hielt.

Das Beste schien mir, zur nächsten Polizeistation zu fahren und direkt vor dem Eingang zu parken. Nicht einmal Fies-Auge Kipper wäre wohl so verrückt, dort etwas zu veranstalten. Die einzige Polizeistation, die ich gut kannte, war die in Kenilworth, weil ich wegen meiner Fahrzeugpapiere ein paarmal dort gewesen war. Aber es war eine kleine Dienststelle, und sie hatte nicht rund um die Uhr geöffnet. War da um diese Zeit noch jemand? Vermutlich gab es auch eine Polizeistation in Warwick und natürlich ein großes Präsidium in Leamington Spa, aber ich wusste nicht genau, wo, und hatte nicht die Absicht, einen Passanten zu fragen.

Kenilworth musste reichen, dachte ich. Auch eine nicht besetzte Polizeistation genügte vielleicht, um Kipper auf Abstand zu halten.

Ich brauste die Straße nach Leek Wooton entlang, den silbernen Hatchback wie angeleimt hinter mir. Als er mich zu überholen versuchte, fuhr ich mitten auf die Straße und schwenkte erst in letzter Sekunde auf meine Seite zurück, um einem entgegenkommenden Lkw auszuweichen, dessen Fahrer mächtig auf die Hupe drückte.

Am neuen Kreisverkehr vor der Einfahrt zum Golfclub von Warwickshire musste ich etwas vom Gas gehen, um die Kurve zu kriegen. Kipper jedoch fuhr in der falschen Richtung um den Kreisel, um sich vor mich zu setzen, und hätte es beinah geschafft, da wir nebeneinander rauskamen, aber jetzt war der Hatchback auf der falschen Straßenseite. Ich drängte ihn noch etwas weiter ab, bis seine Reifen auf der Fahrerseite fast auf Gras fuhren, aber er gab trotzdem nicht auf. Ich sah zu ihm rüber – kaum zu glauben, er lachte mich aus. Schließlich zwang ihn ein entgegenkommender Wagen, abzubremsen und sich wieder hinter mich zu setzen.

Ich missachtete die Tempolimitschilder am Ortseingang und hoffte inständig, dass mir kein Kind vor den Wagen lief. Bei mehr als dem Doppelten der erlaubten Geschwindigkeit hätte ich nicht rechtzeitig bremsen können.

Ich merkte, dass ich nicht mal angeschnallt war, griff hinter mich nach dem Gurt und steckte das Endstück in die Schließe am Sitz. Sophie hatte diese Möglichkeit nicht.

»Liebling, bitte leg dich unten zwischen die Sitze«, sagte ich ruhig. »Geh ganz runter und stütz dich mit den Füßen ab. Falls wir einen Unfall bauen.« Ich warf ihr einen Blick zu und versuchte mich in einem beruhigenden Lächeln.

»Wann hört das endlich auf?«, schrie sie.

»Wir sind auf dem Weg zur Polizeiwache«, sagte ich. »Dort ist Schluss.«

War es aber nicht. Weil wir gar nicht so weit kamen.

Hinter Leek Wooton ist die Straße nach Kenilworth flach, schmal und gerade, aber schon nach anderthalb Kilometern erreicht man den Stadtrand.

Ich sorgte mich kurz wegen der vielen bevorstehenden Kreuzungen, doch im Moment hatte ich alle Hände voll damit zu tun, den Volvo geradeaus auf dem Asphalt zu halten, da der silberne Hatchback mir fortwährend hinten reinfuhr. Warum konnte er nicht die Kontrolle über seinen Wagen verlieren oder ihn zu Schrott fahren?

Bisher waren wir ziemlich allein auf der Straße gewesen, doch am Ortsausgang verließ uns das Glück. Vier Pkws zuckelten hinter einem hoch mit Sand beladenen Baustellenfahrzeug her. Aus der Gegenrichtung sah ich einen Transporter kommen, er war aber noch ein ganzes Stück entfernt. Ich scherte aus und überholte die vier Pkws und den Lastwagen, als führen sie rückwärts, und damit sonst niemand rauskam, behielt ich die Hand auf der Hupe. Kipper wollte mir nach, hatte aber zu wenig Raum und musste scharf bremsen und sich hinter den Laster setzen, um dem herankommenden Transporter auszuweichen.

Plötzlich war ich weg von ihm. Aber nicht lange und auch nicht weit – im Spiegel sah ich, wie er an dem Lastwagen vorbeiwischte und wieder die Verfolgung aufnahm.

Zutiefst entsetzt blickte ich geradeaus. Weiter vorn waren Straßenbauarbeiten im Gange, und an der dafür eingerichteten Ampel wartete eine Fahrzeugschlange.

Ich fuhr mit 120 km/h, und die Baustelle rückte rasant näher. Im Spiegel sah ich, dass der silberne Hatchback selbst bei diesem Tempo rasch aufholte. Noch ein Blick nach vorn. Wir hatten Gegenverkehr, vornweg ein riesiger Sattelschlepper, und beiderseits der Straße standen Bäume.

Ich traf eine rasche Entscheidung.

»Sophie, mein Liebling«, rief ich. »Stemm dich gegen die Sitze, so fest du kannst.«

Etwa vierhundert Meter vor der Baustellenampel nahm ich den rechten Fuß vom Gas und stieg voll auf die Bremse.

Mein alter Volvo 940 Kombi wog etwas über anderthalb Tonnen, aber die Bremse funktionierte trotz ihres Alters ausgezeichnet. Wegen des Antiblockiersystems ruckte der Wagen ein wenig, blieb aber weit unter der für 120 Stundenkilometer vorgesehenen Bremsdistanz, ehe er zum Stillstand kam. Es hätte mich nicht gewundert, wenn er Furchen im Straßenbelag hinterlassen hätte, so schnell ging das.

Kipper konnte unmöglich noch rechtzeitig bremsen. Er war viel schneller gefahren als ich, und um mich einzuholen, hatte er noch beschleunigt.

Ich sah in den Rückspiegel. Der Volvo war fast schon zum Stehen gekommen, ehe Kipper begriff, was ich gemacht hatte. Weißer Qualm stieg aus seinen Reifen, als alle vier Räder des Hatchback blockierten, aber da war es längst zu spät.

Ich hatte gehofft, er würde gegen einen Baum fahren oder gegen den herankommenden Sattelschlepper, aber durch die blockierten Räder konnte er nicht steuern und raste geradeaus, direkt auf das Heck des Volvos zu. Ich sah ihn näher kommen wie in Zeitlupe, und im letzten Moment vor dem Aufprall schaltete ich die Zündung aus, zog den Gurt straff, drückte die Hände fest auf die Oberschenkel und presste den Kopf gegen die Kopfstütze. Dabei rief ich Sophie immer wieder zu: »Stütz dich ab! Stütz dich ab!«

Mit einem ungeheuren Knall krachte er auf uns drauf. Ich weiß nicht, wie schnell er noch fuhr, aber den Volvo warf es heftig nach vorn und auf den Grünstreifen neben der Fahrbahn, obwohl mein Fuß noch fest auf dem Bremspedal stand. Gleichzeitig öffnete sich mit einem Knall der Airbag vor mir, ein weißes Pulver entwich wie eine Rauchwolke.

Dann hörte ich von hinten irgendwo einen dumpfen Aufprall. Noch ein Zusammenstoß, aber nicht mit uns, der Volvo hatte sich nicht mehr bewegt.

»Sophie, Sophie«, rief ich besorgt, kämpfte mit meinem Gurt und drehte mich auf dem Sitz um. »Alles in Ordnung?«

»Ja, Ned, nichts passiert«, kam es fast ruhig von hinten. »Ist es vorbei?«

»Ja, mein Schatz, es ist vorbei.«

Aber genau wusste ich das nicht. Vom Auto aus konnte ich den silbernen Hatchback nicht mal sehen, geschweige denn erkennen, wie es um seinen Fahrer stand.

»Kannst du mich dann bitte losbinden?«, fragte sie. »Das tut verdammt weh.« Sie hörte sich immer noch erstaunlich gefasst an.

Die Fahrertür ging nicht auf, und ich geriet leicht in Panik, da ich Benzin roch. In einem brennenden Auto eingesperrt zu sein, das hätte noch gefehlt.

So sehr ich die Tür auch bearbeitete, sie war durch den Zusammenstoß blockiert und ging nicht auf. Die Fenster ließen sich elektrisch öffnen, aber ich dachte nicht daran, den Wagen anzulassen, wenn Benzin auslief. Ich kletterte über die Armlehne, die Beifahrertür ließ sich zum Glück ohne weiteres öffnen. Ich stieg aus und trat auf den Grünstreifen.

»Alles in Ordnung, Mann?«, rief jemand hinter mir.

»Ja, danke.« Ich drehte mich um und wies auf das zertrümmerte Etwas rund zehn Meter hinter dem Volvo, das einmal der silberne Hatchback gewesen war. »Was ist mit ihm?«

»Sieht leider nicht gut aus«, sagte der Mann. »Ich habe den Rettungswagen und die Polizei gerufen.«

Ich sah mich um. Die Straße war völlig verstopft, und in

beiden Richtungen wuchs der Stau. Die Leute strömten aus den Wagen, um mehr von dem Unfall zu sehen. Es kümmerte mich kaum.

Ich zerrte wie verrückt an der linken hinteren Tür, aber da ich sie nicht aufbekam, stieg ich wieder vorn ein, kniete mich auf den Beifahrersitz und schaute nach Sophie.

Sie lag eingeklemmt auf dem Boden, die Hände immer noch mit der Plastikschnur gefesselt. Ich brauchte eine Schere oder ein Messer, um sie zu befreien. Flüchtig dachte ich an Kippers Messer, aber das jetzt holen zu gehen schien mir keine so gute Idee. Ich musste Sophie schleunigst losmachen, und zwar noch bevor irgendein Neugieriger fragte, wieso ich eine gefesselte Frau im Fond hatte.

Irgendwo bei unseren Buchmachersachen lag eine Schere. Wenn es windig war, befestigten wir die Quotenanzeige mit Gewebeband am Ständer des Sonnenschirms, und das ließ sich nur schneiden, nicht reißen.

Ich sah auf den Kofferraum des Kombis. Unser in Bangor ordentlich verstautes Inventar lag jetzt wild durcheinander. Die Hecktür mit den Scharnieren oben war völlig verbeult, die Heckscheibe erstaunlicherweise aber noch ganz. Ich rutschte auf dem Bauch über die Lehne des Beifahrersitzes und über den Rücksitz zum Kofferraum. Im zweiten Karton fand ich die Schere.

Bald hatte ich Sophie losgeschnitten und heil aus dem Wagen bugsiert. Ich setzte sie am Straßenrand ins Gras und bat sie zu warten.

»Lass mich bitte nicht hier zurück, Ned«, flehte sie.

Liebevoll sah ich auf meine geschundene, malträtierte und verängstigte Frau. »Das werde ich ganz bestimmt nicht tun«, sagte ich und küsste sie auf die Stirn. »Ich bin gleich wieder da.«

Auf der Straße wimmelte es von Leuten, die aus ihren Autos gestiegen waren. Ich ging um meinen Volvo herum, um mir den Schaden anzusehen. Es hatte ihn ziemlich erwischt, die rechte hintere Seite war völlig eingedrückt. Das rechte Hinterrad stand im falschen Winkel, der Reifen war geplatzt, und aus dem kaputten Tank tropfte immer noch Benzin. Aber er sah nicht halb so schlimm aus wie der nahezu völlig zerstörte silberne Hatchback.

Anscheinend war Kippers Wagen nicht nur mit meinem Volvo-Panzer kollidiert, sondern auch noch mit dem entgegenkommenden Verkehr, da ihn die Wucht des ersten Zusammenstoßes auf die falsche Fahrbahn befördert hatte, direkt vor den Sattelschlepper.

Dessen Fahrer lief reichlich benommen zwischen den Leuten umher. »Ich hatte keine Chance«, sagte er immer wieder. »Der Wagen kam quer über die Fahrbahn. Ich hatte keine Chance.«

Und Fies-Auge Kipper auch nicht. Der Schlepper war direkt in die Fahrerseite des Hatchback gedonnert und hatte den ganzen Wagen fast bis zur Unkenntlichkeit zermalmt. Ein paar Männer beugten sich durch die zertrümmerten Fenster, um dem Fahrer zu helfen. Von weitem hörte ich Sirenen näher kommen.

Wieder war eine Verfolgungsjagd à la James Bond zu Ende, und diesmal wäre ›M‹ vielleicht sogar stolz auf mich gewesen. Ich war nur durchgerüttelt, nicht erschüttert.

Aber mit einem Mal wurde mir ganz flau. Dies war die Wirklichkeit, kein Agentenfilm.

Sophie und ich saßen eine ganze Zeitlang nebeneinander auf dem Grünstreifen, während Feuerwehrleute, Polizei und Rettungssanitäter mit vereinten Kräften versuchten, Kipper aus den verbogenen Trümmern seines Wagens zu bergen.

Mich wunderte, dass er überhaupt noch lebte, aber viel Leben war offenbar nicht mehr in ihm. Die Rettungsleute bemühten sich, ihm das wenige zu erhalten.

Ich wünschte, sie würden sich die Mühe sparen.

Sophie und ich waren von einem Rettungsassistenten als unverletzt eingestuft worden, bevor man uns in rote Ambulanzdecken wickelte und zu warten bat.

Wir warteten.

Schließlich landete ein gelb-schwarzer Hubschrauber in dem Kornfeld an der Straße, und ein Arzt in leuchtend orangefarbener Fliegermontur kam zu uns und fragte, ob mit uns alles in Ordnung sei.

»Ja«, sagten wir wie aus einem Mund. Er ging zu den Leuten am Hatchback hinüber.

Sophie ergriff meine Hand. »Mit uns ist wirklich alles okay, Ned, oder?«

»Ja«, sagte ich überzeugt. »Mit uns ist alles okay.«

Epilog

Sechs Monate später flogen Sophie und ich nach Australien, um meine Schwestern zu suchen, während mein mit allen amtlichen Papieren ausgestatteter, rechtmäßiger neuer Geschäftspartner Luca und sein hauptamtlicher junger Gehilfe Douglas Masters unser blühendes Geschäft zu Hause ohne mich führten.

»Lass dir ruhig Zeit«, hatte Luca am Tag vor meiner Abreise gesagt. »Duggie und ich schaukeln das schon. Und Millie hilft auch, wenn sie kann.« Millie war offenbar mit Luca zusammengezogen, und bis jetzt hatte ihre Schwester Betsy sie deswegen noch nicht umgebracht.

Seit jenem glorreichen Julimontag beim Pferderennen in Bangor-on-Dee ging ich mit neuer Energie und Begeisterung meiner Arbeit nach. Die Buchmacherei machte wieder Spaß, nicht zuletzt weil im Gegensatz zu früher Sophie oft mit von der Partie war, mit mir zusammen Gewinne auszahlte und mit den Leuten plänkelte. Das hatte sie offensichtlich von Duggie gelernt.

Eigentlich war es Sophies Idee gewesen, nach Australien zu fahren, aber ich hatte mich darauf gestürzt.

Nach der Sache mit Kipper und dem Autounfall hatte sie verständlicherweise einige Probleme gehabt. Damals hatte ich über ihre Ruhe gestaunt, aber den Ärzten zufolge rührte die Ruhe daher, dass sie den Stress zurückgedrängt und buchstäblich einen Teil ihrer Gefühle abgeschaltet hatte. Erst hinterher äußerten sich die Furcht und die Panik in einer körperlichen Reaktion. Vier Tage später hatte sie nachts hoffnungslos zitternd und schweißgebadet im Bett gelegen. Das war für uns beide sehr beängstigend, und der Krankenwagen hatte sie sofort wieder zur Behandlung nach Hemel Hempstead gebracht.

Glücklicherweise war der Panikanfall nur von kurzer Dauer, und sie konnte bald wieder nach Hause zurückkehren, wenn auch erst nach einer weiteren umfassenden Einschätzung ihres Zustands. Seitdem ging es ihr, von ein, zwei kleinen Rückschlägen abgesehen, wirklich gut. Einmal hatte sich das Hustenmittel, das sie wegen einer schlimmen Erkältung einnahm, nicht mit ihren Antidepressiva vertragen, und sie hatte ein bisschen gewackelt. Ich kam stocknüchtern von der Rennbahn nach Hause, und sie hielt mir vor, ich sei betrunken. Das war immer das erste Anzeichen, und es verschwand immer zuletzt. Die ganze Nacht blieb ich auf und wartete auf den Rückfall, doch am Morgen ging es ihr dann wieder gut. Die neuen Medikamente schlugen wirklich an, und so konnten wir beide hoffen und für die Zukunft planen.

Über die Monate erzählte ich ihr nach und nach die ganze Geschichte jener drei Wochen von Ende Juni bis Anfang Juli. Ich erzählte ihr in allen Einzelheiten von der Ermordung meines Vaters, vom Fund des Rucksacks und seines verborgenen Inhalts. Ich erzählte ihr von Mr. John Smith und dem Mikrocoder, von seinem Einbruch bei uns und wie ich ihm das Handgelenk gebrochen hatte. Ich erzählte ihr sogar von Lucas und Larrys kleinen Tricksereien mit den Handys und dem Internet in Ascot und meiner Rache für den Überfall der beiden Wettbüro-Gorillas auf mich in Kempton.

Ein paarmal schimpfte sie mit mir, weil ich nicht gleich zur Polizei gegangen war, und sie war mit gutem Grund richtig sauer darüber, dass ich mich selbst und sie derart in Gefahr gebracht und einem Mörder ausgeliefert hatte.

Ich erklärte ihr, dass ich den zuständigen Kriminalbeamten nicht leiden konnte, aber sie meinte zu Recht, dass persönliche Erwägungen da keine Rolle hätten spielen dürfen. Das taten sie aber nun einmal. Chefinspektor Llewellyns schlechte Meinung von der Buchmacherzunft allgemein und besonders von mir hatte sein Urteil genauso getrübt wie umgekehrt meine Abneigung gegen ihn. Selbst als alles vorbei war, mochte er immer noch nicht ganz wahrhaben, dass ich mit der Ermordung meines Vaters nichts zu tun hatte.

Ich war am Tag nach dem Autounfall bei ihm gewesen, im Präsidium der Thames Valley Police in der Nähe von Oxford. Er sagte mir, der mir als Kipper bekannte Fahrer des silbernen Hatchback, jetzt ordnungsgemäß identifiziert als Mr. Mervyn Williams, habe tatsächlich überlebt, sein Zustand sei aber nach wie vor kritisch und man habe ihn nach Bristol auf eine Spezialstation für Kopfverletzungen in der Frenchday-Klinik verlegt. Der Polizei am Unfallort zufolge sei er nicht angeschnallt gewesen.

»Das war kein Unfall«, sagte ich rundheraus. »Der Mann wollte mich von der Straße drängen, und ich hatte lediglich Glück, dass der Sattelschlepper ihn und nicht mich erwischt hat.« Ich sah davon ab, dem Inspektor zu erzählen, dass ich mit meiner brüsken Notbremsung selbst den Zusammenstoß herbeigeführt hatte.

»Aber wieso denn?«, fragte er.

»Weil ich glaube, dass er der Mörder meines Vaters ist. Er wollte wohl auch mich umbringen, um mich als Zeugen loszuwerden.«

»Wieso glauben Sie, dass er der Mörder Ihres Vaters ist?«, fragte er.

»Ich meine ihn erkannt zu haben, als er mich irgendwann überholen wollte.«

»Das ist ja interessant«, sagte der Chefinspektor und griff nach dem Telefon auf seinem Schreibtisch.

Mervyn Williams, so erfuhr ich nur eine Woche später bei einem zweiten Treffen mit dem Chefinspektor, war zugelassener Tierarzt, kam aus Chepstow in Südwales und lebte seit zehn Jahren in Newbury, wo er als Sachverständiger für den britischen Tierschutzverband tätig war. Bei der polizeilichen Durchsuchung seines Hauses war ein schwarz-roter Rucksack gefunden worden, an dem noch der Gepäckanhänger mit dem Namen GRADY hing. Das Ergebnis der DNA-Analyse der Blutspuren am Ärmel eines dunkelgrauen Kapuzenshirts aus Mr. Williams' Kleiderschrank, das meiner Beschreibung der Jacke des Angreifers von Ascot entsprach, wurde mit Spannung erwartet. Und als man die Trümmer des silbernen Hatchback durchsuchte, war auch ein Küchenmesser gefunden worden, von dem die tödlichen Bauchverletzungen meines Vaters stammen konnten.

Ob sie die Fernbedienung für meinen Fernseher in der Küche ebenfalls gefunden hatten, fragte ich den Chefinspektor lieber nicht, obwohl ich das Ding schwer vermisste.

»Und was passiert jetzt?«, fragte ich stattdessen.

»Das hängt davon ab, ob und inwieweit Mr. Williams wieder gesund wird«, antwortete der Chefinspektor. »Er ist formal wegen Mordverdacht verhaftet worden, aber die Ärzte sagen, er hat schwere Gehirnschäden, so dass er wahrscheinlich nie verhandlungsfähig sein wird, auch wenn er überlebt.«

»Und was bedeutet das?«

»Wenn er nicht verhandlungsfähig ist, gibt es kein direktes Strafverfahren. Es kommt dann zu einem sogenannten Tatsachenprozess, bei dem eine Jury nach Vorlage der Beweise entscheidet, ob er es war oder nicht. Aber natürlich gibt es keinen Schuldspruch oder Freispruch und keine Strafe.«

»Was würde dann mit Mervyn Williams passieren?«

»Bei Verhandlungsunfähigkeit wäre er praktisch ein freier Mann, aber sollte er so weit gesunden, dass er wieder verhandlungsfähig würde, könnte er immer noch wegen Mordes belangt werden. Es bestehen kaum Zweifel, dass er der Täter war, und der DNA-Abgleich sollte es beweisen. Ihr Phantombild war erstaunlich genau, wenn man bedenkt, dass Sie den Mann nur eine oder zwei Sekunden lang auf dem Parkplatz in Ascot gesehen haben, und dann auch noch mit Kapuze.«

Ich hatte ihm vorenthalten, dass der flüchtige Blick in Ascot nicht die einzige Gelegenheit war, bei der ich den Mann gesehen hatte.

Der Chefinspektor zeigte mir ein Foto von Mr. Mervyn Williams, das die Polizei aus seinem Haus mitgenommen hatte. Ich sah mir noch einmal den Mann an, den ich nur als Fies-Auge Kipper kannte, Kipper, dessen Augen zu dicht zusammenstanden und der mir zuletzt ins Gesicht gelacht hatte, als er mich auf der Straße nach Leek Wooton zu überholen versuchte.

»Das war's dann?«, fragte ich.

»Einstweilen ja«, antwortete der Chefinspektor vorsichtig. »Allerdings werde ich einfach das Gefühl nicht los, dass Sie mir nicht die ganze Wahrheit gesagt haben.«

Wahrscheinlich war er im Grunde ein recht guter Kriminalbeamter.

Dank Henry Richard Feldman und seiner großzügigen Spende von beinah sechshunderttausend Pfund flogen Sophie und ich Business Class in einem Jumbo Jet der British Airways von London nach Sydney und tranken dabei erlesenen Champagner.

Es hatte ein Weilchen gedauert, bis Tony Bateman (Pferdewetten) Ltd den jugendlichen Straftätern ihre Gewinne auszahlte, aber nach gutem Zureden seitens der Muttergesellschaft HRF Holdings hatte man schließlich ein Einsehen.

Nur zwei von den dreißig hatten die zweihundert Pfund Einsatz eingesteckt, statt die Wette abzuschließen. Sie bereuten jetzt ihren viertausendachthundert Pfund teuren Fehler und brauchten für den Spott der anderen achtundzwanzig nicht zu sorgen.

Duggie und Luca hatten einen Teil ihres Gewinns in neue Geräte für den Elektronikclub investiert und ich ein paar tausend Pfund von meinem in bequemere Stühle für den großen Salon der Nervenklinik.

Für alle Fälle.

Die Quelle unseres Reichtums, das Pferd Oriental Suite, das jetzt als Cricket Hero lief, war noch zweimal in Bangor-on-Dee angetreten und hatte beide Male mühelos gesiegt, allerdings zu viel niedrigeren Quoten als den märchenhaften hundert zu eins vom Juli. Sein Trainer Miles Carpenter, der mir auch als Paddy Murphy bekannt war, hatte in einem Fernsehinterview die Hoffnung geäußert, das Pferd möge beim Cheltenham Steeplechase Festival im kommenden März siegen.

Berichten der *Racing Post* von Anfang Dezember zufolge hatte Cricket Hero beim Training daheim jedoch einen schweren Herzanfall erlitten und war tot umgefallen. »So kann's gehen«, schrieb das Blatt. »Im Rennsport passiert das leider allzu oft.«

Ich fragte mich derweil, ob wirklich dieses Pferd gestorben war, ob Pingpongbälle dabei im Spiel gewesen waren und ob es für ein kleines Vermögen versichert gewesen war.

Sophie und ich landeten um sechs Uhr früh an einem herrlichen Südsommertag in Sydney, als eben die Sonne am östlichen Horizont hervorschaute. Im Anflug von Norden hatte man einen wundervollen Blick auf die Stadt mit der Sydney Harbour Bridge, die ein vom Wasser gespiegeltes erstes Lichtband in die Dunkelheit webte.

Ich war so aufgeregt.

Australien hatte ich schon immer sehen wollen, schon bevor ich wusste, dass mein Vater dort gelebt hatte. Irgendwie stellte es für mich immer noch die letzte Etappe in der Eroberung des Erdballs durch den Menschen dar, wenn auch die Aborigines das sicher etwas anders sahen.

Seit wir in der Luft waren, hatte ich in meinen Reiseführrern gelesen, und bei der Ankunft in Sydney war ich gewissermaßen Fachmann für alles Australische.

Von Europäern wurde der australische Kontinent erstmals 1606 gesichtet, als William Shakespeare in London seine Stücke aufführte und Kolumbus' Entdeckung Amerikas schon über hundert Jahre zurücklag. Die ersten Siedler trafen zusammen mit den ersten Strafgefangenen erst knapp zwei Jahrhunderte später ein, als die Strafkolonie an der Botany Bay errichtet wurde – zwölf Jahre nachdem die Vereinigten Staaten ihre Unabhängigkeit von Großbritannien verkündet hatten.

Nach europäischen Maßstäben ist Australien riesig und immer noch weitgehend leer. Seine Fläche ist fast doppelt so groß wie die Europäische Union, die aber zwanzigmal mehr Bewohner hat. Wäre Australien gleichmäßig besiedelt, kämen nur drei Bewohner auf den Quadratkilometer, während es in England fast vierhundert wären.

Meinen Reiseführern zufolge sind die Australier jedoch nicht gleichmäßig verteilt, neunzig Prozent leben in den großen Küstenstädten. Das Landesinnere besteht zu einem großen Teil aus unwirtlicher, unbewohnter Wüste mit so originellen Namen wie Große Sandwüste und Kleine Sandwüste. Weite Teile des Staates Queensland im Nordosten sind dagegen von tropischem Regenwald bedeckt.

Für mich war es ein Land von verblüffender geographischer Vielfalt. Wobei man bedenken muss, dass sich Australien in Nordsüdrichtung vom Äquator bis halbwegs zur Antarktis erstreckt und seine Ausdehnung von Ost nach West der Entfernung New York–Los Angeles entspricht.

Wie sollte ich in diesem Riesenland jemals meine Schwestern finden?

Sophie und ich hatten vor, die ersten paar Tage in Sydney zu bleiben, uns vom Jetlag zu erholen und das Gleiche zu tun wie alle anderen Touristen.

Dank Tony Bateman wohnten wir in einem herrlichen Fünfsternehotel mit Blick über den belebten Hafen. Ich hätte immer nur am Fenster sitzen und den grünen und gelben Hafenfähren zuschauen können, die am Circular Quay an- und ablegten, aber Sophie wollte überallhin laufen und alles anschauen.

Als Erstes stiegen wir die Stufen zur Oper hinauf und bewunderten die berühmten Dachmuscheln. Dann wanderten wir durch den botanischen Garten und rasteten auf Mrs. Macquarie's Chair, einem Aussichtspunkt, den die Sträflinge 1816 aus dem Fels gehauen haben. Er bietet einen großartigen Blick auf Sydneys Hafen, und der Legende nach saß Mrs. Macquarie, die Frau des Gouverneurs, dort oft stundenlang und sehnte sich danach, an Bord eines der auslaufenden Schiffe nach England heimzukehren.

Nach drei Tagen Hardcore-Tourismus inklusive Aufstieg zum höchsten Punkt der Harbour Bridge waren Sophie und ich erschöpft, und unsere wunden Füße freuten sich, dass sie eine Stunde ruhen durften, als wir nach Melbourne flogen.

Vor der Abreise aus England hatte ich übers Internet einen Privatdetektiv für die Suche nach meinen Schwestern engagiert, und der erwartete uns in Melbourne am Flughafen.

»Lachlan Harris?«, fragte ich den jungen Mann mit dem TALBOT-Schild an der Gepäckausgabe.

»Genau der«, erwiderte er. »Aber sagen Sie Lachie zu mir.« Er war klein, um die dreißig, hatte ein sonnengebräuntes Gesicht und hellbraune, blond gesträhnte Stachelhaare.

»Ned Talbot.« Ich gab ihm die Hand. »Und das ist meine Frau Sophie.«

»Tag«, sagte er australisch knapp. Auch ihr gab er die Hand. »Freut mich, Sie beide kennenzulernen.«

»Irgendwas Neues?«, fragte ich gespannt. Von Sydney aus hatte ich ihn bewusst nicht angerufen, sosehr es mir auch manchmal unter den Nägeln gebrannt hatte.

»Ja«, sagte er. »Sogar richtig gute Neuigkeiten habe ich für Sie. Erst wollen wir aber mal runter vom Flughafen. Ich bringe Sie zum Haus Ihres Vaters.« Und damit schnappte er sich unser Gepäck und wandte sich zum Ausgang. Wir folgten ihm, aber eine kurze Erklärung hätte ich schon gern bekommen.

»Alles zu seiner Zeit«, meinte er, als wir in seinem Wagen saßen und den Flughafen verließen.

»Aber was sind das denn für Neuigkeiten?«, fragte ich ihn noch einmal.

»Ich habe die beiden Töchter von Mr. Alan Grady gefunden«, sagte er.

»Meine Schwestern«, sagte ich, aufgeregt wie ein Kind vor der Weihnachtsbescherung.

»Ja«, sagte er. »Ihre Schwestern.« Dabei beließ er es.

»Und?«, fasste ich nach. »Wann kann ich sie treffen?«

»Da gibt es ein kleines Problem«, sagte er.

»Welches?«

»Die beiden glauben nicht, dass Sie ihr Bruder sind.«

»Was?«, rief ich aus. Damit hatte ich nun gar nicht gerechnet. »Wieso denn das?«

»Weil sie Papiere haben, aus denen hervorgeht, dass ihr Vater Alan Charles Grady im März 1948 in Melbourne geboren ist. Das habe ich beim Staatsarchiv von Victoria überprüft«, sagte Lachie. »Alan Charles Grady wurde tatsächlich am 15. März 1948 im Royal Melbourne Hospital geboren. Ich habe eine Kopie seiner Geburtsurkunde.« Er zog ein gefaltetes Blatt Papier aus der Jackentasche und reichte es mir.

Mr. John Smith, oder wie immer er hieß, hatte mir auf der Fahrt nach Stratford in meinem Wagen gesagt, die Alan-Grady-Geburtsurkunde meines Vaters sei echt, aber ich hatte ihm nicht recht geglaubt.

»Das muss eine Fälschung sein«, sagte ich. »Oder mein Vater hat die Identität des echten Alan Grady gestohlen.«

»Ich habe im Sterberegister nachgesehen«, erwiderte Lachie. »Kein Alan Charles Grady mit diesem Geburtsdatum ist als gestorben verzeichnet.«

»Vielleicht ist er außerhalb Australiens gestorben«, sagte ich. »Vielleicht auf dem Schiff, auf dem mein Vater gearbeitet hat.«

Ich sah mir die Geburtsurkunde an. Beide Eltern von Alan Grady waren namentlich aufgeführt, mitsamt Adresse und Beruf.

»Was ist mit den Eltern auf der Urkunde?«

»Tot«, sagte Lachie. »Hab ich überprüft. Anscheinend sind beide an der Schweinegrippe gestorben, die 1976 in Melbourne grassierte. Da waren sie schon recht alt, über siebzig. Sie waren nämlich nicht mehr die Jüngsten, als ihr Sohn zur Welt kam.«

»Hatten sie noch andere Kinder?«, fragte ich ihn.

»Soweit ich feststellen konnte, nicht.«

»Und was heißt das nun für mich?«, fragte ich ziemlich enttäuscht.

»Ich habe ja nicht gesagt, dass sich die Grady-Töchter nicht mit Ihnen treffen wollen«, antwortete er. »Nur, dass sie nicht glauben, dass Sie ihr Bruder sind.«

»Ach so«, sagte ich. »Dann ist es ja gut. Ich werde sie eben überzeugen müssen.«

Lachie Harris fuhr Sophie und mich zur Macpherson Street in Carlton North und hielt vor der Nummer 312.

Es war ein eingeschossiges Reihenhaus auf halber Höhe der Straße, mit Veranda und kunstvoll geschmiedetem Geländer wie alle anderen.

»Viktorianisch«, sagte Lachie. »Die Epoche meine ich, nicht den Bundesstaat.« Er lachte über seinen kleinen Scherz. »Wir nennen diesen Häusertyp Boom Houses, weil sie im Wirtschaftsboom des neunzehnten Jahrhunderts gebaut wurden. Nach dem Goldrausch der 1850er Jahre.«

»Sie sind sehr hübsch«, meinte Sophie. »Aber es muss dunkel drin sein.«

Die Reihenhäuser waren lang und schmal und hatten naturgemäß keine Fenster an den Seiten.

»Können wir mal reinschauen?«, fragte ich. »Ich habe die Schlüssel.« Ich zeigte ihm den Ring mit den drei Schlüsseln aus dem Rucksack meines Vaters.

»Hm«, meinte Lachie entschuldigend. »Das wird leider nicht gehen.«

»Wieso nicht?«, fragte ich. »Ich bin sein Sohn.«

»Seine Töchter haben Ihnen per Unterlassungsverfügung verbieten lassen, das Haus zu betreten.«

»Sie haben was?« Ich war verblüfft.

»Tut mir leid«, sagte Lachie. »Diese Häuser sind heutzutage ziemlich wertvoll, und die Grady-Töchter neigen zu der Annahme, dass Sie nur hier sind, um ihnen ihr Erbe streitig zu machen.«

Ich saß da mit offenem Mund.

»Mir geht's nicht um Geld«, sagte ich verärgert. »Mir geht's um Familie.«

»Trotzdem«, meinte Lachie. »Juristisch wird das Ganze eine üble Angelegenheit. Alan Grady hat ein Testament hinterlassen, und wo ein Testament ist, gibt's bekanntlich unzufriedene Verwandtschaft.« Wieder lachte er.

»Wo ist das Problem, wenn ein Testament vorliegt?«, fragte ich. »Er wird eh alles seinen Töchtern vermacht haben.«

»Das Testament lautet auf den Namen Alan Charles Grady«, sagte Lachie, »und der ist laut dem hiesigen Registeramt nicht tot. Sie wiederum behaupten, der Eigentümer des Hauses sei Ihr Vater gewesen, der inzwischen verstorbene Peter James Talbot, aber so steht es nicht im Grundbuch.«

Jetzt lachte ich selber. Bei meinem Vater war nichts so, wie es schien.

»Können wir nicht schnell mal einen Blick reinwerfen?«, fragte ich. »Das erfährt doch niemand.«

»Das geht leider nicht«, sagte er. »Die Schlüssel passen ja vielleicht für die Haustür, aber die Vorhängeschlösser, die das Gericht angebracht hat, kriegen Sie damit nicht auf.«

»Ach so«, meinte ich und blickte zum Haus, aber es war zu dunkel, um hinter all dem Gitterwerk die Eingangstür richtig zu sehen.

Die Aufregung, die ich bei meiner Ankunft in Australien empfunden hatte, war völlig verflogen. Ich war geknickt und ratlos. »Wie geht's denn jetzt weiter?«, fragte ich unglücklich.

»Mit der angenehmen Seite«, sagte er. »Die Grady-Töchter wollen sich ja mit Ihnen treffen, und ich habe das Treffen für morgen angesetzt. Morgen ist Australia Day, und wir fahren zur Rennbahn.«

»Zum Pferderennen?«, fragte ich.

»Ja, natürlich. Ich habe mit ihnen vereinbart, dass wir uns morgen auf der Rennbahn am Hanging Rock treffen.«

»Sind sie verheiratet?«, fragte ich neugierig. »Haben sie Kinder?«

»Unverheiratet«, sagte Lachie. »Kinder – da bin ich überfragt, aber ich glaube nicht.«

»Sind am Hanging Rock nicht irgendwelche Schülerinnen verschwunden?«, fragte Sophie. »Während eines Picknicks?«

»Das war ein Film«, antwortete Lachie. »Keine wahre Begebenheit.«

»Wie heißen sie?«, fragte ich.

»Wer, die Mädchen im Film?«, fragte Lachie.

»Quatsch, die Grady-Töchter.«

»Patricia und Shannon. Patricia ist die ältere. Sie ist neunundzwanzig. Shannon ist zwei Jahre jünger.«

Ich war total verblüfft. Offenbar hatte mein schwer verleumdeter, aber unschuldiger Vater seine erste australische Tochter nach seiner ermordeten englischen Frau genannt.

Lachie holte Sophie und mich am nächsten Morgen um elf an unserem Hotel ab und fuhr uns zur Rennbahn am Hanging Rock anderthalb Stunden nordwestlich der Stadt.

»Wir haben einen trockenen Sommer«, meinte Lachie, als wir Kilometer um Kilometer an braun verdorrtem Ackerland vorbeifuhren. »Zurzeit besteht akute Buschfeuergefahr. Mich wundert eigentlich, dass das Pferderennen am Hanging Rock überhaupt stattfindet. Voriges Jahr ging ihnen das Wasser aus, und sie mussten die Austragung nach Kyneton verlegen.«

»Warum treffen wir uns ausgerechnet dort mit meinen Schwestern?«, fragte ich.

»Sie wohnen da oben.« Ein einleuchtender Grund.

»Wie viele Rennen gibt es da jährlich?«, fragte ich ihn.

»Am Hanging Rock?«

Ich nickte.

»Nur zwei Meetings. Eins an Neujahr, und eins am Australia Day. Ländlich eben. Ziemlich klein. Kein Vergleich mit Flemington.« In Flemington wurde alljährlich im November der Melbourne Cup ausgetragen.

Die Rennbahn am Hanging Rock war in der Tat kein Flemington und auch kein Ascot. Aber es ging bunt und lebhaft zu, weil viele Leute den australischen Nationalfeiertag hier verbrachten. Statt fester Bauten gab es vorwiegend Festzelte und wie in Bangor-on-Dee keine Tribüne; die Rennen konnte man vom angrenzenden Hügel aus verfolgen.

Die Rennbahn gehörte zum Freizeitpark Hanging Rock, und wie der Name nahelegt, beherrschte ein hundertfünfzig Meter hohes, teils überhängendes vulkanisches Felsmassiv die Kulisse. Im Gegensatz zu Leicester standen hier Bäume in der Bahnmitte. Viele Bäume. Eukalyptusbäume, die mitunter die Pferde auf der anderen Seite für die Zuschauer unsichtbar machten.

Und für die Rennleitung, dachte ich.

Insgesamt war es eine schöne Anlage, mit großen Ulmen, die den Wettern Schatten spendeten, wenn diese sich um die Buchmacher scharten wie die sprichwörtlichen Motten ums Licht. Gezockt wurde auf beiden Seiten des Globus.

Lachie hatte dem Rennverein Hanging Rock offensichtlich irgendein Märchen erzählt, denn am Eingang begrüßte uns ein kleines Empfangskomitee.

»Willkommen auf der Rennbahn Hanging Rock«, sagte der Vereinsvorsitzende Anthony und gab mir die Hand. »Wir freuen uns immer, wenn uns ein Rennsportliebhaber aus England besucht.«

»Danke«, sagte ich und kam mir ein wenig wie ein Betrüger vor.

In einem der Festzelte gab es sogar ein Mittagessen für uns drei.

»Was haben Sie denen bloß erzählt?«, fragte ich Lachlan in einem unbeobachteten Augenblick.

»Dass Sie einer der größten Buchmacher Englands sind und mit dem Gedanken spielen, sich auch hier niederzulassen.« Er grinste breit. »Hat uns immerhin einen kostenlosen Lunch eingebracht.«

»Und meine Schwestern?«, fragte ich.

»Sie kommen später«, sagte er. »Die konnte ich ja nicht auch noch umsonst bewirten lassen, oder?«

Das Essen selbst war vorzüglich und hätte es mit jedem Menü in Ascot aufnehmen können. Es spielte sogar eine

Country-und-Western-Band mit dem für dieses Land der Giftschlangen passenden Namen »Original Snakeskins«, die musizierend durch die Zelte wanderte und das fröhliche Publikum unterhielt.

Wir waren an einem Zehnertisch, zusammen mit den Vereinshonoratioren und dem Vorsitzenden, der auf der anderen Seite von Sophie saß. Ich wiederum hatte einen Funktionär der australischen Rennsportbehörde neben mir, der, wie ich im Lauf des Essens erfuhr, ihren Sicherheitsdienst leitete.

»Ich hätte nicht gedacht, dass am harmlosen Hanging Rock die Anwesenheit des Oberspürhunds erforderlich ist«, sagte ich lächelnd.

»Da haben Sie hoffentlich recht«, erwiderte er. »Aber ich habe ganz in der Nähe in Woodend ein Ferienhaus, bin hier also heimisch. Und heute arbeite ich nicht. Ich bin rein zum Vergnügen hier.« Er griff zu seinem Bier und trank einen Schluck.

»Urlaub am Arbeitsplatz sozusagen?«, fragte ich.

»Genau.«

Wir aßen eine Weile schweigend.

»Gibt es auch Undercoverleute in Ihrem Sicherheitsdienst?«, fragte ich ihn leise, als die anderen am Tisch in Gespräche vertieft waren. »Verdeckte Ermittler?«

»Ein paar«, sagte er und trank sein Bier aus, statt näher darauf einzugehen.

»Auch einen Engländer?«, fragte ich. »Einen gewissen John Smith?«

Jetzt lächelte er mich an. »Engländer namens John Smith gibt es ja nun viele, Mr. Talbot.«

»Der, den ich meine, hat sich hauptsächlich für einen sogenannten Mikrocoder interessiert.«

Das Lächeln verschwand aus seinem Gesicht, aber nur für einen Augenblick.

»Noch jemand ein Bier?«, fragte er plötzlich und stand mit seinem leeren Glas vom Tisch auf.

»Gute Idee«, sagte ich und erhob mich ebenfalls.

Wir gingen zusammen zum Tresen am Ende des Zelts und ließen die anderen am Tisch zurück.

»Was wissen Sie von einem Mikrocoder?«, fragte er mich eindringlich. Schluss mit dem Urlaub. Jetzt arbeitete er wieder.

»Dass man damit Identitäts-Chips fälschen kann.«

»O Gott«, sagte er sichtlich beunruhigt. »Wissen Sie, wo er ist?«

»Jetzt nicht mehr«, antwortete ich. »Ich hatte ihn in England, aber ich habe ihn Mr. John Smith gegeben.«

Ich sah dem Sicherheitschef der australischen Rennsportbehörde an, dass ihm das ganz und gar nicht gefiel. Kein bisschen. »Warum denn, um Himmels willen?«

»Weil er mir gesagt hat, er arbeitet für Sie«, verteidigte ich mich. »Aber er hat mir auch gesagt, Sie würden das abstreiten.«

»Und ob ich das abstreite«, sagte der Sicherheitsmann. »Wenn er derjenige ist, an den ich denke, dann hat er mal für uns gearbeitet. Jedenfalls glaubten wir das, bis uns vor etwa einem Jahr der Verdacht kam, dass er sein Amt missbraucht, indem er nur gegen Leute ermittelt, die ihn nicht ordentlich bezahlen, damit er's bleiben lässt. Wir hätten wahrscheinlich nicht genug Stichhaltiges zusammenbekommen, um ihm den Prozess zu machen, aber entlassen haben wir ihn trotzdem – und wir haben ihn von allen australischen Rennbahnen verbannt. Inzwischen hat sich herausgestellt, dass er zu einer Bande gehörte, die mit falschen Identitäts-Chips Pferde vertauscht hat. Dabei sind Pferde getötet worden.«

»Wegen der Versicherungssumme?«, fragte ich.

»Ja«, antwortete er, sichtlich überrascht, dass ich das wusste. »Einige illegale Buchmacher waren auch in den Betrug verwickelt.«

Ich hielt es nicht für angebracht, ihm gerade jetzt zu erzählen, dass mein Vater zu diesen illegalen Buchmachern gehört hatte.

»Wir hegten die Befürchtung, er könnte in Großbritannien die gleiche Masche abziehen«, sagte er. »Und das haben Sie jetzt bestätigt.«

»Wie heißt er mit richtigem Namen?«

Das mochte er mir offenbar nicht sagen. Ermittlung und Geheimhaltung waren sein Metier, und er war einfach eher daran gewöhnt, Auskünfte einzuholen, als sie zu erteilen. »Wir ermitteln noch in der Sache und möchten das Gerät unbedingt finden, ehe es erneut eingesetzt wird.«

»Darauf würde ich pfeifen, wenn ich Sie wäre«, sagte ich.

»Wieso das denn?«, fragte er etwas ungehalten.

»Der Mikrocoder funktioniert nicht mehr.« Ich lächelte ihn an und dachte daran zurück, wie Luca die Schaltkreise mit dem Teppichmesser bearbeitet hatte. »Ich habe ihn vor der Herausgabe ein für alle Mal unbrauchbar gemacht.«

»Und wieso?«, fragte er.

»Weil ich Mr. John Smith nicht ganz getraut habe.«

Der Sicherheitschef der australischen Rennsportbehörde

überlegte kurz und erwiderte dann mein Lächeln. »Oder besser gesagt, Sie haben Mr. Ivan Feldman nicht ganz getraut.«

»Ivan Feldman«, wiederholte ich langsam, als spräche ich zu mir selbst. So hieß Mr. John Smith also in Wirklichkeit. »Ob der wohl mit Henry Richard Feldman von HRF Holdings verwandt ist?«

Es sah mir ganz danach aus. Ein Sohn vielleicht.

Meine Schwestern sollten zum Nachmittagstee zu uns ins Festzelt kommen, und nach dem Lunch ging Lachie sie holen. Bald darauf sah ich ihn am Eingang stehen. Die meisten der Würdenträger waren inzwischen fort, sei es, um den Rennen zuzuschauen, die Sieger zu ehren oder die Kängurus von der Einlaufgeraden zu scheuchen.

Ich winkte Lachie herbei, und mit ihm kamen zwei junge Frauen, beide mit braunem Haar und hohen Wangenknochen, genau wie ich.

Ich brauchte sie nicht davon zu überzeugen, dass ich ihr Bruder war. Sie wussten es beide sofort. Wir sahen uns sehr ähnlich. Uns einander vorzustellen war nicht nötig. Wir schlossen uns einfach in die Arme und weinten.

Schließlich gelang es mir, sie Sophie vorzustellen, der ebenfalls die Tränen über das Gesicht liefen.

»Ned hat sich immer Schwestern gewünscht«, sagte sie zu ihnen und wischte sich die Augen.

Ich brachte vor Rührung kein Wort heraus.

Sophie wandte sich zu mir. »Und bald werden sie auch Tanten sein«, sagte sie unter dicken Freudentränen. »Ich bin nämlich schwanger.«

Buchmacherquoten auf britischen Rennbahnen

Einsatz	Quoten	Gewinn pro £1
	100:1	£100,00
	50:1	£ 50,00
	33:1	£ 33,00
	20:1	£ 20,00
	15:1	£ 15,00
	12:1	£ 12,00
	10:1	£ 10,00
	9:1	£ 9,00
	17:2	£ 8,50
	8:1	£ 8,00
	15:2	£ 7,50
	7:1	£ 7,00
	13:2	£ 6,50
	6:1	£ 6,00
	11:2	£ 5,50
	5:1	£ 5,00
über pari	9:2	£ 4,50
	4:1	£ 4,00
	7:2	£ 3,50
	100:30	£ 3,33
	3:1	£ 3,00
	11:4	£ 2,75
	5:2	£ 2,50
	9:4	£ 2,25
	85:40	£ 2,12
	2:1	£ 2,00
	15:8	£ 1,88
	7:4	£ 1,75
	13:8	£ 1,63
	6:4	£ 1,50
	11:8	£ 1,38
	5:4	£ 1,25
	6:5	£ 1,20
	11:10	£ 1,10
pari	1:1	£ 1,00
	10:11	£ 0,91
	5:6	£ 0,83
	4:5	£ 0,80
	8:11	£ 0,73
	4:6	£ 0,67
	8:13	£ 0,62
unter pari	4:7	£ 0,57
	8:15	£ 0,53
	1:2	£ 0,50
	4:9	£ 0,44
	2:5	£ 0,40
	1:3	£ 0,33
	1:4	£ 0,25
	1:5	£ 0,20
	1:10	£ 0,10

Dick Francis
im Diogenes Verlag

»Dick Francis schreibt Thriller, die sich aus der breiten Masse hervorheben. Immer wieder überrascht dieser Autor, dessen glänzende Karriere als Jockey durch einen Unfall beendet wurde, durch seine klugen und humorvollen Geschichten, seinen Sinn für Atmosphäre und für zum Teil köstliche Charaktere.«
Margarete von Schwarzkopf/
Norddeutscher Rundfunk, Hamburg

»Jeden der Romane von Dick Francis liest man mit höchst angenehmer Spannung. Wenn das Buch zu Ende ist, muß sofort der nächste Dick Francis her.«
Deutschlandradio, Köln

»Dick Francis ist einer der Großen des zeitgenössischen Kriminalromans.«
Jochen Schmidt/Frankfurter Allgemeine Zeitung

Todsicher
Roman. Aus dem Englischen von Tony Westermayr

Rufmord
Roman. Deutsch von Peter Naujack

Doping
Roman. Deutsch von Malte Krutzsch

Nervensache
Ein Sid-Halley-Roman. Deutsch von Tony Westermayr

Blindflug
Roman. Deutsch von Tony Westermayr

Schnappschuß
Roman. Deutsch von Norbert Wölfl

Hilflos
Roman. Deutsch von Nikolaus Stingl

Peitsche
Roman. Deutsch von Nikolaus Stingl

Rat Race
Roman. Deutsch von Michaela Link

Knochenbruch
Roman. Deutsch von Michaela Link

Gefilmt
Roman. Deutsch von Malte Krutzsch

Schlittenfahrt
Roman. Deutsch von Jobst-Christian Rojahn

Zuschlag
Roman. Deutsch von Ruth Keen

Versteck
Roman. Deutsch von Malte Krutzsch

Gefälscht
Roman. Deutsch von Malte Krutzsch

Risiko
Roman. Deutsch von Michaela Link

Galopp
Roman. Deutsch von Ursula Goldschmidt und Nikolaus Stingl

Handicap
Ein Sid-Halley-Roman. Deutsch von Jobst-Christian Rojahn

Reflex
Roman. Deutsch von Monika Kamper

Fehlstart
Roman. Deutsch von Malte Krutzsch

Banker
Roman. Deutsch von Malte Krutzsch

Gefahr
Roman. Deutsch von Malte Krutzsch

Weinprobe
Roman. Deutsch von Malte Krutzsch

Ausgestochen
Roman. Deutsch von Malte Krutzsch

Festgenagelt
Roman. Deutsch von Malte Krutzsch

Mammon
Roman. Deutsch von Malte Krutzsch

Gegenzug
Roman. Deutsch von Malte Krutzsch

Unbestechlich
Roman. Deutsch von Jobst-Christian Rojahn

Außenseiter
Roman. Deutsch von Gerald Jung

Comeback
Roman. Deutsch von Malte Krutzsch

Sporen
Roman. Deutsch von Malte Krutzsch

Lunte
Roman. Deutsch von Malte Krutzsch

Zügellos
Roman. Deutsch von Malte Krutzsch

Favorit
Ein Sid-Halley-Roman. Deutsch von Malte Krutzsch

Verrechnet
Roman. Deutsch von Malte Krutzsch

Rivalen
Roman. Deutsch von Malte Krutzsch

Winkelzüge
Dreizehn Geschichten. Deutsch von Michaela Link
Daraus drei Geschichten auch als Diogenes Hörbuch erschienen, gelesen von Jochen Striebeck

Hurrikan
Roman. Deutsch von Malte Krutzsch

Scherben
Roman. Deutsch von Malte Krutzsch

Gambling
Ein Sid-Halley-Roman. Deutsch von Malte Krutzsch
Auch als Diogenes Hörbuch erschienen, gelesen von Jochen Striebeck

Außerdem erschienen:

Dick & Felix Francis
Abgebrüht
Roman. Deutsch von Malte Krutzsch

Schikanen
Roman. Deutsch von Malte Krutzsch

Verwettet
Roman. Deutsch von Malte Krutzsch

Rückgabe bis

3.5.11	
8.5.11	
11.9.11	
7.4.13	